읽는 일기

일러두기

인명, 지명 등의 외래어 표기는 저자의 의견에 따랐음을 밝힙니다.

읽는 일기

우리시대 문장가 안정효가 안내하는
성장과 성숙을 위한 사색의 문장들

안정효 지음

서문_ 일기를 읽는 방법

사람들은 살아온 생애 전체를 성찰하기 위해서 자서전을 쓰고, 하루하루 살아가는 삶을 날마다 성찰하기 위해서 일기를 쓴다. 성찰은 쓰기뿐 아니라 읽기를 통해서도 이루어진다. 우리는 감동을 받기 위해 문학 작품을 읽고, 귀감과 표본을 통한 성찰을 얻기 위해 여러 훌륭한 사람들의 회고록을 읽으며 그들의 좌우명을 구구단처럼 외운다.

이 책은 자아 성찰을 위해 일기를 쓰는 대신 남들이 성찰하여 남긴 글을 하루에 한 꼭지씩 읽어 수많은 보편적 좌우명을 다양하게 학습하도록 독자를 돕겠다는 개념으로 구성되었다. 그러니 하루에 하나씩 글 뭉치를 골라 읽어도 되고, 그냥 소설처럼 처음부터 끝까지 내리 읽어도 되고, 중구난방 아무 데나 오락가락 들춰 읽어도 그 또한 상관이 없다.

비록 인간이 태어나 성장하고 늙어서 죽음을 맞는 인생의 시간적 흐름에 맞춰 내용을 배열하기는 했지만, 어차피 두서없는 것이 세상살이인지라 구태여 순서에 얽매이지 않고 아무 대목이나 뽑아 읽어도 괜찮다는 뜻이다.

*

　독자가 처음부터 미리 염두에 둬야 할 한 가지 중요한 사항은 이제부터 필자가 서술하게 될 내용들이 매우 두서가 없으리라는 점이다. 필자의 관점에 일관성이 부족한 정도를 넘어 때때로 아예 원칙과 줏대가 없다고 여겨지는 까닭은 이름난 현인이 제시한 한 가지 주장을 일방적으로 대변하고 강요하는 대신 보다 넓은 선택의 여유를 독자에게 제공하려고 배려했기 때문이다. 이 책의 목적은 간략하게 추려내어 실천하기 쉬운 한두 가지 소수의 정답을 소개하기보다는 인생을 살피는 안목을 다각도로 넓혀 선택의 상대적인 정확성을 도모해보려는 것이다.

　'읽는 일기'에서 열거하는 여러 갈래의 갈팡질팡 상반된 해답들은 모두가 옳고 모두가 틀리는 모순의 전시장이다. 세상 사람들이 살아가는 방법과 요령이 모두 같은 듯싶지만 어딘가 하나같이 다르니까, 그들이 삶을 개선하기 위해 채택할 처방 역시 사람에 따라 저마다 서로 달라져야 하는 탓이다. 한두 가지 기본적인 처방의 원형을 변칙적으로 응용하는 융통성 또한 나름대로 여러 상반된 하부 논리의 지배를 받기 마련이어서, 문제를 풀어내는 온갖 공식이 개인에 따라 다르고 같기도 하여, 모든 해답이 누구에게는 옳지만 수많은 다른 사람들에게는 잘못이라는 이율배반적 전제를 우리는 받아들여야 한다.

　여러 다른 견해를 하나로 종합하려는 무모하고 불가능한 무리를 범하는 대신 필자는 최대한 다수의 모순된 사례들을 하나씩 차례로 그러나 별다른 순서를 억지로 따르지 않으면서 제시하겠고, 그러니 독자가 본보기들을 서로 비교해가며 점검해서 자신에게 알맞은 인생 지침을 찾아내기 바라는 마음이다. 어차피 자유로운 삶이 무엇인지가 여기에서 다루는 중요한 주제임으로 선택의 자유를 보장하기 위해 설정한 장치라고 이해하며 받아들여주기 바란다.

많은 사람들이 제시하는 다양한 제언은 사실 모순의 후유증으로 생겨난 불협화음이라기보다는 여러 가지 해답을 함께 인정하는 자유의 공간에서 사상의 진화와 발전을 생성한 인류사의 결실이다. 현실의 삶에 대해서는 논리적인 단 한 가지 유효한 공식을 귀납적으로 추출하기 어렵고, 그래서 인생살이의 문제는 결국 자신이 혼자 풀어야 하는 개인적인 숙제다. 선택의 지침서라고 하면 상반되는 이현령비현령 주장들을 병렬하여 의도적으로 쌍방향 또는 다변적으로 충돌하는 견해들을 동시에 인정하는 타협의 무모함을 서슴지 말아야 하는 이유다.

생존과 성공과 행복을 다스려야 하는 기나긴 번민과 고뇌의 인생길은 쉽게 한방에 만병통치로 치유되는 일회성 체험이 아니다. "나는 할 수 있다"거나 "안 되면 되게 하라"는 천진난만한 외마디 구호를 외쳐 만사형통의 비법을 찾아내려는 욕심은 흔히 무책임하고 비겁한 도피의 시늉일 위험성이 크다. 인생은 그렇게 만만한 상대가 아니다.

2021년 1월
안정효

차례

그러지 않아도 살아가기가 골치 아픈데, 사람들은 자신의 삶을 더욱 복잡하게 만들기를 좋아하는 모양이다(People tend to complicate their own lives, as if living weren't already complicated enough). — 카를로스 루이즈 자폰(Carlos Ruiz Zafón), 『바람의 그림자(The Shadow of the Wind)』

1장
인생의 생김새

인생은 밤송이와 같아서 다루기가 쉽지 않다. 알밤을 꺼내 먹으려면 어떻게 해서든지 따끔따끔한 껍질을 벗겨야 한다. 아직 덜 영글었는데 조급한 마음에 성공의 달콤한 풋밤을 까먹으려 덤비다가는 성가신 가시에 찔려 아프다. 그러나 참을성을 가지고 기다리면 밤톨이 단단하게 영글어 저절로 떨어진다. 그제야 우리는 인생의 참된 맛이 어떤지를 천천히 깨닫게 될 여유를 얻는다.

인생이란 현명한 자에게는 꿈이요, 어리석은 자에게는 승부이며, 부자에게는 희극이고, 가난뱅이한테는 비극이다(Life is a dream for the wise, a game for the fool, a comedy for the rich, a tragedy for the poor). ― 숄름 알레이헴 (Sholem Aleichem)

수수께끼는 흔히 변칙적인 질문의 형태를 취하고, 해답은 엉뚱해야 제맛을 낸다. 인생의 수수께끼라고 해서 예외가 아니다. 유대인 마을의 풍속도를 담은 『우유장수 테비에(Tevye the Dairyman)』의 작가 알레이헴은 4인4색으로 인생의 유형을 그려냈다. 인간의 삶은 광대의 장난인가 아니면 지혜의 샘인가, 그것은 평생을 다 살아보고 난 다음 끝에 이르러서야 밝혀진다.

인생은 형질이 없지만, 혹시 형태를 갖추었다 하더라도 맨손으로 더듬어 정체를 알아내기가 참으로 어려울 듯싶다. 라비린토스의 미로처럼 복잡하기 짝이 없는 인생의 흐름은 만져봤자 군맹무상(群盲撫象)의 불교 설화에서 소경이 눈을 감고 코끼리를 보는 격이다. 코끼리만큼 커다란 수수께끼를 화두로 내면 비슷하거나 엇갈리는 수많은 정답과 오답이 꼬리에 꼬리를 문다.

수많은 현인들이 인생살이에 대하여 온갖 수사(修辭)를 풀어내놓는데, 모두가 명언이다. 하지만 그에 반박하는 역설 또한 모두 옳다. 해답이 많은 듯하건만 정답은 없고, 뒤집어보면 온갖 허튼 오답이 정답이다. 정답은 없는 듯싶으면서 수없이 많다. 지상에서 벌어지는 70억의 인생이 저마다 다르면서 또한 하나같이 똑같기 때문이다.

인생은 토끼풀 모양의 헷갈리는 나들목으로 빠져나가야 하는 고속
도로와 같아서, 자칫 잘못 들어섰다가는 오던 길을 전속력으로 되
돌아가기가 십상이다(Life is a crowded superhighway with bewildering cloverleaf
exits on which a man is liable to find himself speeding back in the direction he came).
— 피터 드 브리스(Peter De Vries)

　　심각한 철학적 문제를 놓고 짓궂은 농담을 잘 던지는 미국의 해학가 드 브
리스는 종잡기 어려운 인생 여로를 "밀림 속에 지어놓은 동물원(Life is a zoo in a
jungle)"이라고 비유했다. 해석이 분분한 명언이다. 동서남북 어디나 짐승들이
우글거리는 밀림 속에 누가 도대체 무엇을 하려고 돈을 들여 동물원을 지어놓
는단 말인가?

　　'밀림 속의 동물원'이라면 험악한 세상에서 무서운 맹수들을 그나마 피할
수가 있는 안전한 철창 감옥 같은 피난처일까? 탁 트인 자연 속 자유로운 공간
일지언정 눈에 보이지 않는 감옥에 인간이 갇혀 살아야 한다는 뜻일까? 아니면
요상한 인생은 밀림인지 동물원인지 혼란스럽고 어지럽기가 도긴개긴 다 마찬
가지라는 비아냥거림일까?

　　우리가 인생의 수수께끼를 풀려다가 무엇이 정답이고 오답인지 자꾸만
혼란에 빠지는 까닭은 자신만의 문제를 근본적으로 해결하는 해답을 저마다
스스로 찾아내지 않고 "이것이 진로의 방향"이라고 남들이 일러주는 달랑 한
줄짜리 좌우명에 자칫 현혹되기 때문이다. 인생살이에는 한두 마디의 요령이
아니라 수많은 지침과 지혜로운 원칙이 필요하다.

003

인생이란 아무리 길이 험하고 잠자리가 불편하더라도 꼭 떠나야만 하는 여행이다(Life is a journey that must be traveled no matter how bad the roads and accommodations). ― 올리버 골드스미드(Oliver Goldsmith)

모든 길은 어딘가를 향해서 가는 과정이요, 인생은 살아가는 과정이다. 그래서 인생은 나그네길이라고 했다. 세상과 삶에는 길이 많다. 무엇이건 갈래가 많으면 방향 또한 많아진다. 방향과 통로를 골라서 따라가는 선택의 방법 또한 늘어난다. 인생에서는 큰 선택을 한두 가지만 하면 끝날 일이 아니라 작은 선택을 수없이 계속해야 하며, 운명은 이런 여러 선택적 요인들의 조합이다.

가시밭길이건 나그네길이건 인간이 삶의 길을 따라가는 모양은 서로 비슷비슷하면서 저마다 다르다. 가장 빠른 길을 골라 쏜살같이 최단 거리를 직선으로 서둘러 가는 사람, 편하고 넓은 길만 골라서 천천히 가는 사람, 여기저기 구경삼아 골목마다 기웃거리며 더듬더듬 돌아가는 사람, 한복판으로 당당하게 활개를 치며 가는 사람, 주눅이 들리고 겁에 질려 골목길로 숨어서 담벼락을 따라 꼬불꼬불 다니는 사람, 가다가 힘들다고 새 출발점을 찾아 되돌아가거나 주저앉는 사람―그러나 아무리 서로 다른 길을 가더라도 그들은 모두 같은 곳에 이른다.

노자가 말하기를, 인생은 자연스럽고 돌발적인 변화들이 줄지어 일어나는 현상이니까, 현실을 그냥 현실로 받아들이고, 운명이 어느 쪽으로 흘러가든 그냥 내버려두라고 했다. 흐름에 저항해봤자 슬픔밖에 돌아오지 않기 때문이다. 어차피 인생은 죽음과 후회에 이르는 기나긴 여정이다.

13

004

인생은 불충분한 전제들을 가지고 만족스러운 결론을 이끌어내는 기술이다(Life is the art of drawing sufficient conclusions from insufficient premises). ―『새뮤얼 버틀러의 수상록(The Note-Books of Samuel Butler)』

해학가이며 소설가인 버틀러는 "인생이란 정밀한 과학이 아니라 예술의 한 종류(Life is not an exact science, it is an art)"라고 했다. 주어진 갖가지 제한된 여건을 가지고 인간이 빚어내는 예술품이 인생이다. 불확실성으로부터 확실성을 추출하는 인생 예술에서는 외통수 공식이 만병통치를 하지는 않는다. 세상살이가 원칙을 정확하게 지킬 줄 모르는 탓이다.

살아가는 방식은 항상 달라지는 가변적 잠재성이어서, 전제들의 조합 형태가 수시로 달라진다. 삶의 과정은 획일적인 원칙이 아니라 저마다의 인간이 창의성에 맞춰 땋아나가는 끈이다. 존재하지 않는 하나뿐인 정답을 찾느라고 헛기운을 쓰지 말고 사람들은 자신이 가야 하는 길을 스스로 닦아야 하며, 어떤 길로 들어서건 얼마나 좋은 작품을 어떻게 만드느냐가 중요할 따름이다. 인적이 드문 로벗 프로스트의 숲길이 진취적인 고속도로와 다르다고 해서 잘못된 선택은 아니었다.

원칙이 없는 과정을 원칙으로 설명하고 납득하려는 온갖 시도는 일종의 최면술이다. 제 눈의 안경이 왜곡한 환상의 착각에 빠져 제멋에 만족하고 속아서 살아가는 사람들 가운데 행복한 이웃들이 왜 많은지를 따지면 안 된다. 착각 또한 때로는 지혜가 된다.

인생은 자아를 찾는 과정이 아니다. 인생은 자아를 창조하는 과정이다(Life isn't about finding yourself. Life is about creating yourself). — 조지 버나드 쇼(George Bernard Shaw), 『비사회적인 사회주의자(An Unsocial Socialist)』

인생은 누군가 미리 마련해놓은 단 하나의 정답을 찾아내어 그것을 종교처럼 유일한 지침으로 삼아 살아가는 숙제나 의무가 아니다. 인생은 어디에선가 완성되어 기다리는 자아를 찾아다니는 영적 탐험 또한 아니다. 무릇 범인들이 수행하는 삶에 대한 명상은 끊임없이 변하는 자아를 만난 순간에 그것을 영원으로 고정시키는 작업으로 끝나기가 쉽다.

인간은 생각하기 때문에 존재한다지만, 잡념만 많고 실천이 부족한 자아의 추구는 삶에 대한 비현실적인 접근 방법이다. 인생은 융통성이지 고착된 원칙이 아니다. 원칙은 하나인 반면에 응용 방식은 무한하며, 거기에서 파생되는 세상살이 방식은 더욱 많이 갈래를 친다. 경험이 원칙을 진화시키는 연쇄 반응의 결과다.

세상살이는 고정된 영구불변의 관념이 아니고 끊임없이 변하는 유동성 현상이다. 인간의 자아는 시간과 장소와 여건과 환경과 인적 구성에 따라 끊임없이 바뀐다. 인생살이의 정답 또한 신념이 거듭해서 전진하고 복귀함에 따라 수시로 달라진다. 하나만의 원칙을 따라 살면 그 삶은 무미건조하고 가난해진다. 가만히 앉아서 생각만 하면 인생은 흐르지 않는다.

인생은 생성되는 과정이어서, 우리가 거쳐가는 여러 각별한 상황의 조합으로 이루어졌다. 그런데 사람들은 하나의 상황만 골라 그곳에 머무르려고 안간힘을 쓰는 잘못을 저지른다. 그것은 죽음의 한 가지 형태다(Life is a process of becoming, a combination of states we have to go through. Where people fail is that they wish to elect a state and remain in it. This is a kind of death). ― 아나이스 닌(Anaïs Nin)

아나이스 닌은 에스파냐, 쿠바, 덴마크의 혈통을 물려받고 프랑스에서 태어나 여러 유명인과 왕성한 성생활을 적극적으로 즐기고는 그런 체험을 성애물(erotica)로 남긴 특이한 여성 작가다. 그녀는 또한 열한 살 때부터 60년 넘게 나비처럼 팔랑거리는 환상적이고 감각적인 문체로 일기체 산문집을 꾸준히 발표했다.

닌은 흘러가는 세월을 묶어놓으려는 인간의 어리석음을 이렇게 꼬집었다. "삶이란 워낙 유동적이어서, 싱싱하게 살아 있는 한 순간을 망가뜨리지 않고 산 채로 붙잡아두려는 욕심은 …… 헛된 소망일 따름이다(Life is so fluid that one can only hope to capture the living moment, to capture it alive and fresh … without destroying that moment)."

어디에서건 멈춘 삶은 죽음과 같다고 그녀가 말한 까닭은 인생이 액체성 현상이기 때문이다. "더도 말고 덜도 말고 지금 같기만 하여라"면서 가장 즐거운 한 순간을 흐르지 못하게 막아 고체 덩어리로 만들면 영원히 행복하리라는 착각은 망상이다.

작가들에게는 인생 경험의 전체가 처음 20년에 담겼고—나머지는 반추의 기간이라고들 하지만, 내 생각에 그 말은 모든 사람에게 똑같이 적용된다(For writers it is always said that the first twenty years of life contain the whole of experience—the rest is observation, but I think it is equally true of all of us). — 그레이엄 그린(Graham Greene), 『희극배우들(The Comedians)』

그린은 『공포의 그늘(The Ministry of Fear)』에서 이렇게 말했다. "사람들은 나이가 들어 억지로 받아들여야 할 때가 되기 전에는 현실과 상식을 좋아하지 않는다(People don't like reality, they don't like common sense, until age forces it on them)." 처음 20년의 인생 체험을 사람들은 늙어서야 '아, 그랬었구나'라고 뒤늦게 마지못해서 현실로 받아들인다는 의미다.

성장기는 선행 학습과 같다. 경험이 부족한 젊은 시절에는 인생에 대해서 남들이 하는 말에 밑줄을 쳐가며 귀담아 공감하거나 은근히 감동하여 지혜로운 현인들의 가르침을 따르려고 노력한다. 그러면서도 정작 자신의 체험에서는 별로 배우는 바가 없다. 중년이 되면, 성장 경험을 복습하고 응용하기보다는, 나의 삶을 닥치는 대로 살아가야 할 시간이 무엇인가를 생각하는 시간보다 압도적으로 많아진다. 인생의 의미 따위를 따질 겨를조차 없이 세월은 세파에 휩쓸려 흘러간다.

더 나이가 들면 인간은 삶에 대해서 반추하여 스스로 깨달음을 얻고, 드디어 나름대로 할 말이 생긴다. 그리고 말을 삼가기 시작한다. 자신의 지혜가 아직 덜 영글어 부정확하고 불확실하다는 자격지심에서다.

이런 건강한 삶을 찾아내기 위해서는, 육신에게나 마찬가지로 영혼에게 필요한 가르침이 별로 많지 않아서, 약간의 경험과 약간의 반추 그리고 약간의 솔직함으로 충분하다(In order to discern this healthy life, for the soul no less than for the body, not much learning is required; only a little experience, a little reflection, and a little candour). ─ 조지 산타야나(George Santayana), 『이성적인 삶, 상식에 담긴 이성(Life of Reason, Reason in Common Sense)』

　　세상을 잘 모르는 어린아이가 인생을 시작하는 길목에서 평생을 어찌 모범적으로 살아가야 하는지 처음부터 원대한 목표를 세우기는 불가능하다. 에스파냐 태생 미국 철학자 산타야나가 제시한 세 가지 조건은 "조금 겪고, 조금 생각하고, 조금 허심탄회하게 마음을 열어" 서두르지 않고 한 걸음씩 살아가자는 겸손한 제안이다.

　　유치원생 남자아이에게는 새싹반의 여자아이한테 사탕을 선물로 줘도 좋겠는지 어쩐지 판단할 갈이 없어서 인생 최대의 위기를 맞고 세상살이가 고되기만 한데, 어떻게 다섯 살밖에 안 되는 어린이에게 80년의 건강한 삶을 설계하라고 요구하겠는가? 사람이란 다섯 살에는 다섯 살처럼 생각하고 본능적 판단에 따라 행동하며, 스무 살에는 스무 살 청춘처럼 경솔하게 살아가고, 마흔에는 40년의 경험을 바탕으로 삼아 만사를 조심스럽게 살피며, 예순에는 세상에서 뒷전으로 밀려난 노인의 소심한 지혜에 의존하여 온갖 후회와 더불어 생존을 계속한다.

삶은 성장이다. 성장을 멈추면 인간은, 정신적으로 그리고 실질적으
로, 죽은 바나 진배없다(Life is growth. If we stop growing, technically and spiritually,
we are as good as dead.). ─ 우에시바 모리헤이(植芝盛平)

    인생살이는 많은 지식을 필요로 하는 학문이 아니다. 조금씩 배워가며 조
금씩 살아가면 된다. 그런데 그것이 생각처럼 쉽지가 않다. 성장이 끊임없는
변화를 수반하기 때문이다. 인생 여로의 본질은 직선이 아니고 굴곡의 과정이
어서, 인간 저마다의 작은 행동과 그로 인한 연쇄 작용으로 이어지는 흐름을 이
룬다.

    어느 방향으로건 흐르기를 계속하지 않고 멈춰서 고인 물은 썩는다. 흐르
지 않으면 정신 또한 썩어서 죽는다. 세상에는 다섯 살에 정신적인 성장의 흐
름을 영원히 멈추는 사람들이 적지 않다. 스무 살에서 멈추는 사람도 많다. 서
른 살에 나만의 인생을 키우려는 꿈을 일찌감치 포기한 사람은 더 많다.

    인생에서는 이미 경험한 상황만 반복되지를 않고 끊임없이 새로운 체험
이 닥친다. 자꾸만 달라지는 나의 정체가 무엇인지를 파악하는 데서 그치지 않
고 유동하는 삶에 대처하는 다양한 방법을 모색하지 않는 바로 그 시점에서 인
간에게는 가사 상태가 시작된다. 변화무쌍한 삶의 주인은 변화무쌍하게 정신
적인 변신을 계속해야 하고, 그러지 않았다가는 인생의 주인이 되기를 멈추고
속수무책으로 내 삶을 저만치서 구경만하는 제3자의 자리로 밀려나고 만다.

010

별로 심각하지 않게 인생을 살아가기는 힘든 일이요 위대한 예술이다(It is hard work and great art to make life not so serious). ― 존 어빙(John Irving), 『뉴햄프셔 호텔(The Hotel New Hampshire)』

심은경 영화 〈걷기왕〉에서 공부를 잘하는 모범적인 여학생한테 선생님이 장래 희망이 무엇이냐고 묻는다. 학생은 "공무원이 되겠다"고 대답한다. 선생은 "아이돌이나 무슨 그런 꿈은 없느냐"고 확인한다. 학생은 "힘들어 죽겠는데 꿈을 이룬답시고 왜 고생을 하는가?"라고 반문한다. 화려해 보이는 삶이 생각처럼 화려하지를 않고 고생문만 훤하다는 깨달음을 터득한 소녀는 현명하다. "적당히 노력하고 적당히 사는 편이 오히려 정신 건강에 좋다"라는 의지가 분명하기 때문이다.

"아이돌이나 무슨 그런 꿈은 없느냐"는 여선생의 질문은 "꿈이란 도전적인 모험이다" 그리고 "공무원이 되겠다는 안전한 계획은 꿈이 아니다"와 같은 맥락의 논리다. 심각하지 않고 편한 삶을 살고 싶어 하는 모범생의 평범한 인생 설계를 스승이 의아해하는 까닭은 개성이나 매력이 없는 평균치 생애를 기획하는 청춘을 언제부터인가 세상이 희귀 동물로 여겨왔기 때문이다.

심각하지 않은 삶이 무작정 놀고먹는다는 뜻은 아니다. 초탈의 경지에서 쉽게 살아가기는 참 어렵다. 속을 썩이지 않고 머리를 괴롭히지 않고 심각하지 않은 인생을 느긋하게 살아가려면 역설적으로 진지하고 심각하게 준비를 해야 한다. 그래서 공을 들이며 느릿느릿 살아가는 소박하고 건강한 고진감래 인생이 언제부터인가 다시 위대한 예술이 되었다.

011

우리를 앞에서 기다리는 인생을 살아가기 위해서는 지금까지 설계해온 삶을 기꺼이 포기해야 한다(We must be willing to let go of the life we have planned, so as to have the life that is waiting for us). — E. M. 포스터(E. M. Forster)

    남북전쟁이 벌어지던 무렵에 교육자 윌리엄 S. 클락(William S. Clark)은 일본에 가서 삿포로 농학교 청춘들에게 "청소년들이여, 야망을 키워라(Boys, be ambitious)"라고 외쳤다. 150년 전 클락의 시대에는 세계 인구가 12억이었다. 지금은 지구의 똑같은 면적에서 살아가는 사람 수가 그보다 여섯 배로 늘어났다. 경쟁지수가 그만큼 높아져 야망을 실현하기가 훨씬 어려워졌다는 뜻이다.

    그리고 1800년대 인간의 평균수명은 서른다섯 살이었다. 요즈음 보통사람들은 19세기 초에는 죽을 나이였던 서른다섯 살이 넘은 다음에야 웬만큼 좋은 일자리와 기회를 겨우 얻는다. 어렵사리 모처럼 안식처를 차지한 중년 인구는, 첨단 의술로 길게 연장된 수명 때문에, 기나긴 여생 동안 생존경쟁의 일선에서 물러날 처지가 아니다.

    클락과 동시대를 살았던 언론인 호레이스 그릴리(Horace Greeley)의 멋진 구호 또한 비슷한 시기에 미국에서 유행했다. "젊은이여, 서부로 가라(Go West, young man, go West)"였다. 지금은 미국의 서부는커녕 남북극과 아프리카 밀림 어디를 뒤지고 다녀도 지구상에는 탐험하고 개척할 미지의 땅이 별로 남아 있지 않다. 야망을 키울 여지가 없고 탐험할 자리도 없는 청소년이나 젊은이들에게 '설계하는 인생'과 '기다리는 인생'은 이제 둘 다 시대착오적인 구호가 되어버렸다.

스스로 찾아내지 못한 삶의 비결은 아무런 의미가 없다(The secret to life is meaningless unless you discover it yourself). — W. 서머셋 모음(W. Somerset Maugham), 『인간의 굴레(Of Human Bondage)』

　　대학입시에서부터 인생살이에 이르기까지, 많은 사람들이 추종하는 모범답안과 원칙 그리고 공식과 비결과 요령은 확률의 법칙을 기초로 삼아 추출한 몇 가지 대표적인 지표들이다. 남들이 제시하는 비결은 그들의 삶에서라면 만병통치 특효약일지 모르지만, 내 인생의 모든 고통과 고질병을 백발백중 치유하지는 못한다. 종류가 다른 갖가지 병을 한 가지 똑같은 약으로 모두 치유하기는 불가능하다. 그래서 내 인생의 건강을 지키기 위해서는 나만의 특효약이 필요하다.

　　인증된 요령과 공식의 지름길을 찾아내고, 가장 적은 노력을 기울여 가장 많은 효과를 거두며 쉽게 살아가려는 경제 원칙에 한사코 매달리는 사람은 만인에게 골고루 배당되는 미미한 소득밖에 얻지 못한다. 최소한의 힘으로만 감당하기에는 인생이 생각처럼 어수룩하지 않은 탓이다. 쉽고 편한 가르침을 한두 가지만 배워가지고 인생만사를 해결하며 평생을 적당히 살아가려고 꾀를 부리면 안 된다. 오직 한 가지 원칙만 지키며 살기에는 인생이 너무나 복잡하다.

　　어떤 사람은 길을 만들고 어떤 사람은 남이 만든 길을 따라 간다. 길을 만드는 사람이 따로 있고, 소수가 만든 길을 다수가 따라간다. 남들이 모두 함께 가는 길은 이미 앞에서 먼저 출발했거나 뒤에서 늦게 출발하는 사람들로 항상 북적인다. 남에게 끊임없이 길을 물어보고 따라가는 사람은 남의 눈치만 살피다가, 결국 남들보다 늦게 목적지에 도착한다.

013

나는 더 이상 거부하지 않기로 했다. 운명과 싸워봤자 무슨 소용이
있겠는가?(I made no more protests. What was the use of struggling against fate?)
— 로벗 그레이브스(Robert Graves), 『나는 클라우디우스(I, Claudius)』

고대 로마의 왕족 클라우디우스는 어릴 때 병을 앓아 다리를 절고 청력조
차 나빠 권력 투쟁에서는 항상 뒷전으로 밀려나 티베리우스의 통치 시대부터
전혀 박해를 받지 않았다. 신통치 않은 존재라고 아무도 경계하지를 않았기 때
문에 신체적인 불행이 죽음을 면하도록 액땜을 해준 셈이다. 그러다가 조카인
폭군 칼리굴라가 갑자기 암살되자 그는 변란을 피해 컴컴한 방 휘장 속에 숨어
버리지만, 암살을 주도한 친위대장 그라투스가 클라우디우스를 찾아내어 황제
로 옹립한다.

도저히 황제의 자리에 오를 엄두가 나지 않아 겁을 내는 그에게 임금 노릇
도 좀 해보면 익숙해지리라고 장군이 설득한다. 그제야 클라우디우스는 권력
을 누려야 하는 '괴롭고 슬픈 운명'을 받아들이기로 동의한다. 원님 노릇도 하
고 싶은 사람과 귀찮다고 싫어하는 사람이 따로 있다. 군림하는 정치 지도자의
삶을 영광이라고 자랑하는 사람이 많지만, 기껏 대통령을 해봤자 퇴임한 다음
감옥으로 끌려가야 한다면 그까짓 5년 호강을 왜 하느냐고 손사래를 칠 사람도
없지 않다.

닭의 머리가 되어봤자 소의 꼬리보다 꼭 행복한 삶을 살아가지는 않는다.
모난 돌이 정을 맞는 세상에선 남들의 눈에 띄지 않는 자리가 가장 안전하고 편
하다. 경쟁은 적을 만들고, 백 명의 친구보다는 한 명의 적이 우리 삶에 훨씬 심
각한 영향을 끼치기 때문이다.

평균치가 되려는 욕구, 기존의 보편적인 어떤 규칙에 적응하려는 갈망―그것은 남들과 다르다는 사실이 죄로 여겨지는 그 순간부터 모든 다른 사람과 같아지려는 소망이다(…desire for normality; a longing to adapt to some recognized and general rule; a wish to be like everyone else, from the moment that being different meant being guilty). ― 알베르토 모라비아(Alberto Moravia), 『추종자(The Conformist)』

제2차 세계대전 이후에 모라비아를 세계적으로 가장 인기 있는 작가들의 반열에 올려놓은 『추종자』의 주인공 클레리치는 자신의 흠결을 견디지 못하는 불완전한 완전주의자다. 그는 계집아이 같다며 어려서부터 다른 아이들로부터 따돌림을 당하는가 하면 열세 살에 도마뱀과 고양이를 죽인 살생 욕구 때문에 자신이 비정상이고 특이한 존재라는 인식에 시달리고 괴로워했다.

객관적인 독자의 눈으로 평가하자면 운명에 순응하는 주인공은 어느 면에서나 평범하고 정상적인 사람이다. 그는 아내의 사랑과 동료들의 존경을 받는 남자로서 적절한 권력을 누리며 자신의 운명을 완벽하게 통제한다. 삶의 모든 영역에서 성공에 성공을 거듭하던 클레리치는 파시스트 정권의 끄나풀이 된다. 기득권층의 대세에 영합하는 길이 언제나 최선이기 때문이다. 그리고 클레리치는 파리로 신혼여행을 가는 길에 옛 스승 콰드리를 암살하는 임무까지 무난히 수행한다.

좌익 지식인 콰드리 교수는 반골 정치인이 되어 프랑스로 도피한 인물이다. 조국의 반역자를 처단하는 일은 당연한 국민의 의무여서, 클레리치는 전혀 양심의 가책을 느끼지 않는다. 다수결 상식을 신봉하는 인간의 품성은 어느 정도 부족하고 비정상이어야 정상이다.

015

"난 평범한 사람이라곤 본 적이 없어요. 내 눈에는 모든 사람이 특이해 보이니까요. 이런 일을 하려니까 온갖 사람들을 다 만나게 되는데, 지난 5년 동안에 내가 깨달은 바라고는 누구에게 적용하는 경우건 정상적이란 말은 전혀 의미가 없다는 거죠(I've never met an ordinary person. To me all people are extraordinary. I met all sorts here, you know, in my job, and the one thing I've learnt in five years is that the word normal applied to any human being, is utterly meaningless.)." — 테렌스 라티건(Terence Rattigan), 『애수의 여로(Separate Tables)』

사람들의 발길이 뜸해지는 비철을 맞아 양로원 비슷한 기능을 하는 영국 남부의 바닷가 호텔에 장기 투숙하는 사람들의 우울한 모습을 그린 라티건 희곡에서 호텔의 여주인이 하는 말이다. 상식적인 의미로는 눈에 띄지 않고 목소리를 내지 않는 정상적인 집단을 평범한 사람들이라고 한다. 다수의 뜻에 순응하고 따른다는 선택은 기꺼이 군중의 구성원이 되겠다는 뜻이다. 통계학적으로는 순응하는 군중이 대세이며 정상이다. 하지만 그들은 모두가 저마다 개성이 다르다.

그만하면 정신적으로 건강하고 생활방식 또한 정상이라고 여겨지는 많은 사람들이 자신의 인생을 정상이 아니라고 오산한다. 『애수의 여로』는 저마다 특이한 결함을 지닌 '못난' 사람들끼리 외딴곳에 모여 열등감에 시달리는 이야기다. 완벽함은 평범한 인간의 정상적인 속성이 아니다. 평범한 정상을 정상이라고 생각하지 않아서 열등감에 빠지면 몸과 마음이 다 괴로워진다.

016

순응해서 얻는 보상이란 알고 보니 나 자신만 말고는 누구나 다 나를 좋아하게 된다는 것이다(The reward for conformity was that everyone liked you except yourself). — 리타 메이 브라운(Rita Mae Brown), 『비너스가 잘나서(Venus Envy)』

소설의 주인공 프레이저는 시샘이 심한 상류 사회 출신의 여성이다. 빼어난 미모에 사업 수완이 엄청나게 뛰어나 미술품 거래상으로 서른다섯 살이라는 나이에 찬란한 성공을 거둔 그녀는 어느 날 느닷없이 폐암 말기라는 사형 선고를 받는다. 남다르고 비범한 삶을 살겠다고 피땀 흘려 일하면서 수많은 타인들의 눈치를 살피고 억지로 비위를 맞춰왔던 프레이저는 급살을 맞게 된 이제 여태까지 세상에 순응하며 정상인으로 살아온 자신의 위선이 혐오스럽고 못마땅해서 화가 치밀어 오른다.

기껏 벌어놓은 아까운 재산과 한창 젊은 인생을 포기하고 세상을 떠나려니 그녀는 자기들끼리만 뒤에 남아 시시덕거리며 오래오래 살아갈 말 많은 '친구'들이 아니꼽고 얄밉기만 하다. 그래서 그녀는 자신의 위선을 속죄할 겸 못된 인간들한테 죽기 전에 속 시원하게 분풀이를 하겠다고 결심한다. 병상에 누워 그녀는 가슴 깊이 품어두었던 온갖 험한 소리를 밤새도록 편지로 써 보내서 주변 사람들의 가슴에 두루두루 통쾌하게 못을 박아준다.

그런데 단순한 기관지염을 암으로 판정한 컴퓨터 오류가 밝혀지자 막상 목숨을 건진 주인공은 기쁘기는커녕 여기저기 뿌려놓은 독설 편지에 혹이 붙어 돌아올 후폭풍의 뒷감당을 생각하니 눈앞이 캄캄해진다. 조금만 더 참지를 못해서 함부로 입을 놀렸다가 본전도 못 찾는 인생 사례다.

용기의 반대말은 비겁함이 아니라 순응이다(The opposite of bravery is not cowardice but conformity). — 로벗 앤토니(Robert Anthony), 『완벽한 자신감의 비결 (The Ultimate Secrets of Total Self-Confidence)』

"사람은 모름지기 이렇게 살아야 한다"는 인생 지침서와 기업 조직 관리 분야의 저서를 십여 권 펴낸 인간관계 전문가 앤토니는 "군중과 야합하지 말고 상식을 거역해야 성공과 행복을 쟁취한다"고 부르짖는다. 리타 메이 브라운 소설의 여주인공 프레이저는 "순응해야 편하다"는 객관적인 시각과 "튀어서 남다르게 살고 싶다"는 주관적인 욕구의 갈등 속에서 겉으로는 순응의 삶을 살다가 죽음의 위기를 맞아 느닷없이 거역 본색을 드러내고는 호되게 봉변을 당한다.

편히 살려면 거짓말에서까지도 일사불란한 초지일관 지조가 정답이라는 공식을 어긴 프레이저는 살아가야 할 세월이 아직 많이 남았다는 현실에 직면하자 다시 정상적인 위선의 삶으로 돌아가려는 제2의 도전을 개시한다. 본색이 탄로가 난 마당에서는 마음이 내키지 않는 순응으로 복귀하기란 물론 쉽지 않은 일이다.

순응을 죄악시하는 신사조 시대에 벌어진 프레이저의 재야합 이야기는 희한하고 독특한 듯싶지만, 참으로 흔하고 평범하고 보통스러운 삶의 평균치 구조다. 말단 회사원이 홧김에 사표를 내던지며 그동안 참았던 한풀이를 하느라고 미운 상사들에게 "잘 먹고 잘 살아라" 큰소리를 치고 통쾌하게 문을 박차고 나와서는 재취업이 안 되어 조바심을 하며 후회하는 사람들이 우리 주변에는 참 많다. 용감하게 순응의 문을 박차고 나가는 선택이 어려운 이유다.

018

한평생 그리고 하루하루가 모두 변함이 없어서, 날이면 날마다 끝없이 반복되는 일상이요, 너무나 비슷한 모든 날이 서로 닮아서인지 한 해가 끝날 때마다 돌이켜보면 나날이 단 하루처럼 서로 엉겨붙고, 매년 또한 마찬가지로 닮아서, 아무리 여러 해라고 할지언정 겨우 1년처럼만 여겨진다고 그녀는 생각했다(A lifetime, she thought, and every day was like every other, the endless routine, day after day, and at the end of the year the days coalesced as if they had been only a single day, so much were they alike, and, similarly, the years coalesced as if they had only been s single year).
— 에릭 마리아 레마르크(Erich Maria Remarque), 『하늘은 아무도 특별히 사랑하지 않는다 (Heaven Has No Favorites)』

　　한 사람이 살아가는 나날은 단조로움의 틀에 박혀 무수한 반복이 계속될 따름이어서, 어떤 사람들은 힘겨운 경쟁보다 무미건조한 따분함을 더 견디기 힘들어한다. 심심하고 재미가 없는 권태의 나날이 숨만 쉴 따름이요 그냥 죽어버린 상태와 다를 바가 없기 때문이다. 힘든 고역보다 실직자의 삶이 그래서 때로는 더 힘들게 여겨진다.

　　수많은 다양한 사람들이 저마다 나만의 인생을 살아가는 듯싶지만 사실은 그렇지를 못해서, 이리저리 굴려가며 살펴보면 거의 모든 인간의 삶은 너도 나도 다 비슷한 모양새다. 우리가 거쳐가는 도전과 승리와 실수와 속죄와 애증의 쳇바퀴는 지름과 크기와 구조가 하나같이 서로 닮았다. 같은 크기의 공간에서 이루어지는 삶을 조금이나마 다른 구조로 바꾸는 동력은 인생의 주인이 가다듬는 마음에서 발원한다.

열려 있지만 아무도 찾아내지 못한 인생의 입구를 찾아 들어가기란 감옥에서 철창을 부수고 탈출하기보다 훨씬 어렵다(It is very much easier to shatter prison-bars than to open undiscovered doors to life). ― D. H. 로렌스(D. H. Lawrence), 『집시와 처녀(The Virgin and the Gypsy)』

순응이냐 거역이냐의 선택은 인생에서 도전과 포기, 성공과 실패, 그리고 행복과 불행 양자택일로 갈라지는 분기점이나 시발점 노릇을 하는 격발 장치다. 그것은 인간이 생존 교육을 받는 성장기에 봉착하는 최초의 중요한 선택이다. 어쩌면 인생 최대의 결정을 내려야 하는 이 시점에서 어린 인간이 무력할 수밖에 없는 까닭은 인생을 가는 올바른 길이 무엇이었는지를 늙어서야 뒤늦게 깨닫기 때문이다.

사물의 전체적 구성은 얼마쯤 거리를 두어야 잘 보이기 마련이다. 산천의 풍경 또한 멀리 떨어져 봐야 조화를 이룬 아름다움이 한눈에 들어온다. 한참을 가고 난 다음에야 서서히 윤곽이 나타나는 인생의 풍경이 특히 그렇다. 장기나 바둑을 두는 사람보다 어깨 너머로 구경하는 훈수꾼이 판에서 기물들이 죽고 사는 싸움의 이치를 훨씬 쉽게 파악하듯이, 옆으로 비켜나서 남들의 눈으로 봐야 내 인생이 훨씬 잘 보인다.

내가 누구인지를 알 길이 없다며 자아를 찾아내겠다고 나서는 사람들이 그래서 삶의 길을 찾는 방법을 남들에게 묻는다. 그들은 역경을 만나면 누군가의 훈수를 바라고, 남들의 뜻을 자신의 의지보다 더 믿고 따른다.

020

"애야, 너도 나이를 먹으면 알게 되겠지만, 너한테 일어나게 될 가장 중요한 일들은 네가 한심한 짓들이라고 하는 그런 것들—좀 고상한 표현을 쓰자면 '평범한 것들'의 결과로 이루어진단다(Reuven, as you grow older you will discover that the most important things that will happen to you will often come as a result of silly things, as you call them—'ordinary things' is a better expression)." — 하임 포톡(Chaim Potok), 『선택받은 사람들(The Chosen)』

랍비 작가 포톡의 성장소설에서는 유대 전통 사회에서 삶의 진행 방향을 열심히 탐색하는 두 소년이 주인공이다. 열다섯 살 루벤에게 아버지는 하찮은 것들의 소중함을 가르친다. '작을수록 값진' 선물은 보석만이 아니다. 인생의 기쁨은 사소한 것일수록 거기에서 우러나는 공감이 더욱 꾸밈없는 진실이라고 느껴진다. 어마어마하게 비싼 선물은 무슨 속셈이나 켕기는 구석이 있을 때 오고간다.

아침에 출근하려고 집을 나서자마자 길에서 반가운 사람을 우연히 마주치는 날은 꼭 무슨 상서로운 일이 찾아올 듯싶어서 한 나절이나 기분이 좋다. 그런가 하면 회사에 출근하자마자 누구에겐가 싫은 소리를 들으면 인생이 갑자기 슬퍼진다. 인생관이 통째로 바뀌는 심각한 기준이다.

질병은 눈에 보이지 않을 만큼 작은 바이러스가 일으키고, 마음의 아픔은 작디작은 상처에서 오고, 기쁨은 소리 없이 포근하게 쏟아지는 함박눈에서 일어난다. 한순간에 저지르는 작은 행동이나 말 한마디가 인생의 행로를 순식간에 뒤엎고 삶 전체가 방향이 바뀌는 사태가 비일비재하다. 하나의 큰 원칙보다 무수한 작은 부칙이 지배하는 인생은 종합 점수만을 따지는 승부가 아니다.

인생이란 뒤로 돌아봐야만 이해가 간다는 철학자들의 말은 전적으로 옳다. 그러나 그들은 인간이 앞으로 전진하며 살아가야 한다는 다른 명제를 간과한다(It is perfectly true, as philosophers say, that life can only be understood backwards. But they forget the other proposition that it must be lived forwards). ― 죄얀 키에르케고르(Søren Kierkegaard), 『일기(Journals VA 14)』

건강은 건강할 때 지켜야 한다는 말은 건강할 때는 실감이 나지 않는 식상한 상식이다. 건강을 잃고 난 다음에야 그 말은 설득력을 얻는다. 젊어서는 영혼의 성숙에 대부분의 열정과 시간을 쏟지만, 나이를 먹어 육신이 쇠약해지면 몸을 돌보는 일에 더 많은 신경을 써야 하는 몰락을 맞는다. 젊음이라는 기회를 낭비하지 말아야 한다는 교훈도 우리는 늙은 다음에야 겨우 수긍한다.

나그네가 인생기차를 타고 출발할 때는 까마득한 목적지에 도달할 계획과 꿈 그리고 노력의 보상에만 신경을 쓴다. 젊어서는 미래에 모든 것을 걸고 정진하며, 그래서 앞에 놓인 일감에만 정신이 팔려 달리는 차창 밖의 경치에 눈길을 줄 여유조차 별로 없다. 하지만 나이가 들면 과거로 되돌아가 매달리려고 연연한다. 젊을 때는 과거가 짧고 늙어서는 미래가 짧기 때문이다.

보람이 없는 돈벌이만 계속하다가 육순을 넘어 은퇴를 한 다음에는, 인생을 헛되이 낭비했다는 후회가 온다. 돈을 버는 공부만 열심히 했을 따름이지, 번 돈을 어떻게 절제하며 현명하게 써야 할지, 어떻게 절약하고 아름답게 소비할 것인지, 재물이 모자라면 무엇을 포기하고 체념해야 하는지를 별로 학습하지 않았기 때문이다.

얼마나 오랫동안 살았느냐보다는 얼마나 훌륭하게 살았느냐가 중요합니다(Not how long, but how well you have lived is the main thing). ― 루키우스 안나이우스 세네카(Lucius Annaeus Seneca)

장인에게 보낸 편지 "덧없는 인생(De Brevitate Vitæ)"에서 로마의 철학자이며 극작가인 세네카가 밝힌 인생경영학이다. 이어서 그는 이렇게 말했다.

"우리가 살아갈 시간이 짧아서라기보다는 낭비하는 시간이 많기 때문에 문제입니다. 인생은 충분히 길고, 모든 시간을 제대로 투자하기만 한다면 가장 고귀한 업적을 달성하기에 넉넉할 만큼의 세월을 우리는 선물로 받았습니다. 하지만 훌륭한 활동에 쓰지 않고 경솔한 사치에 빠져 인생을 낭비했다가는 죽음을 앞둔 마지막 순간에야 우리는 삶이 흘러가는 줄 알지도 못하는 사이에 다 사라져 없어졌다는 냉혹한 단죄를 받게 됩니다.

우리에게 주어진 삶은 결코 짧지 않으며, 우리 자신이 인생을 단축시킬 따름이고, 그렇기 때문에 주어진 시간이 부족하다고 탓할 일이 아니라, 낭비하는 잘못을 다스려야 합니다. 어떻게 쓰는지를 알기만 하면 인생은 길어집니다.

어떤 문제에서 중요한 요소는 그것을 해결하는 해답 자체가 아니라, 해답을 찾아가는 동안에 우리가 얻게 되는 지혜의 힘입니다."

수백 년에 걸쳐서 우리는 스승이나, 권위자나, 서적이나, 성자들이 순가락으로 떠서 먹여주는 가르침을 받아먹기만 했다. 우리는 온갖 종류의 영향력이 빚어낸 결과물이어서, 우리 내면에는 자신을 위해 스스로 찾아낸 새로운 앎이 전혀 없으니, 독창적이거나 고결하거나 명료한 것이 무엇 하나 존재하지 않는다(For centuries we have been spoon-fed by our teachers, by our authorities, by our books, our saint. We are the result of all kinds of influences and there is nothing new in us, nothing that we have discovered for ourselves; nothing original, pristine, clear). — 지두 크리슈나무르티(Jiddu Krishnamurti), 『아는 것으로부터의 자유(Freedom from the Known)』

명상을 통한 정신혁명을 주창한 인도의 사상가 크리슈나무르티는 이렇게 말했다. "저 언덕과 산과 세상 너머에 무엇이 있는지 알려달라고 사람들은 말한다. 그리고 그들은 산을 넘어가지 않은 채로 누군가의 설명을 듣고는 대답에 만족한다. 우리는 남에게서 들은 말만 믿고 살아가며, 우리의 삶은 그래서 공허하고 깊이가 없다. 우리는 중고품 지혜로 연명하는 인간들이다. 저마다의 습성이나 성향에 따라서 또는 환경이나 상황에 밀려서, 우리는 남들이 시키는 대로만 살아왔다."

어려서부터 신지학회가 구루처럼 키워낸 크리슈나무르티는 선지자 노릇에 회의를 느껴 나중에 동방의 별 교단을 해체하고 세상을 순회하며 대중과 만나 직접 대화를 나누는 큰스승이 되었다. 1986년에 세상을 떠날 때 그는 "돌이켜보니 나는 말을 너무 많이 한 듯싶다"는 유언을 남겼다. 중고품 지혜에 대한 자신의 설법에 역행한 행보에 대하여 자격지심을 토로한 발언처럼 들린다.

극장 무대에서 보낸 세월 동안 가장 아쉬웠던 점들 가운데 하나는 객석에 앉아 나를 볼 기회가 없었다는 사실이다(One of my chief regrets during my years in the theatre was that I couldn't sit in the audience and watch me).

— 존 배리모어(John Barrymore)

　　드루 배리모어의 할아버지 존 배리모어는 당대 최고의 브로드웨이 명배우였다. 그는 자신의 멋진 모습을 지켜보면서 자아도취에 빠지고 싶어 객석에 앉기를 원했다. 하지만 다른 모든 관객은 타인들의 삶을 무대에서 모조품으로 엮어내는 배우들을 구경하려고 객석에 앉는다.

　　프랑스 영화 〈객석(Fauteuils d'orchestre)〉의 여주인공은 네 살에 고아가 되고, 치근덕거리는 의사 때문에 간호학교를 그만두고, 사랑하는 남자에게서 버림까지 받자 고향 마콩을 떠난다. 젊은 시절 파리의 명소 릿츠 호텔에서 일했다는 할머니의 얘기를 듣고 내린 결단이다. 할머니는 아주 사치스럽게 살고 싶었지만 그럴 돈이 없었고, 그래서 이왕 구차하게 살 바에야 남들의 화려한 인생을 실컷 구경이나마 하겠다며 고급 호텔에 청소부로 취직하여 즐겁게 청춘을 보냈다.

　　파리로 간 손녀 제시카는 극장가 몽테뉴 거리의 식당에서 여종업원으로 일자리를 얻지만, 거처를 마련할 길이 없어 "예술가가 되고 싶었는데 재능이 모자라" 대신 예술가들의 피로를 풀어주는 안마사가 된 중년 여성의 집 소파에서 더부살이를 한다. 제시카는 샹젤리제 극장과 여러 공연장으로 음식을 배달하러 다니며 다양한 예술인들과 부유층이 오가는 부러운 공간에 끼어 들어가 성공과 명성을 누리는 여러 유명인의 세상을 가까이에서 엿보는 관객이 된다.

025

인간의 삶이란 방대하고 난해한 미완성 걸작에 줄줄이 달아놓은 각주에 지나지 않는다(Human life is but a series of footnotes to a vast obscure unfinished masterpiece). — 블라디미르 나보코프(Vladimir Nabokov), 『롤리타(Lolita)』

프랑스 영화 〈객석〉은 꿈을 못 이루어서 슬픈 사람들과 꿈을 이루고도 슬픈 사람들이 등장하는 희극이다. 여주인공 제시카가 자주 마주치는 텔레비전 배우 카테린은 엄청난 출연료를 받으며 최고의 인기를 누리지만, 시드니 폴락이 기획하는 영화에서 시몬 드 보부아르의 역을 맡고 싶어 안달하며 욕구불만 속에서 살아가는 까탈스러운 여성이다. 제시카의 눈에 그녀는 하늘같은 존재이건만, 카테린의 하늘은 다른 곳에 따로 있다.

장-프랑수아는 6년이나 공연 일정이 밀릴 정도로 인기 절정의 피아니스트다. "올라가기에 지쳐 이제는 내려가고 싶은" 그는 "꽉 막힌 고전 음악의 감옥을 벗어나" 호숫가에서 아이들에게 피아노를 가르치며 쉬엄쉬엄 살아가기를 소망한다. 그리고 택시 운전을 하다가 미술품 수집으로 엄청난 돈을 벌어 전설이 된 노인은 암으로 곧 세상을 떠날 즈음에야 재물의 참된 무가치가 무엇인지를 깨닫는다.

관객이 부러워하며 우러러보는 배우들의 삶은 실체를 드러내지 않는다. 뚜렷하고 선명한 교훈을 담아 깔끔하게 기승전결을 정리한 연극과는 달리 우리는 인생에서 무수한 하찮은 설명에만 정신이 팔려 미완성 걸작의 진담을 읽어내지 못한다. 나 자신의 삶 또한 오리무중이기는 마찬가지다.

파스칼이 인간은 생각하는 갈대라고 말해서 어쨌다는 것인가. 아니다. 인간은 오자가 수두룩한 책, 바로 그런 존재다. 삶의 갖가지 단계는 저마다 새로운 개정판이어서 앞서 나온 내용을 수정하고, 다음 개정판에서는 다시 수정을 거치다가, 겨우 결정판이 나오면 출판사에서 벌레들에게 공짜 먹이로 나눠준다(Let Pascal say that man is a thinking reed. No, he is a thinking erratum, that's what he is. Each season in life is a new edition that corrects the preceding one and that in turn will be corrected by the next until publication of the definitive edition, which the publisher gives free of charge to the worms). ― 마샤두 지 아시스(Machado de Assis), 『브라스 쿠바스의 사후 회고록(The Posthumous Memoirs of Bras Cubas)』

1881년에 출판된 브라질 실험소설 『사후 회고록』은 독일 염세주의자 아르투르 쇼펜하우어의 비관적 영향을 심하게 받은 작품이다. 술에 취한 듯 갈팡질팡하는 문체로 무덤 속에서 자서전을 집필한 가상의 망자는 해괴하고 엉뚱한 신념이 오만가지여서, 오히려 아무런 신념이 없어 보인다. '소영웅小英雄' 작가임을 자처한 그는 반쯤만 진심인 정치적 야망에 도취한 상태로 심각하게 횡설수설하다가 심지어는 세상의 우울증을 치유하겠다고 홍두깨 포부를 밝히기도 한다.

인생은 끊임없이 정오표를 작성하고 잘못을 바로잡으며 수많은 모순투성이 공식을 따라 흘러간다. 그러다가 영원한 미완성 인생을 기껏 완성해놓으면 인간은 굼벵이와 구더기의 먹이가 된다. 그래서 주인공은 인생의 완결판 계산서를 "차가운 내 시체를 갉아먹을 벌레들"에게 헌정했다.

인생은 우리가 원하는 것을 적절하다고 여겨지는 순간에 가져다주는 적이 없다. ······ 모험이 물론 찾아오기는 하지만, 시간까지 맞춰주지는 않는다(Life never gives us what we want at the moment that we consider appropriate. ... Adventures do occur, but not punctually). ― E. M. 포스터(E. M. Forster), 『인도로 가는 길(A Passage to India)』

모험의 기회나 성공의 기회, 모든 기회는 불시에 찾아왔다가 자칫 눈치조차 채지 못하는 사이에 가버리고는 한다. 인생은 우리가 미리 마련한 시간표에 따라 진행되지를 않으며, 어떤 과업을 완수하는 시간에 맞춰 끝나지도 않는다. 그래서 죽음을 앞두고 마지막 순간에 무엇인지 마무리를 지어 완성한다는 개념은 인간의 한살이에 어울리지 않는다.

아무 때 아무 데서나 불시에 닥치는 죽음이 끝내버리는 불연속 현상이 인간의 삶이다. 자궁 속에서 죽임을 당하는 태아도 많고, 태어나다가 죽는가 하면, 백일이나 첫돌을 못 넘기고 끝나는 인생 또한 허다하다. 그리고 기껏 아흔 살까지 살아봤자 모든 인생에서 영광스러운 결정판이 나오는 것도 아니다. 인생이 우리에게 시간을 맞춰주지 않으니 우리가 인생의 시계에 맞춰 살아가야 한다.

곤충이 허물을 벗을 때마다 성장하듯 인간은 자신의 정신적인 허물을 끊임없이 발견하고 궤도를 수정함으로써 성숙하는 동물이다. 허물벗기는 변절이 아니다. 올바른 삶의 길을 탐색하며 시시각각 때를 맞춰 방향을 바꾸는 감각은 성장의 당연한 조건이며 삶의 본질이다. 잘못을 찾아내지 못하고 변할 줄 모르는 인생이 오히려 발육 부진으로 미완성의 상태에서 답보하거나 정체한다.

그리고 마지막으로 인생을 결산할 때는 몇 년을 살았느냐 하는 것은 그리 중요하지 않다. 그 세월 동안 어떤 인생을 살았는지를 따져야 한다(And in the end, it's not the years in your life that count. It's the life in your years). ― 에드워드 스티글릿츠(Edward Stieglitz), 『두 번째 40년(The Second Forty Years)』

20세기 초 서양인의 평균수명은 마흔 살이었고, 그래서 유럽인들은 우리나라에서나 마찬가지로 40 이후의 삶을 잉여 인생으로 취급했다. 덤으로 살아가는 찌꺼기 노년은 그냥 버려야 마땅한 세월이라는 상식이 지배하던 시절에는 마흔을 넘기면 사람들은 자신이 쓸모없는 존재라고 여겨 모두들 무기력해졌다. 1947년에 출간된 『두 번째 40년』은 그런 부정적인 인식을 뒤엎은 인생 지침서의 고전이다.

첨단 과학과 의술이 눈부시게 발전하여 생체 연령대가 달라지는 바람에 세기말에는 인생 사계절의 단위가 더디고 길어졌으며, 그래서 가을이나 겨울이라고 여겨지던 40과 50의 나이가 개념부터 달라졌다. 중년은 더 이상 아무도 두 번째 인생이라 하지 않고, 한여름 전성기로 자리를 잡았다. 그러나 40 나이가 퇴직 이후인 60대로 시기만 뒤로 밀렸을 뿐, 동력이 고갈되는 후반기 무기력한 인생의 심각한 숙제는 그대로 남았다.

노후의 삶에서 질을 따지는 기준은 나이가 아니다. '제2의 인생'이 하강하는 퇴락이냐 아니면 상승을 계속하는 성숙이냐 여부는 어떤 노후의 삶을 설계하고 어떻게 준비하느냐에 따라 결정된다. 그런데 대부분의 사람들은 평생 성공하겠다는 계획만 열심히 세울 뿐이지 성공한 다음에 무엇을 해야 할지는 별로 신경을 쓰지 않는다.

사건들보다는 그에 대한 우리의 대응이 훨씬 중요하다(Events are less important than our responses to them). — 존 허시(John Hersey)

허시는 선교사의 아들로 중국 톈진에서 출생하여 열 살이 되어서야 미국으로 건너가 동서양을 넘나들며 성장했고, 제2차 세계대전 중에는 《타임》과 《라이프》 소속의 종군기자로 유럽과 아시아를 종횡무진 돌아다니며 왕성하게 활동한 언론인 출신의 퓰리처상 작가다.

그런 광폭 체험에서 얻은 특질로 히로시마 원폭 후일담을 취재해서 《뉴요커》에 3만 단어 이상의 기념비적 대형 기획기사를 통째로 전재하면서 그는 소설의 서술 기법을 비소설 현장보도에 접목하는 새로운 언론(New Journalism)의 선구자 가운데 한 사람으로 두각을 나타냈다.

현실과 허구의 벽을 무너트린 그는 언론인으로서 접하는 냉정하고 객관적인 사건을 소설에서 개인의 인생사로 풀이하는 탁월한 능력을 발휘했고, 보편적 상황에 개별적으로 반응하는 인간의 행태학에 자연스럽게 통달했다. 그러한 시각으로 허시는 인류의 역사가 원인을 제공하는 사건 자체보다 결과를 빚어내는 인간의 반응에 따라 흐름이 구성된다는 방정식을 수립했다.

원인보다 결과를 중요시하는 이런 시각은 목회자 찰스 스윈돌(Charles Swindoll)의 주장과 맥이 통한다—"인생에서 우리에게 일어나는 일은 10퍼센트일 따름이고, 90퍼센트는 거기에 대한 우리의 반응으로 이루어진다(Life is ten percent what happens to you and ninety percent how you respond to it)." 내 인생의 각본을 써내는 외적인 영향력은 겨우 10퍼센트뿐이라는 뜻이다. 그렇다면 실패하거나 성공한 삶에서 남의 탓은 겨우 10이요 내 탓이 90이다.

전체는 부분들의 합보다 크다(The whole is more than the sum of its parts).
— 아리스토텔레스(Aristotle), 『형이상학(Metaphysics)』

　　영어로 간추려 속담처럼 정리한 인용문은 "전체성이란 본질적으로 단순한 집합이 아니어서 부분들의 모임에 통일성이 가미되어 훨씬 큰 효과를 낸다"는 누적 효과의 인과법칙으로, 요즈음 여러 분야에서 유행하는 표현인 '동반상승효과(synergy)'와 같은 의미다. 수학적인 덧셈에서와는 달리 집단이 뜻을 모으면 구성 단위에 추가로 새로운 가치가 생긴다는 공식이다.

　　형이하학적인 부분들은 전체를 이루는 과정에서 형이상학적인 단위로 진화한다. 그것은 단어와 문장의 관계와 같다. 문장으로 결합한 다음에는 하나하나의 단어에 따로 담긴 고정된 내장 개념들이 접속 작용을 통해 다른 어휘들에 숨겨진 동종의 요소들로부터 자극을 받고 유기적으로 조합하여 활력이 생긴다. 불완전 연소의 상태로 여러 단어의 저변에 깔려 죽어 있던 다양한 인자들에 불이 붙어 잠재적 의미들이 살아나기 때문이다.

　　무생 원소들이 결합하여 세상 만물을 만들어내는 방식과 똑같은 생명 창조의 원칙에 따라, 인간의 삶에서는 줄지어 흘러가는 나날과 거기에 담기는 크고 작은 행위들이 눈에 보이지 않는 인간성을 형성하고, 사람은 살아가는 사건들의 궤적으로 업적을 구성한다.

　　그러니 인생에서 또한 반응하는 전체의 구성이 단순한 합보다 커져야 순리다. 하나하나의 작은 현상들이 좌충우돌 이어져 인생의 줄거리를 구성하면 사건들의 합을 훨씬 능가하는 단독 실체가 태어난다. 사람의 생애는 삶의 주인이 업적의 주제를 기획하고 빚어내는 크기만큼 역동한다.

고통이 닥치면—앞뒤를 살펴보라. 인생이 그대에게 무엇인가를 가르쳐주려는 순간이다(When it hurts—observe. Life is trying to teach you something). — 아니타 크리잔(Anita Krizzan)

어떻게 살아가야 할지 방향 선택의 동기를 사람들에게 부여하는 외적 영향력은 내 삶에서 10퍼센트에 불과하다. 살아온 나날의 합계를 나타내는 숫자를 넘어 인간다운 면모를 갖춘 형이상학적인 의미를 인생에 부여하는 힘의 90퍼센트는 나의 내면에서 기원한다. 정신적 성장의 원천은 개개인 자신에게서 흘러나오고, 타고난 원동력을 씨앗으로 삼아 농사를 짓듯이 인격을 개발하여 성숙에 이르는 과업은 일찌감치 일곱 살쯤에 태동한다고 전문가들은 말한다.

낱낱의 외적 상황을 나의 내적 추진력에 맞춰 무엇인가 뚜렷한 목적을 향해서 집중시키려는 도전은 선택에서 비롯한다. 어린아이는 나이를 먹고 커가면서 점점 더 심각하고 어려워지는 선택을 점점 더 많이 해야 한다. 내가 거치는 갖가지 체험을 관통하여 묶어주는 방향 감각을 굳히기 위해 이때 겪어야 하는 아픔을 제2의 성장통이라고 한다. 정신적인 성장의 아픔은 객관적인 사건들에 대한 내 영혼의 개인적 반응이다.

왜 고통이 나를 찾아와야 하는지를 삶이 가르쳐주려고 할 때는 역경에 대한 저항을 시작해야 할 시간이다. 이때부터 나를 지배하려는 10퍼센트의 외적 요인은 크기가 조금씩 증가한다. 외적인 10퍼센트에 밀리는 순간부터 나의 내면을 구성하는 90퍼센트가 줄어들기 시작한다.

탁월한 자질은 우발적으로 생겨나지 않는다. 언제나 그것은 고매한 의지와 진지한 노력과 뛰어난 실천의 결과로 빚어지며, 여러 주어진 여건들 가운데 현명한 선택이 이루어졌음을 증명하는 결실이다. 인간의 운명을 결정짓는 것은 우연이 아니라 선택이다(Excellence is never an accident. It is always the result of high intention, sincere effort, and intelligent execution; it represents the wise choice of many alternatives. Choice, not chance, determines your destiny). ─ 출처미상

2장
선택의 사슬

인생은 우리가 선택하는 여러 사항의 결합으로 이루어진다. 운명은 이미 결정된 사항으로서 우리를 찾아오지는 않는다. 수많은 사람들이 나름대로의 판단에 따라 결정하는 선택들이 운명을 구성하는 요인들이라면, 인간의 선택에서 비롯하는 운명의 창조주는 인간이다.

032

오늘의 나를 존재하게 만든 힘은 어제 내가 취한 선택들이었다(I am who I am today because of the choices I made yesterday). — 엘리너 루즈벨트(Eleanor Roosevelt)

"어제의 결과가 오늘의 나"라는 말은 "오늘의 내 운명을 어제 내가 결정했다"는 뜻이다. 인생은 연속되는 선택과 결단의 고리로 이어지는 사슬이다. 운명을 결정짓는 여러 외적 요인의 압력에 대처하는 두 가지 방법은 거역과 굴복인데, 어느 쪽을 더 많이 선택하느냐 하는 비율에 따라 인생의 형태가 결정된다. 인생은 모두가 똑같은 듯싶지만, 선택의 질에 따라 간극이 벌어지며 다양한 생김새가 나타난다. 부대끼는 세상을 견디어내는 저항력의 개인적 편차가 사람마다 달라서이다.

캐나다의 인간 경영 전문가 로빈 샤르마(Robin Sharma)는 "우리 삶의 질은 우리가 내리는 선택과 결정의 질이 궁극적으로 결정한다"고 했으며, 또 다른 인간 경영 전문가인 미국의 목회자 존 맥스웰(John C. Maxwell)은 "인생이란 여러 선택이 빚어내며, 한 가지 선택을 할 때마다 그 선택이 조금씩 인간을 만든다"고 했다. 선택과 결단은 인생만사의 방향타 노릇을 하는 도화선이요 시발점이며, 어떤 인생이거나 간에 수많은 선택으로 이어지는 계획표를 따라 진행하고 완성된다.

날이면 날마다, 매주일, 매달, 사람들은 늘 선택에 선택을 거듭한다. 아침에 일어나 무엇을 먹고, 오늘은 누구를 만나 어떤 일을 계획하고, 이번 주일에는 무슨 목표를 달성하겠는지, 그리고 신년 새해 작심삼일 금연과 금주에 이르기까지 우리는 시간의 단위에 따라 끊임없이 크고 작은 결정을 내려야 한다. 어떤 이유에서이건 선택을 회피하는 삶은 조종사가 타지 않은 채 하늘을 날아가던 여객기가 가사 상태와 죽음의 중간쯤 어디에선가 멈춰선 형국이다.

45

인생의 줄거리는 여러 선택으로 엮인다. 어떤 선택을 사람들은 후회하고, 어떤 선택은 자랑스러워한다. 어떤 선택은 우리를 평생 따라다니며 집요하게 괴롭힌다. 요점이 무엇인가 하면, 현재의 나는 내가 과거에 선택한 인간형이다(Life is about choices. Some we regret, some we're proud of. Some will haunt us forever. The message: we are what we chose to be).

— 그레이엄 브라운(Graham Brown)

조종사 출신의 추리소설 작가인 브라운은 인생의 항로에서 이루어지는 모든 선택이 꼭 행복과 성공을 가져다주리라고 기대해서는 안 된다고 권고한다. "인생이란 우리가 취하는 모든 선택의 종합(Life is the sum of all your choices)"이라는 속담에서 '모든 선택' 또한 자랑스러운 결단만을 뜻하지는 않는다. 판단은 일종의 투자여서, 잘못된 선택은 당연히 손실을 초래한다.

영원한 미완성 상태로 살아가는 인간이 삶의 수많은 고빗길에서 줄줄이 올바르고 선량하고 훌륭하고 모범적인 선택만 하기는 불가능하며, 투자를 하는 족족 모든 사람이 이득만 내는 무한공평의 세상은 없다. 그렇다고 해서 실수와 잘못된 선택만 일부러 골라서 하는 사람 또한 드물다. 실패와 성공은 둘 다 선택적 투자의 필연적인 소산이다.

선택은 어떤 목표를 실현하려는 자유 의지의 지침이기 때문에, 행사하는 자유에 상응하는 책임까지 함께 지겠다는 의무를 수반한다. 이미 결정하고 추진해온 선택을 후회하며 뒤늦게 괴로워하는 마음은 자신을 보다 개선하려는 노력의 전조다. 이 또한 선택이며, 그런 선택이 때로는 과거의 잘못된 선택을 수정하는 동기가 된다.

다른 사람들의 행동을 통제하기는 어렵지만, 거기에 대하여 어떻게 대응할지는 언제나 나의 선택 사항이다(You cannot control the behavior of others, but you can always choose how you respond to it). — 로이 T. 베넷(Roy T. Bennett), 『마음속의 빛(The Light in the Heart)』

긍정적인 사고방식을 전도하는 집단 심리 지도사(thought leader)들 가운데 한 사람인 베넷이 설파하는 행복론의 골자는 이렇다. "자신의 행복은 절대로 남들의 손에 맡기면 안 되고, 자신이 스스로 이룩하도록 책임을 져야 한다(Take responsibility of your own happiness, never put it in other people's hands)." 어떤 목적을 달성하기 위해서는 내 뜻에 따르도록 타인들의 행동을 억지로 바꾸려고 고집하기보다 자존심이 좀 상하더라도 때로는 내 행동을 바꿔 적응하는 편이 훨씬 쉽다. 동의와 순응이 항상 굴복을 뜻하지는 않는다.

베넷의 공식은 이렇게 이어진다. "사람들은 모두가 제멋에 산다. 심판하는 대신 이해하라(We are all different. Don't judge, understand instead)." 그러니까 "마음대로 되지 않는 것들에 연연하는 대신, 창조할 수 있는 대상에 정진하라(Instead of worrying about what you cannot control, shift your energy to what you can create)." 그러려면 "쉬운 일이나 남들이 다 하는 일 대신, 올바른 일을 해야 한다(Do what is right, not what is easy nor what is popular)." 그리고 "머릿속의 두려움에 쫓기면 안 된다. 마음속의 꿈을 길잡이로 삼아라(Don't be pushed around by the fears in your mind. Be led by the dreams in your heart)."

어린 시절, 환경, 문화권, 유전 인자 때문에 이런 신세가 되었다는 핑계를 내세우는 대신, 나에게는 선택권이 있음을 깨달아야 한다. 그렇다, 갖가지 한계와 심리적 상처와 어떤 말 못할 배경이 있기는 할지언정, 언제라도 '발전하도록 노력하겠다'고 선택할 권리를 우리는 타고났다(Tell yourself that you have a choice, not that you are a product of your childhood, your environment, your culture, or your genes. Yes, you may have limitations, psychological damage, and a certain background, but you can make that choice every day: To be better). ─ 앨벗 로저스(Albert Rogers), 『50가지 변명(Excuses: Stop Making These 50 Excuses!)』

다양한 처세술 서적을 펴낸 집단 심리 지도사 로저스가 열거한 50가지의 소시민적 핑계들 중에는 우리나라에 팽배한 수저론이 포함된다. '은수저를 쓰는 상류층(silver spoons)' 출신이 아니어서 "밝은 미래의 전망이 없다"는 유서를 남기고 자살한 대학생에 대한 동정론은 논리적으로 근거가 희박하다. '나의 불행이 가난의 대물림 탓'이라는 생각이 들면 혹시 내가 케케묵은 속담 그대로 "잘 되면 자신의 공으로 돌리고 안 되면 조상을 탓하려는" 비겁한 사람이 아닌지 의심해봐야 한다. 현대 일가의 제국을 건설한 정주영 회장은 누구에게서 그 엄청난 부를 대물림했는지 따져보라.

우리나라에서는 '흙수저' 출신 가운데 70퍼센트가 평생 흙 신세를 면하지 못한다는 통계를 부와 가난의 대물림 지수라고 고발한 언론의 보도 역시 억지가 심하다. 흙수저 국민 가운데 30퍼센트 이상이 생전에 은수저로의 신분 상승을 성취한 나라는 이 세상 어디에도 없을 듯싶다.

누군가 선물로 베풀어준 권력이 아니라 그들 자신이 선택한 진로가 영웅을 탄생시킨다(Heroes are made by the paths they choose, not the powers they are graced with). — 브로디 애시톤(Brodi Ashton), 『지하세계(Everneath)』

불멸세상 에버니드와 현세를 오가는 여고생이 주인공인 서사시적 청춘소설 4부작을 발표한 여성작가 애시톤은 권력의 대물림이 아니라 나아갈 길을 선택하는 능력이 영웅의 '수저'를 결정한다고 진단했다. 자신에게 닥쳐올 운명을 기다리지 않고 가야 할 길을 미리 선택하는 영웅의 용기는 타인으로부터 물려받는 후천성 혜택이 아니라 자신이 마음속에서 꺼내 휘두르는 선천성 무기다.

숟가락을 탓하고 대물림을 비판하는 사람들의 심리는 제 손으로 은수저를 장만할 노력은 하지 않고 남의 신세를 지며 평생 편히 살고 싶어 하는 이기심의 지배를 받은 경우가 많다. 무엇인가를 쟁취할 의지력이 없어서 남의 수저만 부러워하는 시기심에 사로잡히면 괴로운 박탈감과 독선적인 증오의 단계로 자기도 모르게 진입할 위험성이 커진다.

불우한 처지로부터 탈출하는 의무가 그들 자신의 몫임을 알지 못하는 이들은 주변에서 숟가락을 바꿔가며 나를 추월하고 신분 상승에 성공하는 경쟁자들까지 미워하기에 이른다. 흙수저로 평생 고생하며 살아온 부모를 탓하거나 조부모로부터 재물과 권력을 물려받지 못해 억울해하지 말고, 나는 무엇을 장만하여 자식과 손자들에게 물려줄지를 걱정해야 한다. 대물림을 안 해준 부모를 트집 잡는 대신 자식에게 대물림을 못해주는 나를 먼저 단속해야 발전의 동기가 마련된다.

사람들은 누구나 다 제멋대로 행동한다. 모든 행위가 그렇다. 꼭 해야 할 일이어서 했다거나, 누가 억지로 시켜서 했다고 사람들은 말하지만, 솔직히 얘기하자면 우리는 선택한 일만 골라서 한다. 나 자신을 위한 선택은 오직 나 혼자만이 가능하다(You always do what you want to do. This is true with every act. You may say that you had to do something, or that you were forced to, but actually, whatever you do, you do by choice. Only you have the power to choose for yourself). ─ W. 클레멘트 스톤(W. Clement Stone)

가난한 아버지가 빚만 잔뜩 남기고 세상을 떠난 다음 여섯 살 때부터 신문 팔이를 시작한 스톤은 길바닥에서 뛰어다니며 "신문이요, 신문!"이라고 외치는 보통 아이들과는 달리 고급 식당들을 돌면서 종업원들의 구박을 무릅쓰고 손님들을 직접 찾아다니는 새로운 판매 방식을 개척하여 열세 살에 가판대 '사장'이 되었다.

거의 모든 인생살이 성공의 비결이 그렇듯이 하찮게 여겨지는 판매 전략의 이런 작은 독창성이 때로는 독점 시장을 구축하는 터전을 마련한다. 그래서 며느리에게조차 알려주지 않겠다는 족발의 요리 비법은, 어마어마한 예술적 영감과는 비교가 안 되어 겨우 A4 용지에 적어봤자 한 장밖에 안 되는 간단한 공식이지만, 대물림이 가능한 재산이 된다.

고등학교를 자퇴하고 디트로이트에서 어머니와 함께 보험 판매를 시작한 스톤은 열일곱 살에 자신의 보험회사를 설립했으며, 스물여덟 살에는 천 명의 직원을 거느린 사장으로 자수성가하여 백만장자의 반열에 올랐다.

목표에서 눈을 돌리는 순간 장애물이라는 그 무서운 것들이 보이기 시작한다(Obstacles are those frightening things you see when you take your eyes off your goal). — 헨리 제임스(Henry James)

작가 제임스의 인용문을 재해석하면 "무슨 중요한 일을 하다가 한눈을 팔았다가는 존재하리라고 생각조차 못했던 두려운 장애물들이 보이기 시작한다"는 뜻이다. 목적의식이 뚜렷할 때는 앞만 보고 달리는 바람에 전후좌우 사방에 깔린 장애물들이 안 보인다. 안 보이면 아무것도 무섭지 않다. 무엇엔가 미친 듯 정진하는 사람들이 두려움을 모르고 겁을 내지 않으면서 쉽게 승리를 쟁취하는 이유다. 그러다가 목적의식이 흐려져 힘이 빠지고 저항력이 약해지고 나면 하찮은 장애물조차 넘기가 어려워진다.

"내가 행복해지려면 주변 사람들부터 행복하게 해줘야한다"면서 가난하고 불우한 사람들을 많이 도와 박애주의자로 영광스러운 이름을 남긴 W. 클레멘트 스톤은 경쟁자들을 장애물이 아니라 분발의 동기를 자극하는 고마운 사람들이라고 생각했다. 기업인의 앞길을 가로막는 불리한 여건과 상황 또한 그는 도약을 위해 당연히 필요한 과정이요 성공의 일부분이라고 받아들였다.

그래서 그는 이렇게 말했다. "어떤 분야에서이건 성공을 거둔 모든 인물, 모든 위대한 인물은 그들에게 닥친 역경이 결국은 그 고달픔에 상응하거나 보다 큰 보상의 씨앗 노릇을 하리라는 마법을 알고 있었다."

실수를 저지르고 나면 속이 상하지만, 오랫동안 수집해두면 한 무더기의 실수는 경험이라는 새 이름을 얻는다(Mistakes are painful when they happen, but years later a collection of mistakes is what is called experience).

— 데니스 웨이틀리(Denis Waitley), 『이기는 심리학(The Psychology of Winning)』

해군 항공대 조종사 출신의 홍보 전문가 웨이틀리는 인생을 모든 면에서 긍정적으로 해석하는 심리 지도사다. 심리 지도사라 함은 20세기 중반에 등장한 일종의 현대판 구루로서, 경쟁하며 살아가야 하는 현대인의 집단 심리를 단련시키는 비종교적 전도사들이다. 저술과 강연을 통해 명성을 얻어 스승 노릇을 하는 심리 전도사들은 주로 인간관계와 경영 관리 그리고 개인적 정신력 강화를 주도하는 신종 최면술사라고 하겠다.

웨이틀리는 "인생을 살아가려면 기본적인 양자택일을 하나 해야 하는데, 눈앞에 닥친 요지부동 여건들을 액면 그대로 받아들여 야망을 포기하고 그냥 물러나느냐 아니면 현실의 조건들을 야망에 맞춰 수정하는 책임을 내가 기꺼이 받아들이느냐 하는 선택이 그것"이라고 했다.

박애주의자 W. 클레멘트 스톤은 기업인답게 인간관계의 가치를 믿었지만, 여러 사람과의 협동 정신보다는 홀로 서는 자립 정신이 훨씬 중요하다고 늘 강조했다. 필독서로 꼽히는 그의 대표적인 저서는 제목이 "부자가 되겠다는 생각을 하면 부자가 된다(Think and Grow Rich)"였다. "모든 사람의 모든 행위가 선택에 의해서 이루어진다"는 그의 사필귀정 사상을 그대로 반영한 구호다.

"경험은 윤리적 가치를 따질 대상이 아니었어. 그건 자신이 저지른 실수에 사람들이 그냥 붙여 준 이름표에 지나지 않아(Experience was of no ethical value. It was merely the name men gave to their mistakes)." ― 오스카 와일드(Oscar Wilde), 『도리언 그레이의 초상(The Picture of Dorian Gray)』

　　쾌락주의자 헨리 워튼 경이 젊은 주인공에게 자신의 삶에 대한 견해를 밝히는 대목이다. "인간은 축적된 경험을 지표로 삼아서, 나쁜 행동을 되풀이하지 않으려고 노력한다"는 도덕주의자들의 믿음과는 달리, 워튼은 과거의 경험이 미래의 행동을 바로잡는 동기로서 별로 효과적으로 작동하지 못한다고 반박한다. 양심의 가책은 쾌락의 즐거움을 이겨내기 어렵고, 그래서 한 번 저지른 죄가 역겹다고 생각하면서도 거듭거듭 즐겁게 반복하는 인간의 본성 탓이다.

　　워튼의 견해를 여러 사람이 의미를 뒤집어가며 지금까지 재활용해왔는데, 데니스 웨이틀리는 이것을 "실수는 더 큰 실수를 막아주는 예방주사"라고 아름답게 왜곡했다. 그리고 웨이틀리가 "한 무더기의 실수들"이라고 정의한 '경험'의 의미를 리타 메이 브라운(Rita Mae Brown)은 소설 『우리 학교(Alma Mater)』에서 이렇게 풀이한다. "훌륭한 판단력의 씨앗은 경험이고, 경험의 씨앗은 잘못된 판단이다(Good judgment comes from experience, and experience comes from bad judgment)." 소설에서는 "나쁜 짓을 해봐야 좋은 판단력이 생긴다"는 논리가 "실제로 한 번은 겪어봐야 남자가 어떤 존재인지 정체를 여성이 파악하고 뒤늦게나마 조심하게 된다"는 뜻으로 쓰였다. 본디 무분별하고 난잡한 성생활을 암시한 표현이지만, 보편적 인생만사에 그대로 적용되는 공식이다.

역경만큼 훌륭한 스승은 없다(There is no education like adversity). — 벤자민 디스랠리(Benjamin Disraeli)

　　두 번이나 수상을 역임한 19세기 영국의 정치인이자 소설가인 디스랠리가 남긴 고전적 명언을 우리 속담으로 번역하면 "젊어서 고생은 사서도 한다"쯤 되겠다. 무릇 사람들이 무서워하는 역경이란 극기 훈련과 같은 효과를 낸다. 체험 학습을 거치면 "고난을 돌파하는 요령을 터득하고 면역성이 생기니까 정신력이 튼튼해진다"는 자신감은 성공에 필수적인 디딤돌 노릇을 한다.

　　서양에서는 '시도하고 실수하기(trial and error)'를 성장 과정에 필수적인 시행착오로 여긴다. 동물행태학의 거목인 영국 심리학자 C. 로이드 모건(C. Lloyd Morgan)이 '시도하고 실수하기'라고 정의한 개념은 본디 야생 동물의 생존 학습 방식을 의미한다. 영양이 치타의 턱 앞에 와서 무릎을 꿇고는 나 잡아먹으라며 목을 내밀지는 않는다. 그러니까 맹수가 사냥에 성공하려면 여러 차례 온몸으로 체험하고 헛수고를 거쳐야 먹이의 목을 물어 죽이는 비법을 습득한다. 실수를 해보지 않으면 아무것도 배우지 못한다는 역설적 논리다.

　　인간이 성숙해가는 과정도 마찬가지다. 도리언 그레이 소설의 등장인물처럼 영원한 젊음을 누리기 위해 악마와 거래하고 타협하기를 마다하지 않을 부류가 없지는 않지만, 자라 보고 놀란 가슴 솥뚜껑 보고 놀라는 대부분의 상식적인 사람들은 한 번 크게 혼이 나면 정신을 차리고 어리석은 짓을 반복하지 않는다. 뼈아픈 실패를 당한 이유를 뒤집어보면 성공하는 방법은 저절로 깨우치게 된다.

경험이란 인간에게 일어나는 어떤 사건이 아니고, 자신에게 닥친 상황에 대응하려고 인간이 취하는 행동을 뜻한다(Experience is not what happens to a man; it is what a man does with what happens to him). — 올더스 헉슬리(Aldous Huxley), 『본론과 해석(Texts & Pretexts)』

우리는 경험을 하나의 독립된 단위로 흔히 인식한다. 그러나 어떤 사건이 '경험'으로 분류되면 그것은 작용보다는 반작용, 결과보다는 원인으로 기능하기 때문에 해당 상황의 가치는 기준과 양상이 달라진다. 경험은 현상을 마무리하는 최종 단락이 아니고, 기정사실로 고정되는 종결 또한 아니다. 경험의 내용은 후속 행동을 유발하고 유도하는 원인의 개념으로 이해해야 한다.

경험은 단순한 과거가 아니다. 경험은 부작용을 일으키거나 추진력을 강화하는 요인이어서, 다른 현상을 이끌어내는 연쇄 작용의 연결고리가 된다. 경험은 그냥 한 번 겪으며 단발로 끝나는 사례가 별로 없으므로, 단절된 독립 상황으로서가 아니라 그것을 어떻게 독해하고 삶에 응용하느냐에 따라 가치를 다시 평가받는다.

실수를 저지르고 좌절하는 대신 역경의 경험을 도약하기 위한 기회로 삼을 줄 아는 사람들은 흙수저에서 은수저로 자신의 신분을 상승시키는 30퍼센트 인간 집단에 속한다. 고난을 장애물이라고 피해 달아나기만 하는 사람들은 흙을 벗어나지 못하는 70퍼센트로 남는다. 내가 실패한 이유를 은수저의 대물림 때문이라고 변명하는 사람들은 나하고 똑같은 처지로 태어났다가 새로운 수저를 휘두르고 떵떵거리며 살아가는 30퍼센트에 들지 못한 나 자신을 탓하기를 거부한다.

"모든 인간은 자신의 모습을 닮은 세상을 구축합니다. 우리에게는 선택할 권한이 있지만, 선택의 의무로부터 벗어날 권한은 없어요. 주어진 권리를 포기하는 사람은 인간으로서의 자격을 포기하는 셈입니다(Every man builds his world in his own image. He has the power to choose, but no power to escape the necessity of choice. If he abdicates his power, he abdicates the status of man)." ― 아인 랜드(Ayn Rand), 『아틀라스의 역습(Atlas Shrugged)』

선택하는 의무를 인간의 필수 조건으로 꼽은 아인 랜드(본명 Alisa Zinov'yevna Rosenbaum)는 제정 러시아 부르주아 집안 태생으로 공산 혁명의 여파를 피해 가족과 함께 미국으로 이주한 여성 작가다. 다분히 독선적인 이상주의에 치우친 그녀의 자존주의 철학은 특이한 유형의 천재 구세주가 발휘하는 창조력과 선택적 소수의 특권이 세상을 지배하는 미래상을 지향했다.

1천 쪽이 훌쩍 넘어 우리 원고지로 1만 매에 달하는 대하소설 『아틀라스의 역습』은 기업체들을 통제하고 장악하려는 정부의 국가주의에 맞서 기업들이 문을 닫고 줄줄이 사라져 외딴 계곡에 집결하여 함께 저항을 벌이는 투쟁기다. 인용문은 새로운 자본주의의 이상향을 건설하려는 신비한 인물 존 골트(John Galt)가 철도회사 여성 부사장에게 "선택을 하지 않는 죄"의 심각성을 지적하는 대목으로, 인간의 자격 가운데 첫 번째 덕목이 '선택하는 용기'라고 강력히 설득한다.

자신을 소중하게 여기지 않는 사람은 어떤 인간이나 사물의 가치도 존중할 줄 모른다(The man who does not value himself, cannot value anything or anyone). — 아인 랜드(Ayn Rand), 『자아의식의 미덕(The Virtue of Selfishness)』

윤리적 자아주의(ethical egoism)와 비판적 객관주의(objectivism)를 골자로 삼은 소수파 철학 자존주의 운동을 이끌었던 랜드의 사상은 얼핏 상식적이라고 여겨지지만, 그녀의 작품들을 읽어보면 신의 경지로 솟아오르려는 인간의 열망이 프리드리히 니체의 초인 개념처럼 초연하기가 그지없다. 자아주의가 추구하는 영웅적 존재로서의 인간은 "이성을 유일한 절대 지침으로, 자신의 행복을 삶의 도덕적 목표로, 그리고 생산적 업적을 가장 숭고한 활동으로" 삼는다.

그녀의 소설마다 등장하는 단골 인간형은 워낙 독특하고 극단적이어서 우리의 상식을 훌쩍 벗어나는 특이한 초대형 지적 영웅들이다. 그들은 환경의 틀에 찍혀 나온 제품으로서의 인생을 살아가는 대신 환경을 나한테 맞도록 가공하는 행동파 철학가들이어서, 수저의 빛깔로 구분하는 신분의 차원을 멀찌감치 벗어난다.

랜드는 "천재 한 명의 가치는 우매한 보통사람 백만 명보다 훨씬 소중하다"는 지성의 우성학을 주창한다. 다수의 평등권을 부르짖는 풀뿌리 민주주의(populism)와 충돌을 일으키는 이런 시각은 평범하고 상식적인 사람들이 귀감으로 삼기에는 좀 부담스럽지만, 소설 속에서 주인공들이 벌이는 활약은 통속적 군중과 대치되는 천재 영웅들의 정신세계를 엿보는 진귀한 기회를 제공한다.

045

"사람들은 자존심이 악의 동의어이며 자기를 내세우지 않는 겸손함이 이상적인 미덕이라는 가르침을 받아왔습니다. 그러나 창조하는 사람은 절대적 의미에서의 이기주의자이며, 자아가 없는 사람은 생각하고, 느끼고, 판단하고, 행동할 능력이 없습니다. 그런 능력은 자아의 기능이니까요(Men have been taught that the ego is the synonym of evil, and selflessness the ideal virtue. But the creator is the egotist in the absolute sense, and the selfless man is the one who does not think, feel, judge or act. These are functions of the self)." ― 아인 랜드(Ayn Rand), 『마천루(The Fountainhead)』

자신의 설계도를 제멋대로 변경해서 건축회사가 르네상스 양식으로 지어놓은 마천루를 폭파한 죄로 법정에 선 천재 건축가 하워드 로억(Howard Roark)이 열변을 토하는 기나긴 변론의 한 토막이다. 비굴한 자기희생과 '썩어빠진' 이타주의를 강요하며 그를 압살하려는 모든 외적인 영향력과 저속한 상식의 신화에 순응하기를 거부하며 그는 초월적 인간의 존귀함을 부르짖는다.

그는 자신의 유일무이한 존재성을 이렇게 정의한다. "나는 비교를 하지 않습니다. 나는 나 자신을 어느 누구하고도 연관지어 생각해본 적이 없어요. 나는 나 자신을 그 무엇의 일부라고도 간주하기를 단호하게 거부합니다. 난 철저한 이기주의자니까요(I don't make comparisons. I never think of myself in relation to anyone else. I just refuse to measure myself as part of anything. I am an utter egotist)."

너는 불에 활활 타서 없어질 각오를 해야 한다. 우선 잿더미가 되지 않고서야 어찌 새로운 탄생을 기대하겠는가?(You must be ready to burn yourself in your own flame. How could you become new if you haven't first become ashes?) ― 프리드리히 니체(Friedrich Nietzsche), 『차라투스트라는 이렇게 말했다(Thus Spake Zarathustra)』

만물이 뒤엉켜 바퀴처럼 굴러가게 만드는 선과 악의 투쟁 구조에서 뒤늦게 등장한 도덕성이 발목을 잡아 치명적인 재앙을 맞은 차라투스트라는 현실로부터 도망치는 비겁한 이상주의자가 되기를 거부하고, 창조를 파괴로 뒤엎는 혁명을 자행한다. 마천루를 폭파한 하워드 로억과 언행이 닮은 차라투스트라에게 우리가 열광하는 까닭은 아무리 초인이지만 그런 사람들이 분명히 어디엔가는 틀림없이 존재할 듯싶어서다.

그리스 신화에서 잿더미로부터 다시 태어나는 불사조 따위의 위대한 귀감과 자신을 동일시하고, 초능력 인간형을 학습하여 닮고 싶어 하는 소망은 성장하려는 인간의 본능이다.

페르시아의 현자 조로아스터를 그가 어떻게 인간과 시간보다 1,800미터 상공에 존재하는 지적인 초인(Übermensh)으로 변신시켰는지를 니체는 『이 사람을 보라(Ecce Homo)』에서 자세히 밝혔다. 로억 또한 건축 예술의 혁명을 일으킨 실존 인물 로이드 라이트(Frank Lloyd Wright)를 표본으로 삼아 랜드가 상상력의 양념을 듬뿍 뿌려가면서 가공한 영웅이다. 온갖 초인들이 세상 여기저기에 실제로 득실거린다. 그리고 대부분의 인생은 초인이 되려는 열망으로 시작하여 흐지부지 끝난다.

인생의 참된 목표를 우리가 알 수 있는 까닭은 인생에서 목표를 선택할 권리가 우리에게 있기 때문이다(We may know our true purpose in life, because we may choose our purpose in life). ─ 브라이언트 맥길(Bryant McGill), 『이성의 목소리(Voice of Reason)』

운명은 인간과 상황을 지배하는 불가항력이요, 숙명은 인간이 날 때부터 미리 설정되어 피할 길이 없다고 비관주의자들은 믿어왔다. 무력한 인간은 예로부터 운명이나 숙명 앞에 당연히 주눅이 들었다. 그러나 잠재력을 개발하도록 동기를 부여하는 심리 전도사 맥길은 선택을 행하는 주체가 인생과 운명의 주인이라고 반박한다.

현재의 우리 자신을 보면 미래의 모습이 보이는 까닭은 인생이란 알고 보면 우리가 내리는 수많은 선택과 크고 작은 결정이 서로 작용하고 반응하여 엮이는 부산물일 따름이기 때문이다. 삶을 설계할 줄 아는 사람은 운명을 핑계로 삼지 않는다. 어떤 선택을 하고 얼마나 열심히 노력하는지에 따라 운명은 주인이 명령하는 그대로 모습을 바꾼다.

남다른 생각을 함으로써 남다른 인물이 된 사람들은 길이 없어 보이는 오리무중에서 일찌감치 자발적으로 방향을 설정하고 진로를 닦아나간 개척자들이었다. 어떻게 살아가야 할지를 알지 못해 아무데나 주저앉아 우리가 낭비한 허송세월에는 아무런 삶의 자취가 남지 않는다. 속이 비어 덧없게 여겨지는 세월은 게으름의 폐기물이다. 삶이 흘러가 사라지고 한줌의 잿더미만 남을 공간에 무엇을 창조하여 남길지는 저마다의 자유 의지가 선택한다.

인간은 날마다 자신의 운명을 엮어나가고 …… 우리가 아픔에 시달리는 대부분 고난의 직접적인 원인은 우리 자신이 하는 행동에서 연유한다(We create our fate every day … most of the ills we suffer from are directly traceable to our own behavior). — 헨리 밀러(Henry Miller)

현실적인 삶은 몇 달이나 몇 년에 걸쳐 치밀하게 준비한 군사 작전처럼 극적으로 웅장하게 전개되지를 않고, 하루하루 살아가며 우리가 행하는 온갖 예사롭고 하찮은 처신에 따라 운명의 진로와 모양새가 결정된다. 어제와 오늘과 내일의 하루하루가 개미들처럼 줄지어 지나가면서 벌여놓는 작고 힘겨운 이야기의 행렬이 인생이다.

아무리 건강한 사람이라고 할지언정 가끔 병이 나고 아프듯 인간은 완벽하지 않은 탓에 살아가면서 실패의 아픔은 당연지사로 겪는다. 승승장구 웃고만 살아가려는 욕심은 비현실적이며, 무슨 일에서나 가끔 손해를 보고 탈도 많이 나기 마련이다. 기쁨과 아픔이 함께 뒤섞여 엮어나가는 나날을 기쁨으로만 계산하거나 아픔으로만 인식을 고정시키면 자신을 속이는 기만 행위가 된다.

세상이 더럽고 부당하고 힘들고 역겹다는 생각이 들 때는 똑같은 세상을 낙원이라고 생각하며 행복하게 살아가는 수많은 다른 사람들이 존재한다는 사실을 잊으면 안 된다. 그들과 같은 세상에서 살아가며 내가 불행하다면 아픔의 원인은 필시 나에게 있다. 세상이 달라서가 아니고 세상을 보는 시각과 사고방식 때문에 불행한 사람은 자신의 정신적인 행태가 혹시 병들지는 않았는지 걱정하고 치유 방법을 찾아나서야 한다.

049

인간의 능력으로는 실수를 저지르지 않을 길이 없지만, 현명하고 훌륭한 사람들은 그들이 저지른 실수와 잘못으로부터 미래를 위한 지혜를 배운다(To make no mistakes is not in the power of man; but from their errors and mistakes the wise and good learn wisdom for the future). — 루키우스 메스트리오스 플루타르코스(Plutarch)

좋은 경험과 나쁜 체험은 그 자체가 아무리 좋거나 나쁘더라도 시련과 성장의 교훈으로 삼으면 약이 되고, 극복하지 못해서 긍정적으로 활용하지 못하면 독이 된다. 승리자에게는 모든 실패의 경험이 성공의 밑거름이 되고, 의기소침한 사람에게는 갖가지 작은 승리들조차 기대에 미치지 못한 실패라는 자격지심에 압도되어 더 이상의 시도를 포기하게 만드는 독성을 갖게 된다.

온갖 경험으로부터 무엇인가를 배우려는 사람은 좋은 경험에서 빨리 가는 지름길을 발견하고 나쁜 체험에서는 액땜을 통해 먼 길로 돌아가는 경계심을 키운다. 배우려고 하지 않는 사람은 아무리 잘 가르치려고 열심히 노력하는 좋은 스승을 만날지언정 무엇 하나 배우는 바가 없다. 배우고자 하는 사람은 체험이라는 스승이 없을지라도 어디론가 가서 무엇을 배워야 하는지부터 알아낸다. 발전을 이끌어가는 주인공은 스승이 아니라 제자다.

우리가 저지르는 거의 모든 잘잘못에는 나름대로 그럴 만한 이유가 있기 마련이어서, 다반사로 벌어지는 실수와 실패는 인생살이의 필수적인 부분이다. 그러니 자신의 잘못을 떳떳하게 기정사실로 인정해야 다음 단계로 발전할 여지가 마련된다. 반성이 없으면 해답이 없고, 해답이 없으면 인생은 밝아지지 않는다.

여러분의 선택은 두려움이 아니라 희망을 반영해야 한다(May your choices reflect your hopes, not your fears). — 넬슨 만델라(Nelson Mandela)

두려움은 목적의식을 가로막는 부정적 힘으로 작용하고 희망은 용기를 북돋아주는 긍정적 추진력의 원천이다. 긍정이냐 부정이냐 선택의 갈림길에서 만델라는 불확실한 미래에 대한 불안감에 쫓겨 도망을 다니기보다 통제가 안 되는 미래의 운명을 자신이 어떻게 해서든지 다스리고 이끌겠다는 신념의 소유자였다. 그는 두려움을 모르는 전설 속의 철석 영웅이 아니라, 온몸으로 고난을 겪으며 종신형으로부터 풀려나 대통령 자리까지 올라 끝내 승리를 거둔 위인이었다.

두려움보다는 희망을 삶의 지표로 선택한 사람들이 섬기는 긍정적 신조라면 "나는 할 수 있다"가 으뜸으로 꼽힌다. 우리나라 고시생이나 수험생들이 책상 앞에 붙여놓는 격문으로 오랫동안 애용해온 "나는 할 수 있다"라는 선언은 로마의 시인 베르길리우스(Publius Maro Vergilius)와 17세기 영국의 문인 드라이덴(John Dryden)을 비롯하여 워낙 수많은 심리 전도사들이 화법을 바꿔가면서 유행어를 만들어내는 바람에 이제는 "뜻이 있는 곳에 길이 있다"는 속담처럼 진부해진 구호가 되어버렸다.

크나큰 성공의 신화를 남긴 '자동차 왕' 헨리 포드는 이것을 한 차원 높여 "나는 할 수 있다거나 나는 할 수 없다고 하는 말은 둘 다 옳다(If you say you can, or you can't—you are right either way)"라는 명제로 진화시켰다. 인생철학의 대부분 공식들은 이현령비현령 모순투성이어서, 세상살이에 관한 거의 모든 명제는 긍정과 부정이 다 옳다.

상반된 두 가지 사고방식을 동시에 이성이 수용하면서 여전히 제대로 기능을 발휘하는 능력을 잃지 않는 것은 1급 지능이 감당해야 하는 시험이다(The test of a first-rate intelligence is the ability to hold two opposed ideas in the mind at the same time, and still retain the ability to function).

— F. 스콧 핏제럴드(F. Scott Fitzgerald), 『파열(The Crack-Up)』

사후에 출판된 산문집에서 핏제럴드는 모든 진리의 이율배반성을 통찰하며, 절망적인 현실을 다른 시각으로 보려는 치열한 노력의 가치를 강조한다. 이미 습득한 정보와 인식을 일방적으로 정당화하는 쪽으로 기울기 쉬운 편견을 이겨내기 위해서는 반대편에서 같은 대상을 파악하는 노력이 필요하다고 그는 말한다.

양쪽이 다 틀렸다는 양비론은 양쪽이 다 옳다는 양시론과 같은 맥락이다. 양쪽이 다 틀렸으면 양쪽이 다 옳기 때문이다. 옳지만 또한 틀린 이중 개념에 봉착한 사람은, "이왕이면 다홍치마"라고, 조금이나마 나에게 득이 되는 쪽을 선택해야 옳겠다. 낙관주의자는 희망을 뒷받침할 당위성을 찾고 비관주의자는 똑같은 상황에서 절망의 빌미를 찾는데, 희망을 찾아가면 희망에 가까워지고 절망을 찾아가면 당연히 절망에 가까워진다.

"이것이냐 저것이냐 그것이 문제로다"라고 고민하는 사람들에게 명쾌한 해답을 제공하는 이런 속담이 있다. "선택은 단 두 가지—전진하느냐 아니면 변명하느냐뿐이다(There are only two choices: make progress or make excuses)."

어리석은 자들만이 자신의 논리를 반박할 줄 모른다(Only fools don't contradict themselves). — 앙드레 지드(André Gide)

고정 관념을 벗어나지 않으려고 저항하는 어리석은 인간 심리를 지적한 말이다. 외곬만 고집하는 사람의 진실과 진리는 단편적이요 일방적이며 2차원 평면적이다. 시야는 넓을수록 많은 것들이 보이고, 선택의 종목이 늘어날수록 우리는 진리의 본질에 보다 깊이 접근한다. 고정된 시야부터 우선 넓히는 탐색 방식이 언제나 바람직하지만, 그보다는 아예 시각을 통째로 바꾸면 한쪽 눈으로만 보는 2차원 평면 대신, 시점이 다른 두 눈으로 볼 때처럼, 3차원 입체감이 확실해진다.

관념놀이에 빠져 추상적으로만 논리를 전개하는 이론가들은 인간의 선택 성향에 있어서 긍정적 심리를 과대평가하는 성향이 강하지만, 헨리 포드처럼 오랜 현장 체험으로 실천적 지혜를 다진 개척자는 보다 포괄적으로 진리의 본질을 인지한다. 간추린 개념이나 공식보다는 두루두루 개별적인 사례를 많이 겪은 누적된 정보 덕택이다.

"나는 할 수 있다"며 독립심을 키우고 도전을 서슴지 말아야 성공한다는 심리 전도사들의 말은 물론 옳다. 그러나 함부로 만용을 부렸다가는 파멸을 당하기 쉽다는 주장 또한 옳다. 그러니까 도전을 하는 사람은 용감해서 존경스럽고, 도전을 안 하는 신중함은 현명하기에 본받을 만하다는 상극의 전제가 엄연히 함께 유통된다. 순응주의자는 위대한 영웅이 되지 못한다는 말도 옳고, 주변 사람들과 화합하며 서로 양보하고 잘 어울려 살아가야 세계인다운 모범 시민이 된다는 주장도 옳기 때문이다.

행동을 취하겠다는 결단이 가장 어렵고, 나머지는 그냥 불굴의 끈기가 다 알아서 처리해준다. 두려움은 종이호랑이다. 결단만 내리면 우리는 무엇이나 다 할 수가 있다. 인간은 자신의 삶을 통제하고 변화시킬 능력을 지녔으며, 그 절차와 과정은 저절로 굴러 들어오는 보상이다(The most difficult thing is the decision to act, the rest is merely tenacity. The fears are paper tigers. You can do anything you decide to do. You can act to change and control your life; and the procedure, the process is its own reward).
— 애밀리아 에어하트(Amelia Earhart)

"시작이 반"이라고 했듯이 결심만 단단히 하면 우리는 목적을 달성하기 위한 갖가지 수단을 적극적으로 찾아나선다. 전진을 계속하려면 인내와 끈기가 뒷받침을 해줘야 하는데, 이 또한 결단력이 알아서 처리한다. 동기를 유발하는 영감은 씨앗이고, 추진력과 인고의 노력은 밑거름이 되어 도전의 씨앗에서 싹을 내고 꽃을 피워 열매를 맺는다.

1928년에 대서양을 최초로 횡단한 여성 비행사 에어하트는 1937년에 지구를 일주하는 비행의 도전에 나섰다가 태평양 상공에서 실종된 전설적인 인물이다. 영화 〈박물관이 살아 있다(Night at the Museum)〉 2편에서 에이미 애덤스가 맡은 역이 실존 인물 에어하트였다. 그야말로 전무후무한 도전을 두려워하지 않았던 그녀는 마지막 비행에 실패했다고 하지만, 완전한 성공만이 승리가 아니다. 실패한 도전의 경험은 절반의 성공이다. 실패하기가 두려워 도전을 하지 않으면 그것은 완전한 패배다.

문체는 간결하고 생각은 명석해야 하며 인생에서는 결단력이다
(Concision in style, precision in thought, decision in life). — 빅토르 위고(Victor Hugo)

강력한 결단은 실수를 거듭하면서 성공의 방법을 발전시키고, 결국은 승자가 되는 길이 눈앞에 나타난다. 하고 싶은 일을 하겠다고 작정한 사람에게는 하는 일이 즐겁고, 일이 즐거우면 성공은 개평처럼 그냥 따라온다. 내가 즐거워서 하는 일이 곧 인생의 목표가 되었기 때문이다. 돈이나 출세나 인간관계로 말미암아, 아니면 부모에게 강요를 당해 다른 선택을 했기 때문에 좋아하는 일을 못하는 삶은 사실상 노예살이나 마찬가지다.

비록 고역처럼 여겨지는 일이긴 할지언정 고용살이에서 모처럼 성공한 경우에는, 풍족해진 노후의 생활을 보람으로 누릴 줄 알아야 한다. 어떤 일을 하고 싶지만 위험 부담이 크고 고달프고 힘들어서 포기하고는 훗날 두고두고 아쉬워하는 사람은 빨리 체념의 미덕을 배워야 한다. 하고 싶은 일을 선택했더라면 지금보다 훨씬 불행해졌을지도 모른다는 현실을 망각하면 안 된다. 포기 또한 자유 의지가 행사하는 선택이다.

억지로 포기한 꿈에 대한 미련에 지나치게 시달리면 그나마 행복해야 할 보람이 병들어 사라진다. 그리고 포기한 꿈을 아쉬워하는 사람보다 더 불행한 인생도 많다. 하고 싶은 일이 아예 없는 사람들이다. 하고 싶은 일이 없어서 아무 일도 하지 않고, 그래서 어떤 인생을 살고 싶은지, 어떻게 살아야 할지 진로를 선택하지 않으려는 무책임한 회피는 선택의 의무를 벗어버리는 요령이 아니고 그냥 비겁한 도피 행위일 따름이다.

현재의 상황에서 무엇이 잘못되었는지를 알아내려고 과거를 재검
토하며 끊임없이 걱정하면, 우리가 피하려고 애쓰는 바로 그런 여
건을 조장하는 사고방식만 강화하게 된다(When we constantly worry and
re-examine the past in order to discover what's wrong with the present, we reinforce
the same thought process that will create exactly what we are trying to escape).

— 로벗 앤토니(Robert Anthony)

다른 심리 전도사들이나 마찬가지로 앤토니는 부정적인 시각의 선택을
피하고, 실수를 두려워하지 않으며, 도전하는 긍정적 사고방식을 키우라고 이
렇게 일방적인 맥락의 견해를 피력한다.

"사람들은 가장 원하는 대상을 두려워한다(We fear the thing we want the
most)."

"용기란 두려워하면서도 어쨌든 저지르는 마음가짐이다(Courage is simply
the willingness to be afraid and act anyway)."

"어떤 일이 실패하게 될 온갖 이유들은 모두 잊어라. 성공하리라는 탐탁
한 이유 한 가지만 찾아내면 그것으로 족하다(Forget about all the reasons why
something may not work. You only need to find one good reason why it will)."

"걱정은 아무런 확실한 혜택을 제공하지 않을뿐더러, 내일 벌어질 상황
을 바꿔놓지 못하면서—신념을 갉아먹고, 실천을 방해하고, 내적인 마음의 평
화를 파괴하여 우리를 무력하게 만들기는 한다(Worry provides no known benefit
and cannot change what will happen tomorrow—but it can weaken your faith, cripple
your actions, destroy your inner peace of mind and make you powerless)."

내일을 위한 최선의 준비는 오늘 최선을 다하는 것이다(The best preparation for tomorrow is doing your best today). — H. 잭슨 브라운 2세(H. Jackson Brown, Jr.), 『추신. 사랑합니다(P. S. I Love You)』

인생살이 지침서를 여러 권 펴낸 심리 전도사 브라운은 '최선'의 의미를 "인생은 우리에게 최고가 되라고 요구하지 않고, 능력껏 최선을 다하기만 바랄 따름이다(Life doesn't require that we be the best, only that we try our best)"라고 풀이했다. 최선을 다했다면 1등을 못해서 28등이나 96등에 머물더라도 떳떳해야 한다는 뜻이다. 1등만이 승리자가 아니기 때문이다.

선수들이 승부를 내고 관중이 구경하는 운동 경기의 가장 큰 목적은 승리다. 축구이건 당구이건 시합은 흉내 전투(mock battle)이고, 무릇 전쟁에서는 상대방을 죽이지 않으면 내가 죽어야 했기 때문이다. 그리스의 권투는 한 사람이 목숨을 잃어야만 끝이 났고, 미국에서도 초기 권투 시합에서는 한 선수가 인사불성이 되어 다시 일어나지 못하게 될 때까지 주먹질을 계속했다.

인생에서는 이기고 지느냐가 아니라 잘 사느냐 아니면 못 사느냐를 따진다. 우리의 삶은 올림픽 경기가 아니어서 수많은 사람을 모조리 이겨 1등을 해야만 성공한 우승자라고 인정하지는 않는다. 투쟁의 첨병이 되기를 마다하며 어디에선가 뒤로 물러선다고 해서 패배를 의미하지는 않는다. 전진과 패퇴는 어느 쪽에서 보느냐 하는 각도에 따라 방향이 달라진다. 물체는 수평으로만 이동하지를 않는다. 각축에서 물러서는 초탈 행위의 방향은 수직 상승이다.

"따지고 보면 깨우침이란 바로 그런 것이니—승부에서 패배했는지 여부가 아니라, 어떻게 패배했으며 그로 인하여 우리가 어떻게 달라졌는지, 그리고 전에는 알지 못했던 무엇을 거기에서 터득하여 다른 여러 승부에서 활용할 수 있게 되었는지를 배워야 합니다. 이상하게 들릴지 모르겠지만, 패배는 승리를 하는 한 가지 방법이죠(That's what learning is, after all; not whether we lose the game, but how we lose and how we've changed because of it, and what we take away from it that we never had before, to apply to other games. Losing, in a curious way, is winning)." — 리처드 바크(Richard Bach), 『영원을 건너는 다리(The Bridge Across Forever: A True Love Story)』

패배를 통한 시행착오의 훈련을 거치며 가시덤불 숲속에서 열심히 헤매고 돌아다니면 어디에선가 탈출하는 길이 결국 눈앞에 나타난다. 그러나 좀처럼 길이 보이지 않으면 처음 선택한 길을 버릴 줄도 알아야 한다. 앞만 보고 달린다고 해서 항상 최선은 아니다. 어디까지 가서 멈춰야 하는지, 어디에서 방향을 돌려야 하는지를 알지 못하면, 인생을 길게 설계하기가 어렵다.

오직 전진밖에 알지 못하는 뱀은 일단 뒤로 물러나서 우회하는 법이 없다. 겨울잠을 자러 굴을 찾아가는 길목에서 땅꾼이 비탈 양지쪽에 직선으로 막아놓은 그물을 만나면 뱀들은 앞이 막혔는데도 다른 길을 찾아 돌아서지 않고 전진만 고집하다가 결국 한 덩어리로 뒤엉킨 채로 몽땅 잡혀 건강원 가마솥에서 최후를 맞는다. 과거에 이루어진 선택을 뒤엎고 취소하는 새로운 선택은 자신의 잘못을 인정하는 매우 용감한 결단이다.

"우리의 참된 모습을 보여주는 것은 능력보다 우리가 하는 선택들이란다(It is our choices, Harry, that show what we truly are, far more than our abilities)." — J. K. 로울링(J. K. Rowling), 『해리 포터와 비밀의 방(Harry Potter and the Chamber of Secrets)』

그의 부모를 죽인 사악한 마법사 볼드모트 경의 분신 리들에게 복수를 한 포터가 우발적으로 물려받은 악의 힘을 빌려 악을 물리쳤다고 양심의 가책을 느끼자 마법사학교 덤블도어 교장이 격려해주는 말이다. 악을 악으로 갚으면 나도 사악해지리라는 포터의 고민과는 달리 덤블도어는 아무리 잘못된 선택일지언정 그 선택을 실행하는 방식과 지향하는 목적이 의로우면 나쁜 선택 또한 옳다고 설명한다.

능력보다 선택이 중요한 이유는 능력이란 잠재성일 따름인 반면에 선택은 선택한 사항을 행동으로 실천하여 활성화시키는 첫 단계이기 때문이다. 선택을 안 하면 그것은 자유 의지를 행사하지 않겠다는 뜻이다. 어떤 이유에서이건 타인들이 나를 위해 대신 무엇인가를 선택해주기 바라는 마음 또한 자유 의지를 포기하는 행위다.

선택을 회피하면 편안하고 행복해지기는커녕 고달픈 미래의 불행이 내 삶으로 들어오도록 옆문을 열어두는 결과를 초래한다. 선택의 회피는 가장 무성의하고 나쁜 선택이다. 나 자신의 삶을 구성하는 원자재 노릇을 할 선택 사항을 찾지 못했다면 그것은 살아가야 할 목적이 없다는 뜻이고, 목적이 없는 인생은 살아야 할 가치와 의미를 상실한다. 그것은 살기를 포기한 인생이다.

인생이란 무척 단순해서, 그냥 뭔가 좀 해보는 과정일 따름이다. 대부분의 일은 실패로 끝난다. 몇 가지는 잘 풀린다. 잘 풀리는 일은 좀 더 한다. 혹시 무엇인가 크게 성공하면 남들이 금방 따라한다. 그러면 다른 일을 해야 한다(Life is pretty simple: You do some stuff. Most fails. Some works. You do more of what works. If it works big, others quickly copy it. Then you do something else). ― 톰 J. 피터스(Tom J. Peters)

미국의 경영 전문가 피터스가 《시카고 트리뷴》에 게재했던 글의 일부다. 상식적인 인생철학을 더 알아듣기 쉽게 속된 구어체로 구사한 기고문에서 피터스는 남들보다 앞서가는 소수가 발휘하는 빼어난 창의력과 혼자 가기를 두려워해서 남들의 뒤만 따라다니는 대중의 세태를 꼬집는다.

학교에서 시험을 볼 때는 객관식 문제가 대부분인데, 객관식 문제의 정답은 하나뿐이고 나머지는 모두 오답이다. 그래서 정답을 미리 잘 알아두는 암기가 학교에서는 가장 확실한 성공의 비결이다. 사회로 진출한 다음 세상살이를 헤쳐나가느라고 우리가 해결해야 할 역경들은 대부분 주관식 문제다. 주관식 문제에는 정답이 엄청나게 많고 오답은 별로 없다. 한 사람의 오답이 다른 사람에게는 정답이기 때문이다. 다른 사람에게는 정답이지만 나에게는 오답인 경우도 태반이다.

따라하기는 걸핏하면 실패로 끝난다. 성공한 소수는 흉내를 내며 따라오는 사람들이 많아지면, 전문성을 키워가며, 방향을 바꿔 남들이 쫓아오지 못할 만큼 훨씬 복잡하게 펼쳐진 샛길로 접어든다. 그러니까 나한테 도움이 될 만한 맞춤형 성공의 비결을 내가 혼자 직접 찾아내야 한다.

현세에서 우리는 위대한 일을 할 능력이 없다. 우리는 그저 크나큰 사랑으로 작은 일들만 할뿐이다(In this life we cannot do great things. We can only do small things with great love). — 테레사 수녀(Mother Teresa)

1975년 제1회 알벗 슈바이처 상에 이어 4년 후에 노벨 평화상을 받은 테레사 수녀가 구체적으로 무엇을 했는지 아느냐고 물으면 선뜻 대답하는 사람이 별로 없을 듯싶다. 대단히 많은 사람들이 그녀의 이름을 알지만 우리는 테레사 수녀를 유명인이라고 부르지 않는다. 속세의 인기나 덧없는 명성이 그녀에게 전혀 어울리지 않기 때문이다.

노수녀의 경력을 살펴봤자 1950년에 사랑의 선교 수녀회를 설립하고 그로부터 45년 후 미국에 입양 기관을 개원했다는 정도가 고작이다. 손꼽을 만큼 대단한 업적이 그녀에게는 따로 없고, 이른바 자원봉사자들이 우리나라에서 많이 하는 그런 종류의 활동에 평생을 바쳤다는 뜻이다. 남들이 대수롭지 않게 여기는 일을 수녀는 크나큰 사랑으로 반세기 넘게 묵묵히 수행했다.

위대함에서는 질적인 기준과 양적인 기준이 병존한다. 영웅과 위인의 위대성은 크기로 따진다. 테레사 수녀는 어느 대륙을 정복했거나 혜성과의 충돌로부터 지구를 구해내지는 않았다. 그녀는 여러 인간이 고통을 벗어나도록 도와주기만 했을 따름이다. 그러나 그녀가 행한 아주 작은 일들의 집합은 단 한 방에 괴력으로 거목을 쓰러트리는 어느 초영웅의 활약보다도 높은 위대함의 깊은 경지에 이르렀다. 이런 위대함의 깊이를 우리는 수많은 어머니들에게서 발견한다.

내 인생이 시작될 때도 무지개는 그러했고/어른이 된 지금도 마찬가지이니……
아이는 어른의 아버지이더라.
(So was it when my life began;/So is it now I am a man; …
The Child is father of the Man.)
— 윌리엄 워즈워드(William Wordsworth), 『무지개(The Rainbow)』

3장

울면서 인생을 시작하는
어른의 아버지

언어의 유희처럼 여겨지는 아리송한 방정식을 담은 이 시구는 어릴 적에 인간이 세상을 보는 눈과 마음의 느낌은 어른이 되어도 변함이 없으니, 어른은 아이의 영혼을 그대로 물려받아 영글었다는 뜻이다. 그러니 어른이 아이에게 인생에 관한 훈수를 두는 것은 조상에게 잔소리를 하는 격이다. 그런데 어른들은 그렇게 생각하지를 않고, 그래서 세대차 갈등이 일어난다.

태어날 때 그대는 울었지만 모든 사람이 기뻐 웃었으니, 떠날 때는 그대가 웃고 세상 사람들이 슬피 울게 하라(When you came you cried and everybody smiled with joy; when you go smile and let the world cry for you).

— 라빈드라나트 타고르(Rabindranath Tagore)

인생의 시작과 끝에서 웃어야 할 사람과 울어야 할 사람의 역할이 뒤바뀐다는 또 다른 아리송한 방정식을 담아낸 인도 시인의 달관이다. 물론 이것은 사람이 이왕 한 번 태어났으면 죽을 때쯤에는 남들이 우러러보고 애도할 만큼 훌륭한 인간이 되어 세상을 떠나야 한다는 암시가 담긴 잠언이다.

희비가 엇갈리고 교차하는 시작과 끝의 절묘한 비유는 물론 문학적 상상력이 지배하는 시각에서 나왔다. 아기의 첫 울음은 신생아의 폐가 열리고 숨을 쉬며 살아가도록 준비하는 생리적 현상일 따름이다. 임신 기간 동안 자궁 속에 갇힌 태아의 몸은 양수에 잠겨 있어서 모든 양분을 탯줄로 섭취하고 산소는 태반으로부터 얻는 까닭에 호흡을 하기 위해 폐를 사용할 필요가 없다. 그렇기 때문에 어미의 배 속에서 아기의 몸이 형성될 때는 폐가 가장 늦은 단계에서 성숙한다.

아기들이 태어나 고고呱呱의 성聲을 기상나팔처럼 내지르지 않으면 의사는 신생아가 숨을 쉬게 도와주려고 볼기짝을 때려 일부러 울린다. 비록 목숨을 살리려고 벌이는 행사이기는 하지만 그래서 어쨌든 인간은 태어나자마자 죄 없이 볼기부터 맞아야 하고, 아이가 울음을 터뜨리면 어른들은 좋다고 웃는다.

062

"이 세상은 고달픈 곳이기는 하지. 세상으로 나오면서 아기가 우는 건 당연한 일이야. 눈물부터 흘려야 한다고(It's a hard place this world can be. No wonder a baby cries coming in to it. Tears from the start)." ― 론 래시(Ron Rash), 『세레나(Serena)』

험악하게 살아가는 벌목꾼들의 세상을 그린 남부 괴기 소설에서 사생아를 낳은 열여섯 살 레이첼에게 이웃집 미망인 젠킨스가 하는 이 말은 고고의 성에 대한 또 다른 해석이다. 아기의 첫 울음은 고달픈 인생의 출발 신호라는 개운치 못한 암시가 담겼다. 갓 태어난 새들은 벌레를 잡아오는 어미에게 노란 입을 한껏 벌려 보이며 짹짹거리는 순간부터 이미 먹고 살기 위해 치열한 투쟁을 전개한다. 생김새가 험악하기 짝이 없는 악어와 하마까지도 어미의 모성애를 자극하기 위해 어릴 적에는 한없이 귀여운 모습으로 재롱을 떤다. 다 먹고 살기 위해서 하는 짓이 아닐까 싶다.

신내림을 받은 주술사를 주인공으로 삼아 도시의 환상을 담은 청춘 소설을 연작으로 집필하는 여성작가 리시 맥브라이드Lish McBride는 아기들이 어른들에게 가져다주는 기쁨을 이렇게 표현했다. "아기들이 얼마나 대단한 존재인 줄 알아요? 아기는 희망을 담은 자그마한 선물 꾸러미랍니다. 바구니에 담긴 미래라고요(You know what the great thing about babies is? They are like little bundles of hope. Like the future in a basket)."

울면서 태어난 아기는 방긋방긋 웃으며 미래가 담긴 선물 바구니를 담보로 내놓는다. 잘 보살펴 달라고 귀여운 뇌물을 제공하는 셈이다.

아이들은 기계로 찍어내는 물건이 아니라 점점 펼쳐지는 인격체다
(Children are not things to be molded, but are people to be unfolded). — 제스 레어(Jess Lair)

만화와 영화에서 초인들이 나타나 종횡무진 지구와 우주공간을 휘젓고 돌아다닐 때마다 세계가 열광한다. 카렐 차펙의 희곡에 인조인간(robot)이 처음 등장한 이후부터 갖가지 창작물에서 인류는 노예로 부리고 싶은 이상적인 가짜 인간 'cyborg, mutant, bionics'를 끊임없이 생산해왔다. 0과 1로만 만사를 처리하는 숫자식(digital) 인공 지능 분야에서 또한 인류는 컴퓨터처럼 생각하고 판단하는 완벽한 알파고(Alpha棋, 최고의 바둑) 기계 인간을 만드는 산업에서 혁혁한 발전을 이루었다.

'희망을 담은 자그마한 선물 꾸러미'였던 아기가 인형이나 장난감처럼 재롱을 떨다가 '바구니에 담긴 미래'로 키워야 할 무렵이 되면 어른들은 아이들로 하여금 저절로 자라 '점점 펼쳐지는 인격체'가 되도록 가만히 내버려두지 않고 '기계로 찍어내는 물건'처럼 다루며 전횡적인 인간 개조 작업에 돌입한다. 우리나라에서는 '치맛바람' 시절부터 자식들을 기계화하는 열풍이 불어닥쳤다.

교육열에 중독된 학부모들은 열성적인 육아를 한다면서 사실은 기계처럼 획일적으로 생각하고 행동하는 초인으로 아이들을 재조립하느라고 지나치게 많은 시간을 소모한다. 겨우 몇 점의 성적을 올리기 위해 얼마나 많은 어린 시절을 아이들이 빼앗기는지를 어른들은 아예 계산조차 하지 않는다. 몬태나 주립대학 교수 출신의 광고 전문가 레어는 아이들이란 대량으로 생산하는 제품이 아니라 무한 잠재력과 개성을 지닌 인간이라는 사실을 현대인들이 망각하면 안 된다고 경고한다.

너무나 자주 아이들은 인간적이라는 이유로 벌을 받는다. 아이들은 심통을 부리거나, 기분이 나빠지거나, 건방진 말투를 쓰거나, 못된 태도를 보여서는 안 된다. 그렇지만 우리 어른들은 항상 그런 짓들을 일삼는다. 사람은 아무도 완벽하지 않다. 우리 자신이 달성하지 못한 더 높은 수준의 완벽함으로 아이들을 끌어올리려는 욕심은 버려야 한다(So often children are punished for being human. Children are not allowed to have grumpy moods, bad days, disrespectful tones, or bad attitudes. Yet, us adults have them all the time. None of us are perfect. We must stop holding our children to a higher standard of perfection than we can attain ourselves). — 레베카 인스(Rebecca Eanes), 『적극적인 육아(The Newbie's Guide to Positive Parenting)』

육아 분야의 인기 작가 인스는 아이들을 가르치기 전에 "너 자신을 알라"고 어른들에게 주문한다. 어른들의 독재는 선의에서 시작한다. "내가 해보니 안 되더라"면서 "그런 짓은 해봤자 아무 소용이 없다"는 이유로 시간 낭비를 하지 않도록 도와주려는 안쓰러운 마음에서 아이의 무모한 시도를 부모가 열심히 말린다.

어릴 적 꿈을 키우도록 도와준다며 오히려 그 싹을 짓밟아 자라지 못하게 꿈 뭉개버리는 어른은 싱싱한 꿈의 실현을 훼방놓는 장애물이다. 내가 실패했다고 해서 자식도 실패하라는 법은 없다. 왜 안 되는지를 체험으로 깨우치도록 내 아이가 실험하고 실패할 권리를 어른이 허락해야 한다.

065

그런 경지에 이르기는 불가능하니—완벽함에 대해서는 신경을 쓸 필요가 없다(Have no fear of perfection—you'll never reach it). — 살바도르 달리 (Salvador Dali)

유전적 또는 선천적 장애가 없는 아기들은 혼자 생존하는 기본적인 갖가지 능력을 이미 모조리 갖춘 완전체로 태어난다. 신생아는 현재까지 인류가 진화한 단계에서는 가장 완벽한 경지에 이른 기적의 산물이기 때문이다.

1980년대 언젠가 미국 CBS 방송 〈추적 60분(Sixty Minutes)〉에서는 냉전시대 소련이 아메리카합중국에서 상상해낸 '6백만불의 사나이'에 맞서 싸울 만한 초인을 개발 중이라는 소식을 전했다. 6백만 달러를 들인 기계를 만드는 대신 인간의 성능을 극대화하는 초인 훈련 가운데 하나는 어린 아기를 수영장에 무작정 집어던지는 실험이었다.

물에 빠진 아이는 헤엄을 못 치는 어른들과는 달리 허겁지겁 수면으로 떠오르려고 버둥거리지 않고 혼자 호흡을 조절해가면서 물속에서 한참 동안 개구리처럼 유유히 헤엄쳐 돌아다녔다. 참으로 희한한 장면이었지만, 전혀 신기할 바가 없다는 해설이 나왔다. 엄마의 배 속에서 발육하는 9개월 동안 태아는 코로 호흡하지를 않으며 양수 속에 잠긴 채로 지냈으니, 숨을 쉬려고 수면으로 떠오르지 않으면서 수영을 잘하는 것이 무슨 대수냐는 설명이었다.

태어날 때는 그렇게 헤엄을 잘 치는 인간이 그 완벽한 능력을 언제쯤 왜 상실하고 나중에 수영장에 가서 돈을 내고 훈련소 조교 같은 강사에게 야단을 맞아가며 개구리헤엄을 다시 배워야 하는 것일까?

슈퍼맨이 어떻게 하늘에서 날아다니고, 베트맨이 낮이면 수십억대의 대기업을 운영하다가 밤에는 악당들과 싸우러 돌아다니는 일이 어째서 가능하냐고 어른들은 어리석은 질문을 하는데―그것이 진짜가 아니기 때문에 가능하다는 정답은 아주 어린아이라도 빤히 안다(Adults foolishly demand to know how Superman can possibly fly, or how Batman can possibly run a multibillion-dollar business empire during the day and fight crime at night, when the answer is obvious even to the smallest child: because it's not real). ― 그랜트 모리슨(Grant Morrison), 『차라리 인간이 되려면(Supergods)』

아이가 어른보다 진실을 보는 눈이 밝다는 모리슨의 주장은 그냥 재미있으라고 해본 얘기일 듯싶다. 그의 해학적 역설과는 달리 슈퍼맨과 베트맨의 존재는 어른들보다 아이들이 더 믿는다. 아이들은 슈퍼맨 흉내를 내느라고 높은 곳에서 뛰어내리다 다리가 부러지고는 하지만 어른들은 그런 '어린애 같은 짓'을 하지 않는다.

어눌한 클락 켄트가 안경을 벗고 붉은 망토를 둘러 순식간에 초인으로 둔갑했다고 해서 같은 신문사에 다니며 날이면 날마다 만나는 직장 동료 여기자 로이스 레인이 그의 얼굴을 못 알아본다는 말도 안 되는 소리를 아이들은 믿지만, 어른들은 아니다. 거짓말은 어른들이 하고 아이들은 속아 넘어간다. 그렇게 어른의 도움과 간섭을 받고 성숙해가면서 아이가 점점 망가진다.

"인생은 우리가 완벽해지기를 기대하지 않아요. 완벽한 인간은 박물관에나 어울리죠(Life did not intend to make us perfect. Whoever is perfect belongs in a museum)." — 에릭 마리아 레마르크(Erich Maria Remarque), 『개선문(Arch of Triumph)』

전운이 감도는 파리에서 고달프고 험난한 인생을 살아가는 여가수 조운에게 "뒤늦은 후회를 해봤자 과거를 바로잡을 수는 없다"면서 불법 체류자 독일인 의사 라빅이 하는 말이다. 지적인 완벽함은 인간의 본성이 아니다. 인간은 불완전하게 태어나서 완전한 존재로 성숙하기 위해 평생 정진하다가 실패하거나 부분적으로만 성공하고는 세상을 떠난다고 많은 사람들이 믿는다.

어른들이 발명하는 어떤 기계 인간보다 훨씬 완벽한 상태로 태어난 정상적인 아기들은 고스란히 그대로 키우면 모두 완벽한 어른이 될 듯싶은데, 현실에서는 그렇지 못하다. 절반쯤만 완벽한 신생아 완전체가 지닌 불완전성의 모순 때문이다. 인간을 포함한 모든 동물은 일단 태어난 다음 어미가 얼마 동안 돌봐주지 않으면 생존조차 감당하지 못하는 무력한 존재다.

어린 지능과 정보 부족으로 인해 아기 인간은 어미의 판단력에 의존해가며 처음 5년을 살아야 하고, 정신과 신체의 발육이 아직 진행 중인 이때의 삶은 완벽함과 무력함이 기묘한 궁합을 맞춰나가는 시련을 거친다. 자신의 삶에 대하여 적절한 판단과 선택을 못하는 아이의 미래는 어미가 대신 결정한다. 대부분의 어미는 자식들을 완전무결한 복제품 기계처럼 키우려고 한다. 인생은 인간이 완벽하기를 기대하지 않지만, 부모는 자식이 완전체 초인으로 자라나기를 요구한다.

인간적인 삶의 본질은 완벽함을 추구하지 않는다는 점이다(The essence of being human is that one does not seek perfection). — 조지 오웰(George Orwell), 『코앞의 진실(In Front of Your Nose)』

실수를 자주하거나 부족함이 많은 사람들을 보고 세상은 "참 인간적"이라고 말한다. 어느 정도의 결함은 사람이 타고난 속성이라는 생각에서다. 완벽한 이상형의 절반 수준밖에 못 미치는 불완전한 조건을 가족이나 타인에게서 받아들이지 못하면 그런 결벽성 또한 흠결이 된다. 우리가 상상하는 완전한 인간은 존재하지 않고, 완전한 집단이나 사상 또한 존재하지 않는다.

어른들은 자신이 불완전한 존재라는 사실을 '인간적'이라고 너그럽게 받아들이면서 자식들만큼은 완전해지기를 기대하고, 그렇게 되기를 강요한다. 내가 이루지 못하는 바를 부모가 자식에게 요구하면 그것은 아동 학대 행위에 해당된다. 인간으로서는 불가능한 목표를 고난의 십자가로 아이에게 떠맡기는 셈이기 때문이다.

완전하지 못한 자신의 분수를 안다는 것은 부끄러운 일이 아니다. 오히려 꼭 받아들여야 하는 인간 조건이다. 순응주의자는 가당치 않은 목표를 설정하고 "불가능은 없다"며 억지를 부려 헛고생을 하면서 평생을 일부러 고달프게 살려고 하지는 않는다. 부모는 자식들에게도 똑같은 삶의 선택권을 허락하는 관용을 베풀어야 한다. 루가복음서 6장 31절에서는 "남이 너희에게 해주기를 바라는 그대로 너희도 남에게 해주어라"라고 했다. 나의 자식은 항상 남처럼 존중해야 한다.

완벽함은 좀 따분하다. 우리 모두가 목표로 삼는 완벽함은 차라리 성취하지 않는 쪽이 바람직하다는 것이 인생의 크나큰 모순이다(Perfection is a trifle dull. It is not the least of life's ironies that this, which we all aim at, is better not quite achieved). — W. 서머셋 모음(W. Somerset Maugham), 『인생의 결산(The Summing Up)』

조지 오웰이나 마찬가지로 모음은 완벽함이란 바람직한 덕목이 아니라고 주장한다. 남들은 모두 그를 완벽하다고 평가하지만 완전주의자는 자신에게서 어디어디가 부족하다며 영원히 만족할 줄 모르는 고질병을 앓는다. 완전주의자의 삶은 그래서 어수룩한 인생보다 괴롭다.

부모들은 자식이 흠잡을 데 없는 완벽한 승자가 되어 세상 꼭대기에 올라서기를 바란다. 부모는 완벽한 인간이 되지 못했고 자식 또한 부모나 마찬가지로 완벽하지 않은 삶의 여유를 원한다. 그러나 실패한 완전주의자 부모는 자식이 완전주의자가 되는 과업에서 성공하기를 기원한다. 그래서 "아이의 성적이 엄마의 업적"이라는 속설을 낳았다. 업적을 쌓기 위한 육아 과정을 부모가 거치는 동안 아이들은, 좀 험악하게 비유하자면, 양계장이나 농장 축사에 가둔 닭과 돼지가 잡혀 먹힐 때까지 살아가는 듯싶은 집단 옥살이를 거친다.

기껏해야 맞춤형 직장인을 사육하는 획일적인 성적순 대량 생산 교육 방식으로 남다른 아이를 키워내겠다는 소망은 모순의 극치다. 다른 부모들이 그들의 자식들에게 시키는 모든 것을 다하라고 나의 자식에게 강요하여 남들과 똑같이 되도록 몰아대면서 내 자식만큼은 아무도 따라오지 못하는 완전무결하고 특출한 신동과 영재로 자라기를 바라는 욕심은 비현실적이다.

자신의 삶에서 유일한 관심사가 자식들뿐인 어머니는 아이들에게 해를 끼치는 존재일 따름이다(A mother only does her children harm if she makes them the only concern of her life). — W. 서머셋 모음(W. Somerset Maugham), 『면도날(The Razor's Edge)』

인고하고 헌신하는 조선 시대의 어머니상은 한국전쟁이 끝나고 산업화가 본격화하면서 개인주의 핵가족과 무한 경쟁 조직 사회의 도래와 더불어 빠른 속도로 시효를 잃었다. 새끼를 지키고 키우기 위한 자기희생은 무릇 동물의 본능이지만, 일본 황군의 군신(軍神) 만들기 식으로 모성애를 지나치게 미화하는 화법은 한 세기나 낡아버린 시대착오적 유물이 되어버렸다. 오늘날의 일상적 삶은 살신성인을 찬양하는 인본주의 전설이나 비현실 신화의 논리를 더 이상 따르지 않는다.

자식을 위해 희생하다 보니 엄마의 인생이 황폐해졌다는 하소연은 설득력이 약하다. 21세기에는 모든 여성의 삶이 정말로 오직 자식을 키우느라고 희생되지는 않는다. 아이들을 멀쩡하게 키워내며 교수, 선생, 직장인, 방송인, 체육인, 연예인, 언론인 그리고 심지어 정치인으로 활동하는 여성은 얼마든지 많다. 자신의 노력이 부족해서 개척하지 못하고 무의미해진 인생까지 자식의 탓으로 돌린다면 억울하게 죄를 뒤집어썼다고 느끼는 아이가 틀림없이 정당방위를 위해 저항한다.

적극적으로 자신의 삶을 개척하는 해방된 여성은 가족보다 자신에 대한 책임을 훨씬 중요하게 생각한다. 엄마와 아이는 둘 다 해방되어야 한다. 자신의 삶을 설계하는 자유 의지를 행사할 권리가 없는 아이부터 해방시켜야 엄마 또한 해방을 맞는다.

잔인하고 냉혹한 세상에 맞서도록 강인하게 아이들을 키우는 일
은 우리가 할 바가 아니다. 조금이나마 덜 잔인하고 가혹한 세상
을 이룩할 아이들을 키워내는 것이 우리가 할 일이다(It's not our job
to toughen our children up to face a cruel and heartless world. It's our job to raise
children who will make the world a little less cruel and heartless). ─ L. R. 노스트(L. R.
Knost), 『날마다 2천 번의 입맞춤을(Two Thousand Kisses a Day)』

언젠가 텔레비전을 보니까 초등학생들의 동요 대회에서 "상 못타면 밥 안
줘!"라는 팻말을 들고 방청석에 버티고 앉아 있는 어느 엄마의 모습을 화면에
내보냈다. 아동들의 인권을 대변하고 가정생활 상담을 맡은 어린 마음/착한 육
아(Little Hearts/Gentle Parenting) 재단을 창설한 노스트가 이런 한국의 생활 현장
을 봤더라면 어떤 반응을 보였을지 궁금해진다.

혹시 웃자고 한 소리라는 생각에 방송에서 그 팻말 구호를 일부러 잡아 보
여주지 않나 싶지만, 어쨌든 엄마의 이런 응원은 힘이 되기는커녕 아이에게
부담을 주고 죄의식을 키우기 십상이다. 도대체 그런 팻말을 왜 시간을 들여
정성껏 만들어 들고 나와 자식을 위한 공포감을 조성했는지 그야말로 철없는
엄마의 완벽한 표본이었다.

아이에게 신비와 마법의 어린 시절을 건너뛰고 얼른 경쟁 사회의 냉혹한
현실을 직시하도록 몰아대는 어른은 잔인한 존재다. 패배하여 자존심이 상한
아이의 상처를 달래주기는커녕 밥을 굶기겠다고 협박해서 부모가 얻는 소득이
무엇일까? 부모와 자식은 서로 예의를 지켜야 하는 남남이다.

인간으로서 저지를 수 있는 가장 끔찍한 죄는 아이의 정신력을 무참하게 짓밟는 짓이다(The most deadly of all possible sins is the mutilation of a child's spirit). ― 에릭 에릭손(Erik Erikson), 『청년 루터(Young Man Luther)』

지그문트 프로이트와 더불어 단계 이론(stage theory)에서 쌍벽을 이룬 덴마크 태생의 유대인 정신 분석가 에릭손은 인간의 사회 심리적 발달이 이루어지는 여덟 단계에서 세 번째가 자아의식과 개성이 구성되는 시기라고 했다. 네 살부터 취학하기 직전까지인 이 무렵에는 아이들이 놀이와 대인 관계를 통해 사회생활에 적응하고 인생 역학을 지배하는 능력을 익힌다.

앞장서서 다른 아이들을 이끌며 성장 3단계를 성공적으로 넘기는 개체들은 적자생존의 첫 주요 단계에서 유능한 지도자의 기질을 갖추는 반면, 주변 환경을 다스리며 인적 교류를 통제하는 능력을 습득하지 못하여 주도력을 상실한 아이들은 죄의식과 자괴감에 빠진다고 에릭손은 주장했다. 인생의 승부는 일곱 살에 이미 거의 절반가량은 끝난다는 얘기다.

의식화가 활성화하여 아이들이 이른바 자기주장을 내세우기 시작하는 이때를 한국인들은 '미운 일곱 살'이라고 한다. 아이가 인격을 갖추는 현상은 미워할 일이 아니라 축복해줘야 마땅하다. 정체성을 확립하고 목적의식이 형성될 무렵에 "삶에서 유일한 관심사가 자식들뿐인" 부모가 지나친 관심을 쏟기 시작하면서 아이들은 교육의 집단 동물 농장으로 끌려 들어가 세뇌 과정을 거쳐 앵무새 노릇을 하는 녹음기와 정답만 찾아내는 계산기의 기능을 갖춘다.

언젠가 한때는 들판과 숲과 개울과 대지가
그리고 눈앞에 펼쳐진 하찮은 모든 풍경이
천국의 빛으로 뒤덮인 듯
꿈처럼 생생하고 찬란해 보이던
그런 시절이 나한테 있었다네.
(There was a time when meadow, grove, and stream,
The earth, and every common sight
To me did seem
Apparelled in celestial light,
The glory and the freshness of a dream.)

이렇게 시작되는 『어린 시절 추억의 불멸성이 남긴 흔적에 대한 송가(Ode: Intimations of Immortality from Recollections of Early Childhood)』는 윌리엄 워즈워드가 흘러간 어린 시절에 대한 그리움을 절절하게 그려낸 『무지개』를 여러 차례 개작해가면서 가꿔놓은 확대판처럼 읽힌다.

남들에게 빼앗기지 않고 자연스럽게 무사히 흘러가버린 어린 시절의 추억은 불멸의 흔적을 남긴다. 그러나 성장의 멍에가 빼앗아간 어린 시절의 황폐한 들판에는 정든 추억이 남지 않는다. 아예 추억이 생겨나지 않는 탓이다.

어린 시절은 태어날 때부터 어느 특정한 나이까지가 아니어서
아이는 어느 만큼인가 자라고 나면 그냥 어린애 노릇을 그만둔다.
어린 시절의 나라에서는 아무도 죽지 않는다.

(Childhood is not from birth to a certain age and at a certain age
The child is grown, and puts away childish things.
Childhood is the kingdom where nobody dies.)

— 에드나 세인트 빈센트 밀레이(Edna St. Vincent Millay)

　　탈피를 하는 곤충이나 올챙이 적 생각을 못하는 개구리처럼 인간은 일종
의 정신적인 허물벗기를 하면서 성장한다. 조바심을 하며 어서 자라고 싶어 하
던 아이들은 어른이 되면 승진이나 출세를 이루기라도 한 듯 변신에 성공했다
고 자랑스러워한다. 그래서 어린 시절을, 시간과 장소와 기억을 무형의 덩어리
로 만들어, 창피한 배설물처럼 속 시원히 털어버린다. 아이를 어른의 아버지라
고 인정하는 어른이 없어서다.

　　하지만 어른이 된다는 것은, 찬란한 무지개가 환상의 마법을 부리는 '어
린애 짓'이 끝나는, 첫 번째 죽음이다. 어린애 같은 짓들은 어린아이라면 꼭 해
야만 하는 아이다운 행위들이다. 미국의 여성 서정시인 밀레이가 "아무도 죽지
않는 왕국"을 노래했건만, 그런 시절과 그런 세상이 존재한다는 사실을 알지 못
하고 어른으로 자라는 도시의 인간 애벌레들은 인생에서 가장 아름다워야 할
한 토막을 도둑맞는다.

어린 시절의 추억은 잠에서 깨어난 다음에도 사라지지 않는 꿈이
었다(Memories of childhood were dreams that stayed with you after you woke).
— 줄리안 반스(Julian Barnes), 『세 겹의 잉글랜드(England, England)』

후기 현대파 소설 『세 겹의 잉글랜드』에서 반스는 누구에게 버림을 받거
나, 배반을 당하거나, 얼어붙은 벌판에서 길을 잃고 헤매는 따위의 악몽을 꾸고
나면 잠에서 깨어난 다음에도 두려움이 사라지지 않는다고 했다. 뒤숭숭한 꿈
자리보다 훨씬 끔찍하고 충격적인 과거의 실제 경험에 대한 기억 역시 쉽게 사
라지지 않아서, 그 후유증으로 인해 수많은 사람들이 현재의 삶까지 망가지는
만성 고통에 시달린다. 그래서 일각에서는 과거의 기억을 조작하여 불쾌한 특
정 기억을 없애는 두뇌 변조(brain modulation) 연구까지 진행 중이라고 한다.

원한에 사무친 사람들은 보복을 기약하며 기왕의 체험 가운데 쓰라린 내
용들만 추려 일부러 증폭시키거나 악의적으로 부풀려 집요한 기억의 압박에
시달리면서 현실 생활에서 장애를 일으킨다. 그러나 고통을 빨리 잊고 싶어 하
는 대부분의 사람들은 옛날이 좋았다고 믿으려는 심리의 지배를 기꺼이 받아
들인다. 삶의 고통을 이겨내기 위한 효과적인 방어 기제(防禦機制)로 인간의 무
의식은 나로 하여금 지나간 나날을 예쁘게 보는 색안경을 쓰도록 유도하는 선
의의 속임수를 쓴다. 흘러가는 시간과 더불어 점점 흐려지는 특정 사건들에 대
한 기억을 편집하고 재구성하는 생존 본능의 기만술이다. 그래서 우리는 지나
간 어린 시절을 영원히 만발하는 꿈으로 아련하게 단장한다.

076

어린 시절이란 순진함을 뜻한다. 아이의 눈으로 보면—세상이 무척 아름답다(Childhood means simplicity. Look at the world with the child's eye—it is very beautiful). — 카일라시 사티아르티(Kailash Satyarthi)

사티아르티는 인도에서 어린이 구호 재단(Bachpan Bachao Andolan)을 설립하여 노동력을 가혹하게 착취 당하는 아동 9만 명을 구제한 공으로 2014년에 노벨 평화상을 받은 사회 활동가다. 인도와 파키스탄에서는 수많은 어린애들이 가내 수공업자들의 골방에 갇혀 양탄자를 짜면서 어린 시절을 보낸다. 아이는 손이 작아 날실들 사이를 드나드는 솜씨가 섬세하기 때문이라고 한다.

죄수처럼 학대를 당하며 보낸 인도 아이들의 어린 시절은 두고두고 그리워할 만큼 아름다운 추억으로 남을 리가 없다. 그렇지만 어른들은 아이들의 세상이라면 하나같이 순수하며 아름다우리라고 믿으려 한다. 어쩌면 자식이 행복하다고 믿어야 부모로서 할 바를 다 하지 못한 죄의식이 면죄부를 얻어 양심의 가책이 사라지리라는 바람 때문에 그리 생각하는지도 모를 일이다.

사실은 그렇지 않건만 내 인생에서는 역시 어린 시절이 가장 아름다웠노라고 우기는 사람 또한 적지 않다. 기억조차 오류와 수정을 거친 탓이다. 끔찍한 경험을 한 사람이 충격을 받고 기억 상실증에 잘 걸리는 까닭은 이겨내기 힘든 고통을 억지로나마 잊고 살아남기 위한 자기기만의 도피를 선택하기 때문이다. 마찬가지 이유로 우리는 기쁨과 아픔이 절반씩인 인생에서 절반의 기쁨을 소중히 기억하고 나머지 절반의 아픔은 기꺼이 망각한다.

마침내 옛 고향으로 돌아가서 보면, 그리웠던 것은 옛집이 아니라
어린 시절이었다는 사실을 알게 된다(When you finally go back to your old
hometown, you find it wasn't the old home you missed but your childhood).
— 샘 유잉(Sam Ewing), 『뿌리를 찾아가는 길(Teach Me Genealogy)』

　　뿌리를 찾아 고향으로 돌아간 유잉은 그가 정말로 그리워하던 대상은 사
라진 과거의 느낌과 추억이었지 옛날에 살던 집이나 고목나무처럼 공간을 물
리적으로 차지한 실체가 아니었음을 뒤늦게 깨닫는다. 추억은 시간과 장소보
다 그곳에서 함께 보낸 사람들과의 인연과 그것을 해석하는 감성의 산물이다.
고향집은 꿈과 추억을 만드는 장소일 따름이고 실제로 추억을 구성하는 기본
요소는 인간이다.

　　도봉구 쌍문동에서 자란 어느 쌍둥이는 어린 시절의 고향에 대하여 이런
착각을 했다고 한다. 동네를 멀리 벗어난 적이 없는 유치원 시절의 그들에게는
오랫동안 우이동 골짜기가 세상의 전부였고, 그래서 집 마당의 라일락 울타리
너머로 날마다 마주 보이는 백운대를 우리나라에서 제일 높다는 백두산인 줄
알았단다. 그들의 세계에서 눈에 보이는 가장 우뚝한 봉우리가 백두산과 이름
이 비슷한 백운대였으니, 그런 오해가 생길 만도 했겠다.

　　이와 비슷한 기억의 배반을 많은 사람들이 옛날에 다닌 초등학교를 어른
이 된 다음에 찾아가서 경험한다고 했다. 어렸을 때는 그토록 광활해 보였던
운동장이 어른의 눈에 너무나 작아 보인다는 진실을 발견하고 실망하는 탓이
다. 어른과 아이는 같은 대상과 개념을 다른 시각으로 각인한다. 그렇게 세월
따라 기억 속의 세상은 크기와 모양이 달라진다.

남들과의 경쟁에서 이기기 위해 사람들은 저마다 권위자가 되려고 보다 좁은 지식의 분야로 진입한다. 전문가는 점점 더 작은 대상에 관하여 점점 더 많이 알아가고 그러다가 급기야는 하찮기 짝이 없는 무엇인가에 대하여 해박한 경지에 이른다(Every man gets a narrower field of knowledge in which he must be an expert in order to compete with other people. The specialist knows more and more about less and less and finally knows everything about nothing). ― 콘라트 로렌츠(Konrad Lorenz)

1973년에 노벨상을 받은 오스트리아의 동물행동학자 로렌츠가 온갖 희한한 동물 심리의 사례를 인간의 행태와 비교하며 해학적으로 설명한 『솔로몬의 반지』를 보면, 부화기에서 갓 깨어난 새끼 기러기가 어미를 각인하는 현상을 인상적으로 소개해놓았다. 생후 13~16시간밖에 되지 않아 세상에 대하여 절대 무지한 상태인 아기 기러기는 진짜 엄마를 본 적이 없기 때문에 눈앞에서 움직이는 첫 물체를 보면 그것이 어미라고 믿고는 졸졸 따라다니며 성장한다. 동물이나 사람은 물론이요 심지어는 장난감 기차에 실려 이동하는 상자를 어미로 삼은 기러기도 있었다고 한다.

자신의 적성과 삶의 진로를 알지 못하는 나이의 어린 인간은 가장 눈에 잘 띄는 직종을 무작정 엄마 기러기로 각인하고 따라가야 할 인생의 목표로 정한다. 그러고는 학교를 다니며 다양한 분야의 기초 지식을 광범위하게 섭렵하는 동안 입맛에 맞는 새로운 대상들을 줄줄이 발견한다. 생존술을 좀 더 학습한 다음에는 넓고 얕은 시야가 구체적으로 점점 깊고 좁은 대상으로 집약하고, 학습 기술이 확장함에 따라 선택의 범위가 넓어지기는 하지만, 목표는 끊임없이 왜소해진다.

학교에서만 공부를 한 아이는 교육을 받지 못한 아이다(A child educated only at school is an uneducated child). — 조지 산타야나(George Santayana)

산타야나 같은 서양의 지식인들은 교육의 개념을 인간으로서의 깨우침에 치중한 시각에서 서술한다. 생존 여건의 기반을 갖추는 전문적 지식의 학습 (vocational training)과 달리 삶의 지혜에 이르는 인문학적 경지로서의 교육은 일반적인 기술과 정보의 습득을 초월한 형이상학적 지평으로 탐구를 전개한다. 중세 인본주의 교육의 기본은 동양이라고 해서 다를 바가 없었다.

우리나라에서는 학교와 가정에서의 교육이 분명하게 양립되어 가정 교육을 탓하면 그것은 시험 성적과는 무관하게 "버르장머리가 없다" 또는 "행실이 불량하다"는 보편적 훈육(discipline)의 개념으로 이해했다. '가정 교육'은 학교 공부와는 별개의 차원인 유교적 인성 교육이었으므로, 유럽 부잣집에서 입주 가정 교사나 개인 교수를 고용하여 자식들에게 따로 사교육을 시키던 '가정 학습(home schooling)'과는 성격이 크게 달랐다.

한때 우리나라 초등학교에서는 손수레를 끌고 비탈길을 올라가는 사람이 눈에 띄면 얼른 쫓아가서 밀어주고 지팡이를 짚은 '꼬부랑 깽깽 할아부지'는 팔꿈치를 잡아 부축하라고 아이들에게 가르쳤다. 사실 이런 사항은 학교가 아니라 부모가 집에서 자식들에게 가르쳐야 하는 가정 교육이었으나, 예전에는 학교에서조차 수재보다 인간다운 인간을 만드는 데 더 주력했다. 비탈길 손수레와 지팡이 노인을 돕는 일은 너무나 당연한 일이어서 그런 일을 한 아이들에게 학교에서는 따로 점수조차 주지 않았다. 지금은 공교육에서 사회봉사를 점수로 계산해가며 숙제처럼 강제로 시킨다.

모든 놀이는 치열한 사고 활동과 빠른 지적 성장을 수반한다(All play is associated with intense thought activity and rapid intellectual growth).
— N. V. 스카프(N. V. Scarfe)

그리 먼 과거가 아닌 1988년에 방송인 김병조는 MBC에서 "나가 놀아라"라는 표현을 크게 유행시켰다. 집안에서 시끄럽게 뛰노는 아이들을 귀찮다고 밖으로 몰아내며 옛날 부모들이 자주 쓰던 말투였다. 그러면 길바닥으로 쫓겨난 아이들은 이리저리 몰려다니며 "애, 애, 애들 나와라. 어른은 나오지 말고 애들 나와라"라고 외쳐 이웃 동무들을 불러내 점점 더 큰 무리를 지어 함께 뛰놀았다. 그들은 또래들과의 이런 어울림을 통해 자연스럽게 화합과 통솔과 협동의 능력을 키웠다.

20세기 중반까지도 아동들은 구슬먹국과 딱지치기, 제기차기와 자치기 같은 놀이를 즐기며 승부욕과 경쟁력을 키우는 훈련을 어려서부터 자연스럽게 거쳤다. 거의 모든 유희가 규모와 차원은 다르지만 전쟁을 모방하는 형태를 취하기 때문이다. 아이들은 자기들끼리 모여 신나게 웃고 떠들며 열심히 평화적인 투쟁에 임했고, 그들이 떼를 지어 놀던 골목길은 현장에서 본능과 감각으로 문제를 해결하고 생존하여 승리의 길을 찾아내는 학습의 터전이었다.

캐나다의 교육자 스카프 교수는 학교나 가정에서보다 놀이를 하는 사이에 아이들이 가장 높은 수준의 인생살이 교훈을 배운다고 주장한다. 그런데 지금의 우리나라 도시 부모들은 공부 이외의 모든 활동, 특히 단순한 놀이는 아까운 시간을 낭비하는 짓이라며 "놀지 말고 공부나 열심히 하라"며 자식들을 방안에 가둔다.

엄격하게 다스려 억지로 가르치려고 길들이는 대신, 아이로 하여금 재미있는 무엇인가를 직접 찾아내어 익히도록 이끌어주면, 아이들 각자가 지닌 천재적 성향의 독특성이 구체적으로 무엇인지를 알아내기가 훨씬 쉬워진다(Do not train a child to learn by force of harshness; but direct them to it by what amuses their minds, so that you may be better able to discover with accuracy the peculiar bent of the genius of each). — 플라톤(Plato)

인격체로서의 독립을 준비하는 시기인 미운 일곱 살에 이른 아이는 다양한 관계를 설정하면서 여러 인간형의 복잡한 심리를 파악하고 그에 적극적 또는 소극적으로 반응해가면서 성숙한다. 플라톤은 아이들이 동무들과 어울려 놀기를 즐기는 기간에 자신의 적성과 취미가 무엇인지를 스스로 찾아내어 인생을 설계할 감각을 키워주라고 어른들에게 권한다.

남들과 더불어 살아가는 능력을 자연스럽게 익히는 놀이를 통한 학습이야말로 진짜 살아 있는 교육이다. 그러니까 자식들에게 밖으로 나가 친구들과 놀지 말고 혼자 공부만 하라며 골방에 가두는 어른은, 약간의 논리적 억지를 부리자면, 참된 공부를 막아버리는 훼방꾼이다.

성장의 씨앗은 인간 개개인의 내면에 이미 유전 인자로 장착되어 있으며, 스승은 그 씨앗이 싹트도록 물을 뿌려주는 도우미일 따름이다. 갈릴레오 갈릴레이가 한 말이다. "우리는 누구에게 무엇 하나 가르칠 수가 없으며, 자신의 내면에서 깨달음을 찾아내도록 도와주는 정도가 고작이다(You cannot teach a person anything, you can only help him discover it within himself)."

"스승이 뭐냐고요? 내 생각에 스승이란 무엇을 가르치는 사람이라기보다는, 제자로 하여금 벌써부터 자신이 알고 있는 무엇인가를 찾아내기 위해 최선을 다하도록 영감을 불어넣는 사람이랍니다(What is a teacher? I'll tell you: it isn't someone who teaches something, but someone who inspires the student to give of her best in order to discover what she already knows)." ― 파울로 코엘료(Paulo Coelho), 『포르토벨로의 마녀(The Witch of Portobello)』

갈릴레오가 제시한 도우미 스승의 개념을 베트남 승려 틱낫한(Thich Nhat Hanh)은 이렇게 부연한다. "지혜와 통찰력을 다른 사람에게 넘겨주기는 불가능하다. 씨앗은 이미 따로 준비되어 있다. 훌륭한 스승은 씨앗을 어루만져 깨어나고, 싹트고, 자라나게 해줄 따름이다(You cannot transit wisdom and insight to another person. The seed is already there. A good teacher touches the seed, allowing it to wake up, to sprout, and to grow)."

캐나다의 심리 지도사 밥 프록터(Bob Proctor)가 정의한 스승의 역할이다. "스승은 우리 내면의 재능과 능력을 우리 자신보다 더 잘 알아보고 그것을 발휘하도록 도와주는 사람이다(A mentor is someone who sees more talent and ability within you, than you see in yourself, and helps bring it out of you)." 그리고 방송인 오프라 윈프리가 정의한 스승의 개념은 이러하다. "스승이란 우리들로 하여금 자신의 내면에서 희망을 찾아내도록 허락하는 사람이다(A mentor is someone who allows you to see the hope inside yourself)."

우리가 무엇을 가르치려고 하는지를 아이들은 기억하지 않는다. 우리가 어떤 사람인지만 기억한다(Kids don't remember what you try to teach them. They remember what you are). — 짐 헨슨(Jim Henson), 『청개구리로 살아가기(It's Not Easy Being Green)』

    미국 방송 역사상 최장수 미취학 아동 교육 프로그램이며 우리나라에서도 정규적으로 방송 중인 〈세서미 스트릿(Sesame Street)〉에서 인형 제작을 담당해온 헨슨은 귀로 듣고 개념으로 배우는 대신 눈으로 보고 마음으로 배우는 놀이학습의 열렬한 개척자다.

    미취학 아동들에게 생존 방식을 가르치는 최초의 스승 노릇은 부모가 맡는다. 옹알이를 시작하여 언어를 깨우쳐 개념을 주고받는 수단을 갖추기 전까지 아기들은 우선 부모의 표정과 동작을 눈으로 관찰하면서 자신이 취할 반응을 결정한다. 그러고는 조금씩 나이를 먹으며 대다수 자식들은, "콩 심은 데 콩 나고 팥 심은 데 팥이 난다"고 했듯이, 계속 부모를 보고 배워 그대로 닮는다. 그렇기 때문에 솔선수범은 자식을 가르치는 가장 훌륭하고 유일한 교재다.

    자식들의 성장에 도움이 되게끔 살아 있는 교과서 노릇을 하려면 내가 정말 자식에게 본보기를 보여줄 만큼 훌륭한 부모인지부터 확인해야 하지 않을까 싶다. 어른들이 흔히 꾸짖는 아이의 허물은 어른이 어렸을 때 자신도 저질렀을 가능성이 크고, 그렇기 때문에 자식의 언행이 못마땅하면 꾸짖기 전에 나는 똑같은 잘못된 짓을 하지 않았는지 기억을 뒤져 점검해볼 필요가 있다. 거짓말을 밥 먹듯 하는 부모라면 자식에게 거짓말을 하지 말라고 야단치기가 어렵다.

숟가락으로 떠서 먹여주는 습관에 오랫동안 익숙해지다 보면 우리는 숟가락의 생김새 말고는 배우는 바가 없다(Spoon feeding in the long run teaches us nothing but the shape of the spoon). ─ E. M. 포스터(E. M. Forster)

　부모가 끝없이 떠먹여주기를 계속했다가는 자식은 힘들여 일해야 한다는 생존 경쟁의 필요성을 깨닫기 어렵다. 코앞에 보이는 숟가락만 식별하면 먹이가 저절로 생기니까 살아남는 데 문제가 없다고 판단한 아이는 더 이상 아무런 노력을 낭비하지 않는다. 어미의 보살핌이 봉착하는 한계다.

　강풍이 휘몰아치는 남극 얼음 벌판에서는 해마다 아델리펭귄 수백 쌍이 옹기종기 모여들어 새끼를 낳아 5개월 동안 정성껏 먹여 키운다. 그래서 자식들이 통통하게 살이 오른 다음에는 마지막으로 최후의 만찬을 배불리 먹여놓고 어미들이 한꺼번에 떼를 지어 바다로 떠나 종적을 감춘다. 어미로서는 할 바를 다 했으니 이제부터 자식들이 다 알아서 하라는 집단 결별의 통과 의례다.

　버림을 받고 영문을 모르는 새끼들은 아직 털갈이조차 끝나지 않은 상태로 무리를 지어 자기들끼리 우왕좌왕 한참 망설이다가 바닷가로 몰려가서 하나씩 물로 뛰어들어 그들만의 새로운 삶을 시작한다. 부모가 배려를 끝내는 순간부터 동물 아기는 그렇게 혼자서 살아갈 길을 찾아 나선다.

　인간 아기 또한 언제부터인가 혼자 밥을 먹고 살아가기 위해 숟가락질을 배워야 한다. 그런 다음에 자신이 소비할 식량을 제 힘으로 장만해야 한다. 떠먹이기를 너무 오래 계속하면 자칫 아이를 평생 밥을 제 손으로 떠먹지 못하는 정신적인 불구자로 만든다.

인생에서 우리에게 절실히 필요한 바는 우리가 할 줄 아는 일을 스스로 하게끔 시키는 사람이다. 그것이 친구의 역할이다(Our chief want in life is somebody who shall make us do what we can. This is the service of a friend). — 랠프 월도 에머슨(Ralph Waldo Emerson)

시인 에머슨이 정의한 친구의 역할은 원하는 무엇인가를 내가 실천하도록 도와준다는 말이지 내 의무를 대신 떠맡아 처리한다는 뜻이 아니다. 차가운 물에 내 발을 적시지 말라고 한껏 배려하여 여울 이쪽에 나를 남겨두고 친구가 대신 혼자 건너가 사라지면 낯선 땅에 버림을 받은 나는 친구처럼 집으로 가서 밥을 먹고 편히 잠을 자는 기회를 잃는다. 친구는 고난의 물길을 내가 건너가도록 손을 잡아 도와주는 사람이지 대신 역경을 헤쳐 나가는 머슴이 아니다.

부모 노릇도 마찬가지다. 새끼를 살리기 위해서라면 몸집이 몇 배나 큰 다른 짐승과 목숨을 내놓고 치열하게 싸울 만큼 맹목적인 모성애를 발휘하는 야생의 온갖 동물은 생존술을 가르쳐 독립시켜야 할 시기에 이르면 자식의 친구 노릇을 단호하고 냉혹하게 마감한다. 맹금류는 먹이를 제대로 받아먹지 못해서 자신의 생명을 지킬 능력이 없는 자식은 억지로 물고기 토막을 먹이는 대신 그냥 죽게 내버려둔다. 약체로 살아봤자 평생 고생일 테니 일종의 안락사를 허락하는 셈이다.

삶을 대신 살아주는 역할은 친구나 어미의 몫이 아니다. 기본적인 섭생이 끝난 다음에는 적절한 시기에 결별의 극한 처방을 거쳐 생존 훈련의 벌판에 자식을 풀어놓아야 한다. 그러나 한국인은 펭귄이나 맹금류가 아니어서 문제가 발생한다.

참교육은 과학, 역사, 문학이나 예술에 관한 몇 가지 사실들을 습득하는데서 그치지 않고 인격의 발달을 도모하는 것을 목적으로 삼는다(True education does not consist merely in the acquiring of a few facts of science, history, literature, or art, but in the development of character). ― 데이빗 O. 맥케이(David O. McKay)

　　종교인 맥케이가 1928년 미국 교육계 지도자 총회에서 '참교육'이 무엇인지를 밝힌 내용이다. 단세포적인 정보를 수집해서 머릿속에 차곡차곡 저장하는 단순한 주입 공정을 넘어 인간의 언행을 주도하거나 뒷받침할 정신적 주체를 갖추게끔 청소년을 도와주는 훈련이 참교육의 근간을 구성해야 한다는 주장이다.

　　1960~1970년대 우리나라에서까지 유행어로 한참 식자들의 입에 오르내린 '참교육'은 하향식 지식의 전달에서 끝나지 않는다. 교실에 모여 앉아 스승으로부터 일률적으로 정보를 내리받아 공유하여 지식의 기반을 마련하는 전통적인 학습에서 그치지 않고 참교육은 학생 개개인이 사회적 동물로서 집단의 구성원이 되어 느끼고 반응해가며 적응하도록 돕는 정서적 체험을 함께 도모한다.

　　참교육론자들은 유기체처럼 생동하는 형태의 체험 교육이 인생의 지침으로써 나침반 역할을 하게 될 깨우침을 마련해준다고 믿는다. 머리가 아니라 마음을 가르치려는 교육은 랠프 월도 에머슨과 헨리 데이빗 도로우 같은 미국의 초월론자(transcendentalist)와 인도의 구루뿐 아니라 동양의 명상가들이 두루 추구하던 해탈의 기본 정신과 맥이 통하는 개념이다. 그런데 대한민국의 대다수 부모들이 중고등학생 자녀들에게서 관심을 보이는 대상은 오직 하나, 성적표의 점수뿐이다.

평범한 스승은 알려준다. 훌륭한 스승은 설명한다. 뛰어난 스승은 시범을 보인다. 위대한 스승은 영감을 불어넣는다(The mediocre teacher tells. The good teacher explains. The superior teacher demonstrates. The great teacher inspires). — 윌리엄 아더 워드(William Arthur Ward)

미국의 종교인이며 교육자인 워드는 스승의 수준을 네 가지 유형으로 분류하면서, 정보를 단순히 전달하는데서 그치지 않고 제자들이 머릿속에 장착한 지식을 지혜로 승화시키도록 공격적이고 적극적인 영감을 불어넣어 이끌어주는 학습을 가장 큰 덕목으로 꼽았다.

플루타르코스는 "이성은 채워줘야 하는 그릇이 아니라 불을 붙이는 쏘시개다(The mind is not a vessel that needs filling, but wood that needs igniting)"라고 했다. 조상들이 남긴 깨우침의 결실을 머리에 주워 담아 곳간에 비축한 식량처럼 숨겨두지 말고 인간 집단과의 소통 체험으로 얻은 다각적인 조각 정보의 집합을 불살라 세상을 비추는 새로운 창조의 빛을 밝히라는 주문이다. 지식과 지혜는 산골짜기를 구불구불 타고 흐르는 물처럼 계속 순환시켜야 썩지 않는다.

공교육은 공동 주택에 함께 거주하는 집단의 형태를 취한다. 지식은 사유 재산이라기보다 만인이 원자재로 삼아 저마다의 경지를 개척하는 수단일 따름이다. 인간 사회의 진정한 경쟁은 단체 교육이 끝나고 뿔뿔이 흩어져 홀로 세상과 맞서면서부터 본격적으로 시작된다. 학력은 취업을 위한 자기소개서 작성에만 잠시 도움이 될 뿐이어서, 참된 경쟁력은 성적표의 점수와 예금통장의 현금으로 계산하면 별 가치가 없어 보이는 '사람 만들기(development of character)' 공정에서 축적된다.

아이들에게 글을 읽으라고만 가르치지 말고, 그들이 읽은 내용에 의문을 제기하도록 가르쳐야 한다(Don't just teach your kids to read, teach them to question what they read). — 조지 칼린(George Carlin)

신랄한 사회 비평가로 더 널리 알려진 희극인 칼린이 제시한 지극히 상식적인 명제다. 아이들이 제기하는 '의문'에 관해서라면 진짜로 심각한 문제의 핵심은 따로 있다. 아이가 무엇인지 꼬치꼬치 캐물으면 귀찮아진 어른은 "그런 건 아직 몰라도 된다"면서 질문을 못하도록 아예 입을 막아버리거나, 대답을 알지 못해 난처해지면 애써 정답을 알아보는 대신 자꾸 횡설수설 오답만 남발하는 경우가 흔하다.

아이들은 그러라고 가르치지 않아도 끊임없이 무엇인가 의문을 제기한다. 순간적으로 가끔 아이의 민감한 지능은 나이를 먹어 둔감해진 어른보다 훨씬 높이 오르고는 한다. 어른은 나이를 먹을수록 사고력이 정체하며 여러 양상을 종합한 보편적인 궤도를 따라가려고 하지만, 아이는 새로 접하는 사항에 대하여 어른처럼 줄줄이 연결하여 비교할 인접 정보가 따로 없기 때문이다.

어떤 특정한 사항에 대하여 유일한 사양을 깊이 꿰뚫어보는 제한된 시각을 갖춘 아이의 판단력은 상식의 지배를 받는 어른보다 때로는 훨씬 명료해진다. 아이가 꼬박꼬박 말대꾸를 하는 까닭은 어른의 논리적 모순을 옳지 않다고 인지하기 때문이다. 말대꾸는 이의를 제기하는 질문의 전형적인 한 가지 형태다. 그렇게 아이는 어른들을 심판하는 기준을 갖추기 시작한다.

아이들에게는 무엇을 생각하느냐가 아니라 어떻게 생각하는지를 가르쳐야 한다(Children must be taught how to think, not what to think). ― 마거 릿 미드(Margaret Mead)

　　"여성 한 사람을 해방시킬 때마다 남성 한 사람을 함께 해방시키는 효과를 낸다(Every time we liberate a woman, we liberate a man)"라면서 1960년대 여성 해 방 운동의 앞장을 섰던 문화 인류학자 미드는 남태평양 원주민들의 생활상을 미국인의 행태 현실과 접목시켜 성차별이나 청소년 문제는 물론이요 육아와 교육 이론에 세계적으로 지대한 영향을 끼쳤다. 그녀는 사고의 목적보다 동기 가 훨씬 중요하다고 믿었다.

　　루마니아 태생의 프랑스 극작가 외젠 이오네스코(Eugene Ionesco) 또 한 "깨달음은 대답이 아니라 질문을 함으로써 얻는다(It is not the answer that enlightens, but the question)"라고 했다. 집단 교육에서는 스승이 묻고 제자가 대 답하는 강연 형식으로 기초 지식을 배양한다. 그러나 진정한 깨우침은 제자가 하는 질문에 스승이 답하는 대화 형식을 취한다. 나아가서 가장 심오한 영적 통찰은 묻는 자가 스스로 대답하는 경지에서 이루어진다.

　　교육의 방식과 내용은 인생 설계에서 필수적인 동력원이건만 불행히도 아이들에게는 지적 발달이 가장 왕성한 성장기에 자신의 교육에 대한 발언권 이 허락되지 않는다. 어떻게 생각하느냐는 고사하고 무엇을 생각해야 좋겠는 지를 결정하는 자기 계발의 기회는 흔히 공교육이 끝나고 성인이 되어 머리가 굳어진 다음에야 뒤늦게 찾아온다.

아이가 수학은 못하지만 정구를 잘한다면 대부분 사람들은 수학 지도 교사를 고용한다. 나라면 차라리 정구 선생을 부르겠다(If a child is poor in math but good at tennis, most people would hire a math tutor. I would rather hire a tennis coach). — 디팍 초프라(Deepak Chopra)

인도의 대체 의학 개척자로 미국에서 활동하며 사이비 학문 논란에 휩싸여 창피하게 1998년 물리학 분야에서 '쭉정이 노벨상(the Ig Nobel Prize)'을 받은 초프라의 명쾌한 영재 교육법 진단이다. 단점을 보완하느냐 아니면 장점을 키우느냐 하는 선택의 문제를 놓고 대부분 사람들은 자식이 남들에게 뒤지지 않게 하려고 단점 보완에 나선다. 그러나 남들보다 앞서려면 장점부터 키워야 한다. 남들을 뒤따라 다니기만 하면서 그들보다 앞서 나가기란 논리적으로 불가능한 일이다.

골고루 모든 품격을 갖춘 팔방미인은 무엇 하나 부족하거나 못난 구석이 없는 반면에 각별히 잘난 면모 또한 없기가 십상이다. 모범적이고 반듯한 사람은 튀지 않는 표준형이어서, 누구나 다 하는 일밖에 할 줄 모르기 때문에 새로운 인재를 선발하려는 사람들의 눈에 잘 띄지 않는다. 비슷비슷한 후보자들이 너무 많아서다. 그들은 비록 큰 실패는 하지 않을지는 모르겠으나 크게 성공할 가능성 또한 희박한 인물형이다.

운동선수가 될 사람은 낙제를 할 정도가 아니라면 수학에서 남들과 발을 맞추느라고 시간과 정력을 낭비하는 대신 차라리 좋아하고 잘하는 운동을 더 해야 계산이 맞는다. 아이에게 선택권이 주어진다면 보나마나 그는 수학을 버리고 당장 정구 선생과 놀겠다며 밖으로 뛰쳐나갔을 것이다.

어렸을 때 우리는 미래를 생각하는 일이 별로 없다. 이런 순진함으로 인해서 아이들은 마음 놓고 즐거운 시간을 보내지만 대다수 어른들은 그러지 못한다. 미래 때문에 조바심을 시작하는 날은 어린 시절과 영원히 작별하는 날이다(When we are children we seldom think of the future. This innocence leaves us free to enjoy ourselves as few adults can. The day we fret about the future is the day we leave our childhood behind). ― 패트릭 로드퍼스(Patrick Rothfuss), 『바람의 이름(The Name of the Wind)』

연예인이 되겠다고 수많은 아이들이 장래 희망을 천명하면 거의 모든 부모가 쌍지팡이를 짚고 나서서 뜯어 말린다. 텔레비전에서 부지런히 활동하는 어린 가수와 젊은 희극인 가운데 쉰이나 예순은커녕 마흔 살까지나마 왕성하게 연예 활동을 계속하는 사람이 별로 없기 때문이다. 연예인의 직업상 기대 수명인 나이 마흔은 아직 인생을 절반밖에 살지 않은 절정기의 한창 시절이다.

현명한 어른들은 열 살 난 아이에게 "그러니까 가수가 되려는 하루살이 헛된 꿈을 버리고 공부나 열심히 하라"고 타이른다. 반짝 인기는 금방 시들지만, 공부는 평생 써먹는 재산이 된다고 어른들은 말한다. 그러나 앞날을 길게 내다봐야 한다는 지혜의 말씀을 아이는 잔소리라면서 귀를 기울이지 않는다. 아이들에게는 40이라는 나이가 너무나 머나먼 미래여서, 그때까지 내가 살아 있기나 할지조차 분명하지 않고, 그토록 까마득한 미래를 현실이라고 받아들이기가 쉽지 않다.

미래를 걱정하지 않기 때문에 즐거운 나날에는 철부지 아이들이 행복하게 지내도록 그냥 내버려둬야 한다. 미래는 머지않아 닥치고, 그때부터 아이들이 괴로워해야 할 나날은 쇠털같이 많다.

사춘기는 가시 돋은 선인장과 같다(Adolescence is like cactus). — 아나이스 닌(Anaïs Nin), 『미노타우로스의 유혹(Seduction of the Minotaur)』

4장
수직으로 도약하는 아이와
수평으로 굳어버린 어른

사춘기는 몸과 마음이 어른으로 무르익어가지만 자신이 내린 중요한 결단에 대하여 책임을 질만큼 머리가 성숙하지는 못했기 때문에 아슬아슬한 위기들이 빈발하는 아주 위험한 반항의 고빗길이다. 미완성 어른인 사춘기 아이에게는 부담이 점점 많아지는 일상이 선인장 가시방석 같고, 어디로 튈지 모르겠는 사춘기 자식이 부모에게는 가시 돋은 선인장처럼 다루기가 힘겹다. 그렇다고 해서 가시투성이 시한폭탄을 부모는 내다 버리지를 못하고, 혼자서 먹고 살 길이 없는 자식 또한 귀찮다며 부모를 버리고 해방을 찾아 뛰쳐나갈 처지가 아니다. 그래서 전쟁이 시작된다.

어린 시절을 무사히 견디어 내기만 한다면 누구나 삶에 대하여 평생을 버티어 내기에 충분한 정보를 얻는다(Anybody who has survived his childhood has enough information about life to last him the rest of his days). ─ 플래너리 오코너(Flannery O'Connor), 『신비와 예술 이론(Mystery and Manners)』

　　오코너는 아버지로부터 물려받은 불치병으로 어려서부터 시달리다가 요즈음 기준으로는 한창 나이라고 할 서른아홉 살에 불행하게 요절한 미국 작가다. 만성 질병의 저주에 시달리느라고 인생의 즐거움을 누리지 못한 오코너처럼 성장기를 불우하게 보내는 아이들은 자신에게 닥친 불행을 초래한 장본인이라기보다는 어떤 피치 못할 상황으로 인해 죄 없이 고통을 받는 희생자가 대부분이다.

　　외부의 원인에 대한 저항력이 없는 탓에 고스란히 일방적으로 당하기만 하는 어린 시절의 가혹한 시련은 아직 형성 과정을 거치는 정서에 깊은 상처를 남기며 "평생을 버티어 내기에 충분한" 고난의 예행연습 효과를 일으킨다.

　　돈도 없고 힘도 없이 어른들의 세상에 맞서야 하는 아이들의 거짓말은 훌륭한 방어 수단이다. 거짓말은 위기를 벗어나기 위해 아이들이 발휘하는 최초의 창의력이다. 거짓말은 상상력의 산물이며, 현실을 조작한 허구는 심리적 항체를 생성하는 매우 효과적인 후천성 면역 체계다. 실연이나 이혼의 힘겨운 나날을 보내는 여성이 고통을 잊기 위해 상상의 세계로 몰입하여 써낸 소설이 크게 성공해서 행복을 가져다준 사례는 『해리 포터』, 『가시나무새』, 『시간 여행자의 아내』 등 부지기수다. 상상력이 넘치는 아이들의 거짓말은 잘 다스리기만 하면 큰 예술적 재산이 된다.

나는 어린 시절을 그리워하지는 않지만, 훨씬 큰 상황들이 무너져 내릴 때조차 작은 것들로부터 내가 기쁨을 찾아내고는 했던 순간들은 아쉬워한다. 나는 내가 살아가는 세상을 통제할 힘이 없었고, 나에게 상처를 주는 사건이나 사람이나 상황들을 떨쳐 버리지 못했지만, 나를 행복하게 해주는 무엇인가로부터 기쁨을 얻었다 (I do not miss childhood, but I miss the way I took pleasure in small things, even as greater things crumbled. I could not control the world I was in, could not walk away from things or people or moments that hurt, but I took joy in the things that made me happy). — 닐 개이먼(Neil Gaiman), 『오솔길 끝 바다(The Ocean at the End of the Lane)』

만화에서부터 영상물에 이르기까지 다양한 분야에 걸쳐 종횡무진 활동하는 영국 태생의 작가 게이먼의 소설에서 주인공은 장례식에 참석하려고 고향으로 돌아와 40년 전 마술적 환상이 생생한 현실처럼 읽히고는 했던 일곱 살 어린 시절을 회상한다. 어리고 작은 세상에서는 그나마 허락된 작은 환상들이 행복의 가치를 심어주는 기쁨의 씨앗이 된다.

열 살 미만의 아이는 자신의 잘못으로부터 연유하지 않은 운명과 고민을 책임지거나 타개하고 해결할 능력이 없다. 부모로부터 버림받거나 가정 폭력 따위로 어린 시절이 어두운 공포로 빠져들면, 불가사의하고 탈출이 불가능한 현실에 갇힌 아이는 마술적 환상의 세계로 떠난다. 어떤 극악한 현실도 상상의 최면술로 퇴치가 가능해서다. 맞서 싸워 이길 자신이 없으면 36계 줄행랑이 상책이라고 했듯이, 상황에 따라서는 비겁한 현실 도피를 감행하는 지혜로운 용기가 필요해진다.

열 살 때 나는 동화책을 몰래 읽었고 그러다가 들키면 수치심을 느끼고는 했다. 쉰 살이 된 지금 나는 내놓고 동화책을 읽는다. 어른이 된 다음 나는 어린애 같은 짓들을 집어치웠는데, 어린 티를 드러낼까봐 두려워하거나 어서 어른이 되고 싶어 하는 조바심이 바로 그런 짓들이다(When I was ten, I read fairy tales in secret and would have been ashamed if I had been found doing so. Now that I am fifty I read them openly. When I became a man I put away childish things, including the fear of childishness and the desire to be very grown up). — C. S. 루이스(C. S. Lewis), 『문학과 글쓰기(On Stories)』

영국 작가 루이스는 아이가 아이다움을 왜 창피한 비밀이라며 부끄러워해야 하는지 의문을 제기한다. 아이가 아이처럼 생각하고 행동하다가 들키면 수치심을 느끼게 만드는 범인은 어른들이다. 어린아이가 어른스럽게 말하거나 행동하면 어른들은 "그놈 참 대견하다"고 칭찬한다. 그러나 아이가 좀 더 자라서 사춘기 반항아들이 "이제는 어른 대접을 해달라"고 요구하면 "버르장머리 없는 녀석"이라고 흥분하며 삿대질을 하는 축도 어른들이다.

행동으로 무엇 하나 실천하고 모진 고민을 해결하기가 어려운 아이들은 환상 속에서 훨훨 날아다니며 상상력으로 부당한 세상과 못된 어른들을 몰래 응징한다. 루이스는 이런 혼란기를 거쳐 어른이 된 다음에야 마음대로 동화책을 읽고, 아이처럼 생각하고, 아이다운 상상력을 살려 『나니아 연대기』를 집필했다.

세상에서 가장 쓸모없는 인간이 나라는 생각이 머리에서 떠나지를 않는다. 아무도 거들떠보지 않는 그런 존재 말이다(You always assume you're the least-wanted person there. The one everyone else could do without). ─ 패트릭 네스(Patrick Ness), 『그냥 평범하게 살아가는 나머지 우리(The Rest of Us Just Live Here)』

네스의 환상적 청춘 소설에서는 대조적인 두 집단의 사춘기 아이들이 등장한다. 첫 소수 정예 집단은 '잘 나가는 아이들(Indie Kids)'이다. 『나니아 연대기』나 『해리 포터』, 그리고 『반지의 제왕』 같은 정통 환상 소설에서 맹활약을 벌이는 어린 주인공들처럼 그들은 학교 주변에 출몰하는 흡혈귀, 영혼을 잡아먹는 귀신, 좀비 사슴 같은 온갖 초자연적 요괴들을 열심히 무찌른다.

새로운 장章이 열릴 때마다 잘난 아이들의 짤막한 무용담이 전주곡으로 한바탕 펼쳐진다. 그러고는 두 번째 집단을 이루는 "그냥 평범하게 살아가는 나머지 우리들"이 늘 겪는 한심하고 일상적인 고민거리 신변잡기가 뒤따른다. 대다수 소심한 못난이들로 구성된 '나머지 우리들'의 대변자 노릇을 하는 열일곱 살 마이키는 주정뱅이 아버지와 일밖에 모르는 어머니와 치매 할머니와 함께 살아가는데, 시험 성적표나 넘쳐나는 성호르몬 따위의 온갖 잡다하고 하찮은 고민이 태산이다.

졸업식이 얼마 남지 않았는데 그 전에 외계인들이 침공하여 학교를 폭파할까봐 전전긍긍하던 마이키는 잘난 아이들을 도와 불멸족(the Immortals) 퇴치 작전에 가담하고 나서야 인생의 진짜 영웅은 하루하루를 평범하게 살아가는 나머지 우리들이라는 깨달음을 얻는다. 비현실의 환각에서 깨어나 어른으로 성숙하는 순간이다.

사춘기는 아이가 어른으로 건너가는 교차로다(Adolescence is the conjugator of childhood and adulthood). — 루이즈 J. 카플란(Louise J. Kaplan), 『사춘기(Adolescence)』

패트릭 네스는 『그냥 평범하게 살아가는 나머지 우리들』에서 어정쩡한 사춘기의 시간적 위치를 "모두가 끝장이다. 그러나 모두가 시작이기도 하다(Everything's always ending. But everything's always beginning, too)"라고 진단한다. 어린 시절이 끝나지도 않고 그렇다고 해서 제대로 어른도 아닌 사춘기는 인생에서 가장 격동적인 과도기다. 아직 아무것도 성취하지 못하고 잠재성으로만 살아가는 상태여서 절반만 존재하는 듯싶은 막막한 시절, 실재하는지 아닌지 알 길이 없는 정체성, 그것이 사춘기다.

한편 미국 심리학자 카플란이 정의한 사춘기는 이렇다. "사춘기는 해체, 조립, 재구성이 역동하는 시기인데, 이 무렵에 과거와 현재와 미래를 다시 꿰어 맞추고 엮어내는 환상과 소망의 끈은 질서정연한 시간표를 별로 아랑곳하지 않는다(Adolescence is a time of active deconstruction, construction, reconstruction a period in which past, present, and future are rewoven and strung together on the threads of fantasies and wishes that do not necessarily follow the laws of linear chronology)."

새해가 시작되는 'January(1월)'의 어원은 앞뒤로 똑같은 얼굴이 달린 'Janus'다. 로마 신화에서 문짝의 신 '야누스'는 들어가는 시작과 마무리하고 나가는 끝을 함께 의미한다. 상징적으로 말하자면 사춘기는 그냥 문짝 하나를 통과하는 성인식에 불과한데, 그것이 참으로 쉽지가 않다.

097

사춘기는 겨우 한 발자국 앞만 보이는 캄캄한 세상이다(Adolescence is like having only enough light to see the step directly in front of you). ― 새라 애디슨 앨런(Sarah Addison Allen), 『달을 따라다닌 소녀(The Girl Who Chased the Moon)』

앨런 소설의 주인공은 열일곱 살 소녀다. 누구 하나 그녀를 반겨주지 않는 듯싶은 세상에서 에밀리는 심한 소외감을 느끼지만, 그렇다고 해서 어떤 캄캄한 앞날이 기다리는지 알 길이 없는 세상으로 나가려고 선뜻 둥지로부터의 탈출을 감행할 용기 또한 나지 않는다. 비정상 현실이 시간의 화석처럼 굳어버린 세상에서는 그녀에게 아무도 과거와 미래의 비밀을 알려주지 않는다.

어른들은 오랜 세월 살아오면서 터득한 생활의 지혜를 자식에게 전해줄 때, 그런 깨달음을 얻게 된 복잡하고 기나긴 역정에 얽힌 배경 설명은 귀찮아서 생략하고는 추상적이며 관념적인 결론만 격언처럼 훈시한다. 고달프고 지겨운 삶을 오랫동안 체험한 사람은 잡다하고 허접스러운 사례들을 누구나 다 아는 군더더기 상식이라면서 절반밖에는 알려주지 않는다.

반면에 인생 체험을 아직 조금밖에 못해본 어린 사람은 부모가 아무리 자세히 설명을 해줘도 구체적 사례들이 의미하는 교훈이 무엇인지를 절반조차 알아듣지 못한다. 부모와 자식이 소통하는 정보의 양은 의도했던 것보다 기껏해야 4분의 1에서 그친다는 뜻이다. 어른들의 값진 충고를 잔소리라고 생각하며 아이들이 귀담아듣지 않는 까닭은, 한 마디만 해도 알아들으려니 싶어서 어른이 거두절미해가면서 덕담처럼 짧게 하는 말에 담긴 온갖 지혜를 미루어 짐작하기가 힘들어서다.

시인이 된답시고 일부러 고통을 경험할 필요가 없는 까닭은 모든 사람이 사춘기에 충분한 고통을 맛보기 때문이다(You don't have to suffer to be a poet; adolescence is enough suffering for anyone). — 존 챠르디(John Ciardi)

사춘기는 인생에서 가장 아름다운 청춘이라지만, 무슨 일이 어디서 시작하고 끝나는지를 모르겠는 혼돈의 당사자들에게는 무엇 하나 마음대로 안 되는 막막한 유형지다. 아이처럼 일방적인 사랑과 보호를 더 이상 받지 못하는가 하면 제대로 어른 행세 또한 못하는 회색 지대의 청춘은 아이처럼 귀엽지도 않고 어른처럼 현명하지도 않아 남들이 보기에조차 정체성이 극도로 엉성하다.

단테의 『신곡』을 영어로 번역했으며 동시를 여러 권 출간한 챠르디는 사춘기를 내가 나를 낳는 재탄생의 산고쯤으로 계산한다. 어린 시절을 벗어나 어른으로 탈바꿈하여 해방을 찾겠다며 독립 투쟁을 벌이느라고 아이는 불확실성에 휘말려 발버둥을 친다. 현실과 꿈의 극적인 상극 현상들이 변화무쌍한 조합을 빚어내는 사춘기란 두려움과 아픔 그리고 좌절감으로 점철되는 시절이다.

사춘기는 누구나 어서 벗어나고 싶은 송충이의 삶이다. 징그러운 송충이는 얼른 우화하여 아름다운 나비로 다시 태어나 새로운 존재가 되기를 꿈꾼다. 사춘기의 환상을 벗어나 나비로의 변신이 이루어지면 어른 송충이는 상상력으로 자신의 징그러움을 장식할 필요가 없어지고, 그래서 차츰 꿈을 꾸지 않게 된다. 그렇게 작은 꿈 하나를 이루면 수많은 다른 꿈을 잃는다.

젊은 날이 행복하다는 생각은 청춘을 잃어버린 사람들의 착각일 따름이니, 젊은이들은 진실성이 없는 이상주의만 그들의 머릿속에 가득 주입되었을 따름이어서 현실을 접할 때마다 상처를 받고 멍이 들어야 한다는 비참한 사실을 잘 알고 있다(It is an illusion that youth is happy, an illusion of those who have lost it; but the young know they are wretched for they are full of the truthless ideal which have been instilled into them, and each time they come in contact with the real, they are bruised and wounded). ─ W. 서머셋 모음(W. Somerset Maugham), 『인간의 굴레(Of Human Bondage)』

모음의 자전적 소설에서 '인생의 나그네' 필립은 젊은 시절이 인습적인 교육 과정의 음모에 희생된 세월이었노라고 회상한다. 젊은이들이 읽는 책은 권위 집단이 다수결로 선정한 필독서들뿐이었고, 세속적 훈계는 어른들의 몽롱한 기억을 장밋빛으로 채색한 내용들이 고작이었다. 결국 필립은 비현실적 삶을 위한 준비만 부지런히 계속해온 셈이었다. 그가 열심히 읽은 책들과 귀담아들어온 얘기들이 모두 거짓이었음을 필립은 혼자 힘으로 깨우쳐야 했고 그러는 과정에서 그가 발견한 온갖 진실은 그의 육신을 인생의 십자가에 못박았다.

인류가 집대성한 엄청난 지식의 업적을 담아놓은 교과서보다는 길바닥에서 사람들은 인생 공부를 더 많이 한다. 눈앞에 닥친 질풍노도에 적응해야 하는 다급한 젊은이에게는 기성세대가 주입하는 죽은 교육의 위대한 지침은 아무런 도움을 제공하지 못한다. 죽어버린 교육은 실용 가치가 적어서, 며칠 동안 여기저기 돌아다니던 차가 주유소에 잠깐 들러 빈 통에 채우는 기름과 같다.

열두 살 아이들이 시험공부를 하느라고 그들의 삶에서 가장 좋은 시절을 낭비하게끔 기를 꺾어놓지 않도록 우리는 조심해야 한다(We must be careful not to discourage our twelve-year-olds by making them waste the best years of their lives preparing for examinations.). ― 프리먼 다이슨(Freeman Dyson), 『사방으로 무한대(Infinite in All Directions)』

양자 전기 역학의 권위자인 이론 물리학자이며 미국의 핵추진 우주 비행 계획(Project Orion)에까지 참여했으니 학교를 다닐 때 보나마나 엄청나게 공부를 잘했을 다이슨이 시험을 시간 낭비라고 한 까닭은 무엇일까? 아마도 그것은 시험이 학습 효과를 측정하는 수단일 따름이어서 학생들의 실질적인 사고력 촉진에 별다른 도움이 되지 않는다는 판단에서였을 듯싶다.

스승은 제자를 밭으로 삼아 씨앗을 뿌린다. 씨앗은 열매여서 끝이며 또한 시작이다. 잣나무의 씨앗은 먹기도 하고 심기도 한다. 먹으면 끝이고 심으면 시작이다. 대부분의 잣은 인간과 다람쥐가 채집하여 먹어 없애고, 아주 소량만이 땅에 떨어져 묻혀 싹을 내고 새로운 나무로 자라난다. 그리고 아주 소수의 제자만이 스승으로부터 받은 씨앗을 먹어버리지 않고 나무로 키운다.

시험 성적은 스승의 능력에서 학생이 받아먹고 소화한 분량을 나타내는 지수다. 좀 지저분하게 비유하자면 스승이 뿌려준 잣을 주워 먹고 남겨놓는 배설물의 크기다. 남들이 가르치는 내용을 수용하는 능력은 내가 남들에게 제시하는 생산의 양이 아니다. 성적표에 관심이 지대한 학생과 학부모는 맛좋은 잣을 먹는 데만 신경을 쓰느라고 잣나무를 키우는 미래를 설계할 줄 모른다.

학교에서 보는 시험은 기억력만 점검할 뿐이니, 실생활에서 누가 어떤 문제를 풀어달라고 할 때 책 한 권을 추천해도 나무랄 사람이 없다(School exams are memory tests, in real-world no one is going to stop you from referring a book to solve a problem). — 아밋 칼란트리(Amit Kalantri), 『마음을 살찌게 해주는 어록집(Wealth of Words)』

독심술로 유명한 인도의 마술사 칼란트리는 인생살이에 얽힌 온갖 명제는 한마디로 정의하는 단답형 시험 문제가 아니라고 역설한다. 시험 문제는 암기해둔 한 줄짜리 명쾌한 해답으로 점수를 주지만 삶과 죽음, 사랑과 행복, 성공과 좌절 같은 인생의 숙제에 관해 누가 묻는다면, "책 한 권을 통독해서도 깨달음을 얻기가 어렵다"는 현실이 정답인 경우가 많다.

시험 문제는 수천 년 동안 누적된 혼란스러운 정보의 무덤으로부터 족집게처럼 조각 해답만 골라 암기하기를 강요한다. 기억력은 두뇌에 입력한 정보를 잊어버리지 않고 그대로 간직하는 능력이며, 죽은 정보로부터 내가 무엇인지 발견하고 개발하는 창조력하고는 거리가 멀다. 세상만사를 관통하는 큰 그림 속에 잠복한 진리를 족집게 해답에서는 찾아내기가 어렵다. 실생활에 주효하는 입체적인 해답을 추출하기에 필요한 정보는 사실 단 한 권의 책으로 담아내기가 만만치 않다.

경쟁 사회의 구조를 보면, 톱니바퀴를 검사하는 따위의 구체적이고 세밀한 족집게 해결을 하는 작업은 큰 공장의 조립공이나 회사의 말단 직원 같은 '아랫사람들'의 기능에 속한다. 약자에게는 서러운 현상이지만 그것은 어쩔 수 없는 진실이다. 혼돈처럼 보이는 정보의 집합에서 지적 원자재를 암기하는 차원을 넘어 정보를 종합하고 새로운 질서를 찾아내는 소수가 지배 계급을 형성한다.

누구이건 행동을 취하려는 순간에 결과를 기준으로 삼아 자신을 평가한다면, 그런 사람은 절대로 무엇 하나 결행하지 못한다(If anyone on the verge of action should judge himself according to the outcome, he would never begin). — 죄얀 키에르케고르(Søren Kierkegaard), 『공포와 전율(Fear and Trembling)』

키에르케고르는 실존주의 철학에 큰 영향을 주었으며 종교적 시각이 짙은 사상가지만 피상적으로 읽으면 『공포와 전율』은 성장기 아이어른들의 나약한 청춘 심리를 오묘하게 자극하여 초조한 불안감의 공명을 은근히 불러일으킨다. 아마도 제목 자체에서 세이레네스의 노래처럼 치명적으로 유혹하는 저변의 목소리가 감지되는 탓인 듯싶다.

모험적인 도전의 시작보다 시험 성적 같은 결과에만 집착하는 대표적인 행태는 1등 중독증이다. 수많은 사람들이 인생이건 직장에서이건 지상의 목표로 삼는 바람직한 결과는 100점을 맞고 1등의 자리에 오르는 것이다. 그들은 오직 1등만이 성공과 승리라고 믿으며, 2등이나 19등은 안중에 두지 않는다. 그래서 그들은 1등을 못하겠으면 일찌감치 미리 좌절하여 아예 도전조차 포기한다.

대한민국 전국 각지 수많은 학교에서 전교 1등을 한 수많은 사람들 가운데 인생에서 성공하고 어마어마하게 행복해진 사람들의 통계는 공식적으로 알려지지 않았다. 그런 통계는 아무도 뽑아보지 않는다. 우리의 실생활에서는 그것이 전혀 쓸모가 없고 무의미한 정보여서다. 100명 가운데 학교 성적이 1등이라고 해서 행복 순위 또한 1등일 가능성은 많지 않다. 그런데도 사람들은 꼭 1등과 100점 만점에만 미친 듯 매달린다.

103

그녀의 교육은 계속되었다. 그녀의 판단으로는 학교란 끊임없이 교육을 방해하는 그런 곳이었다(She got on with her education. In her opinion, school kept on trying to interfere with it). — 테리 프랫쳇(Terry Pratchett), 『영가(Soul Music)』

프랫쳇의 연작 소설 『영가』의 여주인공 수잔은 현대와 중세, 이승과 저승이 뒤죽박죽인 세상에서 살아가는 열여섯 살 소녀다. 염라대왕이 입양한 딸의 딸인 그녀는 부모가 횡사하는 바람에 고아가 되어 엄격한 기숙사 학교에 들어가지만, 늙은 여교사가 고전 문학을 가르치는 공부 시간이면 영혼이 탈출한 가사 상태로 꼿꼿하게 앉은 채 잠이 들어 꿈에서 과거를 읽는다. 벽을 뚫고 지나다니며 시간의 밖에서 불멸의 삶을 살아가는 초능력 여학생인 그녀는 당연히 학교에서 배울 바가 없다.

구세대의 체험적 지식을 구성하는 핵심은 공식과 원칙이 지배하는 범상한 대중의 상식이다. 다양성이 부족한 사회에서 너도나도 비슷한 과정을 겪으며 성장한 노인들의 천편일률 사고방식과 화법은 몇 세대의 획일화 공정을 거쳐 굳어버린 고루한 전통을 벗어나지 않는다. 관심사, 시각, 규범 그리고 언어 자체가 지금과는 달라 현실 감각이 삭아버린 낡은 세대의 충고는 염라대왕 손녀의 생존에 별로 도움이 안 된다. 낡은 세대가 서러워지고 젊은 세대가 답답해하는 이유다.

인간의 적응 교육이 유전 인자에 입력되는 지혜의 진화는 산술급수적으로 더듬더듬 기어가는 반면에 정보 기술은 기하급수적으로 껑충껑충 도약하는 세상에서 노인의 고지식한 '생활 철학'은 무자비하게 급변하는 세월에 밀려 낡아빠지고 낙오하여 정보로서의 가치를 상실한다.

학교에서 전과목 만점을 맞아봤자 인생에서 낙제하기는 마찬가지
다(You can get all A's and still flunk in life). — 워커 퍼시(Walker Percy), 『재림(The
Second Coming)』

    미국 작가 퍼시는 고아로 성장하여 병리학자가 되려다 폐결핵에 걸려 힘
겨운 요양 생활을 하는 동안 키에르케고르와 도스토예프스키를 접하면서 지적
인 염세주의자가 되었다. 여러 모로 퍼시를 닮은 『재림』의 주인공은 자살한 할
아버지와 아버지나 마찬가지로 죽음의 집요한 유혹을 이겨내기 위해 종교로부
터 구원을 찾아야할 만큼 암울한 인생을 살아간다.

    하루하루가 고달픈 사람에게는 현실을 갑각처럼 덮어 차단하는 상아탑
의 비현실적인 교육이 아무런 도움을 주지 못한다. 그래서 주인공은 "어머니는
내가 낙제를 못하도록 말렸다. 그래서 나는 악착같이 낙제를 했다(My mother
refused to let me fail. So I insisted)"라고 항변한다. 낙제를 할 권리, 우등을 하지
않을 권리는 불량 학생 전유의 비뚤어진 반항이 아니다.

    "1등만 기억하는 잔인한 세상"이라고 하지만 사실은 그렇지 않다. 학부모
들은 자식의 우수한 성적에 병적으로 집착하기 쉬운데, 학교의 울타리를 일단
벗어나면 세상은 점수로만 인간의 가치나 존재성을 인정하지는 않는다. 비록
출신 학교의 등급에 대한 편견이 매우 심한 우리 사회이기는 하더라도 1등만
선발하는 직장은 없고 1등 이외에는 모두 기피하는 공공 기관도 없다. 우리가
평생을 살아가는 동안 고등학교와 대학교의 성적이 1등이었느냐 아니면 24등
이었느냐 여부에 사람들은 별로 신경을 안 쓰고, 아예 묻지도 않는다.

105

"학교에서 가르치지 않는 것들이 무엇인지 목록을 한번 만들어봤어요. 학교에선 누군가를 어떻게 사랑해야 하는지는 가르치지 않아요. 유명해지는 방법도 가르치질 않고요. 부자나 가난뱅이로 살아가는 방법도요. 학교에선 다른 사람의 마음을 어떻게 읽어내는지를 가르쳐주지 않아요. 임종을 눈앞에 둔 사람한테 무슨 말을 해야 하는지도요. 학교에선 쓸 만한 걸 아무것도 가르치지 않아요(I've been making a list of the things they don't teach you at school. They don't teach you how to love somebody. They don't teach you how to be famous. They don't teach you how to be rich or how to be poor. They don't teach you how to know what's going on in someone else's mind. They don't teach you what to say to someone who's dying. They don't teach you anything worth knowing)." — 닐 개이먼(Neil Gaiman), 『친절한 그들(The Kindly Ones)』

　　공교육의 미흡한 실용성에 대하여 많은 사람들이 지적하는 사항은 교육이 전혀 필요가 없다는 뜻으로 제기하는 불신의 문제가 아니다. 어느 정도의 교육은 절대적으로 갖춰야하는 기본이다. 하지만 학교 교육은 모든 방면의 이론적인 기초를 준비시키는데서 그친다. 우리의 삶에서 피가 되고 살이 되는 보충 교육, 이른바 '인생철학'은 체험에 부대끼며 따로 배워야 한다.

　　상아탑의 이론과 경쟁 사회의 실제는 양날의 칼이다. 그런데 대부분의 사람들은 이론이나 실제 가운데 한 쪽만 불철주야 연마하고, 그래서 야누스 칼은 절반의 기능에서 쓸모가 그친다.

"대다수 사람들이 생각하는 교육은 아이가 우리 사회의 표본적인 어른을 닮아가도록 이끌어주는 걸 의미합니다. 하지만 나는 창조적 인간을 양성하는 것이 교육이라고 믿습니다. 우린 흉내만 내는 판박이들 대신 발명하고 혁신하는 인재들을 키워내야 합니다(Education, for most people, means trying to lead the child to resemble the typical adult of his society. But for me, education means making creators. You have to make inventors, innovators, not conformists)." — 장-클로드 브랑기에(Jean-Claude Bringuier), 『장 피아제와의 대화(Conversations with Jean Piaget)』

스위스 태생의 심리학자 피아제는 연체동물에 대한 논문을 여러 편 발표하여 열다섯 살에 이미 유럽 동물학자들 사이에서 널리 인정받은 신동이었다. 파리 유학 시절에 그는 어린이들이 저지르는 일상적인 실수의 유형을 연구하여, 성장기 인간의 지력이 네 단계를 거치며 성숙한다는 이론을 정립했다. 피아제에 따르면 아이는 주변 현실을 파악하여 독자적으로 끊임없이 자신만의 모형을 추출한다. 그러고는 한 단계를 거칠 때마다 자신이 인지하는 단순한 개념들을 통합하여 좀 더 높은 수준의 개념으로 혼자서 재조립한다.

인간의 사고력은 선천적으로 타고난 시간표에 따라 저절로 발달하기 때문에, 그냥 내버려두면 대부분 아이들은 어쩌면 피아제를 닮은 영재로 성장할지 모른다. 영재는 학교에서 키우지 않고 혼자 큰다. 영재를 만들려는 서투른 간섭이 끼어들면 오히려 흉내만 내는 사람들을 양산한다.

"학교 교육의 근본 목표는 발명하고 혁신하는 인재, 앞 세대들이 이룩한 업적을 단순히 반복하는 대신 새로운 무엇인가를 수행할 능력을 갖춘 창조적인 인간, 그들에게 제시된 바를 그냥 받아들이는 대신 반박하고 실증하는 개척자들을 키워내는 일입니다(The principle goal of education in the schools should be creating men who are capable of doing new things, not simply repeating what other generations have done; men who are creative, inventive and discoverers, who can be critical and verify, and not accept, everything they are offered)." — 장 피아제(Jean Piaget)

피아제가 코넬대학교에서 강연한 내용이다. 새로운 무엇을 탐험하고 시험하고 도전할 시간과 기회를 아이에게 주지 않으면 남들이 창조하지 못하는 무엇인가를 이룩할 인물을 배출하기가 어렵다는 것이 피아제의 지론이다. 끝까지 남들이 시키는 대로만 공부할 뿐 기본 지식을 내 뜻에 맞춰 새롭게 가공하고 발전시키지 못하는 사람은 남들이 시키는 일만 잘 하는 인생을 계속한다.

학교는 기초만 마련해주고 영적 성장과 자기 계발은 내가 해야 한다. 상아탑의 울타리 안에서 배운 학문은 대부분 울타리 안에서 재활용되는 한계에 머문다. 가르치는 대로 배우고 배운 대로 다시 가르치기만 하면 발육이 멈춘다. 스승은 지적 성장의 원동력이지만, 제자는 대대로 물려받은 원동력에서 자신만의 활용법을 찾아내고 울타리 밖으로 나가 창조에 임해야 한다. 훌륭한 스승은 제자가 스승을 능가할 때 참된 보람을 느낀다. "내가 키워낸 제자"는 나의 창조물이기 때문이다.

108

"몸은 학교로 질질 끌려갈지언정 내 정신은 따라가기를 거부한다니까(You can drag my body to school but my spirit refuses to go)." — 빌 워터슨(Bill Watterson), 『캘빈과 홉스 선집(The Essential Calvin and Hobbes)』

만화 주인공 캘빈은 찰스 M. 슐츠의 『땅꼬마들(Peanuts)』에 등장하는 찰리 브라운처럼 상상력이 풍부하면서 루시보다도 훨씬 당돌한 1학년 '초딩'이다. 사춘기와 유아기를 결합한 인물형인 그는 불공평한 세상과 어른들의 논리에 맞서 어린애다운 독선과 고집으로 좌충우돌한다. 문화 비평적 언급과 선언 또한 서슴지 않고 갖가지 사회 문제를 끊임없이 제기하는 캘빈은 개인의 자유를 적극적으로 구가하는 개성파 미성년 보통 영웅이다.

여섯 살 캘빈은 나이가 워낙 어리고 보니 툭하면 사고를 치고는 뒷감당을 못해서 홉스로부터 자주 상담을 받는다. 홉스는 본디 봉제 장난감이었지만, 진짜 호랑이로 둔갑하여 캘빈과 인생의 파란만장을 함께 겪는 유일한 친구다. 캘빈의 상상 세계를 상징하는 짝패 홉스는 삶이 힘겨운 어린애가 언제라도 마음 놓고 도망칠 만만한 비밀의 은신처다.

아직 세상을 잘 모르는 캘빈은 자체 복제를 하는 눈사람 군단 같은 정체불명의 적들에게 끊임없이 쫓기며 시달리는데, 그를 괴롭히는 주적들로는 감옥 같은 학교와 "어서 수학 숙제부터 하라"고 잔소리를 늘어놓는 엄마가 손꼽힌다. 하지만 만화가 워터슨의 어머니는 공부 타령을 하는 캘빈의 엄마와는 달리 자식을 위해 맹모삼천을 과감하게 실천한 좋은 스승이었다고 한다.

제 힘으로 올라갈 의지가 없는 사람을 밀어 강제로 사다리를 오르게 할 수는 없다(You can't push anyone up the ladder unless he is willing to climb himself). — 앤드루 카네기(Andrew Carnegie)

한때는 우리나라의 《동아일보》를 포함하여 세계 각국 2,400개 간행물에 동시 연재가 될 만큼 선풍적 인기를 누린 전설적 신문 만화 「캘빈과 홉스」의 주인공이 조숙한 여섯 살 아이인 까닭은 작가 빌 워터슨이 부모와 함께 미국의 수도 워싱턴을 떠나 중서부 오하이오의 고적한 마을 샤그린(Chagrin)으로 이사를 했을 때의 나이가 여섯 살이었기 때문이다.

아버지가 도시에서 활동해야 하는 특허권 전문 변호사였지만, 어머니는 가족이 서로 사랑하고 주변 사람들과 친밀감을 느끼며 어울려 살아가는 그런 아기자기한 곳에서 아이들을 키우자고 그를 설득했다. 그들이 이주한 샤그린은 인구가 3,500명인 자그마한 읍내였다. 그의 작품 세계에서 배경을 이루게 될 호젓한 동네에 상상력을 심어가며 여덟 살 때부터 만화를 그린 워터슨은 부모의 열렬한 지원을 받아 그림 공부를 계속하여 피터 팬처럼 영원히 여섯 살인 아이 캘빈을 탄생시켰다.

자수성가 성공 신화의 주인공 카네기가 '사다리'로 상징한 기회의 터전으로 워터슨을 데려간 사람은 분명히 어머니였다. 하지만 사다리를 올라가기 시작한 사람은 어린 아들 자신이었다. 워터슨은 만화가로 성공한 다음에도 비인간적인 도시로 나가지 않고 캘빈과 J. D. 샐린저처럼 평생 하고 싶은 일만 하며 환상이 피어나는 고장에 숨어 조용히 살아가는 은둔자가 되었다.

오랜 세월에 걸쳐 그녀가 얻은 가장 중요한 깨달음은 완벽한 어머니 노릇을 하기는 불가능할지언정 좋은 엄마가 되는 길은 수없이 많다는 사실이었다(The most important thing she'd learned over the years was that there was no way to be a perfect mother and a million ways to be a good one).

— 질 처칠(Jill Churchill), 『때와 벌(Grime and Punishment)』

앤드루 카네기 인용문의 원조인 서양 속담 "말을 개울가로 데려가기는 쉽지만 억지로 물을 마시게 하기는 어렵다(You can lead a horse to water, but you can't make it drink)"는 "기회를 마련해 주어봤자 본인이 노력하지 않으면 아무 소용이 없다"는 뜻의 우화적 교훈이다. 기껏 물가로 끌고 간 보람도 없이 주인의 뜻을 거역하는 말의 소행이 괘씸하다는 암시가 담긴 비판이다.

이 교훈의 행간에는 "하던 짓도 멍석을 깔아주면 안 한다"는 항거의 의미 또한 담겼다. 아무리 좋아하는 일이라고 할지라도 남들이 멍석을 깔아놓는 시간과 장소에서 억지로 해야 한다면 그것은 노역이지 결코 즐거워서 하는 놀이가 아니다. 물가로 끌려간 말은 물을 마시기 싫으면 안 마신다. 사람은 기회를 준다고 생각하겠지만 목이 마르지 않은 말에게는 그것이 일종의 물고문이다.

초등학교 교사 출신의 추리 소설 작가 처칠은 어머니 노릇에서는 정성과 극성의 중간쯤 어디에선가 멈춰야 한다고 선을 긋는다. 자녀 교육도 예외가 아니다. 맹모삼천까지는 좋은 엄마가 하는 수많은 바람직한 일 가운데 하나다. 이왕이면 끝까지 돌봐주는 완벽한 엄마가 되겠다고 사다리 앞으로 자식을 끌고 가서 밀어 올리는 짓은 목이 마르지 않은 말 앞에 멍석을 깔아놓는 격이다.

111

"자식들 때문에 겁을 먹은 엄마야말로 세상에서 제일 무서운 잡년이죠(There's no bitch on earth like a mother frightened for her kids)." — 스티븐 킹(Stephen King), 『돌로레스 클레이본(Dolores Claiborne)』

장 발장을 추적하는 자베르 형사처럼 집요하게 그녀를 살인범으로 몰아가려는 수사관에게 여주인공 클레이본이 진술하는 내용이다. 열세 살 난 딸한테 짐승처럼 못된 짓을 한 남편을 클레이본은 집 근처 덤불 속 폐우물로 유인해서 빠져 죽게 하여 외딴 섬마을 이웃들로부터 '독종 잡년(bitch)' 소리를 듣는 공공의 적이 되었다. 하지만 그녀는 남편의 죽음은 딸에 대한 그녀의 지고한 사랑이 빚어낸 결과라고 주장한다.

클레이본은 필사적으로 딸을 보호하려는 모성애를 "그것이 세상에서 가장 강렬하면서도 위험한 사랑(That's the strongest love there is in the world, and it's the deadliest)"이라고 설명한다. 악착같이 새끼를 지키려는 치열한 동물적 보호본능이 때로는 사랑스러운 자식까지 괴롭히는 부정적 후유증을 낳기도 한다. 극성스러운 과잉보호 자식 사랑이 이성을 잃게 만들기 때문이다.

완벽한 어머니가 되겠다는 강박 관념에 사로잡힌 여성들은 사나운 악녀가 되기를 마다하지 않는다. 치열한 헌신의 개념이 때로는 엄마의 착각이기 쉽다. 처음부터 끝까지 모두 돌봐준다면서 자식과 나란히 앉아 숙제를 같이 풀어주는 행위가 여기에 해당된다. 그보다 더욱 나쁜 사례는 "넌 저리 가 있어"라면서 자식의 숙제를 몽땅 대신해 주는 엄마다.

112

"어머니들이란 하나같이 약간은 제정신이 아니죠(Mothers are all slightly insane)." ― J. D. 샐린저(J. D. Salinger), 『호밀밭의 파수꾼(The Catcher in the Rye)』

다른 아이들이 미워하고 피하는 불량 학생 아들을 "감수성이 너무 풍부하다 보니 사람들과 어울리지 못하고 외톨이가 되었다"며 좋게만 해석하는 모로우 부인을 보고 열여섯 살 퇴학생 홀든 콜필드가 내리는 평가다. 자식의 단점을 인정하지 않고 무작정 장점으로 해석하려는 어머니의 편견은 여러 학부모가 지닌 치명적인 위험성이다.

무엇에나 지나치게 몰입하면 여타 조건들을 대수롭지 않다고 무시하는 사람의 비뚤어진 관점은 입체적인 균형을 잃기 쉽다. 사춘기 자식에 대한 공정하지 못한 시각과, 일방적인 평가와, 지나친 기대는 학부모의 불균형 심리를 구성하는 삼위일체다. 그런 현상에서 가장 흔한 형태는 내 아이가 영재라는 보편적인 착각이다. 옹알이와 몸 뒤집기와 혼자 일어서기처럼 아기가 발휘하는 놀라운 기적을 보고 부모는 경이적인 발달이 신기해서 툭하면 내 아이가 틀림없이 천재나 영재이리라고 착각한다. 세상의 모든 아기들은 천재나 영재가 아니지만 누구나 다 그런 기적을 행한다.

영재와 신동은 지극히 제한된 소수를 일컫는 말이다. 그런데 우리나라에서는 천재와 영재를 대량으로 생산하는 학교와 학원들이 성업 중이다. 자신은 영재가 아니면서 자식들은 모두 영재로 키우려는 모성애가 잉태한 독선적 집단 착각의 부작용이 아닌가 싶다.

113

신동이라고 알려진 아이가 한 명이라면, 세상 사람들이 이름조차 들어보기도 전에 재능이 바닥을 드러내고 사라졌을 다른 신동이 적어도 50명은 더 있다(For every child prodigy you know about, at least 50 potential ones have burned out before you even heard about them). — 이착 펄만(Itzhak Perlman)

이스라엘 태생의 펄만은 라디오에서 고전 음악을 듣고 바이올린에 심취하여 세 살에 텔아비브의 슐라밋(Shulamit) 음악 학교에 들어가려다 악기를 들고 연주하기에는 체격이 너무 작다는 이유로 입학을 거절당했다. 그는 장난감 깡깡이로 연습을 계속하여 마침내 슐라밋에 입학하고는 열 살에 첫 연주회를 가졌다. 네 살에 소아마비가 걸려 앉아서만 연주를 해야 하는 장애인이었지만 미국으로 건너간 그는 디트로이트 교향악단과 웨스트체스터 필하모닉의 지휘자를 역임했다. 그는 50명 가운데 사라지지 않은 단 한 명의 신동이었다.

김대중 정부에서 도입한 영재 교육 진흥법 시행령 10주년을 맞아 2002년 《동아일보》에서 보도한 바에 따르면 그동안 영재 교육을 받은 아동이 10만 명이었다고 한다. 도시는 물론이요 농어촌 학교에까지도 영재 학급을 개설하여 키워낸 영재는 전체 초중고생 50명 가운데 한 명 꼴이었다. 같은 신문에서는 이튿날 "영재 프로그램 전문 교사 너무 적어"라는 후속 기사를 실었다. 대한민국은 영재가 아닌 스승들이 영재들을 대량으로 배출한 국가라는 뜻이었다.

텔레비전에서는 다섯 살 "트로트 신동"이나 수많은 "춤의 신동"을 부지런히 발굴하여 요란하게 소개하는데, 그들 가운데 이착 펄만이나 이사도라 덩컨으로 성장한 아이는 단 한 명도 없다.

114

나는 신동이었다. 다섯 살에 완벽한 동그라미를 그릴 줄 알았던 미켈란젤로처럼 말이다(I was a child prodigy. Like Michelangelo, who could draw a perfect circle at age five). ― 마이클 치미노(Michael Cimino)

　　궤변이 심한 영화감독 치미노의 너스레다. 미켈란젤로처럼 동그라미를 완벽하게 그린다고 해서 모든 아이가 미켈란젤로와 맞먹는 천재 화가로 성장하지는 않는다. 어릴 적에 그림을 잘 그리는 흔한 재능은 무수한 아이들이 타고난다. 만인 공유의 솜씨는 성공의 기초가 되는 우발적인 필연성에 불과하다.

　　신동의 사례로 자주 언급되는 볼프강 아마데우스 모차르트는 영재 학원의 산물이 아니었다. 신동은 일종의 천부적인 초능력을 갖춘 희귀한 개체여서 신동 출신이 아닌 어른들이 교실에서 훈련시켜 키워내는 집단이 아니다. 평범한 재능을 보이기는 하지만 전혀 신동이 아닌 아이를 학원에 보내 신동처럼 영재 교육을 시켜 천재로 만들기는 불가능하다.

　　천재의 창의력을 배우라고 자식을 학원에 보내는 부모의 계산법은 아이가 군대식 직각 보행을 하면서 재롱떨기를 기대하는 격이다. 영재 교육을 받는다고 아무나 영재가 되지 않는 까닭은 뇌교육을 받는다고 해서 누구나 지능지수가 60에서 480으로 뛰어오르지는 않기 때문이다. 영재와 천재는 자연 발생적인 존재이지 학부모의 주문을 받고 학원이 맞춤 생산을 하는 명품 장신구가 아니다.

115

우리 활동 분야에는 신동이 없다. 과거의 위대한 성악가들을 모두 확인해 보면 알겠지만, 신동 출신은 한 명도 없다(There is no prodigy in our profession. If you see all the great singer of the past, none of them are). ― 루치아노 파바로티(Luciano Pavarotti)

테너 음반까지 낼 만큼 노래 부르기를 좋아한 제빵사 아버지와 함께 성가대에서 아홉 살 때부터 솜씨를 보이기는 했지만 체격이 건장한 파바로티의 장래 희망은 축구선수, 그중에서도 하필이면 골키퍼였다. 꿈은 운동선수였으나 어린 파바로티는 노래 또한 좋아했고, 그래서 마리오 란자(Mario Lanza)의 음악 영화를 보고 집으로 가서는 거울 앞에 서서 란자의 흉내를 내고는 했다.

고등학교를 졸업한 다음 운동선수의 길이 여의치 않자 그는 담배공장 여직공 어머니의 소망대로 시골 초등학교에서 2년 동안 체육 교사로 돈벌이를 했다. 열아홉 살이 되어서야 그는 부모의 허락을 받고 정식으로 성악 공부를 시작했는데, 노래를 부르며 먹고 살기가 여의치 않다는 현실을 자신의 체험을 통해 절실하게 깨달은 아버지는 그의 선택을 달가워하지 않았다.

개인 교습을 받는 과정에서 노래를 귀로만 배우느라고 악보를 읽을 줄 몰랐던 그는 이탈리아 시골 극장에서 여섯 차례의 무료 공연을 거치며 무명 시절을 보냈다. 서른 살이 다 되어서야 파바로티가 극적인 도약을 거쳐 제대로 국제무대에서 빛을 보게 된 계기는 노래 실력보다 몸집 덕택이었다. 마이클 치미노의 짓궂은 화법으로 억지를 부리자면, 그는 목소리로 축구를 한 선수였다.

천재성의 비밀은 아이의 정신을 노년까지 이어가는 것, 그러니까 열정을 끝까지 잃지 않는 정신이다(The secret of genius is to carry the spirit of the child into old age, which means never losing your enthusiasm). ― 올더스 헉슬러(Aldous Huxley)

187센티미터 키다리 조운 서덜랜드의 호주 공연을 앞두고 그녀의 남편이며 악단장인 리처드 보닝은 서덜랜드의 상대역으로 기본적인 여건을 충족시킬 만한 여러 후보자 가운데 그녀보다 키가 큰 상대역을 찾다가 파바로티를 발탁했다. 신장이 180센티미터였지만 웬만한 여성은 모두 압도할만한 체구를 갖춘 파바로티는 운동선수의 조건이 그의 활동 분야에서 한 몫을 단단히 해준 테너 가수였다.

속칭 신동이나 영재는 한 가지 재능이 어릴 적에 잠깐 반짝 특출하게 빛나다가 자취도 없이 사라지는 경우가 허다하지만, 파바로티는 상극처럼 여겨지는 음악과 운동 두 가지 열정이 이상적으로 결합하여 평생 활활 타오르며 성공을 거둔 사례라고 하겠다. 그는 두 가지 선택을 두고 갈팡질팡 갈등하며 젊은 시절을 보냈으나, 사실은 체력과 음악 둘 다 그에게는 필수 조건이었다.

외골수 일편단심 한 가지 재주로만 평생을 살아가기는 쉽지 않다. 무엇이건 하나만 똑 부러지게 잘하면 틀림없이 성공한다면서 사람들은 한 우물을 파라고 다그치는데, 아이가 좋아하는 활동은 축구이건 노래이건 가리지 말고 어른이 되기 전에 다 해봐야 바람직하다. 즐기며 익혀둔 여러 재능은 언젠가는 결국 다 빛을 본다. 어른들이 시켜서 억지로 배우는 스무 가지 기술보다 내가 좋아서 체득한 세 가지 취미가 훨씬 값진 재능으로 발전하여 나중에 나에게 밥을 먹여준다.

내가 어렸을 때하고는 학교들이 달라졌기 바란다. 내가 기억하기로 는 공립 학교에서의 가르침은 아이들에 대한 몰이해를 무지막지하 게 드러냈다(I hope that schools have changed since I was a little girl. My memory of the teaching of the public schools is that it showed the brutal incomprehension of children). — 이사도라 덩컨(Isadora Duncan), 『나의 인생(My Life)』

덩컨처럼 특출한 아이에게는 공교육이 고역이었겠지만, 학교 교육이 없 다면 대다수 사람들의 생존을 위한 조직적 기초 훈련은 불가능하다. 획일적인 지침에 따라 다양한 아이들을 함께 집단으로 평균치 교육을 시키는 스승들의 고충은 불가피하다. 가혹한 단체 교육을 거치지 않고는 자립 능력이 없는 어린 아이들이 홀로서기 적자생존의 경쟁에 임하기가 힘겨운 탓이다.

암기식 학습이 한국 교육의 병폐라고 하는데, 암기 훈련 또한 어느 정도까 지는 누구나 다 받아들여야 하는 의무다. 그래서 초등학교 과정을 '의무 교육' 이라고 했다. 예를 들면 일상생활에서 알게 모르게 평생 써먹는 구구단을 맨발 로 춤을 추는 덩컨의 예술적인 영감에 맞춰 개별적으로 가르치기는 불가능하 다. 구구단을 암기하라고 주입시키지 않고 어떻게 인간적으로 흥미까지 유발 해가면서 가르치겠는가? 구구단은 그냥 외우는 수밖에 달리 가르칠 창의적인 방법이 없다.

내 아들딸이 덩컨 같은 천재라고 믿어서 각별하게 키우려는 욕심과 걱정 은 오합지중 아이들을 집단적으로 훈련시키는 공교육을 싸잡아 도외시하기에 이르고, 공교육만 받아도 충분한 수많은 보통 아이들에게 손목과 발목에 맞춤 형 사교육의 수갑을 채워 10년에 걸쳐 학대를 자행하도록 부모를 현혹한다.

모성이란 커다란 자루 하나에 가득 담긴 죄의식 뭉치와 같다(Motherhood is like a big sleeping bag of guilt). — 아나 패리스(Anna Faris)

'극단적 개방주의자'인 교육자 부모가 여섯 살에 연극 학교로 보내 아홉 살에는 아더 밀러 작품으로 첫 무대에 섰던 신동 배우 패리스가 털어놓은 고충이다. 정통성에서는 좀 빗나간 공포 영화로 유명해진 그녀는 여성 전문지(Redbook)와의 심층 대담을 통해 육아와 연기 생활을 병행해야 하는 어려움과 혼란스러움과 보람을 솔직하게 밝혀 많은 여성들로부터 공감을 샀는데, 자식에 대한 근심걱정을 침낭에 가득 담아 끌고 다니는 어머니의 초상을 희화한 대목이 퍽 슬프고도 희극적이다.

"모든 곳에 일일이 임할 겨를이 없어서 하나님은 어머니들을 대신 만들어 놓았다(God could not be everywhere, and therefore he made mothers)"라는 유대 속담은 가정을 꾸려나가는 여성의 일인 다역을 신의 대리인과 같은 격으로 비유했다. 전지전능을 갖추고자 하는 대리인 엄마는 과잉 의욕과 부지런한 극성 때문에 때로는 집안에서 갈등을 일으키는 원흉이 되는 위기를 맞는다.

패리스는 여느 가정주부나 마찬가지로 "자기 아이를 천재라고 믿지 않은 엄마가 어디 있는가?"라고 솔직하게 고백했다. 세상에 만연한 이런 착각은, 자식을 천재로 키워내지 못할까봐 몇 년 동안 전전긍긍하던 끝에, 아들딸이 천재성을 발휘하는데 실패하면 어머니의 "내 탓이요" 자책감으로 이어진다. 뿐만 아니라 사교육의 일방적 형벌과 고통에 시달리고도 천재가 되지 못한 자식에게는 자괴감의 부작용이 덤으로 뒤따른다. 재능이 없는 아이를 영재라 하여 평생 멍에를 지고 생을 낭비하게 만드는 노력은 한 가족을 정서적 파탄으로 끌고 가는 첩경이다.

119

아이들은 남의 지시를 따르는 대신, 자신이 갖가지 결정을 내림으로써 훌륭한 결단력을 키운다(Children learn how to make good decisions by making decisions, not by following directions). — 알피 콘(Alfie Kohn), 『숙제의 신화(The Homework Myth)』

육아와 교육과 인간 행태에 관한 연구로 유명한 사회심리학자 콘은 숙제를 "아이들이 하루 종일 학교에서 계속하던 경쟁을 집으로 가지고 가서 마무리하는 고역"으로 정의하고, 미국인들이 죽음과 세금 다음으로 가장 지겨워하는 고통이 '집에서 하는 숙제'라고 꼽았다. 숙제의 부담에 따르는 당연한 부작용인 압박감과 짜증, 좌절과 피로감을 부모들은 "아무리 그래도 투자보다는 소득이 더 많으니 이가 남는 장사 아니냐(at least the benefits outweigh the costs)"라며 자위하고, 아이들한테도 "모두가 다 너를 위한 일"이라고 우긴다.

부모의 감시 아래에서 이루어지는 가정 학습이 정말로 자식을 위한 투자인지 아니면 부모가 자신들의 안정된 노후 대책을 책임지게 하려는 간절한 소망의 완곡한 표현인지는 양심껏 따져봐야 할 일이다. "너는 엄마의 희망"이라는 말을 아주 쉽게 하는 부모들은 효도의 족쇄를 미리 차라고 자식에게 강요하는 투기꾼들이다. "자식을 키워봤자 소용이 없다"는 말 또한 똑같은 취지의 협박이다.

자식은 나중에 이득을 보기 위한 투자 대상이 아니다. '소용'이 있으라고 자식을 키우겠다는 계산은 아이를 낳아서 장사를 하겠다는 노예 상인의 속셈과 비슷하다. 자식에게 투자한다는 사고방식은 여러 자손이 제공하는 노동력이 큰 재산이었던 농경 시대의 전근대적 유물이다.

120

"잠깐만 생각해보거라. 동화 속에서 멋진 모험을 하는 건 언제나 아이들이란다. 아이들이 돌아와서 창문으로 날아 들어올 때까지 엄마들은 집에 머물면서 기다려야만 한단다(Think for a minute, darling: in fairy tales it's always the children who have the fine adventures. The mothers have to stay at home and wait for the children to fly in the window)." — 오드리 니픈에거 (Audrey Niffenegger), 『시간 여행자의 아내(The Time Traveler's Wife)』

화가인 여주인공이 여섯 차례 유산 끝에 얻은 귀한 딸에게 "자식이 멀리 나가 모험을 하도록 집에서 기다려주는 일은 어머니의 도리"라고 말한다. 혹시 엎어져 코피가 날지언정 아이가 밖으로 나가 맘껏 놀도록 내버려두고 집에서 기다려주는 어머니상은 노심초사하며 어린이 놀이터까지 쫓아가 감시를 하는 우리나라 엄마들과 퍽 대조적이다.

인간은 사춘기에 키가 가장 많이 자라며 육신이 위로, 위로, 수직 상승을 하다가 성장판이 뼈로 굳을 무렵에 정신력이 수평적으로 넓고 얕아지는 삶으로 접어든다. 상상력의 성장과 현실적인 상식이 충돌하는 분기점에 이르면 상승하는 사춘기 아이의 정서적 감성과 그것을 감당하지 못하는 어른들의 수평적 인식이 본격적으로 갈라진다.

생존 경쟁을 위해 세상과 타협하느라고 싱싱한 꿈을 거의 다 포기하여 삶의 생동감이 밋밋하게 굳어버린 어른은 비록 해박한 식견은 아직 얕을지언정 이제부터 어디까지 수직으로 더 올라갈지 모르는 아이의 잠재성에 딴죽을 걸면 안 된다. 자식의 모험과 도약은 두려워할 일이 아니다.

121

젊음은 오만하지만, 오만함은 청춘의 필수적인 권리이니—청춘은 자기주장을 해야 마땅하고, 의심이 가득한 세상에서는 모든 주장이 저항이요, 오만함처럼 여겨진다(Youth is insolent; it is its right—its necessity; it has got to assert itself, and all assertion in this world of doubts is a defiance, is an insolence). — 조셉 콘래드(Joseph Conrad), 『로드 짐(Lord Jim)』

어린것들이 빨리 말을 알아듣지 못한다며 짜증이 나서 언제부터인가 귀찮다고 갑자기 어른이 설명을 포기하고 입을 다물어버리면, 세대차의 골은 이때부터 가속도를 내면서 벌어지기 시작한다.

인터넷 정보의 전달은 광속으로 신속하게 이루어지는 반면에 삶의 지혜를 깨우쳐주려는 지혜의 소통은 번거로운 설득을 거쳐 천천히 이해와 공감에까지 이르러야 완성된다. 설득은 한 마디의 단어가 아니라 기나긴 설명을 거쳐서 이루어진다. 명령과 지시보다 무척 더딘 대화에 어른이 참을성과 시간을 투자하지 않으면, 두고두고 구박을 받아온 자식은 어느 날 갑자기 이렇게 반격을 감행한다—"엄마아빠가 뭘 안다고 그래?" 성장한 아이의 언어를 빨리 알아듣지 못하는 부모에게 이제는 아이가 귀찮다고 설명을 포기하는 상황이다. 대화를 거부하는 부모와 자식의 대결 구도가 뒤집히고, 거부권이 자리를 바꾸며 새로운 갈등의 역전이 표출하는 순간이다.

아이는 하루가 다르게 몸과 마음이 쑥쑥 자라나는 반면에 부모는 자식을 어린이집과 첫 학원에 보낼 때와 별로 달라지지 않으며 수평으로 오락가락했을 뿐이어서 생겨난 괴리감의 결과다. 이쯤 세대차가 벌어지면 화해의 여지가 거의 사라진 지경에 이른 다음이다. 단절에 이르는 기간은 길고, 소통을 복원하기에는 더 긴 세월이 걸린다. 많은 경우에 복원은 평생 이루어지지 않는다.

모든 새로운 시작은 어떤 다른 시작의 끝에서 찾아온다(Every new beginning comes from some other beginning's end). — 루키우스 안나이우스 세네카(Lucius Annaeus Seneca)

5장
기대치의 널뛰기

아이가 대학에 들어가면 부모의 학업 간섭이 갑자기 중단된다. 부모가 자식의 숙제를 검사할 만큼 이제는 대학생의 전공 분야에 대하여 아는 바가 없기 때문만은 아니다. 고3 뒤치다꺼리에 기진맥진한 부모는 아들딸을 대학에 들여보내 놓기만 하면 할 일이 다 끝났다며 손을 놓는다.

자식 또한 대학에 들어가면 목적 달성에 성공했다며, 다음에 무엇을 해야 할지 새로운 시작에 대한 준비를 게을리 한다. 무엇이 끝나기 전에 다음 시작을 준비하지 않는 습성은 인생을 토막토막 잘라서 한 번에 조금씩만 살려는 소극적인 시각에서 기인한다.

122

그리고 지금의 나는 여느 때나 마찬가지로 여전히 혼자다. 나는 열일곱 살. 열일곱 인생이 이럴 줄은 몰랐다. 내 인생이 이렇게 될 줄은 진정 몰랐다(And now I am here, as alone as I've ever been. I am seventeen years old. This is not how it's suppose to be. This is not my life is suppose to turn out). — 개일 포먼(Gayle Forman), 『내가 죽지 않는다면(If I Stay)』

10대 소녀들을 위한 잡지《열일곱(Seventeen Magazine)》의 여기자 출신인 포먼의 청춘 소설은, 진부한 명언을 부정확한 문법으로 즐비하게 구사해가며, 꿈이 망가져가는 청춘의 혼란스러운 실망감을 쏟아놓는다. 주인공은 줄리아드 입학을 꿈꾸는 여학생인데, 삶이 워낙 유동적이고 보니 자신의 존재가 어느 쪽으로 출렁이다가 언제 왈칵 쏟아져 사라질지 모르겠다는 불안감에 휩싸인다.

우리말 '낭랑 18세'와 동갑인 서양 나이 열일곱은 아주 작은 분노에 인생이 통째로 무너지거나 하찮은 감동에 환희하며 도약하는 정신적인 환절기다. 존재감이 깃털처럼 가벼운 청춘은 불편한 사춘기를 겨우 넘기자마자 우후죽순 사방에서 돋아나는 거북한 성숙의 징후들을 감당하기 힘들어 어른이 되기 전에 마지막 탈출을 시도한다. 정말로 위험하고 충동적이고 변덕스러운 위기다.

아무한테도 차마 말 못할 열일곱 인생의 민감한 문제들은 자질구레하고 치사하지만 나에게는 생사의 갈림길에서 오락가락해야 할 만큼 심각하기 짝이 없다. 초라한 고민을 부끄러워서 털어놓지 못하고 사방이 막힌 비밀의 방에 갇힌 청춘은 우스꽝스럽게 심각한 고민을 부모가 알아서 대신 처리해주기를 고대하건만, 어른들은 웬일인지 모르는 체 시치미를 떼고 아랑곳하지 않는다.

부모의 역할은 ······ 앞 세대는 용서하고 다음 세대를 이끌어주는 것이다(Parenthood ... It's about guiding the next generation, and forgiving the last).
— 피터 크라우서(Peter Krause)

    텔레비전 연속극 〈부모 노릇(Parenthood)〉에 나오는 크라우서의 대사는 유교적 동양 윤리관의 훈시로 번안하자면 "부모의 허물은 효도로 갚고 자식에게는 모범을 보여 귀감이 되어라" 정도의 의미가 담긴 명언이다. 듣기에는 참 좋건만 실천하기는 정말로 만만치 않은 숙제다. 한편 앤 설리반은 "아이들에게는 가르침보다 공감하고 이끌어주는 손이 훨씬 더 많이 필요하다(Children require guidance and sympathy far more than instruction)"라고 했는데, 이 또한 전설이 된 헬렌 켈러의 스승이 아닌 평범한 한국의 고3 부모들로서는 감당하기 쉬운 과제가 아니다.

    한국의 부모들이 실천하는 가장 두드러진 길잡이 노릇은 교육열에서 나타난다. 열풍을 넘어 광풍에 가까운 다분히 비뚤어진 방향으로 말이다. 입시철이 돌아올 때마다 주로 여성으로 구성된 학부모들이 세상만사 젖혀두고 학교로 몰려가 교문에다 엿이나 떡을 발라놓고 늘어서서 기도를 드리며 응원하는 모습을 보면, 교육에 대한 한국인들의 인식이 어떤 유형인지를 절감하게 된다.

    그들이 해마다 되풀이하는 무속 신앙적인 정성의 예식은 아이들에게 아무런 실질적인 도움이 되지 않는 미풍양속일 따름이다. 그러나 길잡이가 해야 할 일이 무엇인지 자신의 역할에 대한 이해가 부족한 한국 교육 소비자의 앞 세대는 바로 그런 과잉 정성으로 인하여 다음 세대로부터 차근차근 주적의 위치로 밀려난다.

남의 지도를 받아야 할 때가 분명히 있기는 하지만 어떤 난관을 무릅쓰더라도 자신의 길을 가야 할 때도 따로 있다(Surely there is a time to submit to guidance and a time to take one's own way at all hazards). ― 토마스 헉슬리(Thomas Huxley)

아들딸의 숙제를 집에서 어쩌다 가끔 조금씩만 도와주는 정도로 그치지 않고 초등학교에서 중고등학교까지 무려 12년 동안 늘 같이 문제를 풀거나, 시험 감독처럼 옆에 버티고 앉아 시시콜콜 공부를 감시하거나, 아예 과제를 몽땅 대신 해주는 학부모들은 자식이 답은커녕 문제가 무엇인지조차 자신의 힘으로 알아내는 과정에 도전하지 못하도록 방해하는 존재다.

누군가 대신 해주는 숙제를 아이는 고생스럽게 제 힘으로 할 리가 없고, 그렇게 자식은 가족의 과다한 훈수 때문에 구멍이 숭숭 뚫린 교육을 받는다. 학교에서 선생이 주도하는 공교육은 부모가 간섭하면 안 되는 전문적인 활동이다. 부모의 지도 편달 지침이 자칫하면 방향을 잘못 가리키는 표지판과 같은 역효과를 내는 탓이다.

닉슨 대통령의 법률 고문으로 워터게이트 사건에도 개입했던 법조인 찰스 콜슨(Charles Colson)은 "비뚤어진 연민의 정처럼 치명적인 잘못은 별로 없다(Few things are so deadly as a misguided sense of compassion)"라고 말했다. 불쌍하다고 자비를 베푼다면서 사람을 잘못 도와줬다가는 그 사람의 인생을 완전히 망쳐놓는다는 뜻이다. 때로는 도와주지 않아야 도움이 된다는 역설이다. 특히 간섭과 강요를 사랑과 도움이라고 착각하는 부모의 경우가 그렇다.

어떤 다른 사람보다도 훌륭한 안내자가 우리 모두의 내면에서 기다리니, 우리는 그의 말에 귀를 기울이기만 하면 된다(We have all a better guide in ourselves, if we would attend to it, than any other person can be).

— 제인 오스틴(Jane Austen), 『맨스필드 저택(Mansfield Park)』

    20세기 중반부터 우리나라에 불어닥친 '치맛바람'과 '입시지옥'은 참견하는 부모와 시달리는 자식을 적으로 갈라놓는 고질병으로 발전할 징후들을 뚜렷하게 드러냈다. 병적인 교육 풍토가 야기하는 이런 심각한 대립을 부분적으로나마 해소하는 한 가지 지침이 무려 200년 전인 1814년에 영국에서 출판된 오스틴의 성장 소설에서 이미 처방으로 제시되었다.

    부모를 비롯하여 어떤 타인의 말보다는 자신의 내면에서 울려나오는 소리를 우선 따라야 옳다는 오스틴의 견해는 독립 정신과 자긍심을 키울 기회를 부모가 자식에게 허락해야 한다는 의미로 해석이 가능하다. 어른 말씀을 잘 들어야 한다고 유교적인 전통이 아무리 강요할지언정, 아이에게는 "옳지 않은 말까지 부모의 뜻을 따르지는 않겠다"고 거부권을 행사할 자유를 허락해야 한다.

    우리 사회에서 과잉 교육 불치병이 점점 더 심각하게 고질화하는 까닭은 거역할 권리가 아이들에게는 주어지지 않기 때문이다. 인간의 삶에 필수적인 자립심을 심어주는 대신 기를 꺾는 전통은 자식의 의욕과 창의력을 무력화한다. 부모는 자식에게 인생의 온갖 숙제를 직접 해결할 기회를 갖도록 최대한의 시간과 선택권을 베풀어야 옳다. 그러지 않으면 자식이 환갑을 넘긴 다음에까지 아들딸의 뒷바라지를 해줘야 하는 책임이 부모에게 돌아간다.

독자적으로 행동하려는 자식의 욕구를 현명한 어버이가 수용하는 까닭은 절대적인 지배가 끝난 다음 조언을 해주는 친구로나마 남고 싶기 때문이다(A wise parent humors the desire for independent action, so as to become the friend and advisor when his absolute rule shall cease). — 엘리자베드 가스켈(Elizabeth Gaskell), 『북부와 남부(North and South)』

세대와 신분 계급 등 갖가지 형태의 대칭 집단 사이에서 벌어지는 갈등과 충돌을 다각도로 언급한 역사 소설을 통해 가스켈은 가족 통치에서 부모가 자식과의 대립을 중단하고 휴전 협정을 맺어 평화로운 정권 이양을 수행할 절호의 기회를 놓치지 말라고 충고한다. 적절한 시기에 자식을 해방시켜야 부모 또한 보호자로서의 짐을 벗고 동반자로서의 해방을 얻는다는 논리다.

부모는 자식을 돌보는 자신들의 역할이 영원불변이며, 보살피는 길잡이 방식 또한 낡은 공식을 평생 초지일관 따르기만 하면 되리라고 과신한다. 수평을 유지하는 이런 일관성은 올바른 인생의 원리 원칙이건만, 세상을 관찰하는 의식이 수직으로 성장하는 자식의 눈에 그것은 언제부터인가 고집스러운 독선이라고 여겨진다. 똑같은 개념을 해석하는 젊은 시각이 시간의 흐름에 따라 성큼성큼 달라지고 성장하여 부모의 눈높이를 능가하기 때문이다.

두 세대의 인식이 수직과 수평으로 갈리는 시점에서 자식은 부모의 돌보기를 감시와 탄압이라고 개념을 수정하며, 그의 세상에 부모가 침범하지 못하게 막으려고 방문을 잠근다. 사랑과 간섭을 혼동하는 부모가 생각의 틀을 바꾸지 않으면 앞날이 험난해지리라고 자식이 경고하는 신호다.

127

내가 가는 길을 먼저 비춰보기 전에는 햇불로 다른 사람의 길을 밝혀 줄 수가 없다(We cannot hold a torch to light another's path without brightening our own). ― 벤 스위틀랜드(Ben Sweetland)

　　유아는 부모가 하는 모든 말을 절대적인 진리로 받아들이며 따른다. 그러다가 미운 일곱 살이 된 아이는 "이렇게 하면 착하고 저렇게 하면 못 쓴다"는 어른의 명령을 하나씩 차별하여 어떤 지시는 기꺼이 따르고 어떤 간섭은 억지로 따른다. 싫기는 하지만 아직은 어른이 시키는 대로 모든 지시에 따라야 하는 까닭은 마음에 들지 않는 명령일지언정 거역할 권리나 대안이 없어서다.

　　어수룩하게나마 나름대로 논리를 전개할 능력을 갖춘 열 살 아이는 점점 일방적으로 강도가 높아지는 듯싶은 부모의 명령이 옳은지 그른지를 점검하고, 하나하나의 꾸짖음이 부모의 오판 때문인지 아니면 정말로 내가 잘못했는지를 일일이 계산한다. 열세 살쯤에는 부모의 절대적인 진리가, 명령과 꾸짖음의 단계를 거쳐, 귀찮은 잔소리처럼 여겨지고 그래서 "그걸 내가 왜 꼭 해야 하는지" 이유를 납득시켜 달라고 요구한다.

　　어른의 똑같은 가르침을 자식이 해석하고 반응하는 시각은 해가 갈수록 껑충껑충 뛰면서 달라지는데, 부모는 절대적인 지배 방식으로 끝까지 버티려고 고집한다. 그러다가 열일곱 살에 이른 아이는 부모가 나에게 요구하는 언행을 과연 어른은 제대로 준수하는지를 따진다. 아이가 어른이 되기 전에 어른이 아이에게 적응하는 훈련에 임해야 할 시점이다.

참된 가르침은 어두운 숲속의 작은 횃불과 같다. 그것은 한꺼번에 모든 것을 보여주지는 않을지언정 한 걸음을 안전하게 내딛기에 충분할 만큼은 앞을 밝혀준다(True guidance is like a small torch in a dark forest. It doesn't show everything at once but gives enough light for the next step to be safe). — 샤미 비베카논도(Swami Vivekananda)

차근차근 한 걸음씩 나아가는 작은 횃불을 닮은 훌륭한 길잡이가 되라는 벵골의 영적 지도자 비베카논도의 충고는 순서를 안 기다리고 조급하게 선행 학습과 조기 유학에 매진하는 우리 학부모들의 귀에는 당치않은 소리처럼 들릴 듯싶다. 그러나 선행 학습은 예습에 지나지 않으며, 예습과 복습은 같은 내용의 반복이다. 지겨운 되풀이는 새로운 경지로 도약하려는 의욕을 꺾어놓고, 그래서 과속 선행 학습은 오히려 과속 방지턱 노릇을 한다.

성적을 올리기 위해서라면 반복 학습이 중요하기는 하지만 지나친 반복은 동기와 의욕을 고사시킨다. 글쓰기에서 예를 들자면, 똑같은 문장 하나를 300번 써서 완벽하게 다듬고 가꾸기보다는 어딘가 부족할지언정 300가지 다른 문장을 써봐야 더 큰 발전을 이룬다. 인생의 머나먼 장거리 경쟁에서 천천히 결국 선두로 나서 승리를 거두는 가장 확실한 비결은 반복보다 다양하고 새로운 도전이다.

내 자식을 남들보다 앞세우려는 욕심에서 아무리 많은 선행 학습을 억지로 시켜봤자, 극소수의 신동과 천재가 아니고서는, 단 하루나마 대학을 일찍 졸업하여 열다섯 살에 취업이 되지는 않는다. 선행 학습은 앞서가는 듯싶은 착각을 일으키지만 사실은 낭비성 제자리걸음일 따름이다.

129

"빨랑빨랑 갈수록 더듬더듬 늦는다니까(The hurrier I go, the behinder I get)." — 루이스 캐롤(Lewis Carroll), 『이상한 나라의 앨리스(Alice in Wonderland)』

시간의 개념을 과장하여 상징한 듯싶은 커다란 회중시계를 분주히 확인해가며 정신없이 이리저리 뛰어다니던 하얀 토끼가 이상한 구멍 속으로 사라지기 직전에 얻는 깨달음이다. 급할수록 돌아가고, 뜨거운 물은 천천히 마셔야 하며, 서두를수록 손해만 나니까 돌다리도 두들겨보고서야 건너라고 했다. 빨리빨리 부실한 공사를 밀어붙이면 건물과 다리가 무너진다. 순서를 차근차근 따라가지 않고 중간 단계를 건너뛰겠다며 서둘렀다가는 기초만 부실해지기 때문이다.

선행 학습의 유행병이 창궐하는 우리나라의 요즈음 아이들은 어린 나이에 별로 실생활에 사용할 기회나 필요조차 없는 영어를 유치원에서 미리 배운다. 그래서 여섯 살 난 한국 아이가 영어 '테니스'는 알아도 우리말 '정구'가 무슨 뜻인지를 모르고, '레깅'은 알지만 '각반(脚絆)'은 알지 못하고, 성년이 되어서조차 모국어가 서툴러 '스트레스'나 '캐릭터'가 우리말로 뭐냐고 물으면 말문이 막힌다. 정작 한국인으로 한국에서 살아가려면 어디에서나 필수적인 우리말 구사력에서는 문맹자가 된 탓이다.

어린 한국인이 우리말보다 외국어를 더 잘해봤자 그리 자랑할 일이 아니다. 성장기에는 영어보다 우리말부터 잘 알아야 지식 섭생이 제대로 이루어진다. 우리말은 모르고 외국어로만 사람들이 알고 있다는 대부분의 단어들은, 이해가 부족하여 한국인들끼리 엉뚱한 의미로 유통하는 가짜영어여서, 원어민들의 비웃음을 사기 십상이다. 텔레비전 오락물에서 방송인들과 연예인들이 남용하는 '스킨쉽' 같은 영어의 80퍼센트가량은 외국인들이 모르는 외국어다.

누가 무슨 일을 얼마나 빨리 했는지는 사람들이 잊어버리지만─누 군가 같은 일을 얼마나 잘했는지는 잘 기억한다(People forget how fast you did a job─but they remember how well you did it). ─ 하워드 뉴턴(Howard Newton)

지식은 적시에 습득해야 제대로 가치를 발휘한다. 다섯 살 나이에는 어딜 가서도 써먹지 못할 영어나 우주 공학을 한 뼘쯤 남들보다 빨리 알아봤자 당분 간 신동이라면서 자랑거리는 될지언정 인생에 별로 큰 도움이 되지 않는다. 12 년 걸리는 학업을 몇 달 안에 앞당겨 다 가르치려고 아무리 조바심을 한들 5개 월 동안에는 5개월 절대치 밖에 배우지 못한다.

1990년대까지만 해도 일류 대학에 수석으로 입학한 아이들은 "학원을 안 다니고 학교 공부만 충실히 했다"고 자랑했었다. 이제는 그런 자랑을 하기가 어려워진 까닭은 자기 자식만 남들보다 한 치나마 먼저 앞서가기를 바라는 학 부모들의 극성과 치열한 경쟁의식이 만성 전염병처럼 창궐하기 때문이다. 조 급증에 걸린 부모들이 너도나도 모두 자식을 학원으로 보내고 나니, 모조리 앞 다투어 선두로 나온 아이들은 누구 하나 앞서지를 못하고 결국 똑같은 출발점 에 다시 모인다.

조기 교육을 아무리 서둘러봤자 출발 시간만 빨라지고 성공과 실패의 결 승점은 위치가 달라지지 않는다. 남보다 먼저 배우고, 남보다 먼저 써먹고, 남 보다 서둘러 살아봤자 남들보다 먼저 죽기까지 할 수야 없는 노릇이다. 천천히 걸어가도 되는 거리를 헉헉거리며 달려가면 다리만 아프다.

가르치는 자의 권위는 배우기를 원하는 자에게 걸핏하면 방해가
된다(The authority of those who teach is often an obstacle to those who want to
learn). ─ 마르쿠스 툴리우스 키케로(Marcus Tullius Cicero)

강의실에서는 정보의 하향식 전달이 일방적으로 이루어진다. 스승의 권
위는 불문의 기득권인 탓으로 논쟁에서 유리한 고지를 선점하기 때문에 그런
가르침에서는 공평한 토론과 평가가 이루어지기 어렵다. 지식의 하향 전달은
스승이나 부모가 장착한 낡은 정보의 한계성으로 인하여 자주 충돌과 불통의
장애를 일으킨다. 이제는 통신 매체의 발달로 인해 어떤 분야에서는 스승보다
제자가 더 많은 정보를 쉽게 그리고 더 빨리 흡수하는 세상이 되어버렸기 때문
이다.

과학 기술이 초고속으로 비약하는 지금은 가르치는 자가 기존의 정보를
전달하는 데서 그치면 학문이 퇴보한다. 무엇을 안다는 정도로만은 이제 더 이
상 자랑거리나 권위가 되지 못한다. 책과 기계 속에 저장된 정보와 지식은 만
인이 공유하는 지적 화석이어서, 스승이나 제자가 응용하고 발전시켜 살려놓
기 전에는 생명과 가치를 인정받기 어렵다.

지식을 주관적으로 해석하는 권리를 제자에게 용납하지 않았다가는 스승
이 독선적인 권위주의자가 되기 쉽다. 권위는 토론과 응용과 발전의 잠재적 장
애물이다. 권위가 지성을 다스리는 시대착오적 현상을 탈피하려고 서양에서는
교육 방식을 벌써부터 주입에서 설득과 토론의 화법으로 꾸준히 바꿔왔다. 그
러나 우리 주변에서는 갈릴레오가 겪은 지적 탄압의 수난이 여전히 집행된다.

132

진화가 제대로 이루어졌다면, 왜 어머니들한테는 손을 둘밖에 달아주지 않았을까?(If evolution really works, how come mothers have only two hands?) ― 밀튼 벌(Milton Berle)

천하의 수많은 어머니들에게 주어진 온갖 역할을 제대로 다 하려면 여자는 문어처럼 손이 여덟 개쯤으로 진화했어야 옳지 않겠느냐는 미국 희극 배우의 익살스러운 반론이다. 한국 어머니들의 손이 가장 많이 필요한 분야로는 선생 역할이 꼽히겠다. 지나치게 간섭이 심해서 오히려 장애를 일으키기 쉬운 그런 스승 노릇 말이다.

학교에서 선생들이 하는 일을 한국의 수많은 가정에서는 학부모가 이어받아 대신한다. 학교의 스승은 시간표를 벗어나서는 논리의 권위를 휘두르지 않는 반면에 스승 노릇을 하려는 엄마와 아빠는 시간의 제한을 받지 않는다. 그래서 어떤 학부모는 군중의 혁명으로조차 물리칠 길이 없는 전천후 독재자로 군림하는 무한 자유를 집안에서 누린다.

이른바 공교육에 대한 불신을 일찌감치 드러낸 치맛바람 엄마들은 선생과 자식을 아무도 믿지 못해서 두 팔을 걷어붙이고 교육 새치기를 감행했다. 모성애가 지극한 엄마의 정성이 학교 선생보다야 훨씬 좋은 스승 효과를 내지 않겠느냐는 신념에 홀린 결과였다.

사범 대학에서 정식 교과 과정을 거치며 전문 교육을 받고 교사가 되어 가르치는 일을 천직으로 삼아 오랜 경험을 쌓은 선생보다 훌륭한 스승이 될 자격을 갖춘 어머니는 드물다. 어미 노릇에 살림꾼 그리고 직장인에다 교육자 노릇까지 겸할 만큼 완벽하게 진화한 초인 엄마는 세상에 별로 없다. 부족한 실력으로 교육자의 일에 간섭하는 월권행위는 모성애가 아니다.

처벌은 인간을 길들이기는 할지언정 보다 훌륭한 사람으로 키우지는 못한다(Punishment tames the man, but does not make him better). ─ 게오르그 브란데스(Georg Brandes), 『귀족적인 급진주의(An Essay on Aristocratic Radicalism)』

덴마크 문학 평론가 브란데스는 처벌이 나쁜 짓을 못하게 막는 예방 효과로서야 탁월할지 모르겠지만 선을 행하도록 추진하려는 목적은 달성하기 어렵다고 주장한다. 내일 학교로 가기 전에 아이의 숙제와 점수를 점검하며 조목조목 꼬투리를 잡아 자식들을 괴롭히는 학부모의 형벌이 소기하는 목적은 군사 독재 시절의 '예비 검색' 효과와 비슷하다.

공부를 못하는 아이들은 집에서 구태여 야단을 치지 않더라도 학교에서 대입 실적 경쟁에 불타는 선생 그리고 경쟁을 벌여야 하는 다른 아이들의 시선으로부터 시달릴 만큼은 충분히 시달린다. 부실한 학업 성적을 꾸중하는 역할 또한 학교에서 스승이 할 일이지 부모가 나설 일이 아니다. 학부모가 일사부재리의 원칙을 어겨가며 가중 처벌을 해봤자 도움이 되기는커녕 자식에게는 덤으로 생기는 원한이 될 뿐이다. 부모의 꾸중 또한 일종의 갑질이기 때문이다.

갑질에 대하여 이슬람교 창시자 무함마드의 사위 알리(Ali ibn Abi Talib)는 '통치 서한(Nahj al-Balagha, the way of governance)'에서 이렇게 경고했다. "성급하게 벌하지 말아야 하며 처벌하는 권한에 대하여 즐거워하거나 교만하지 말아야 한다(Do not hurry over punishments and do not be pleased and do not be proud of your power to punish)."

정직하기 때문에 벌을 받는 사람은 거짓말을 배운다(When a man is penalized for honesty he learns to lie). — 크리스 제이미(Criss Jami), 『살로메(Salomé)』

    미국 흑인 제이미는 실존주의자다. 그는 시인이요 수필가이며, 인용문은 그의 첫 시집에서 발췌한 글이다. 『살로메』에 이어 그는 『죽여주는 철학(Killosophy)』, 『무장한 비너스(Venus in Arms)』, 『치유법(Healology)』 같은 기발한 저서를 줄줄이 발표했다. 그런데 알고 보면 그의 본업은 가수다.

    우리나라에서 철학을 전공하는 대학생이 학업을 중단하고 제이미처럼 가수가 되겠다고 한다면 부모는 "집안 망할 참사가 벌어졌다"며 통탄했을 듯싶다. "성공 가도를 가장 빨리 달리기 위해서는 어떤 예술 활동보다 공부가 최선이다"라는 보편적인 가치관 때문이다.

    고려 때부터 인재 등용을 위해 실시된 우리나라의 과거 제도는 "시험만 한 번 잘 보면 장원 급제하여 암행어사가 된다"는 대박 신앙의 뿌리를 우리 의식 속에 깊이 심어주었고, 그래서 한국은 공부와 성적표를 신처럼 섬기는 나라가 되었다. 아무리 희극이라고는 하지만 방송극에서 "75점 받고도 밥이 넘어 가냐, 짜식아"라는 대사가 아무렇지도 않게 나오는 나라가 대한민국이다.

    아이가 학교에서 가져다 바치는 99점짜리 시험 답안지를 보고 "이거 하나는 왜 틀렸어?"라며 "조금만 더 노력하여 100점을 받아오라"고 다그치는 부모들은 자신의 학대 행위가 혹시 아이를 잘못된 길로 인도하지는 않을지 걱정해야 옳겠다. 수북하게 빛나는 99를 칭찬하지 않고 티끌 같은 1을 트집 잡아 괴롭히는 어른이 싫어서 아이들은 성적표를 위조하여 일찌감치 공문서 변조라는 범죄를 학습한다.

현명한 지도자는 사람들의 자유로운 의지를 절대로 훼손하지 않는다. 아랫사람들로부터 복종을 바라는 윗사람이라면 그들의 이해 능력 그리고 자유 의지에 대한 권리를 존중해줘야 한다(Wise guidance never violates people's free will. A superior who demands obedience of his subordinates should show respect for their capacity to understand, and also for their innate right to their own free will). — 파라마한사 요가난다(Paramahansa Yogananda)

　　고대 요가 명상 체계를 현대화해서 부활시켜 크리야 요가(Kriya Yoga)를 서양에 전파한 요가난다는 닦달보다 신뢰가 훨씬 효과적으로 타인들을 이끄는 힘이 된다고 믿는다. 시험장 교문에 엿을 붙여놓고 두 손을 비비며 열심히 기도하는 부모들은 수험생의 실력이 못 미더워서 미신을 동원하는 부담스러운 응원자들이다. 미신이 아니라 정성이라고 아무리 우겨봤자 미신은 미신이다.

　　철창문에 찰떡을 붙여놓고 공을 들이기까지 했는데 왜 성적이 그것밖에 안 나왔느냐고 나중에 야단을 치는 부모들은 간혹 있을지언정 엿을 붙여주지 않아 대학에 들어가지 못했다고 따지며 덤빌 자식은 없다. 미신을 믿지 않는 자식 세대가 부모보다 합리적이고 똑똑하다는 증거다.

　　부모가 수험장에 와서 응원해주기를 바라는 자식이 있다면, 그는 필시 어디선가 남의 도움을 꼭 얻어야 할 만큼 자존감이 사라진 아이다. 아들딸이 어련히 알아서 잘하겠거니 안심하고 집에서 편안히 쉬며 수험생이 전투를 끝내고 당당하게 돌아오기를 기다려주는 용감한 어머니는 피터 팬을 따라가 모험을 벌이는 세 남매가 돌아와 창문으로 날아 들어오기를 기다려주는 웬디의 어머니와 닮는다.

공짜에는 이자가 너무 많이 붙는다(What you get free costs too much).
— 장 아누이(Jean Anouilh)

　　부모가 앞장서서 설치는 동안 뒤에서 따라만 다니느라고 어려서부터 주
눅이 들린 자식은 어른이 대신해주기 때문에 체험하지 못한 학습을 나중에 두
배나 세 배 힘들여 익혀야 한다. 감각이 싱싱할 때 자연스럽게 저절로 힘 들이
지 않고 터득하는 삶의 학습은 적절한 시기를 놓치면 나중에 뒤따라가서 익히
기가 엄청나게 힘들어진다. 자존감과 판단력의 습득이 바로 그런 학습이다.
　　미운 일곱 살부터 결단력을 적극적으로 키웠어야 하는데 성장기 내내 부
모의 뜻대로 움직여야만 했던 아이는, 대학에 들어갈 즈음이나 졸업을 앞두고
미래의 진로에 대하여 갑자기 자유 의지를 발휘해야 할 위기를 맞으면, 길을 찾
지 못한다. 길을 잃는다고 많은 사람들이 착각하는 상황은 알고 보면 길을 찾
지 못하는 처지인 경우가 많다. 내가 가야 할 길을 자신의 의지로 선택하는 능
력을 상실하여 아무런 길을 가져보지 못한 사람에게는 잃어버릴 길이 애초부
터 없기 때문이다.
　　성장과 성숙의 모든 과정에서 인간은, 사춘기는 물론이요 그보다 먼저 초
등학교에 발을 들여놓는 그 순간부터, 혼자서 당당하게 싸우러 낯설고 험한 길
로 나서야 한다. 그것은 모든 동물의 숙명이다. 무슨 일이건 어미가 해주지 않
으면 억지로라도 새끼가 한다. 그러니 어차피 어른이 끝까지 대신 싸워줄 수
없는 인생의 전쟁터에는 처음부터 아이를 혼자 내보내야 하고, 그러면 아이는
혼자서 가야 한다. 타고 갈 차가 없으면 걸어가면 된다. 길잡이가 없으면 아이
가 길을 찾아낸다.
　　그리고 가시밭길에 풀어놓는 순간부터 아이는 가야 할 길이 아니라 가고
싶은 길을 찾아낸다.

누군가 다른 사람이 나를 행복하게 해주기를 바라는 마음은 불행으로 가는 가장 확실한 길이다(The surest way to be unhappy is to depend on someone else to make you happy). ― 마틴 루빈(Martin Rubin), 『끓는 물 속의 개구리 (Boiled Frog Syndrome)』

"자식 하나 잘 키워보겠다"며 직장까지 포기하고 교육에 전력투구하는 어머니들이 아무리 말로는 "어미로서의 희생에 대한 보상은 기대하지 않는다"고 천명하더라도, 오직 자식밖에 모르는 어머니의 시선은 아들딸에게 당연히 빚쟁이가 내미는 차용증처럼 부담스럽게 여겨진다. 더구나 "아들딸의 성적표가 나의 가장 위대한 업적"이라고 주장하는 학부모의 계산법에서는 피땀 흘리며 공부의 굴레를 쓰고 고문을 당해온 자식의 공을 가로채려는 듯 은근히 불량한 의도까지 엿보인다.

자식 교육이 어머니에게 고행이라고 여겨지면 그 희생에 대한 대가는 누군가 치러야 마땅하다. 하지만 그냥 사랑하고 싶어서 아이를 낳아 열심히 키운다면 육아 과정 자체가 즐거움이요, 즐거워서 하는 일은 대가를 기대하는 '희생'이 아니다. 가족의 사랑은 쟁취해야 하는 목표가 아니고, 함께 나눠 마시는 두레우물과 같다. 그러니 천륜은 거래의 대상이 아님을 잊지 말아야 하고, 자식에게 주는 사랑을 언젠가는 이자를 붙여 돌려받아야 한다며 마음 속 장부에 적어두면 안 된다.

부모의 뒷바라지가 부족해서 출세를 못했다는 자식과 기껏 공을 들였는데 자식이 성공하지 못했다고 실망하는 부모가 벌이는 기대치의 널뛰기는 서로 박자가 맞지 않는다.

여성이 원하는 세상을 자신이 창조하기보다는 남성이 건설해주기를 바라는 마음은 얼마나 큰 계산착오인가?(How wrong is it for a woman to expect the man to build the world she wants, rather than to create it herself?) — 아나이스 닌(Anaïs Nin)

　　중년으로 접어들어 자식들을 다 키워놓고 나서 빈 집에 홀로 앉아 "내 이름과 인생은 어디로 갔을까" 허무한 생각이 드는 누구누구의 어머니라면 잃어버린 자신의 삶이 아쉽다며 본전 생각을 하고 있지나 않은지 마음속에 도사린 잠재의식을 점검해봐야 한다. 많은 경우에 '본전'은 '키워준 보답'을 기대하는 부모의 금전 출납부다. 기대는 이기적인 계산이다. 부모와 자식 사이에서 기대치를 계산할 때 오류가 발생하면 두 세대는 천적이 된다.

　　워낙 자유분방한 삶을 한껏 즐기며 살았던 닌은 "남자란 서로 공평하게 함께 즐기는 상대일 따름이지 기둥처럼 기대고 의지하는 동반자가 아니다"라고 일기에 적었다. 결혼만 잘 하면 한 방에 만사가 해결되리라고 쉽게 계산하는 여성들에게 의식을 전환시켜주는 경고다. 자신의 내면에 없는 행복을 남편이건 자식이건 누군가 타인이 가져다 주리라고 기대하지 말라는 뜻이다. 나의 내면에서 비롯한 문제는 외부의 타인을 바라기하면서 치유하기가 어렵다.

　　다른 사람으로부터 받는 사랑과 행복은 언제 빼앗길지 모르는 장난감이나 마찬가지다. 나에게 행복을 주거나 빼앗는 권리를 장악한 타인은 나에게 막강한 지배력을 행사한다. 삶에 대한 만족도를 타인이 결정하는 인생이라면, 그 삶의 주인은 내가 아니다.

"지옥이란—타인들이더군요(Hell is—other people)." — 장-폴 사르트르
(Jean-Paul Sartre), 『출구 없는 방(No Exit)』

사르트르의 실존주의 연극에서는 알제리 전쟁에 반대하는 언론인으로 활동하다 반역죄로 총살을 당한 평화주의자 가르쌩의 영혼이 자존감을 못 느끼는 여자 그리고 지나치게 존재감을 의식하는 여자와 함께 이상한 비밀의 방에 갇혀버린다. 출구는 있지만 '나가지 못하는 방'에서 가르쌩과 동거하는 두 명의 여성 타인은 벗어버릴 길이 없는 멍에가 되어 영원히 그를 괴롭힌다.

막힌 공간에 갇혀 평생 같이 살아가야 하는 사람들이 가해자 노릇을 하면 집과 가족은 지옥과 형리가 된다. 집 안에 버티고 앉아 자식의 인생을 설계하고 아이의 꿈을 대신 꾸는 어른은 자신도 모르는 사이에 가해자가 되기 쉽다. 죽음과 질병이나 마찬가지로 꿈이란 누군가 대신 꾸어주는 현상이 아니다. 부모가 설계한 꿈과 인생에서는 아이가 주인공이 아니다. 꿈은 기획한 주인공이 자신의 능력으로 실현해야 한다.

한석봉의 어머니는 떡을 반듯하게 써는 모범만 보였지 아들에게 글씨를 어떻게 쓰라고는 가르치려고 들지 않았다. 어미 자신이 이웃집 기특한 아이만큼 서예 솜씨가 뛰어나기 전에는 어떻게 획을 치라고 내 자식에게 알려줄 능력이 없기 때문이다. 그래서 엄마는 글 대신 떡으로 아는 만큼만 시범을 보이고 글씨를 바로잡는 질서의 비결은 어둠 속에서 아들이 스스로 찾아내기를 기다렸다. 석봉 어머니는 동기를 부여한 다음 어떤 행동을 하려는지 자식을 지켜보기만 했다. 어미보다 자식이 훌륭해지기를 진심으로 바라는 마음에서였다.

140

지옥은 타인들이 아니다. 지옥은 그대 자신이다(Hell isn't other people. Hell is yourself). ㅡ 루드빅 비트겐슈타인(Ludwig Wittgenstein)

케임브리지대학 교수 시절에 버트란드 럿셀이 '완벽한 제자'로 꼽았던 오스트리아 태생의 철학자가 사르트르에게 제기한 반론이다. 세상에서는 타인들이 나를 괴롭히는 듯싶지만, 사실은 나 자신이 나를 가두는 지옥이요, 나 자신이 나를 끊임없이 감시하는 형리인 경우가 훨씬 많다. 밖으로 나가지 못하는 감옥에서 나의 육신은 옹색한 독방이요, 좌절한 영혼은 나 한 사람만을 따로 맡아서 괴롭히는 전담 형리다.

지옥은 어느 특정한 장소라기보다는 그곳에서 함께 살아가는 사람들이 만드는 마음의 유형지다. 타인이라고 해서 모두가 지옥은 아니다. '타인'들이 모여 오순도순 행복하게 살아가는 가정은 무수히 많다. 얼마나 많은 가족이 왜 집을 사랑의 보금자리라고 생각하며 즐겁게 살아가는지를 따져 보면, 천국의 샘이 발원하는 위치가 확실해진다. 그래서 지옥은 타인들인 듯싶지만, 사실은 나를 괴롭히는 타인이 나 자신이라고 비트겐슈타인은 사르트르의 변명을 정면으로 반박한다.

내 세상을 지옥으로 만드느냐 아니면 천국으로 만드느냐는 그냥 나의 마음이 하는 일이다. 오직 행복을 선물처럼 공짜로 받기만 하겠다는 일념으로 이루어진 이기적인 관계는 파괴의 지옥이다. 세상에 대고 삿대질을 해가며 타인들의 마음을 휘어잡으려고 헛기운을 쓰는 대신, 나 자신을 다스려 마음의 평화를 찾는 길이 행복으로 가는 가장 가까운 진입로다. 자존감은 자신의 삶에 만족하는 행복의 샘이다.

141

"우리처럼 한물 간 늙은이들이 왜 젊은이들로부터 배려하는 마음을 기대하는 건가요? 우린 우리의 삶을 이미 다 살았어요. 그들은 자신들의 삶을 아직 살아보지 못했고요(Why should we old has-beens expect the young to show us consideration? We've had our life. They've still got theirs to live)." — 테렌스 라티건(Terence Rattigan), 『애수의 여로(Separate Tables)』

자식의 성공을 바라는 나의 소망이 정말로 같은 집에서 동거하는 타인을 위한 마음에서 우러난 보살핌일까? 만에 하나라도 혹시 내가 남의 성공에 얹혀 대리 만족을 찾으려는 욕심의 포로가 되지는 않았는지 부모는 끊임없이 자신의 양심을 경계해야 한다. 자식의 미래를 부지런히 설계하는 부모들은 어쩌면 똑같은 꿈을 자신이 실현하지 못해 한이 맺힌 어른일 가능성이 크다. 자신이 완성하지 못한 야망을 뒤늦게나마 대신 실현하라며 내 인생을 재설계하고는 그것을 성공시켜야 하는 막중한 책임을 남에게 떠맡기는 어른의 집념은 바람직한 귀감이 아니다.

몸소 실패를 겪었기 때문에 성취하기가 얼마나 힘겨운 도전인지를 빤히 알면서 자식에게 나의 고행을 반복시켜 내가 원했던 삶을 살아달라고 하면 그것은 죽어버린 내 꿈에 인생을 바치라고 자식더러 강요하는 셈이다. 그런 소망은 자식이 살고 싶은 인생을 살아볼 기회를 박탈하는 인권 유린 행위에 해당할지도 모른다.

한물 간 세대는 나를 남겨두고 달아나는 젊은 세대를 서운하게 생각하면 안 된다. 자식을 나에게서 해방시키지 않으면 우리 집안은 내가 살아온 삶의 경지에서 한 치도 더 발전하지 못한다.

142

사랑하는 사람들로부터 정말로 존경받고 싶다면, 그들이 없더라도 그대가 당당하게 살아갈 수 있음을 증명해 보여줘야 한다(If you truly want to be respected by people you love, you must prove to them that you can survive without them). — 마이클 B. 존슨(Michael B. Johnson), 『무한대 기호(The Infinity Sign)』

문학적 인습을 과감하게 파괴하는 나이지리아 '형이상학적 문인' 존슨의 산문집에 나오는 말이다. 남편이 채워주지 못하는 소망을 자식들에게서 기대해봤자 아들딸은 어차피 어른이 되면 떠나버릴 기약 없는 존재들이어서 노후에는 차라리 남편만큼 의지가 되지 않는다. 나의 대역은 세상이 따로 마련해주지 않으니, 남편이나 자식이 채워주지 못할 빈자리는 결국 내가 들어가 채워야 한다.

1960년대부터 '해방'되기 시작한 서양 여성들은 타인의 눈치를 살피지 않고 혼자서 존재할 도피처와 안식처를 그들 내면에서 찾아내려고 시도했다. 타인들과 동거하는 감옥으로부터 벗어난 여성들에게는 홀로 존재하는 영적인 공간이 자유의 영지였다. 그들이 자신에게 선물한 성취감의 보람은 남편의 보살핌이나 자식의 성적표보다 훨씬 값진 보상이었다.

자신을 자랑스러운 본보기로 내세우는 대신 남편과 자식을 잣대로 삼아 자괴감과 자부심 사이를 오락가락 헤매는 여성은 타인이 천국을 선물로 주지 않으면 자칫 자신의 세상을 망가트려 지옥으로 만들고는 한다. 펼쳐보지 못한 어른의 꿈을 자식이 실현해주는 성공의 사례는 천 명에 하나밖에 되지 않는다. 실패하는 999명의 자식은 기나긴 시달림 끝에 부모를 원수로 삼는다. 사랑과 행복의 빚을 대신 갚아주지 않는 타인을 탓하려는 무기력함은 자신에게 형벌을 가져다줄 따름이다.

숲으로, 어서 숲으로 나가야 한다. 숲으로 나가지 않으면 아무 일
도 끝내 일어나지 않고 그대의 인생은 절대로 시작되지 않는다(Go
out in the woods, go out. If you don't go out in the woods nothing will ever happen
and your life will never begin). — 클라릿사 핑콜라 에스테스(Clarissa Pinkola Estés), 『늑
대와 뛰노는 여인들(Women Who Run With the Wolves)』

　　미국의 시인이며 심리학자인 에스테스 박사는 여성들에게, 융 심리학과
신화를 뒤섞은 그녀의 동화에 등장하는 주인공 '야생의 여인(Wild Woman)'처럼,
어서 들판으로 나가 문명 세계에서 잃어버린 정체성과 생명력을 잠재의식으로
부터 적극적으로 살려내어 되찾으라고 외친다. 남녀평등 의식이 상당히 보편
화한 오늘날의 현실에서조차 진정한 해방은 전 세계 여성의 절반 이상에게 아
직 가야 할 길이 요원한 환상에 지나지 않기 때문이다.

　　정신없이 자식을 키우고 가족의 뒷바라지를 하며 살림만 하다가 잡다한
인생사에 정신이 팔려 중년에 이르고 보니 자신의 이름보다 '누구누구의 엄마'
라는 호칭에 평생 익숙해진 여성상은 어느새 진부한 우화로 굳어버렸다. 기껏
최선을 다 했는데 자식의 성공이 미흡하거나 나의 희생에 대한 보상이 만족스
럽지 못해서 허송세월을 했다고 뒤늦게 후회가 찾아오면, 그것은 결국 나 자신
의 선택이 가져온 자연스러운 결과임을 명심해야 한다. 아무리 가족이라 할지
라도 남에게 하는 헌신은 나에게 바친 인생이 아니라는 인식은 기대치의 설정
이 실패했다는 부정적인 계산법이다.

후회는 흔히 하늘이 내려준 중요한 책임—선택을 해야 한다는 책임을 여성이 계속 게을리할 때 마음이 보내주는 신호다(Resentment is often a woman's inner signal that she has been ignoring an important God-given responsibility—that of making choices). — 브렌다 왜고너(Brenda Waggoner)

사랑과 결혼의 성공은 인생에서 가장 값진 승리에 속한다. 결혼 생활에서 육아와 교육을 크나큰 즐거움으로 여기느냐 아니면 짜증스러운 짐이 되느냐 여부는 마음가짐이 결정하는 선택 사항이다. 결혼은 여성에게 이제는 더 이상 의무가 아니고, 최선이거나 유일한 선택 또한 아니다. 그럼에도 불구하고 나의 삶이 결혼으로 인해서 실종되었다고 허무한 자괴감에 빠지는 여성은 흔히 인생 설계에 실패한 좌절감을 전통과 관행 그리고 남의 탓으로 돌리는 책임 회피의 경향을 보인다.

인습의 굴레를 벗어나는 여건이 여성 해방 운동 이전보다 상대적으로 많이 개선된 환경에서 성장한 여성이 운명의 주도권을 선택하는 권리를 포기하고 나서 내 인생을 남들이 박탈했다고 탓하면 안 된다. 온갖 핑계를 내세우며 성장기의 여성이 독립과 도약의 책임을 기피하는 성향을 클라릿사 핑콜라 에스테스는 이렇게 꼬집는다. "'준비가 안 되었다'거나 '시간이 필요하다'는 모든 핑계는 잠시 동안만 유효하다. 진정으로 '적절한 시기'는 절대로 찾아오지 않으며 '완전히 준비가 된' 기회는 현실에 절대로 존재하지 않는다(All the 'not readies,' all the 'I need time,' are understandable, but only for a short while. The truth is that there is never a 'completely ready,' there is never a really 'right time'). "

너무 조급하거나, 욕심이 너무 많거나, 참을성이 너무 없는 사람들은 바다가 상을 주지 않는다. 우리는 해변처럼 마음을 활짝 펼쳐 비우고, 이것저것 따지지 않은 채로—바다가 가져다주는 선물을 가만히 기다려야 한다(The sea does not reward those who are too anxious, too greedy, or too impatient. One should lie empty, open, choiceless as a beach—waiting for a gift from the sea). — 앤 모로우 린드버그(Anne Morrow Lindbergh), 『바다의 선물(Gift From the Sea)』

"어머니의 마음은 바다와 같다"고 수많은 사람들이 노래했다. 모성애는 바다가 집집마다 찾아 흘러가 온 세상에 베풀어주는 소중한 선물이다. 훌륭한 가정을 이루고 지켜내는 어머니의 사랑은 대중적인 시각에서 보면 인류 역사상 최고의 무형 문화재다.

고전 문학에서 또한, 펄 벅의 『대지(The Good Earth)』와 루이자 메이 올콧의 『작은 아씨들(Little Women)』을 비롯하여 여러 작품이, 고난을 이겨내며 한 가족이 엮어나가는 인간 승리를 이야기했으며, 그 위대한 이야기가 칭송하는 주인공은 어머니였다. 전쟁과 가난의 세파 속에서 가족을 지켜내는 사명보다 더 위대한 공적이 과연 몇 가지나 되겠는가?

나 혼자 잘사는 해방과 자유를 선택할 권리가 주어졌음에도 불구하고 여럿이 다 함께 어울려 살아가는 가정을 건설하겠다며 보상의 기대치가 훨씬 낮은 결혼을 선택한 여성은 용감한 도전자다. 내 행복을 조금 포기하여 가족에게 골고루 나눠주겠다는 선택을 해놓고 한 평생을 살아가다가 자신이 이룩해놓은 결과가 기대에 못 미친다며 실망하면 현명한 계산법이 아니다.

사람이 노고를 하여 얻는 가장 큰 보람은 대가로 받아내는 보상이 아니라 그로 인하여 이루어지는 성숙함이다(The highest reward for a person's toil is not what they get for it, but what they become by it). ― 존 러스킨(John Ruskin)

19세기 영국의 시인이며 화가였던 러스킨은 인간이 무슨 일을 해낼 때는 목적을 달성했다는 결실보다 노력하는 과정에서 얻는 소득이 더 많다고 계산했다. 여행을 하면 우리는 목적지에 도착한 짧은 순간보다 오가며 만나는 인연과 산천을 둘러보는 느낌으로부터 훨씬 많은 추억을 얻는다. 사정이 여의치 않아 비록 목적지에 도달하지 못하더라도 실패 또한 경험과 추억으로 남는다.

"여자니까 시집이나 가라"는 시대착오적 남존여비 인식이 여전한 사회에서 '집안 살림'의 가치를 인정받지 못해 실망이 큰 여성들이 많지만, 칭찬을 해주지 않는다고 해서 하고 싶은 일을 안 할 수야 없는 노릇이다. 자식을 잘 키워 흐뭇하고 자랑스러우면 그만이지 구태여 상징적인 언급과 보상을 바라면 이기적인 기대치의 결산을 요구하는 동기가 무엇인지 엉뚱한 의심을 받기 쉽다.

보람은 내가 느끼는 마음이지 벽에 걸어놓는 상장이나 상패가 아니다. 인정과 칭찬을 받으려고 자식을 키우는 사람은 흐뭇한 보람보다 가식적인 찬양에 한눈을 파는 오류를 범하기 쉽다. 남들에게 보여주는 물적 증거는 허영의 과시에 지나지 않는다. 세상이 나의 순수한 헌신을 알아주지 않는다고 해서 그들의 무관심이 나의 가치를 떨어뜨리는 물적 증거가 되지는 못한다. 크건 작건 보람에 만족하지 못하고 남들의 시선을 아쉬워하는 사람은 이미 벌어놓은 기쁨마저 잃는다.

147

풍족해지는 방법은 두 가지다. 자꾸자꾸 긁어모으는 방법이 하나다. 욕심을 덜 부리는 방법도 있다(There are two ways to get enough. One is to accumulate more and more. The other is to desire less). ─ G. K. 체스터튼(G. K. Chesterton), 『잉글랜드가 저지른 죄(The Crimes of England)』

　"나는 아직도 배가 고프다." 거스 히딩크 축구 감독이 우리나라에 남기고 간 유행어다. 평생 날이면 날마다 싸우고 이겨야 하는 운동선수의 삶에서는 순위를 다투는 일이 당연히 궁극적인 목표다. 그러나 우리 대부분의 경우, 아무리 먹어봤자 항상 배가 고픈 사람은 평생 만족할 줄 모르는 불행한 사람이다. 맛의 도락은 즐거움의 차원에 있어서 포만감과 크게 다르다.

　가족의 성공은 내 공덕이 아니듯, 엄격하게 따지면 그들의 실패는 내 책임이 아니다. 그러니 자식이나 남편이나 아내 때문에 느끼는 열등감은 비논리적이다. 여성은 자식이나 배우자의 실패에 따른 고난에 덩달아 시달리기는 할지언정 그들의 패배에 대하여 죄의식을 느껴야 할 의무가 없다. 아무리 밀어줘도 별로 크게 성공하지 못하는 가족의 미흡한 실적에 가담한 공범이 되었다는 연좌제 열등감은 버려야 한다. 그리고 열등감은 가족은커녕 내 탓조차 아닌 경우가 허다하다.

　자식들을 다 키워놓은 중년 여인을 괴롭히는 허무한 존재감은 거의 모든 사람이 느끼는 공통된 좌절감이다. 연예인이나 예술가나 사업가나 지식인만큼 세상으로부터 존경을 받지 못해 어머니들이 열등감에 빠지는 듯싶지만, 한때 명성을 휘날린 유명인들 역시 전성기를 넘기고 사양길로 접어들 나이에는 누구나 다 자신의 삶에 대한 회의를 느끼고 영혼이 왜소해지기는 마찬가지다.

그는 교육을 못 받았다고 해서 열등감을 느끼지는 않았고, 더 놀라운 일은 그런 약점에도 불구하고 성공했다면서 잘난 체를 하지 않는 소박한 사람이었다(He was a simple man who had no inferiority complex about his lack of education, and even more amazing no superiority complex because he had succeeded despite that lack). ― 마야 앤젤루(Maya Angelou), 『새장에 갇힌 새가 노래하는 이유(I Know Why the Caged Bird Sings)』

　　일곱 권으로 구성된 연작 자서전 가운데 어머니의 남자 친구에게 겁탈을 당하며 보낸 비참한 성장기를 담은 제1권에서, 흑인 소설가이며 시인 앤젤루는 가족을 버린 친아버지보다 훨씬 아버지다운 '클리델 아저씨(Daddy Clidell)'를 정신적인 스승으로 삼는다. 어린 그녀에게 세파를 이겨내는 갖가지 꿋꿋한 인생살이 모범을 보인 클리델에게는 열등감과 우월감이 양쪽 다 없었다. 살아가는 데 그런 것들이 필요가 없어서였다. 욕심이 많지 않아서 아무런 부족함에 시달리지 않는 사람은 자존심을 인생 올림픽의 경쟁 종목이라고 계산하지 않는다.

　　자존심은 흔히 열등감의 다른 얼굴이다. 열등감이 없는 사람은 구태여 우월감이나 자존심을 내세우지 않는다. 나 자신에 대한 기대치를 계산하는 방법이 순수한 클리델 아저씨와는 달리, 보통 사람들은 행복의 본질을 실체 그대로 보지 않고 주관적 해석의 꺼풀을 씌워 남들보다 내가 우월한지 아니면 열등한지 끊임없이 비교한다. 상대적 열등감은 괴로워하지 않아도 되는 현실을 일부러 악의적으로 해석하여 자신을 괴롭히는 자학의 징후이며 정신적 재앙의 씨앗이다.

어린 시절부터, 학교를 다닐 때부터 죽을 때까지 한평생 우리는 남들과 나 자신을 비교하라고 교육을 받지만, 나를 누구하고 비교한다는 것은 자아를 파괴하는 행위다(Throughout life, from childhood, from school until we die, we are taught to compare ourselves with another; yet when I compare myself with another I am destroying myself). ― 지두 크리슈나무르티(Jiddu Krishnamurti), 『강연과 대화(Talks & Dialogues)』

비참한 열등감과 오만한 우월감은 둘 다 나를 타인들과 비교할 때 생겨나는 상대적인 가치로 인하여 빚어지는 심리 작용이다. 여러 사람을 한 줄로 세워 놓았을 때 내 위치가 어디인지를 따지다보면 나 혼자서 따로 존재할 때의 자아가 지닌 본디 가치가 영향을 받아 왜곡된다. 순위를 정하기 위해 점수와 차례를 따져 인간을 배열하는 관습은 경쟁을 부추기는 필요악의 부산물이며, 경쟁 성적은 개인의 존엄성을 파괴하는 계급장이다.

가장 독성이 강한 열등감은 자신이 이룩한 성공의 상대적인 크기에 실망하여 일으키는 계산 착오에서 비롯한다. 성공을 측정하는 주관적인 가치관의 기준과 객관적인 잣대는 시기와 상황에 따라 다르고, 평가하는 개인적인 시각 또한 사람마다 다르다. 하지만 결국은 나에 대한 평가에서 가장 결정적인 심판자는 나 자신이다. 타인들의 객관적인 평가는 그것을 해석하는 나 자신의 주관적인 해법에 따라 제멋대로 달라지는 탓이다. 자신의 작은 성공을 실패라고 괴로워하는 사람은 그가 짓지 않은 죄에 대하여 치명적인 대가를 치른다.

태양은 열등감이 전혀 없다. 위에서나 아래서나 태양은 똑같이 빛
난다(The sun never has an inferiority complex. It shines the same whether above or
below). — 커티스 타이론 존스(Curtis Tyrone Jones)

음악과 문학의 중간쯤에서 활동하는 흑인 낭송가 존스는 하늘 높이 떠올
랐다고 해서 뽐내지 않고 지평선으로 기울었다고 해서 주눅이 들지 않는 태양
의 고고함을 노래한다. 내면으로부터 분출하는 자존감의 빛은 성공의 높이에
크게 연연하지 않는다. 밤에도 태양은 어디선가 빛난다.

인생의 성공을 나타내는 사다리의 눈금에서 4까지 오른 사람이 애써 거둔
4를 기뻐하지 않고 -6의 실패라며 서러워하거나 슬퍼하면 4만큼 손해를 본다.
작은 기쁨을 구태여 괴로움으로 환산하여 자학하는 사람의 인식은 현명하지
못하다. 세상의 모든 타인들보다 우뚝하게 잘나서 10을 가득 채우는 눈금에 이
르러야만 우리가 확실한 행복의 경지에 이르지는 않는다. 남들의 눈으로 성공
의 크기를 비교해가며 내 행복의 깊이를 판단하는 눈치 보기 계산법은 밑지기
만 하는 장사다.

인생의 계수는 1에서 10까지인데 구태여 100의 성공과 행복을 바라는 탐
욕은 비인간적이다. 다 먹지를 못해서 쓰레기로 남길 진수성찬은 그냥 허영이
지 결코 호사가 아니다. 입에 맞는 몇 가지 반찬이면 충분히 식사를 하겠건만
가짓수가 요란한 만찬을 끼마다 받아야만 꼭 행복해지지는 않는다. 거나한 식
탁을 앞에 차려놓고 과시하며 권위가 선다고 느끼는 우월감은 속이 허전하다
는 증거다. 진수성찬의 허세는 영원한 배고픔의 전시장이다.

편안함을 바라는 마음이나 마찬가지로, 탐욕은 공포감의 한 가지 변형이다(Greed, like the love of comfort, is a kind of fear). — 시릴 코널리(Cyril Connoly),『어수선한 무덤(The Unquiet Grave)』

"탐욕은 금전 문제가 아니다. 마음의 문제다(Greed is not a financial issue. It is a heart issue)"라고 어느 목회자(Andy Stanley)가 지적한 까닭은 탐욕을 측정하는 지수가 돈의 액수보다는 정신적인 안정감을 더 많이 반영하기 때문이다. 사람들은 도대체 얼마나 많은 돈을 벌어야 안심이 될지 모르겠어서 두려움에 쫓기는 나머지 쓸데없는 돈을 버느라고 삶을 즐겨야 할 시간마저 낭비한다. 먹고 살만큼만 벌면 되는데 수십억을 쌓아놓고는 다 쓰지도 못한 채 고생만 잔뜩 하다가 세상을 떠나게 만드는 탐욕의 불안 심리가 행복을 병들게 한다.

학급에서 20등을 하는 아이와 그의 학부모가 성적표를 보고 눈앞이 캄캄해져 공포감에 빠지는 까닭은 1등을 제외한 모든 사람이 패배자라는 상식에 전염되어 두려움과 절망을 느끼기 때문이다. 20등은 사형을 당할까봐 공포감을 느껴야 할 정도로 죽어 마땅한 죄가 아니다.

하찮은 즐거움의 가치를 몰라서 무아지경의 황홀함과 희열만 한없이 추구하는 탐욕은 끝없는 좌절과 절망으로 빠지기 십상이다. 작은 영광 역시 영광인데 시시하다고 함부로 버려서는 안 된다. 조무래기 행복은 싫고 1등 행복만 골라서 누리겠다며 60년을 버티면 기쁨의 자양분을 때맞춰 얻지 못하고, 허약해진 인생의 꺼풀만 뒤집어쓴 채로 인간은 어느새 죽음의 문전에 다다른다.

야망이란 마음속에서 일어나는 워낙 강력한 열정이어서, 아무리 높은 자리에 올라간다고 해도 인간은 결코 만족할 줄 모른다(Ambition is so powerful a passion in the heart that however high we reach we are never satisfied). — 니콜로 마키아벨리(Niccolò Machiavelli)

인생은 꼭 1등을 해야만 하는 승부가 아니다. 50명으로 이루어진 집단 가운데 1등 한 사람만 행복하고 49명은 불행하게 살아가라는 인생 공식은 없다. 모두가 1등이 될 수야 없는 노릇이고, 그럴 필요 또한 없다. 어느 학교든 전교생 가운데 1등을 해야 할 누군가는 한 사람 나와야 하니까 어련히 알아서 그 자리를 차지할 우등생 두어 명에게 양보하면 그만이고, 나머지 3,898명은 모두 1등을 하겠다며 쓸데없이 덤벼들어 시간과 열정을 낭비하지 말아야 한다.

1등 인간이 아닌 수많은 사람들이 1등의 자리를 노리며 승리와 영광을 쟁취하겠다고 열심히 노력해봤자 대부분의 경쟁자는 결국 1등에 이르지 못한다. 그리고 1등을 못했으면서 1등 인생의 보상을 바라는 탐욕은 평생 시달려야 하는 사치스러운 마음의 짐으로 남는다.

앞만 보고 달려서 1등을 하는 삶이 항상 최선은 아니다. 2등에서 1,700등까지 남들의 뒤를 따라 가며 사는 사람들 중에는 1등보다 행복한 사람이 얼마든지 많다. 보상의 기대치가 훨씬 낮은 2,400등은 오히려 하찮은 축복조차 감사하는 마음으로 인해서 작은 승리를 통해 얻는 여러 조그만 보람으로부터 훨씬 더 쉽게 행복을 발견한다. 가늘고 길게 사는 짓이 치사하고 옹졸하다면서 짧고 굵게 살려고 해봤자 짧은 인생은 그냥 빨리 죽기만 한다.

젊음의 꿈을 실현하지 못한 사람보다 젊었을 적에 전혀 꿈을 꾸어보지 못한
사람이 더 불쌍하다(Worse than not realizing the dreams of youth would be to have been
young and never dreamed at all). ― 장 주네(Jean Genet)

6장
이기주의와 자아의 발견

허황된 꿈이 미친 짓이라고 한들, 젊어서 한때는 미쳐봐도 괜찮다. 그런 미친 짓을 좋은 말로 열정이라고 한다. 꿈과 환상은 헛된 일이어서 실망만 가져다줄 뿐이라고 기성세대가 청춘을 말리면, 꿈을 꾸지 않는 삶은 어차피 죽은 목숨이나 마찬가지이니 태어나지 말았어야 하는 인생이 아니겠느냐고 되물어야 한다. 배탈이 날까봐 무서워 밥을 먹지 않으면 굶어죽을 일밖에 남지 않는다. 구더기가 슨 된장 한 종지만을 반찬으로 삼아 찬밥을 먹고도 기운을 내는 나이가 청춘이다.

하지만 젊은이에게는 미래가 있다. 졸업이 가까워지면서 그의 가슴은 점점 더 두근거렸다. 그는 자신에게 이렇게 다짐했다. "이건 아직 인생이 아니고, 겨우 인생의 준비 단계에 지나지 않아"(But youth has a future. The closer he came to graduation, the more his heart beat. He said to himself: "This is still not life, this is only the preparation for life"). ― 니콜라이 고골(Nikolai Gogol), 『죽은 혼(Dead Souls)』

대학 졸업장을 받는 날 우리는 올챙이가 웅덩이 속에서의 삶을 마감하고 개구리로 탈바꿈하여 물 밖으로 뛰어오르듯 도약의 출발점에 선다. 오랜 기다림 끝의 새로운 출발은 설레고 벅찬 감동이다. 이제는 준비가 모두 끝났으니 인생의 전쟁터로 어서 나가 10년이나 갈고닦은 솜씨와 능력을 만천하에 보여주고 싶은 젊은이에게는 극적인 변신이 감격스럽기만 하다. 내가 어른이라니!

그러나 모든 변화와 전환기는 위험 부담을 수반한다. 길이가 모자라는 밧줄 가닥의 끝을 다른 새 밧줄에 이어 묶었을 때, 가장 끊어지기 쉬운 취약점은 매듭이다. 밧줄은 웬만한 힘에 끊어지지 않지만 매듭은 조금이라도 허술하게 묶으면 슬금슬금 풀려버린다. 무릇 부러지고 끊어지기 쉬운 불안한 연결고리는 끝과 시작의 이음매다.

졸업은 인생에서 한 단계를 마무리하고 새로 시작하는 시점의 매듭이다. 기성세대로부터의 해방을 구가하는 황홀한 미래가 열리려는 시점은 인생에서 가장 감격스러운 자유가 찾아오는 순간 같지만, 끝과 시작의 접합점을 건널 때는 언제나 웅분의 통행세를 내야 한다. 자립의 부담이다.

"청춘이란 젊은 남자가 돈 버는 방법 말고는 모르는 게 하나도 없는 그런 나이다(Youth is that period when a young boy knows everything but how to make a living)." — 캐리 윌리엄스(Carey Williams)

학교를 졸업하는 청춘은 부모와 교실로부터의 총체적인 해방을 기대하지만, 성년이 되었다고 해서 실제로 무엇이 달라졌는지를 실감하기는 어렵다. 멋진 어른이 되어 신난다며 처음으로 자유 의지와 권리를 행사하려는 젊은이들은 곧 난관에 봉착한다. 불가침적인 해방을 누리는데 들어가는 군자금이 넉넉하지 않아서 발목을 잡히기 때문이다. 청춘의 자유는 비싼 돈을 주고 사야 한다.

미국 워싱턴에 세워놓은 한국전 참전 용사 기념비에 "자유는 공짜가 아니다(Freedom is not free)"라는 글이 새겨져 있다. 군인들이 많은 피를 흘리며 대신 희생하여 비싼 대가를 치른 덕택에 국민이 평화를 누리게 되었다는 뜻으로, 군대에 대한 고마움을 나타낸 글이다. '자유'와 '공짜'를 동시에 뜻하는 단어 'free'로 엮어낸 역설적인 곁말이다.

청춘은 나의 자유를 얻는 데 있어서까지 기성세대의 부담을 더 이상 공짜로 요구해서는 안 된다. 부모의 도움을 받지 않아야 기성세대로부터의 진정한 해방이 가능해진다. 지극히 간단한 셈본이다. 여태까지 부모가 치른 희생에 감사하며 적어도 이제부터는 자신이 먹고 살아가는 의무를 감수해야 독립과 자유를 향유할 자격을 얻는다. 내가 누릴 영광은 내 힘으로 벌어야 한다.

삶의 욕망은 넘칠지언정 살아갈 능력이 없었던 나날―그 시절은 얼마나 힘겨운 세월이었던가(What a weary time those years were―to have the desire to live but not the ability). ― 찰스 부코우스키(Charles Bukowski), 『초라한 청춘(Ham on Rye)』

독일 태생의 미국 작가 부코우스키는 경제 공황기를 시대적 배경으로 삼은 반자전적 성장 소설에서 호밀빵에 햄을 얹은 초라한 식사로 끼니를 때우며 지낸 비참한 청춘 시절을 회고한다. 무엇이나 다 이루어질 듯싶지만 무엇 하나 마음대로 되지 않는 청춘을 "아름답고 찬란한 시절"이라고 찬미하는 신기루 개념에 그는 전혀 공감할 마음이 없다.

교문을 뛰쳐나와 사회로 들어가는 진입로까지만 어떻게 해서든지 다다르면 보상의 결실이 꽃다발을 들고 기다리다가 반갑게 맞아주는 줄 알았는데, 또 다른 목적을 쟁취하는 새로운 준비의 시련이 두 팔을 활짝 벌리며 묻는다. "너는 과연 해방을 맞아 자신을 책임질 자격을 갖추었는가? 세상의 간섭을 받지 않아도 될 만큼 너는 정말로 성숙했는가?"

어른이라면 내 인생을 내 마음대로 해도 되는 된 줄 알았는데 삶과 운명이 내 마음대로 안 되는 까닭은 세상을 쥐고 흔들 능력과 수단이 나에게 없기 때문이다. 어른들이 시키는 대로만 따르면서 여기까지 왔는데, 무려 12년 동안 어른들이 시키는 대로 공부만 하면서 진짜 인생에 돌입할 준비를 해왔는데, 정작 나만의 인생을 살려고 일자리를 얻어 밥벌이할 능력이 나한테는 별로 없다. 청춘은 가시 돋은 장미가 만발한 지뢰밭이다.

젊음은 행복을 약속하지만, 인생은 서글픈 현실만 내놓는다(Youth offers the promise of happiness, but life offers the realities of grief). — 니콜라스 스파크스 (Nicholas Sparks), 『구조(The Rescue)』

비록 미완성 상태이기는 하더라도 어서 잘난 어른 행세를 하고 싶건만 상대적으로 왜소하고 빈약한 청춘의 초상 속에는 "무능하고 쓸모없는 인간"과 "혼자만 잘났다고 믿는 아이"의 모습이 공존한다. 청춘의 정체성은 무한의 욕구 그리고 현실의 한계라는 이율배반으로 인해 혼란에 빠진다. 젊은 시절이란 해방은 해방이되 아무것도 못하도록 포박을 당한 채로 방기된 유예 상태다.

해방의 내용물이 함량 미달인 이유는 수많은 다른 청춘들 역시 나하고 똑같은 공부를 하면서 똑같은 준비만 해왔고, 나는 타인들과의 경쟁에서 이길 아무런 특출한 경쟁력을 따로 갖추지 못한 탓이다. 학교에서는 남들과 똑같아지는 지식은 많이 가르칠지언정 생존 경쟁에서 남다르게 앞서 나아가고 이기는 전투를 훈련시키는 과목은 없다.

어른들이 잃어버린 자아에 대한 회의를 느낄 무렵에 자식은 내 자아가 어디 있을까 알 길이 없어 행방을 궁금해하기 시작한다. 부모가 나를 데려다 놓은 곳이 정말로 내 자리인지를 잘 모르겠어서다. 똑같은 지식을 아무리 남보다 선행 학습으로 미리 해봤자 영원히 선두를 차지하지는 못하고 겨우 몇 달 동안 잠깐만 앞서고는 다시 제자리로 돌아간다. 다른 모든 부모가 다른 모든 아이에게 똑같은 선행 학습을 시켰기 때문이다.

157

왜 사람들이 청춘을 자유와 환희의 시절이라고 생각하는지 나는 통 이해가 가지 않는다. 아마도 자신의 청춘이 어떠했는지를 그들이 기억하지 못해서인 모양이다(I've never understood why people consider youth a time of freedom and joy. It's probably because they have forgotten their own). — 마거릿 앳우드(Margaret Atwood)

무엇인지 물어보는 아이에게 어른은 "그런 건 좀 더 나이를 먹으면 저절로 알게 된다"면서 잘 가르쳐주지 않는다. "때가 되면 다 알게 된다"거나 "자식을 낳아 제 손으로 키워보면 부모 심정을 이해하게 된다"는 말은 아직 경험조차 하지 못한 미래를 젊은 세대더러 기억하라고 강요하는 셈이다. 그러면서 자신들이 고단하게 체험한 과거를 전혀 기억하지 못하는 듯싶은 기성세대는 그들의 과거가 되어버린 젊은이들의 현재를 이해해 달라는 요구를 못 들은 척한다.

앳우드는 캐나다의 귀족 문인이며 발명가에 환경 운동가로 팔순의 노년까지 왕성한 활동을 벌이며 열심히 살아가는 여성이다. 여섯 살부터 글쓰기를 좋아해서 열여섯 살에 시를 발표하고, 우수한 성적으로 대학을 졸업한 다음 유명한 작가가 되었으니, 그만하면 참으로 남부럽지 않은 모범생의 성장기를 보냈을 텐데, 청춘 찬양만큼은 단호하게 거부한다. 달갑지 않은 기억이 많아서인 모양이다.

청춘 시절로 돌아가고 싶다는 사람들은 그냥 무작정 더 오래 살고 싶어서 그런 소리를 할 뿐이다. 웬만큼 성공한 사람이라면 현재의 안정된 삶을 포기하는 대가로 불안하고 초조하고 고달픈 학창 시절로 돌아가기를 원하지는 않을 듯하다. 덧없고 짧은 청춘 시절이란 무엇 하나 제대로 뿌리를 내리지 않아 앞날이 불확실하여 반쯤만 실제로 살아가는 그런 불완전한 예비 인생이어서다.

158

척하는 젊은이를 보고 비웃지 말라. 그는 필시 자기 얼굴을 찾으려고 그냥 이것저것 가면을 써보는 중이리라(Don't laugh at a youth for his affectations; he is only trying on one face after another to find a face of his own).

— 로건 피어솔 스미드(Logan Pearsall Smith), 『반추(Afterthoughts)』

많은 명언을 쏟아내는 수필가 스미드가 "나이와 죽음"에 관한 글에서 젊은이들을 역성한다. 젊어서 아직 내면에 갖춘 지식이나 지혜가 부족하여 수컷 공작처럼 자신의 존재를 부풀려 보이려고 아는 체하거나 고상한 척하는 청춘의 안간힘이 가엾어서 하는 말이다.

인간에게는 외적인 미모보다 내면의 아름다움이 중요하다고들 하지만, 그것은 젊음과 미모를 오래전에 잃어버린 사람들이 둘러대는 궁색한 변명이다. 솔직히 말해서 세상에는 지성에 감동하기보다는 외모에 반해서 사랑에 빠지는 사람이 절반을 훨씬 넘는다. 그리고 그냥 나이만 먹었다고 해서 누구나 다 내면의 아름다움을 갖추지는 않는다.

젊은이가 영혼의 아름다움과 지혜를 갖추려면 너무나 긴 시간을 기다려야 한다. 아직 속이 영글지 못한 청춘은 자아를 표현하기 위해서라면 그나마 겉이라도 열심히 가꿔야 한다. 돈과 명예를 주렁주렁 거느리고 자랑하기에는 능력이 크게 부족한 어린 나이에 청소년들이 외모와 의상에 지나치게 신경을 쓰고, 귓밥과 코와 입술에 구멍을 뚫어 사방에 반지를 매달고, 너덜너덜하게 찢어진 바지를 걸치고, 머리카락을 파랑 빨강으로 물들여가며 참으로 해괴한 겉멋과 개성을 자랑하는 온갖 허튼 노력은 아마도 그들의 인생에서 처음으로 자아를 찾으려는 진지한 실험인지도 모른다.

나는 1,800만 명의 젊은이들을 만나봤는데, 그들은 하나같이 독특한 인물이 되기를 원한다(I have met 18 million youth, and each wants to be unique).
― A. P. J. 압둘 칼람(A. P. J. Abdul Kalam), 『동기를 유발하는 생각들(Motivating Thoughts)』

짝짓기 철을 맞은 청춘 남녀는, 최대한 수많은 이성의 시선을 끌려는 욕심에서, 개성을 드러내려고 가장 열심히 노력하는 연령층이다. 그들은 예쁘게 성형 수술을 하고 온갖 최신 유행을 연구하여 남들보다 돋보이는 모습을 갖추려고 정성껏 외모를 가꾸고 장식한다.

2017년 성탄절 무렵에는 젊은 남녀 대다수가 비슷비슷하게 다듬은 얼굴에 색깔까지 똑같은 검정 '롱 패딩(long padding, 두루마기 같은 방한복)'을 걸치고 길거리에서 떼를 지어 몰려다녔다. 남들보다 튀어서 눈에 띄기를 원했던 그들은, 똑같은 연미복 차림으로 저마다 개성을 자랑하며 남극 빙원을 가로질러 행진하는 수천 마리 펭귄 떼나 마찬가지로, 대량 생산된 제복을 걸치고 결국 모두가 남들과 똑같아졌다. 이듬해 겨울에는 똑같은 청춘 남녀들이 빛깔만 하얀색으로 바뀐 똑같은 기다란 방한복으로 너도나도 갈아입고 단체로 똑같은 개성을 다시 뽐냈다.

인도에서 가난한 무슬림 어부의 막내아들로 태어나 신문팔이 고학을 하여 11대 대통령의 자리에 오른 압둘 칼람이 만난 1,800만 청년은 유행하는 명품 제복으로 튀어 보이려는 아이들이 아니었다. 인도 대통령은 젊은이에게서 두드러진 자아를 드러내는 가장 강력한 매력이 꿈을 실현하려는 의지력이라고 말했다. 꿈은 얼굴이나 옷이 아니라 마음과 머리의 중간 어디쯤에서 피어난다.

젊음에서 가장 강력한 단 하나의 요소를 꼽으라면 그것은 무엇이 불가능한지를 모르는 무능함이다(The single most powerful element of youth is our inability to know what's impossible). — 애덤 브라운(Adam Braun), 『한 자루 연필의 잠재력(The Promise of a Pencil)』

개발 도상국 아이들에게 무료 고등교육의 기회를 주기 위해 세계 250여 곳에 학교를 건립한 비영리 단체 '희망의 연필(Pencils of Promise)'을 공동으로 창설한 브라운의 저서에는 "평범한 사람이 비범한 변화를 창조하는 이유"라는 부제가 붙었다. 비범한 변화를 일으키는 사람들은 평범한 인물들이고, 그들을 비범하게 만든 힘은 평범한 원칙을 받아들이지 않으려는 꿈과 용기다.

인도 대통령 A. P. J. 압둘 칼람은 자서전 『불타는 날개(Wings of Fire)』에서 "꿈이란 잠을 잘 때 보는 헛것이 아니라 잠을 이루지 못하게 하는 설렘(Dream is not that which you see while sleeping. It is something that does not let you sleep)"이라고 말했다. 꿈의 날개에 불이 붙으면 불사조가 태어난다.

인생 경험이 없기 때문에 무엇을 내가 할 수 있고 무엇은 할 수 없는지를 알지 못하는 무지가 오히려 청춘에게는 축복이요 무기로 작용한다. 그래서 "모르는 것이 힘"이다. 어느 동창회에 가서 보더라도 크게 사업에 성공한 사람들 가운데 우등생 출신은 찾아보기 어렵다. 똑똑해서 계산이 정확한 사람들은 어리석고 헛된 꿈을 꾸지 않고 무모한 도전 또한 하지 않는 탓이다.

161

요즈음 아이들은 거의 모두 학교를 다니고 무엇이나 다 남들이 대신 준비해놓았기 때문에 자기만의 인식을 키우는 일이 거의 불가능할 수밖에 없다고 나는 생각한다(I suppose it is because nearly all children go to school nowadays and have things arranged for them that they seem so forlornly unable to produce their own ideas). ─ 애거타 크리스티(Agatha Christie), 『자서전(An Autobiography)』

수많은 사람들에게 교육은 인간으로서 살아가는 데 필요한 기본 조건이나 요건이지 궁극적인 목적 자체가 아니다. 물론 교육이 인생의 전부 또한 아니다. 공부로 성공하여 나름대로 자신이 가야 할 길을 찾아가는 사람들이 적지 않지만, 그것은 어디까지나 지식을 1차 산업의 원자재로 사용하는 집단에게나 해당되는 진실이다.

'전업주부'를 비롯하여 무수한 소시민들 가운데 대학에서 전공한 과목이나 성적과는 별로 관계가 없는 인생을 살아가는 인구의 부피를 살펴보면, 헛된 공부를 너무 열심히 하느라고 무기력한 존재가 되었다는 좌절감을 맛본 사람이 얼마나 많을지 쉽게 짐작이 간다. 전공 과목이란 대부분의 경우 부모가 시키고 사회가 요구하는 공부이지 내가 각별히 좋아하는 취향과는 맞지 않는다면서 후회하거나 좌절감에 빠질 때는 "나의 길을 가련다"라고 외치기에 이미 너무 늦어버린 다음이다.

청춘은 덜 익은 미완의 전성기다. 그래서 무한의 가능성을 지닌 무형의 잠재력이다. 독창성의 잠재력은 틀에 맞추는 재료가 아니고 틀 자체를 창조하는 원자재다.

배고픈 자여, 책을 집어 들어라. 그것이 곧 무기이더라(Hungry man, reach for the book; it is a weapon). — 버톨트 브레히트(Bertolt Brecht), 『배움의 찬미(In Praise of Learning)』

독일의 사회주의자 극작가 브레히트의 시에 나오는 격문이다. "책이 곧 무기다"라는 표현은 프랜시스 베이컨의 금언을 윤색해서 외국 선교사들이 한국으로 들어와 농촌 계몽 운동의 표어가 된 "아는 것이 힘이다. 배워야 산다"는 교훈을 연상시킨다. 해방 이후 절대 빈곤 미개발 국가였던 시절 산업 시설이 미비한 우리나라에서는 일을 하고 싶어도 일자리가 별로 없어 먹고 살 길이 막막했고, 그래서 가장 확실하고 유망한 성공과 출세의 방법이라고는 공부와 고시 합격이 제일이었다.

책은 분명히 무기이기는 하지만, 유일한 무기는 아니다. 이제는 세계적으로 신문이나 도서 같은 인쇄 매체가 사양길에 접어들어 별로 신통한 무기 구실을 못하는 실정이다. 책이 귀했던 프랜시스 베이컨의 16세기와 브레히트의 지성 시대를 지나 지금은 서적에 담긴 웬만한 지식은 휴대 전화에 얹힌 인터넷으로 길바닥이나 술자리에서조차 쉽게 접하는 세상이다. 다른 모든 능력보다 "하늘 천 따 지" 암기력이 가장 막강한 무기였던 시대의 책은 오늘날 즉석에서 검색하는 정보의 수준으로 몰락했다.

누구나 다 하는 공부만으로 경쟁에 임하여 성공하기가 어렵다는 사실은 "경제 활동을 안 하는 한국인 4명 중 1명은 대졸"이라는 통계가 반증한다. 지식은 책과 스승의 도움으로 익히는 정보일 따름이며, 어디에서이건 1인자가 되려면 거기에서 도약하는 전략과 지혜를 따로 찾아내야 한다.

163

젊은이를 몰락시키는 가장 확실한 방법은 다르게 생각하는 자들보다 똑같이 생각하는 자들을 더 높이 받들라는 가르침이다(The surest way to corrupt a youth is to instruct him to hold in higher esteem those who think alike than those who think differently). — 프리드리히 니체(Friedrich Nietzsche), 『서광(The Dawn of Day)』

산업화가 일취월장하던 무렵 언제부터인가 한국의 학부모들은 생존의 경쟁력을 인간의 제1 덕목으로 꼽고 실력을 배양한다면서 아이들의 영적 성장을 억압하는 집단 행위에 나섰다. 일본 군대 체제를 이어받은 학교에서는 이른바 주입식 퍼담기 교육의 획일화 원칙에 따라 아이가 자발적으로 무엇인가를 배우려는 자연스러운 의지를 통제했다. 가정에서는 학동을 포로나 죄수처럼 공부방에 가두고 간식을 접시에 담아 책상에 놓아주고는 외톨이로 만들기에 바빠졌다.

차라투스트라는 "끝까지 겨우 제자의 자리만 지키는 짓은 스승에게 보답하는 올바른 길이 아니다(One repays a teacher badly if one always remains but a pupil)"라고 말했다. 선생이 가르치는 대로만 생각하고 행동하며 따라서는 스승보다 훌륭할 제자가 되지 못한다. 부모가 시키는 대로 얌전히만 살면 청년은 어른이 가르쳐주지 않는 곳까지 혼자 가기가 어렵다. 누구인가를 뒤따라가기만 하면 끝까지 꽁무니 인생이다.

니체의 초인은 학교 성적이 2등보다 2점이나 3점 앞선 1등을 지칭하지 않는다. 초인은 아예 줄을 서지 않고 울타리 밖에 따로 존재한다. 차라투스트라는 비교와 경쟁의 대상이 아니다.

마치 내일 죽을 사람처럼 살아라. 마치 영원히 살 사람처럼 배움에
정진하라(Live as if you were to die tomorrow. Learn as if you were to live forever).
— 마하트마 간디(Mahatma Gandhi)

　죽음을 눈앞에 둔 사람처럼 치열한 삶을 살면서 영원한 배움을 추구하라
는 간디의 가르침은 첨단 정보 통신 세대에게는 새로운 각도로 많이 수정하고
보완해야 겨우 적용이 가능한 일반 공식이다. 서당에서 학습한 삼강오륜이 문
밖을 나서면 즉각 생활 철학으로 유통되었던 예전과는 달리, 현금의 우리 현실
에서는 낭만적이고 수사학적인 삶의 신조를 나날의 언행에 활용하기가 어렵
다. 관계의 역학과 사회의 구조가 지난 반세기 동안에 크게 달라진 탓이다.

　일찍이 2,500년 전에 공자는 모든 성장하는 아이에게 첫째, 부모에 대한
효를 가르치고, 둘째로 어른을 공경하고, 셋째로는 언행을 조심하고, 넷째 믿음
을 소중히 여기며, 다섯째 만인을 사랑하고, 여섯째 이웃과 화친하도록 이끌어
주고, 그리고도 시간이 남으면 마지막으로 학문을 가르치라고 했다.

　그런데 한국의 부모들은 자식에게 참된 도덕성이 내면에 구성되기 전에
학문부터 가르치고, 거기에 곁들여 인간관계를 파괴하라는 훈수를 곁들인다.
가정 교육의 과외 지침에 따라 아이들은 학교에 가서 친구가 아니라 적을 만드
는 방법을 배운다. 이겨야만 산다는 악의의 경쟁의식 그리고 파괴적인 대인 관
계가 지배하는 배움터에서 군사 학교에서처럼 아이들은 필살과 궤멸을 이기적
인 인생의 지상 목표로 삼도록 세뇌를 당한다.

이기심이 잡초처럼 무성하게 우거진 다음에 깊이 박힌 뿌리를 뽑으려고 고생을 하기보다는 아예 그 씨앗을 심지 않는 편이 낫다(Better not to plant seeds of selfishness than try to eradicate them once they have grown into giant weeds). — 프렘 프라카시(Prem Prakash), 『정신 수련의 요가(The Yoga of Spiritual Devotion)』

대한민국이 산업화에 성공하여 서로 빼앗고 차지할 재물이 여기저기 넘쳐나자 저마다 더 큰 몫을 독점하려는 경쟁이 치열해지고, 물질적인 자산에 대한 사람들의 탐욕이 급격히 심해지면서, 20세기 후반에는 국민의 윤리적 의식이 경제 발전과 발을 맞추지 못했다는 비판이 일기 시작했다. 세상이 각박해지는 자연스러운 부작용이 창궐하는 사이에 정신적 삶의 가치가 급격히 추락하자, 우리 사회에 잡초처럼 우거지던 이기주의를 걱정하는 목소리였다.

성장기의 아이들이 이론적인 학교 교육의 한계와 사회생활 적응의 현실적 어려움을 훗날에 극복하려면 이른바 인성 교육을 통해 어울림의 미덕을 배워야 하는데, 공교육을 보완하고 뒷받침하며 균형을 잡아줘야 할 가정 교육이 독립성을 잃고 학교의 기능을 이어받아 반복하며 종속되는 바람에 눈에 보이지 않는 도덕성의 발육과 성장을 경시하는 풍조가 생겨났다.

전에는 인간다운 심성을 성숙시키는 훈련이 가정 교육의 가장 큰 주제였건만, 지난 반세기 동안에 사람보다는 성적을 선호하라고 단호하게 요구하는 부모들의 영향을 받아 사정이 크게 달라졌다. 등수를 좀 양보하여 점수 경쟁에서 밀려나더라도 학교에서는 친구를 많이 사귀려는 노력을 기울이라고 자식에게 가르치는 어리석고 현명한 어른들이 우리 주변에서 점점 사라진 결과였다.

어느 화창한 날, 철저한 약육강식의 세상은 자멸하고 말리라. 그렇다. 뒤에 처진 자들이 하나씩 악마에게 잡아먹히면 결국 언젠가는 가장 앞서 도망친 자의 차례가 온다. 한 개인에게서는 이기심이 영혼을 추악하게 만들지만, 인류에게는 이기심이 멸종을 뜻한다(One fine day, a purely predatory world shall consume itself. Yes, the devil shall take the hindmost until the foremost is the hindmost. In an individual, selfishness uglifies the soul; for the human species, selfishness is extinction). — 데이빗 밋첼(David Mitchell), 『세상이 멈추더라도 구름은 흐른다(Cloud Atlas)』

꼴찌가 필사적으로 뒤를 쫓아가 싸워 앞서가는 경쟁자들을 하나씩 모조리 제거하고 나면 세상에는 무엇이 남을까? 꼴찌가 되기 싫어서 주변 사람들을 하나도 남김없이 거꾸러트려 없애면 드디어 첫째가 될 듯싶지만, 혼자 남은 첫째는 역시 꼴찌이기도 하다. 등수는 여럿이 다 함께 줄을 지어야 상대적인 의미를 갖는다. 인간이 남들을 모두 짓밟아버리고 혼자 남아서 도대체 무엇을 하겠다는 말인가? 극한 경쟁은 지상의 미덕이 아니요, 궁극적 행복의 씨앗도 아니다. 인간이 사회적인 동물이라고 했으니, 이기적인 경쟁심은 반사회적이고 비사회적인 성향이다.

적개심과 친화력 가운데 경쟁에서 승리로 이끌어주는 힘은 무엇인가? 꼭 다수결 민주주의 사회가 아니더라도 어디에서나 전쟁은 물론이요, 정치와 사업의 모든 경쟁에서는 같은 편이 많아야 승리한다. 무릇 다툼에서는 수많은 사람들과 싸워 적을 잔뜩 만들기보다는 친구와 아군이 많아야 하고, 적보다 동지가 많아야 백전백승 이긴다. 그리고 인간은 꼭 이겨야만 사는 것도 아니다.

이기심은 사랑의 풍요로움을 믿지 못하는 가난한 마음의 소산이다(Selfishness comes from poverty in the heart, from the belief that love is not abundant). ― 돈 미겔 루이즈(Don Miguel Ruiz), 『사랑의 승리(The Mastery of Love)』

고대의 무속 신앙과 가르침들로부터 영적인 깨달음을 추구하는 멕시코 작가 루이즈는 "너그러운 사랑은 모든 문을 열고 이기적인 두려움은 모든 문을 닫는다"고 했다. 세상살이가 두려운 사람은 우선 나부터 혼자나마 살아남기 위해 마음의 빗장을 걸고 안으로 숨어버려 마음이 가난해진다. 고립은 대인 관계를 경험하며 나의 정서적 결함을 깨달아 수정할 기회를 박탈하고, 그러다 보면 결과적으로 참된 인간으로 성장하는 체험의 학습이 불가능한 지경에 이른다.

일찌감치 자식을 공부방에 가두는 초기의 격리 단계는 아이에게 기껏 세상으로부터 숨어버리는 훈련을 예습시킬 따름이고, 그러다가 골방에서 아이가 전자오락의 가상 현실에 몰입하기라도 했다가는 강제 차단 상황이 자발적 고립의 증상으로 악화되기 십상이다. 하나씩 닫아버리는 문은 부담스러운 세상을 차단하는 대신 나를 홀로 무력하게 가두기만 한다.

이기적 기술만 익히며 자꾸 은둔하는 아이들은 어울림의 선행 학습이 부족한 어른으로 성장한다. 마음의 문을 열고 닫는 훈련은 어려서 몸과 마음으로 익혀야 바람직하건만, 온갖 조기 교육을 받는 아이들은 정작 제대로 열린 인간이 되어 진정한 승리를 거두는 학습만 조기에 받지 않는다. 모든 교육은 다 때가 따로 있는 법이어서, 빨리보다 무엇을 언제 배우느냐가 중요하다.

자신의 몫만을 챙기려는 이기적인 추구를 멈춘 다음에야 행복은 우리를 찾아온다(Only those who quit selfishly seeking their own happiness find it). — 리셀 E. 굿리치(Richelle E. Goodrich), 『그래도 웃어야 한다(Smile Anyway)』

젊은이들이 대학으로 진학할 때는 대부분 진리와 인간성을 추구하는 분야의 학문보다, 좀 촌스러운 표현을 쓰자면, 돈이 될 만한 과목을 골라잡는다. 훗날 '3D 직종'으로 밀려나지 않으려는 예방 차원에서 그들은 "장래성이 유망하다"라고 여론이 합의한 인기 분야로 몰려든다. 그리고 유망한 미래로 진입하는 필요충분조건을 갖추는 준비 작업으로 그들은 빛나는 성적표를 받아내려고 전력투구하며 학창 시절을 보낸다.

청소년들은 장래 희망이 무엇인지는 미결 사항으로 보류해둔 채로 그동안 수집한 점수로 진학이 가능한 대학과 전공과목을 결정한다. 그러니까 그들은 내가 원하는 직업을 선택하는 대신 성적의 서열과 상한선이 지정해주는 대로 의대냐 상대냐 전자공학과냐 분야를 결정하여 대학으로 진학하고는, 직업 또한 학점이 베푸는 하사품처럼 배당을 받아서 평생을 살아가기가 보통이다.

인생의 진로와 직업을 젊은이가 선택할 때는 가장 확실하게 가난을 벗어나는 안정된 직종이 언제나 최우선 기준이어서, 특정 직업이 부수하는 삶의 질이나 개인적인 취향을 곰곰이 따지는 사람은 절반조차 되지 않는다. 사람이 인생의 길을 선택하지 않고 학교 성적이 삶의 종류를 결정한다는 통계학적 진실이다.

169

이기심은 내가 살고 싶은 대로 살겠다는 의지라기보다 내가 원하는 대로 다른 사람들이 살아주기를 바라는 욕심입니다(Selfishness is not living as one wishes to live, it is asking others to live as one wishes to live). ― 오스카 와일드(Oscar Wilde), 『인간의 영혼, 옥중에서 글쓰기(The Soul of Man and Prison Writings)』

영국 성공회 더블린 대주교 리처드 웨이틀리(Richard Whately)는 "어떤 사람을 이기적이라고 하는 까닭은 자신의 속셈만 차려서라기보다는 이웃의 사정을 배려하지 않기 때문이다(A person is called selfish, not for pursuing his or her own good, but neglecting his or her neighbor's)"라고 했다.

남들을 다스리고 군림하려는 이기적 욕망은 공존을 거부하고 만인의 종속을 요구하며, 나란히 함께 가기보다는 남들을 밟고 드높이 올라서야만 그것이 곧 행복이라는 환각에 중독된 인식이다. 나는 한 치도 양보를 안 하면서 상대방이 절대적으로 굴복하기만 요구하는 유형의 이기심은 전체 사회 질서의 구조 그리고 이웃들과의 복잡한 관계를 적대적으로 단순화하여 인간 정서에 동맥 경화를 일으킨다.

내가 원하는 대로 살겠다는 선택은 자결권이라 하겠지만, 친구건 경쟁자건 동료이건 누구에게 내 생활 방식을 따르라는 명령은 본질적으로 남의 인생을 침탈하는 행위다. 부모나 자식 그리고 하다못해 인생의 반려자에게 우리가 일상적으로 소망하거나 요구하는 모든 사항은, 상대방의 동의를 얻지 못할 경우에는, 잠재적 가해의 소지를 지닌다.

이기적인 사람들은 남을 사랑할 능력이 없기도 하려니와, 그들 자신조차 사랑하지 못한다(Selfish persons are incapable of loving others, but they are not capable of loving themselves either). — 에릭 프롬(Erich Fromm), 『자기밖에 모르는 인간(Man for Himself)』

프롬은 『자유로부터의 도피(Escape from Freedom)』에서 "탐욕은 바닥을 모르는 나락이어서 인간은 영원히 채우지 못할 욕구를 만족시키려고 끝없이 진력하다가 기진맥진하고 만다(Greed is a bottomless pit which exhausts the person in an endless effort to satisfy the need without ever reaching satisfaction)"라고 했다.

『나니아 연대기』의 작가 C. S. 루이스와 미국 시인 조이 데이빗먼(Joy Davidman)의 늦사랑 이야기를 희곡으로 엮은 윌리엄 니콜슨(William Nicholson)의 『저승으로 가는 사랑(Shadowlands)』에 이런 대사가 나온다. "사람을 사랑하기가 어려운 이유는 무엇일까요? 흔히들 말하는 이기심 때문이 아닐까요? 이기적인 사람들을 사랑하기 힘든 까닭은 그들이 좀처럼 사랑을 내주지 않기 때문이죠(What makes people hard to love? Isn't it what is commonly called selfishness? Selfish people are hard to love because so little love comes out of them)."

내가 남을 사랑하지 않으면 아무도 나를 사랑하지 않고, 그래서 아무한테서도 사랑을 못 받는 기피 인물이 된 나는 자신에게 결함이 있어서이리라는 자격지심에 나마저 나를 미워하게 된다. 그러면 모든 사람이 나를 사랑하지 못하도록 남의 마음을 막아버리는 결과를 맞는다.

자존감은 이기주의라고 오해를 받기 가장 쉬운 성품이다(Nothing resembles selfishness more closely than self-respect). — 조르주 상드(George Sand), 『앵디아나(Indiana)』

상드의 처녀작 소설에서는 불륜에 빠진 유부녀 앵디아나가 이웃에 사는 젊은 미남 레몽을 고고하고 순수한 남자라고 믿어버리고는, 모든 사람이 그를 극도로 비도덕적인 바람둥이 이기주의자라며 비난하는 까닭을 이해하지 못한다. 남들의 마음을 곡해하는 바람에 자신의 마음마저 세상의 이치를 오역하는 무분별한 콩깍지 효과 때문이다.

인간 심리의 작용과 반작용은 워낙 섬세하다 보니 상극인 사랑과 증오를 해부하는 갖가지 주장은 대부분 절반쯤의 경우에만 진실이고, 온갖 논리의 역逆 또한 모질게 성립한다. 매혹적인 개성과 이기적인 독선은 상극이건만 바라보는 시선의 각에 따라 때로는 미묘한 차이가 겹쳐 흐려지고, 선과 악이 똑같다는 착각을 일으킨다. 그래서 나만 생각하는 이기주의가 나를 소중하게 생각하는 자존감이라고 착각의 수정이 이루어져 독선이나 이기심이 아름다운 미덕의 영역으로 경계를 넘어간다. 범죄자의 폭력이 많은 여성의 눈에 사나이다운 남성적 매력으로 보이는 현상이 그러하다.

세상에서 나 자신 말고는 아무도 사랑하지 않겠다고 독야청청을 부르짖다가 이기주의자는 결국 혼자 남아 정서적인 흉년에 가뭄이 든 사막에서 자학의 길로 빠지기 쉽다. 무엇이건 누구이건 내가 미워하면 나는 미움만을 얻고, 내가 한 번 웃어주면 미소가 반사하여 돌아온다.

"자신을 사랑하는 마음은 다른 모든 사랑의 원천이랍니다(Self-love is the source of all other loves)." — 피에르 코르네이유(Pierre Corneille), 『티투스와 베레니케(Titus and Berenice)』

이기주의와 독선과 자기애의 공통점은 나를 중심에 놓고 세상을 보는 시각이다. 셋 모두가 "무엇보다도 내가 먼저" 그리고 "나를 먼저" 내세우는 자기중심적 관점이기는 하지만, 임마누엘 칸트는 『아름다움과 숭고함의 감정에 관한 고찰(Beobachtungen über das Gefühl des Schönen und Erhabenen)』에서 자기 보존을 위한 인간적 본능인 자기애(自己愛, Selbstliebe)는 이기심(Selbstsucht)과 혼동하지 말라고 주문한다.

자기애가 분광하는 인식의 여러 잔상(spectra)은 켜마다 색채와 심도가 워낙 다양하여 때로는 그것이 바람직한 미덕인지 아니면 떨쳐 버려야 할 악덕인지 가늠하기 어렵다. 하지만 17세기 프랑스에서 몰리에르와 라신과 더불어 3대 극작가로 손꼽혔던 코르네이유는 자기애가 모든 사랑의 뿌리라고 인지하기를 서슴지 않는다. 하기야 내가 나를 사랑하는 당연한 마음가짐을 죄라고 낙인을 찍기는 어려운 일이다.

나는 소중하고 훌륭한 사람이라는 인식은 자존감을 높이고, 사람들은 자신감이 충만해야 거절의 두려움을 느끼지 않으며 타인들에게 자신의 사랑을 내보일 용기를 얻는다. 자기애는 모든 사랑의 중심에서 원동력을 제공하려고 솟음치는 샘이다.

173

너무 많이 희생을 감수하여 더 이상 내줄 다른 것이 없어지면 아무도 그대를 거들떠보지 않을 터이니, 지나친 희생은 삼가야 한다 (Don't sacrifice yourself too much, because if you sacrifice too much there's nothing else you can give and nobody will care for you). ─ 카를 라거펠트(Karl Lagerfeld)

　　"참된 사랑은 이기적이 아니어서, 받으려고 조바심하며 애를 태우기보다는 마음을 열어 내주는 너그러움부터 배우라"고 아무리 수많은 사람들이 조언하지만, 아낌없이 주는 사랑과 박애주의를 실천할 때조차 "나눔의 치사량을 넘기면 안 된다"고 독일의 의상 전문가 라거펠트는 일깨워준다. 우선 '나'라는 주체가 멀쩡하게 존재해야 사랑은 물론이요, 모든 감정의 작동이 가능해진다. 끝까지 지켜야 할 자존감의 몫은 어떻게 해서든지 사수하라는 원칙은 인생의 한 가지 필수적인 전술이다.

　　그의 저서『긍정의 힘(Your Best Life Now)』이 번역되어 우리나라에 알려진 미국 목회자 조을 오스틴(Joel Osteen)은 자긍심을 찾는 공식을 퍽 쉬운 말로 풀어낸다. "아무도 그대를 칭찬하지 않는다면 그대 스스로 칭찬하라. 그대에게 용기를 주는 사람은 타인들이 아니다. 그대의 가치는 그대가 결정한다. 인간을 고무하는 힘은 각자의 내면에서 우러난다."

　　집단 심리 지도사 루이즈 L. 헤이(Louise L. Hay)는 자존감을 살리는 아주 쉬운 공식을 제시한다. "자기 자신을 비판하며 오랜 세월을 괴롭게 보냈건만 삶의 질이 전혀 좋아지지 않는 사람이 많다. 그렇다면 거꾸로 이런 방법을 써보면 된다. 우선 그대가 자신을 스스로 인정해준 다음 무슨 변화가 일어나는지를 기다리며 지켜보라."

174

우선 그대 자신부터 찾아내야 한다. 그러면 다른 모든 문제가 저절로 풀려나간다(You've got to find yourself first. Everything else'll follow). ─ 찰스 드 린트(Charles de Lint), 『짓밟힌 꿈(Dreams Underfoot)』

밑바닥 인생을 노래하는 시인 찰스 부코우스키는 "사랑할 능력이 그대에게 있다면, 우선 그대 자신부터 사랑하라(If you have the ability to love, love yourself first)"고 권한다. 자신을 사랑하는 사람은 타인을 사랑하기가 어렵지 않다. 사랑은 혼자하는 놀이가 아니어서 서로 주고받아야 제대로 이루어지는데, 이때 자기애가 두 마음을 함께 섞어 용해하는 효소의 기능을 해낸다. 마술적 사실주의 계열의 캐나다 작가 린트가 자아 발견의 중요성을 강조한 이유는 나를 찾아가는 자기애가 긍정적인 삶의 첫걸음이어서다.

마치 무슨 유행어처럼 사람들은 건성으로 "자아를 찾는다"는 표현을 자주 쓰는가 하면, "나는 누구인가"라고 묻고는 자신의 정체성을 찾는다며 머나먼 순례의 길에 나선다. 흔히 그들은 한참 나이를 먹은 다음에 산과 들로 나가거나 여행을 하면서 걷는 명상을 통해 자아를 찾으려고 노력한다. 나의 정체성을 추구하는 여로의 출발은 언제 어디에서 이루어질까?

문학적 감수성이 예민한 청춘 시절에는 사춘기나 질풍노도의 시기에 자아 찾기가 갑자기 시작된다는 보편적 편견에 쉽게 오염된다. 그러나 태어나자마자 본능의 지배를 받아 눈을 감은 채로 어미의 젖을 찾는 그 순간부터 인간에게는 어떻게 해서든 자신을 살려야 한다는 자기애가 인생의 지상 목표로 설정된다.

가야 할 길은 하나뿐이다. 그것은 그대 자신의 내면으로 가는 길이
다(There is only one journey. Going inside yourself). — 라이너 마리아 릴케(Riner Maria
Rilke)

번뇌와 행복을 빚어내는 원인과 결과가 외적인 요인들 때문이라고 남을
탓하는 대신 나의 내면을 탐색하라는 시인의 가르침이다. 인간에 얽힌 모든 문
제와 해답은 개개인의 내면에서 생성되기 때문이다. 과학과 의학을 비롯하여
다양한 분야에 박식했던 17세기 영국의 토마스 브라운(Thomas Browne) 경은
"그대가 추구하는 모든 신비는 자신의 내면에 존재한다(All the wonders you seek
are within yourself)"라고 했다. 우리가 영혼을 찾아가는 인생의 대장정은 먼 길
을 나서야 하는 순례가 아니고 자신의 내면으로 깊이 들어가는 성찰이라는 뜻
이다.

그런가 하면 미국의 정신병학 교수 토마스 새즈(Thomas Szasz)는 『두 번째
대죄(The Second Sin)』에서 "사람들은 걸핏하면 누구누구는 아직 자아를 발견하
지 못했다는 표현을 쓰지만, 자아는 발견하는 대상이 아니고 인간이 창조해야
하는 무엇"이라고 정의했다. 수많은 명문가들이 자아 발견에 관하여 온갖 수사
학적인 미사여구를 조립하지만, 본질적으로 자아는 내 인생을 엮어나가는 주
체를 칭하는 개념이다.

하인처럼 운명을 따라다니느냐 아니면 내 삶을 주인으로서 이끄느냐 하
는 인생관은 서서히 단계적으로 틀을 갖추기 때문에 그 선택의 분기점이 어디
쯤인지는 단정하기가 어렵다. 하지만 자신을 지키려는 방어 기제는 분명히 바
깥에서 찾아내지 않고 자신의 내면에서 발굴하여 정성껏 재배해야 하는 선천
적 근본이다.

176

자아를 찾으려면 스스로 생각해야 한다(To find yourself, think for yourself).
— 소크라테스(Socrates)

　　정체성의 확립은 모든 인간이 평생 계속해서 수행하는 인생의 주제다. 자아의 추구는 남들이 대신 해줄 수가 없는 숙제다. 아무도 나 대신 생각을 해줄 수가 없기 때문이다. 자아를 찾으려는 여정은 일찌감치 열 살 이전에, 본격적인 인격 형성의 도약과 더불어, 1차적인 수습이 거의 끝난다.

　　나를 중심으로 삼는 정체성 의식을 자립심이라고 한다. '자립심自立心'의 말뜻을 풀어보면 "내가 알아서 혼자 일어서려는 마음"이다. 그러니까 자립적인 인격의 형성이 진행될 때는 성장의 주체인 인격체를 아무도 손을 잡아 일으켜주지 않아야 원칙이다. 그러나 아이에게는 자신의 삶을 이끌어갈 발언권과 주도권이 부족하다는 현실이 앞을 가로막는다.

　　무한 책임감의 지배를 받는 모성본능은, 자식을 믿지 못하여 아이가 자기 힘으로 일어서기를 기다려줄 여유를 상실한 조바심에, 학교 숙제를 대신 해주는 보살핌의 연장선이라며 인생의 숙제까지 대신 해주려고 나선다. 이럴 때는 모성애조차 절제가 필요하다. 인간이 자립심을 키우려면 소크라테스의 가르침처럼 우선 생각부터 내가 해야 하는데, 무엇을 어떻게 생각하라고 사고방식마저 일방적으로 심어주고 훈육하려는 과도한 간섭은 결코 바람직한 차원의 도움이 아니다.

　　세상을 10년밖에 살지 못한 아들딸이 앞으로 70년 동안 어떤 천재로 성장할지 알 길이 없는 부모가, 어떤 특이한 삶을 자식이 살고 싶어 하는지 알아보려고 노력하기는 고사하고, 자신이 살아온 케케묵은 인습과 만인의 통념적 공식으로 아이에게 굴레를 씌우면 천재성 하나가 사라진다.

다른 사람들의 자유를 박탈하는 사람은 자유를 누릴 자격이 없다
(Those who deny freedom to others, deserve it not for themselves). ― 에이브러햄 링컨(Abraham Lincoln)

　　여기저기 학원으로 고달프게 끌려다니며 지겨운 공부를 할 때는 불만이 많던 아들딸이 "막상 대학 입시에 붙고 나서는 그래도 부모의 교육열을 고마워하더라"는 자랑은 자식을 괴롭힌 데 대한 죄의식을 덜어보려는 어른들의 변명에 지나지 않는다. 덕택에 무사히 대학생이 되었다는 사실을 자식이 지금 당장은 고마워할지 모르지만, 학창 시절은 아직 세상으로 나갈 준비만 하는 단계일 따름이고, 진짜 인생은 학교를 떠난 다음에야 시작된다. 어른이 된 청춘이 늙어가는 다른 어른을 보는 시각은 그때부터 확연하게 달라진다.

　　공부를 잘 시켜준 부모 덕택에 취업이 쉽게 되어 순탄한 인생을 살게 되었다고 사회로 진출한 다음에까지 고마워할 사람에게는 부모의 진두지휘를 받아가며 치열하게 정진한 학업이 올바른 삶의 길이다. 이렇듯 부모의 일방적인 선택과 전폭적인 지도 편달을 고마워하는 사람은 벼랑 끝에서 멈추지 못하고 줄줄이 바다로 뛰어드는 나그네쥐(lemmings) 우화의 주인공들을 닮은 순응주의자가 되도록 길이 들 확률이 크다.

　　그러나 공부를 덜 했더라면 자신이 좋아하는 어떤 분야에서 더 훌륭한 인간이 되었을지 모른다고 억울한 마음이 들어 회의에 빠져드는 사람들은 진정으로 사랑하는 상대를 용기가 없어 포기하고 안정된 생활을 보장하는 편리한 배우자를 골라 결혼하여 밋밋한 삶을 한평생 살아가는 그런 기분을 벗어나지 못한다.

목적에 대한 결정들을 내리면서부터 그대가 다스리는 삶이 시작된다(Starting to live a life that you control begins with making decisions about goals).
— 야니브 슐로모(Yaniv Shlomo), 『원하는 삶을 살려면(Start Your Journey to Get the Life You Always Wanted)』

    자신이 선택하지 않은 인생을 평생 살아가도록 자식에게 강요한 부모보다는 그 종신형을 순순히 받아들인 나그네쥐의 잘못이 더 크다. 부모의 대리 인생을 살아가게 되었다고 억울해하는 자식은 어른을 열심히 탓하기는 할지언정, 선택을 남에게 맡긴 자신의 허물은 보지 못한다. 어떤 삶을 살아야 할지 목표를 내가 세우지 못한 잘못을 부모의 탓으로만 돌리려는 비겁함은 자식의 도리가 아니다. 못마땅한 인생을 살아가는 사람은 어느 시점이나 계기에선가 부모에게 거역했어야 할 권리와 기회를 포기한 장본인이어서다.

    물론 자식이 원하는 삶을 선택하도록 동기를 부여하지 못한 부모의 탓이 크기는 하다. 부모가 자식의 인생 목표를 논리적으로 선정하는 무모함은 흔히 자립심의 싹을 밟아 없애는 결과를 가져온다. 부모가 밥도 대신 먹고 화장실도 대신 갈 정도로 과보호를 받은 아이는 굶어 죽는다.

    자식의 육신을 먹여 살리는 어른일지언정 아이의 본능마저 인위적인 규칙과 낡은 공식으로 다스리려고 하면 탈이 난다. 화초가 잘 자라도록 날마다 물을 주기는 해야 하지만, 화분에 물을 너무 많이 주면 꽃은 뿌리가 썩어 죽는다. 그런가 하면 물을 주지 않은 잡초는 모질고 끈질긴 생명력을 갖춘다. 아이의 미래를 키우는 요령이 그와 비슷하다.

179

교육의 가장 큰 목적은 거울을 창문으로 바꿔주는 작업이다(The whole purpose of education is to turn mirrors to windows). " — 시드니 J. 해리스(Sydney J. Harris)

거울 안에 갇힌 내 모습으로부터 시야를 넓혀 창밖의 세상을 탐험하려면 주관에 따라 바깥을 관찰하고 자유롭게 판단하는 확장 능력의 배양이 필수 조건이다. 주관의 확립은 혼자서 성취하기가 결코 만만한 일이 아니다. 그렇다면 어린 나그네쥐는 언제부터 자신이 원하는 삶의 설계를 시작해야 하고, 인생 통제권을 어른이 이양하는 예비 훈련은 언제부터 가능할까?

부모로부터 통제를 받는 나그네쥐 시절의 나날은 아이가 참된 주인공으로서 누리는 삶이 아니다. 아이에게 자립심을 배양하는 일은 자식과 부모의 공동 작업이어서, 잘잘못과 책임을 가리느라고 서로 탓해봤자 아무 도움이 되지 않는다. 양비론은 쌍방이 함께 풀어야 하는 숙제다.

미래의 삶을 선택하는 자립심의 뿌리는 무리의 뒤를 졸졸 따라다니기만 하는 나그네쥐의 본능밖에 아직 없는 어린 나이에 일찌감치 심어줘야 바람직하다. 아이가 초등학교에 들어가고 학원을 드나들기 전에, 아주 작은 상황들을 통해 미리 부모가 집에서 자식에게 자결권의 행사를 학습시켜야 두 세대의 동행이 수월하게 진행된다.

적이나 친구 그리고 어느 특정 집단을 길들일 때는, 간혹 좀 야비한 전술처럼 여겨지겠지만, 상대가 저항하기 어려운 약점을 이용하면 목적을 달성하기가 그리 어렵지 않다. 효과적인 미끼로 활용하기에 적절한 아이들의 약점은 그들이 가장 좋아하는 군것질과 장난감이다.

인내심은 실천할 의욕이 부족하다는 뜻이 아니어서, 올바른 방법으로 올바른 원칙을 실행하기에 적절한 시기를 기다리는 마음이 곧 인내심이다(Patience is not an absence of action; it waits on the right time to act, for the right principles and in the right way). ― 풀턴 J. 신(Fulton J. Sheen)

방송 활동을 많이 한 미국 가톨릭 대주교 신은 육아와 교육에서 도와주지 않는 도와주기의 시작은 적절한 시기를 기다리는 인내심에서 비롯한다고 믿었다. 아이들에게 자립심을 심어주기 위해 우리가 동원하기 가장 쉽고 효과적인 도구는 먹을거리와 장난감이다. 과자와 장난감으로 어른은 자신의 인내심을 실험하며 아이의 자존감을 북돋우는 효과를 동시에 얻는다.

과자와 장남감이라면 젖먹이 어릴 적부터 당연히 부모가 사다주는 데 익숙해진 아이는 선택과 판단력의 부담을 어른들에게 맡기고, 그래서 동네 가게로 데리고 간 엄마가 "뭐 먹을래?"라고 물으면 자식은 입버릇처럼 "아무거나"라고 말한다. 이때는 자식이 먹을 과자를 어른이 대신 골라서 주지 말고 아이가 자유 의지로 선택하도록 강요하고는 기다려야 한다. 아이가 무엇을 먹고 싶은지 마음을 정하지 못하면 아무것도 사주지 말고 그냥 함께 집으로 돌아가야 한다. 그러면 놀란 아이는 다음부터 가게로 갈 때마다 냉큼 선택권을 행사한다.

어린 아들딸이 속옷이나 양말을 혼자 입고 신는 모습을 흐뭇하게 지켜보며 기다려주고는 대견하다며 칭찬하는 부모의 마음은 도와주지 않아야 도움이 되는 교육의 시발점이다. 숙제의 답이 아니라 문제를 푸는 방법을 가르치는 가장 쉽고 실용적인 훈련은 그렇게 시작된다.

세상은 한 권의 위대한 작품이건만, 집에서 밖으로 나가지 않으려는 사람은 첫 쪽밖에 읽지 못한다(The world is a great book, of which they that never stir from home read only one page). — 히포의 성인 아우구스티누스(Saint Augustine of Hippo)

과자를 '아무거나' 그냥 사다주지 말고 아들딸과 함께 어른이 동네 가게로 데리고 가면, 방 안에서 거울만 보지 않고 창문으로 더 멀리 내다보려는 아이가 바깥세상의 온갖 신비를 체험하는 기회를 얻는다. 먹을 과자를 내가 찾아내고 선택하는 자유가 어떤 부담을 수반하는지를 깨우친 아이는 장난감 가게의 위치만 가르쳐주고 혼자 찾아가 마음에 드는 놀잇감을 사오라고 풀어놓아도 괜찮다. 개척 정신을 키우는 숙제를 풀어야 할 준비를 아이가 충분히 갖추었을 테니까 말이다.

혼자 나가서 허름하고 한심한 싸구려 장난감을 사오더라도 아이를 야단치면 안 된다. 어른의 눈에 어떤 장난감은 돈이 아까운 잡동사니처럼 여겨져 마음에 안 들지언정, 우선 놀잇감은 아이가 소지하는 목적에 맞고, 아이가 원하는 대상이어야 한다. 어른은 장난감의 주인이 아니며, 아이에게 무엇이 보물이고 무엇이 쓰레기인지를 판단할 권리는 아이의 소관이다.

먹을거리와 장난감을 비롯하여 나날의 언행에 있어서 아들딸이 자발적으로 내린 여러 결단에 부모가 자꾸만 못마땅하다고 반대하면 아이는 판단 능력을 작동시키지 않으려는 경향이 차츰 강해진다. 애써 선택했다가 미련하게 야단을 맞기보다 골치를 썩이지 않으며 얌전히 입을 다물고 잠자코 그냥 넘어가는 편이 차라리 득이 된다는 현명한 오산 때문이다. 소망의 단절이 양쪽에서 시작되는 조건이다.

충고는 위조지폐나 마찬가지여서, 너도나도 아무한테나 떠넘기기에 바쁘고, 받으려는 사람은 아무도 없다(Advice is like bogus money, everybody wants to pass it on ye; nobody wants to take it). ― 찰스 클라 먼(Charles Clark Munn), 『테리 아저씨의 마음(The Heart of Uncle Terry)』

어른이건 아이건 사람들이 '충고'를 흔히 '잔소리'의 동의어로 받아들이는 까닭은 "다 잘되라고 하는 얘기"가 하나같이 귀에 못이 박히도록 낡아빠진 철학이나 추상적인 공식이 대부분이어서 유통 가치가 별로 없기 때문이다. 미숙하고 서투르고 무분별한 판단은 성장기 아이들의 천성이니까 무턱대고 꾸짖는 대신 어느 정도까지는 일단 아이의 잘못을 당연하고 자연스러운 속성으로 부모가 받아들이고는 아들딸이 자신의 실수를 스스로 깨우칠 때까지 기다려줘야 순리다.

잘못의 의미가 무엇인지조차 파악하지 못하는 아이에게 윤리학의 형이상학적 관념에 공감하고 추종하기를 기대하는 것은 지나친 욕심이다. 이론을 분석하거나 판단할 능력이 없는 어린 나그네쥐에게는 개념으로 자립심을 가르치기보다는 아주 작은 문제들을 직접 해결하는 기회를 자꾸 허락해 주는 간접 훈련이 보다 효과적인 방법이다. 인생 학습은 일상적이고 하찮은 상황들을 맞아 온몸으로 직접 대처하는 사이에 아이들이 습득한 실생활 정보를 조건 반사로 각인하여 낱낱의 해답을 기억 속에 축적시키며 진행된다. 어린아이가 저지른 우발적인 실수를 고지식한 원칙에 따라 강제로 교정하려고 하면 비현실적인 논리를 납득할 마음의 준비가 안 된 아이는 자신의 불완전한 정체성과 작은 권익과 생존권을 본능적으로 방어하기 위해 지혜의 잔소리에 반발한다.

깨어나고 일어서지 않으면 영원히 추락한다(Awake, arise or be for ever fall'n). — 존 밀턴(John Milton), 『실낙원(Paradise Lost)』

7장

자유인이 되려는 반항

자유와 해방은 행복이나 마찬가지로 누가 곱게 포장하여 가져다주는 선물이 아니고 피땀 흘러 쟁취해야 할 대상이다. 자유는 속박의 굴레로부터 벗어난다는 개념이다. 이 세상에는, 부모와 스승을 포함하여, 자유를 나에게 공짜 선물로 가져다주는 사람이 거의 없다.

물질적 자유야 어떨지 모르겠지만, 내 영혼의 자유는 아무도 나한테 대신 마련해주지 못한다. 해방을 찾고 자유인이 되려면 타인들이 구축한 낡은 세상을 파괴하면서라도 나를 위한 영토를 새로 마련해야 한다. 자유를 쟁취하려는 사람에게 반항이란 도전의 또 다른 이름이다. 저항은 자유를 찾으려는 도전이고, 반항과 도전은 해방을 쟁취하려는 모험이다.

자신을 믿지 못하는 사람들의 열등감으로부터 이득을 취하려는 사회에서라면, 그대 자신을 사랑하는 마음은 반항적인 행위에 해당된다(In a society that profits from your self doubt, liking yourself is a rebellious act).

— 레이첼 브래튼(Rachel Brathen)

젊은이가 "나는 누구인가?"라는 심오한 실존주의적 질문을 평생 처음 진지하게 던지며 그의 모습을 확인하려고 거울 앞에 섰을 때 부모가 내 모습을 먼저 점검하겠다고 앞을 막아서면 거울이 보이지 않는다. 물론 내 얼굴 또한 보이지 않는다. 어른이 시야를 가로막지 않고 옆으로 비켜난 다음에야 거울 앞에 선 미래의 내 모습이 잘 보이고, 그 모습에서 달무리처럼 어른거리며 떠오르는 무한의 잠재성이 가상의 실체로 나타난다.

진정한 자아를 찾으려면 내가 내 모습을 확인할 거울을 아무도 가리지 못하게 밀어내야 한다. 부모와 스승인들 예외가 아니다. 그런 다음에 청춘은 거울 앞에 홀로 앉아 '내가 언제 이렇게 성숙했을까' 깨닫고는 자신의 모습에 도취한다. 나르키소스의 몽상은 그런 의미에서 반항의 원형이다. 남들이 아무리 나를 못났다고 할지언정, 나 한 사람만큼은 내가 잘났다며 사랑해야 한다.

자신감이 없어서 누가 돌봐주거나 도와주지 않으면 아무것도 못하는 사람들은 노예로 부리기가 편해서 웬만하면 누가 미워하거나 두려워하지 않는다. 그렇다고 해서 진심으로 사랑하지도 않는다. 반면에 수많은 사람들 앞에 나서서 감히 나 자신의 존재성을 주장하는 당당한 이기주의는 공격적 삶을 위한 기본 자세다.

184

세상에는 두 종류의 인간형이 존재하는데―순종파와 반항파가 그들이다. 문제는 첫 번째 유형에 속하는 사람들이 대다수라는 사실이다(There are two kinds of people in the world; submissive and rebellious. The problem of the world is that majority is in the first category). ― 메호멧 무라트 일단 (Mehmet Murat ildan)

터키의 극작가 일단(MMi)은 '대다수'를 '문제'라는 개념으로 꼽았다. 대다수가 가는 길은 고난의 행군이다. 그럴 수밖에 없다. 로벗 프로스트가 시로 읊었듯이, 사람들이 몰려들어 붐비는 도시의 길보다는 별로 사람이 없는 시골길이 홀로 가는 나그네에게는 훨씬 수월하고 편하다.

대다수가 남들의 뜻을 순순히 따르는 순종파라면 규칙과 원칙을 깨트리고 관행을 타파하며 자신만의 뜻을 따르는 반항아들은 제 운명을 혼자서 개척하는 소수다. 경쟁은 다수가 아니라 언제나 소수에게 유리하다. 남들이 달성한 성공 사례들을 열심히 연구하여 흉내만 내는 수많은 골목식당 가운데 다수가 백종원에게 야단을 맞고 몇 년을 못 넘겨 문을 닫는 까닭은 흉내를 지침으로 삼는 도토리 경쟁자가 너무 많기 때문이다. 사례는 그 자체가 지배적인 다수를 지시하는 표본이다.

세상에는 평범한 사람들이 대부분인데, 너도나도 비범한 2퍼센트가 되겠다고 욕심을 부리며 실제로는 평범한 사람이 되려고 무한히 노력한다. 영재와 신동은 소수다. 그런데 영재를 학원과 학교에서 대량으로 생산하겠다고 설치던 대한민국에서는 창의력을 발휘하여 남들이 시도하지 않는 어떤 과업의 원조로 등극하는 창조적인 소수 역시 학원에서 대량으로 생산한다. 창의력과 독창성은 학원에서 대량으로 흉내를 내기가 불가능하다.

자신을 업신여기는 짓은 '겸손'이 아니다. 그것은 자기를 파괴하는 행위다. 자신의 특이함을 높이 평가하는 것은 '자만심'이 아니다. 그것은 행복과 성공의 필수적인 전제 조건이다(Having a low opinion of yourself is not 'modesty.' It's self-destruction. Holding your uniqueness in high regard is not 'egotism.' It's a necessary precondition to happiness and success). — 바비 소머 (Bobbe Sommer)

『선인장더러 손을 잡아달라고 하지 말라(Never Ask a Cactus for a Helping Hand)』와『심리 소통법 2000(Psycho-Cybernetics 2000)』 같은 저서와 순회강연을 통해 긍정적 인생 설계를 구가하는 여성 심리학자 소머 박사는 겸손보다 자립심과 자존감이 행복과 성공으로 가는 훨씬 빠른 길이라고 진단한다.

자아를 평가하는 타인의 시각과 자신의 시선은 서로 영향을 끼치며 상호 작용한다. 자신을 깎아내리는 열등감의 시선은 타인들과의 비교를 거쳐 소외감으로 직행하는 지름길이다. 남들에게서 사랑을 받으면 자랑스럽고 대견스러워 나 자신을 사랑하게 되건만, 역으로 내가 나를 자랑스러워하지 않으면 세상 또한 하찮은 나를 사랑하지 않는다.

내가 나를 사랑하는 사람은 자신의 몸과 마음을 가꾸고, 개량하고, 발전시키려고 노력한다. 그렇게 열심히 성장하는 사람은 주변에서 지켜보는 타인들이 사랑하거나, 질시하거나, 미워한다. 질투와 시기는 나의 가치를 억지로라도 인정해야만 하는 타인들이 시달리는 변비성 후유증이어서, 인정하고 싶지 않은 호감의 병적인 증상이다. 그런 미움은 얼마든지 받아들여야 한다.

186

"자기 사랑은 평생 가는 낭만의 시작이랍니다(To love oneself is the beginning of a lifelong romance)." — 오스카 와일드(Oscar Wilde) 『이상적인 남편(An Ideal Husband)』

　　자기애(自己愛)와 자아도취는 이기심의 변형이어서, 동양의 유교적 겸양 가치관에 특히 위배되며, 우리가 잘 아는 갖가지 격언은 그것이 부덕의 소치라고 낙인을 찍는다. "벼는 익을수록 머리를 숙인다"가 대표적인 겸양의 지표다. 그러나 아직 영글지 못한 벼이삭은 빳빳하게 머리를 치켜들고 태양을 마중해야 알이 영근다. 그래서 갈 길이 멀고 먼 청춘은 아직 머리를 숙이면 안 된다.

　　젊어서는 무슨 일이나 가능할 듯싶지만 동시에 실제로는 무엇 하나 제대로 되지를 않아 수많은 청춘이 빠른 속도로 자신감을 잃고 의기소침해진다. 어른과 아이의 완충 지대로 진입한 사춘기 풋내기들은 어른들한테 야단을 맞으면, 처음에는 별다른 능력이 없고 가난해서, 못난 사람들이 자존심이라고 착각하는 그런 열등감에 빠져든다. 무엇 하나 마음대로 안 되는 청춘의 좌절감은 존재감이 작아지는 원인이고 보니, 열등감은 나를 미워하는 죄의식으로 쉽게 발전한다.

　　"나는 아직 여러모로 부족하다"는 겸손함과 "나는 훌륭하다"는 자신감은 알고 보면 양립이 가능한 동일 자질이다. 실패의 체험은 독이 되기도 하고 약이 되기도 하듯이 자신감 자체는 약이 되면서 때로는 독이 된다.

　　자신감은 미덕이다. 약자라고 자처하는 겸손한 사람은 위축되어 뒤로 밀려나고, 유아독존 자신만만한 사람은 무모한 만용을 부리며 남들보다 앞장을 선다. 패배하기로 작심한 사람은 앞서기를 두려워한다. 경쟁에 나설 때는 이왕이면 앞장을 서야 유리하다.

물려받은 세상이 마음에 안 드는 까닭은 새로운 세상을 창조하도록 돕기 위해 그대가 태어났기 때문이다(If you feel like you don't fit into the world you inherited it is because you were born to help create a new one). — 로스 칼리쥬리(Ross Caligiuri), 『숨어서 꿈꾸기(Dreaming in the Shadows)』

더러운 세상을 미워하느라고 자신의 마음을 괴롭히지 말고, 차라리 내 마음에 드는 새로운 세상을 창조해보라고 반항과 혁명을 부추기는 유명인은 잠언적 글쓰기를 열심히 하는 음악인 칼리지우리뿐이 아니다. 인도 최초의 여성 총리 인디라 간디는 "반항아와 일탈자는 변화를 기획하고 개척하는 인물인 경우가 많다(Rebels and non-conformists are often the pioneers and designers of change)"라고 했으며, 미국의 여성 정치 지도자 루드 메신저(Ruth Messinger)는 "반란자들이 문제를 일으키는 것이 아니라 문제가 있기 때문에 반란자들이 생겨난다(It's not rebels that make trouble, but trouble that makes rebels)"라고 했다.

영국 배우이며 작가인 스티븐 프라이Stephen Fry는 "발전을 이룩하는 인물들은 도덕성의 수호자나 이론가들이 아니라 미치광이, 은둔자, 이교도, 몽상가, 반항아 그리고 회의론자들이다(Progress isn't achieved by preachers or guardian of morality, but by madmen, hermits, heretics, dreamers, rebels and sceptics)"라면서 일탈자들을 칭송했다.

어른들이 하는 짓은 무엇이나 다 하는 대신 어른이 시키는 못마땅한 일이라면 악착같이 안 하려고 버티는 반항아들이 미래를 건설하는 선구자들이다.

규칙을 어기는 사람들은 위대한 예술가와 같아서, 그들이 무엇을 선물해 주는지를 우리는 너무 늦은 다음에야 깨닫는다(Rulebreakers are like great artists, sometimes we don't recognise what they give us until it's too late). — 샘 코니프 아옌데(Sam Conniff Allende), 『세상과 맞서는 해적(Be More Pirate)』

"과거를 파괴하는 행위가 미래를 창조하는 전제 조건"이라는 반영웅 (antihero) 논리에 공감하며 아옌데는 해적들의 황금시대처럼 21세기를 살아가는 전략과 병술을 모색한다. 선구자들은 군중 집단보다 늘 훌쩍 앞서 나아가기 때문에 세상은 규칙을 파괴하고 뛰쳐나가는 사람들의 행태를 한참 시간이 흘러간 다음에야 이해하고 받아들인다. 그래서 아옌데는 '해적왕 털보 (Blackbeard)'나 헨리 모건 같은 중세의 해양 무법자들을 현대의 시점에서 긍정적으로 재평가한다.

캐나다의 시인이며 철학자인 B. W. 포우(B. W. Powe) 역시 새로운 길과 건물을 건설할 터전을 마련하기 위해 낡아버린 기존의 업적을 허물어 없애야 한다고 주장한다. 포우가 한 말이다—"반항하는 정신은 남들이 닦아놓은 길을 절대로 달가워하지 않는다(No rebellious heart is ever at ease with paths established by others)." 기존의 가치 체계와 그에 기생하는 일체의 권위를 부인하는 허무주의 (nihilism) 선언이다.

반항은 건강하고 자연스러운 성장의 전술이다. 저항하는 아이를 주먹으로 제압하려는 어른의 안간힘은 시한폭탄 도화선의 길이만 짧게 잘라놓는다.

189

만일 우리가 아무것도 믿지 않고, 만일 아무것도 아무런 의미가 없어서 우리가 어느 가치관도 용인하지 않게 된다면, 그때는 그 무엇도 아무런 중요성을 갖지 않으며, 그제야 모든 것이 가능해진다 (If we believe in nothing, if nothing has any meaning and if we can affirm no values whatsoever, then everything is possible and nothing has any importance). — 알베르 카뮈(Albert Camus), 『반항하는 인간(The Rebel)』

단행본으로 출간된 장편 수필에서 카뮈는 서유럽 사회의 사회적 및 형이상학적 반란과 혁명을 주도한 여러 작가와 예술가의 다양한 발자취를 허무주의 시각으로 추적한다. 그는 고대 그리스 철학자 에피쿠로스, 로마의 시인 루크레티우스, 음란 문학의 대가 드 사드 후작, 철학자 헤겔, 도스토예프스키, 니체, 독일 철학자 막스 슈티르너, 프랑스의 초현실주의 시인 앙드레 브레통 등의 정신세계를 관통하는 반항과 혁명의 동기를 분석한다. 카뮈는 기존의 부조리한 인식이 작동하는 방식이나 규범적인 표본들을 거부하고 반발하는 인간 심성의 거부권을 정당하다고 옹호한다.

평범한 노예가 되느냐 아니면 비범한 반항아가 되느냐—이것은 인간이 평생 짊어지고 가야 하는 선택의 굴레다. 비범한 사람은 평범한 보통 사람이 아니다. 정신이 온전한 사람이라면 거의 누구나 젊어서는 비범한 인물이 되기를 한때나마 꿈꾼다. 그러나 거대한 집단을 구성하는 대다수 사람들은 비범하게 행동할 용기를 내지 못한다. 평범한 사람처럼 살아서는 물론 비범한 인물이 되지 못한다. 그리고 비범한 사람들은 거의 다 반항아에 가깝다.

침묵을 지키면 주장하는 바가 아무것도 없고, 아무런 소신조차 없다는 인상을 주고, 그래서 어떤 경우에는 입을 열지 않으면 정말로 아무것도 바라지 않는 사람밖에 되지 않는다(To remain silent is to give the impression that one has no opinions, that one wants nothing, and in certain cases it really amounts to wanting nothing). — 알베르 카뮈(Albert Camus), 『반항하는 인간(The Rebel)』

"나는 생각한다, 그러므로 나는 존재한다(Cogito, ergo sum)"라는 데카르트의 명제를 "나는 반항한다—그러므로 우리는 존재한다"라고 변주하여 카뮈는 진정한 반항 정신의 선구적인 역할을 강조한다. '나' 한 사람의 저항이 침묵하는 '우리' 여러 사람의 존재감을 살린다고 그는 역설한다. 반항은 세상의 빛으로부터 사방이 차단된 야간에 선구자가 감행하는 단독 비행이다.

『반항하는 인간』에서 그는 또한 "실제로 존재하는 엄청난 불평등의 양상들을 감추는 사회에서만 반항의 정신이 존재한다(The spirit of rebellion can only exist in a society where a theoretical equality conceals great factual inequalities)"라고 말했다. 불평등은 인간 사회의 본질이고, 그래서 반항과 혁명이 세상을 갈아엎는 동력으로 등장한다는 의미다.

현학적 사회 정의 논리가 추구하는 가상의 평등이 실재하는 불평등을 압도하는 불편한 현실을 침묵으로 받아들이는 군중은 불의에 소극적으로 동의하는 공모자가 된다. 고함치는 소수에게 말 없는 다수가 지배를 당하는 까닭은 침묵의 소리가 누구의 귀에도 들리지 않기 때문이다.

세상은 그대가 허락한 만큼만 그대에게 지배력을 행사한다. 반항하라(The world has only as much power over you as you give it. Rebel). — 니사르가다타 마하라지(Nisargadatta Maharaj)

알베르 카뮈의 반항아는 "그대의 존재가 남김 없이 반항의 행위가 되도록 한껏 자유로워져야 한다(Become so very free that your whole existence is an act of rebellion)"라고 부르짖는다. "모든 반항 행위는 순수함에 대한 그리움에서 비롯하고 그래서 존재의 실체를 감동시킨다(Every act of rebellion expresses a nostalgia for innocence and an appeal to the essence of being)"라는 이유에서다.

인도의 구루 마하라지는 내가 받아들이고 싶지 않은 간섭과 통제를 나에게 행사하려는 세상을 용서하지 말라고 경고한다. 나를 지배하는 힘은 시간과 공간을 초월하는 자의식이며, 사람들의 세상은 체제나 법을 초월하는 절대 자아의 주체로부터 내 삶의 주도권을 박탈하면 안 되기 때문이다. 나의 자아를 발전시키는 권리와 의무는 오직 나에게만 있다.

반항이 가져올 결과에 대한 두려움 그리고 내 앞을 막아서는 세상의 크기는 망상의 농간을 거쳐 팽창하거나 소멸한다. 세상과 두려움이 자아에 끼치는 영향력의 부피를 결정하는 요인은 헛것을 과장하는 성향이 심한 상상력이다. 인간의 눈에 보이지 않아서 파악하기 어려운 요소는 대부분 두려움의 배아로 둔갑한다.

예술과 진리와 마법을 너무나 많이 사랑하는 나머지 남들과 화합한다는 지겨운 과업으로부터 이탈한 모든 반항아를 위해 축배를 듭시다(Cheers to all the Rebels out there who care too much about Art and Truth and Magic to fall in line with the mundane task of fitting in). ― 스콧 스태빌(Scott Stabile)

너도나도 똑같거나 비슷비슷한 목적을 향해 군대 행렬처럼 발맞춰 떼를 지어 나아가는 군중으로부터 벗어나 예술 작품을 창조하고 진리를 탐구하고 마법을 일으키는 별난 소수를 칭송하는 심리 전도사 스태빌의 외침이다. 세상의 눈치를 살피며 살지 말고 나를 해방시키라는 선동이다.

자유를 찾으려면 반항해야 한다고 사방에서 이렇게들 아우성인데, 실제로 사상과 행동으로 항거를 관철하는 사람은 많지 않다. 온갖 사념적 격문과는 달리 현실에서는 갑자기 기존 질서의 멱살을 잡고 달려들기가 만만치 않아서다. 저항과 투쟁의 가시밭길을 선택하려는 용기란 평균치 인간의 내면에서 끌어내기가 좀처럼 어려운 특이한 자질이다.

반항과 자유냐 아니면 순종과 평화냐, 선택의 갈림길에서 어쩔 줄을 몰라 발을 구르는 청춘 군상의 초라한 모습을 두고 영국의 배우이며 작가인 퀜틴 크리습(Quentin Crisp)는 이렇게 일갈했다. "어떻게 동시에 반항하고 순응하느냐―젊은이들은 항상 똑같은 고민에 시달린다. 그들이 겨우 찾아낸 해답은 부모를 거역하고 자기들끼리 서로 흉내를 내는 것이었다(The young always have the same problem―how to rebel and conform at the same time. They have now solved this by defying their parents and copying one another)."

만일 뒷굽이 높은 구두에 여성이 대항하고 싶다면, 아주 멋진 모자를 쓰면 된다(If a woman rebels against high-heeled shoes, she should take care to do it in a very smart hat). ― 조지 버나드 쇼(George Bernard Shaw)

    부모를 거역하는 반항의 동력을 또래들에게서 구하려고 해봤자 그 또한 나만의 개성이 아니라 집단에서 안이한 해답을 찾으려는 흉내로 끝난다. 뒷굽이 높은 구두가 처음 유행했을 때, 여성들은 너도나도 남들보다 멋진 구두로 앞다투어 존재감을 드러내고 싶어 했다. 유행은 흉내의 잔치일 따름이고, 남들을 따라 뒷굽이 높은 비슷비슷한 구두를 신고 뽐내봤자 자신의 개성은 따로 빛나지 않는다.

    구두를 구두로 이기는 방법은 생각처럼 쉬운 전략이 아니다. 온갖 해학적인 명언을 남긴 쇼는 어떤 투쟁에서나 경쟁자를 이기는 가장 큰 비법이 아무도 눈여겨보지 않는 방향에서 감행하는 기습 공격이라고 귀띔한다. 이왕 멋진 구두를 신은 여성과 승부하려면 더 멋진 구두를 찾지 말고, 발끝에서 머리끝으로 시선을 옮겨, 엉뚱한 곳에서 해답을 찾으라며 쇼는 모자를 추천한다.

    타인의 장점을 꺾으려고 적과 유사한 기술을 동원하여 천신만고 싸워 악착같이 능가하기보다는 약점을 공략하여 허를 찌르는 변칙의 병법이 훨씬 신속하게 주효한다. 근육이 불끈거리는 두 팔로 버티는 상대를 씨름판에서 이기려면 빈약한 내 팔로 상대를 꺾으려고 아무리 애써봤자 백전백패다. 상대방의 장점과 다투려 하지 말고, 적이 휘두르는 팔을 피하면서 두 다리의 약점을 찾아 딴죽을 걸어 넘겨야 승리할 가능성이 생긴다.

기성세대로나 인간으로서 부모를 증오한다면, 자동차로 나무를 들이받고 개죽음을 하는 방식으로 그런 감정을 표출하지는 말라. 부모에게 정말로 반항하고 싶다면, 그들보다 많이 배우고, 그들보다 오래 살고, 그들보다 많이 알아야 한다(If you hate your parents, the man or the establishment, don't show them up by getting wasted and wrapping your car around a tree. If you really want to rebel against your parents, out-learn them, outlive them, and know more than they do). ― 헨리 롤린스(Henry Rollins)

모름지기 가장 달콤한 복수는 철천지원수보다 내가 더 크게 성공하여 적을 거들떠볼 필요조차 없는 자리에 오르는 길이라고 했다. 나보다 먼저 성공하여 잘 된 사람을 헐뜯고 괴롭혀 그의 명성을 무너트리려는 집착의 안간힘은 보복을 실현하는 기나긴 시간 동안 그만큼 더 오래 나 자신을 괴롭히는 결과만 가져온다.

사돈이 땅을 사서 배가 아프면 사돈을 헐뜯거나 해치느라고 기운을 낭비하는 대신, 내가 열심히 돈을 벌어 더 많은 땅을 사서 사돈의 배가 아프게 해야 한다. 그러나 사돈을 흉내 내어 부지런히 토지를 사서 모으는 사람은 사돈보다 더 많은 재산을 차지할 마지막 순간까지 마음이 편치 않다.

그리고 내가 아무리 많은 땅을 산다고 해도 십중팔구 사돈은 배가 아파지지 않는다. 먼저 성공한 사람은 그를 따라와서 뒤늦게 성공한 사람을 부러워하지 않아서다. 내 배가 아프면 나를 치유해야지, 남을 억지로 병들게 하려는 적개심은 원한을 행복한 만족감으로 바꾸는 연금술이 아니다.

어쩌다 조금씩이나마 인류가 발전한 까닭은 신중하고, 책임감이 투철하고, 조심스럽게 행동하기보다는 장난스럽고, 반항적이고, 미숙한 성품 덕택이었다(Humanity has advanced, when it has advanced, not because it has been sober, responsible, and cautious, but because it has been playful, rebellious, and immature). — 톰 로빈스(Tom Robbins), 『딱따구리가 있는 정물화(Still Life With Woodpecker)』

반듯하게 모든 규칙을 잘 지키는 사람은 대열을 벗어나지 않고 얌전히 군중을 따라간다. 성공 여부가 불확실하면 순응자는 함부로 집단으로부터 이탈하여 무모한 도전을 벌이려는 꿈을 꾸지 않는다. 미국의 흑인 소설가 로빈스는 아무도 해보지 않은 실험에 임하는 정신 나간 사람들이 그래서 모든 시대의 인류 발전을 이끈 선봉대였노라고 역설한다.

『브룩클린으로 가는 마지막 비상구(Last Exit to Brooklyn)』의 작가 휴벗 셀비 주니어(Hubert Selby Jr.)는 영국과 이탈리아에서 그의 소설이 판금을 당할 만큼 충격적인 발언을 일삼는 문제 작가다. 음울하고 참담한 영화로 제작된 『꿈을 위한 진혼곡(Requiem for a Dream)』에서 그는 이렇게 말한다. "인간은 그가 취하는 모든 행동 그리고 시도하지 않은 모든 행동에 대하여 전적으로 책임을 져야 한다(Eventually we all have to accept full and total responsibility for our actions, everything we have done, and have not done)."

비정상적이고 위험할 듯싶어서 시도해보지 못한 삶을 아쉬워하는 미련과 후회는 평생을 간다.

196

과거에 저지른 실수들은 죽어버린 과거지사다. 하지만 내가 전혀 저지르지 않은 일이라면 물려달라고 할 수조차 없다(The mistakes I've made are dead to me. But I can't take back the things I never did). ― 조너던 새프란 포어(Jonathan Safran Foer), 『엄청나게 요란하고 믿어지지 않을 만큼 가까운(Extremely Loud and Incredibly Close)』

하다못해 나쁜 범죄일지언정 일단 저질러놓으면 눈앞에 보이는 이득을 취하려고 성공을 손꼽아 기다리는 동안이나마 우리는 희망과 흥분을 맛보는 보상을 선불로 받는다. 그렇기 때문에 나중에 붙잡혀 마땅히 감수해야 할 벌을 받는다고 해서 따로 억울해할 이유가 없다. 그러나 엄두가 나지 않아 차마 저지르지 못한 죄에 대한 형벌은 식당에 가서 시켜 먹지 않은 음식의 값을 억지로 치르는 격이다.

저지르지 않은 짓을 평생 아쉬워해야 하는 종신형을 살면서 많은 사람이 "이럴 줄 알았더라면 차라리 모험의 기회를 버리지 말았어야 하는데"라고 다짐하지만, 후회는 대부분의 경우 개선할 의지가 부족한 죄책감의 수준에 머문다. 똑같은 상황이 반복되더라도 그들은 이미 몸에 배지 않은 행동을 섣불리 감행하지 못한다. 도둑질과 거짓말도 많이 해본 사람일수록 그만큼 더 잘한다.

"그럴 바에야 저질러보자" 아니면 "그럴 바에야 무엇 하러 저지르느냐"는 선택은 어린 나이에 진작부터 이루어진다. 살아가노라면 비슷한 몇 가지 유형의 상황이 거듭거듭 반복되는데, 안전하다고 확인이 끝난 순응의 길로 일단 들어선 사람이 생각을 고쳐먹기란 날이 갈수록 점점 더 어려워진다. 순응자들이 좀처럼 실험하려고 덤비지 않는 중뿔난 행동을 우리는 청춘의 꿈이라고 한다.

소년 시절의 조지 워싱턴은 지극히 흔한 젊음의 자질들을 갖추지
못했다. 그는 거짓말조차 할 줄 몰랐다(George Washington, as a boy, was
ignorant of the commonest accomplishments of youth. He could not even lie). ― 마
크 트웨인(Mark Twain),『새로 쓴 워싱턴 일대기(A New Biography of Washington)』

　　한때 우리나라 초등학교 교과서에까지 실렸던 워싱턴의『용비어천가』벚
나무 전설은 산신령과 나무꾼의 도끼 이야기나 마찬가지로 정직함의 미덕을
아이들에게 가르치려고 지어낸 동서양의 수많은 동화와 설화를 닮은 미담이었
다. 역으로 트웨인은 순진함을 미숙함의 사례로 재분류했다.

　　우리는 서너 살 아이가 아주 작은 잘못을 저지른 다음 부모에게 야단을
맞지 않으려고 속이 빤히 보이는 어수룩한 거짓말을 필사적으로 열심히 늘어
놓는 모습을 보면 귀엽다고 미소를 짓는다. 아기에게 속아 넘어갈 염려가 없
는 어른은 아무 저항을 하지 않고 매를 맞기보다는 거짓말로나마 위기를 벗어
나려는 자식의 적극적인 시도와 창의적인 용기를 대견하다며 관대하게 받아준
다. 그러나 똑같은 행위를 아이가 자꾸 반복하면 몇 년 후에는 부모가 혼을 낸
다. 자식의 머리가 커갈수록 거짓말의 내용과 구조가 교묘하게 완벽해지며 어
른이 속아 피해를 보게 되는 잠재적 위협으로 변질되기 때문이다.

　　거짓말의 원천인 창의력을 건설적인 길로 유도하면 전화 사기범이 될 아
이가 트웨인처럼 상상력이 풍부한 작가로 성장할지도 모른다. 음식물 쓰레기
와 배설물은 배합만 잘하면 비료가 되어 온갖 농산물을 키워낸다. 트웨인에게
는 노련한 거짓말이 창작을 위한 아주 좋은 비료였다.

아이들은 시를 잘 쓰지만, 사춘기에 이르면 시인들 말고는 아무도 시를 쓰지 않는다(Children can write poetry and then, unless they're poets, they stop when reach puberty). — 데니스 포터(Dennis Potter)

영국의 언론인 출신으로 정계에서 활동하다가 건강 때문에 작가로 전향한 포터는 대중문화 기법을 애호하며 진취적인 텔레비전 방송극을 여러 편 집필하여 크게 성공했다. 환상과 현실을 넘나드는 주제를 즐겨 다룬 그는 사방에서 영롱하게 빛나던 수많은 어린 시인들이 다 어디로 사라졌는지를 묻는다. 물론 답이 무엇인지를 빤히 알면서 던지는 질문이다. 시인이 되었을지 모르는 수많은 아이들의 잠재적 정체성을 망가트리는 장벽은 어른들이 합리적이라고 믿는 원칙의 논리다.

많은 부모들이 우리 집 아이를 천재나 영재라고 믿는 몇 가지 이유들 가운데 하나는 재기발랄한 언어 구사력 때문이다. 서너 살밖에 안 된 아이들은 워낙 어휘가 짧다 보니 생각하는 바를 제대로 전달하기가 어렵고, 그래서 급할 때는 사전에 없고 존재하지 않는 새로운 단어를 필요에 따라 거침없이 만들어 용감무쌍하게 사용한다. 옹알이가 바로 그런 자유분방한 언어다.

단어를 발명하는 데서 그치지 않고 아이들은 문법이 맞건 틀리건 어른들의 눈치를 살피지 않으면서 마음대로 희한한 기승전결의 문장을 구성하기까지 불사한다. 포터가 어린아이들의 창작 능력을 인정하여 시인이라고 부르는 이유다. 그러다가 갑자기 어른들은 어느 순간부터 어린애들이 어린애 짓을 못하게 말린다. 그러면 어린 시인들은 핀잔을 받지 않으려고 창작하기를 멈춘다.

미치광이들을 위하여 축배를 들자. 부적격자들. 반항아들. 말썽꾸러기들. 줄뻗난 사람들. 세상을 다른 눈으로 보는 사람들. 그들은 규칙을 좋아하지 않는다. 그리고 그들은 현상 유지를 탐탁하게 여기지 않는다. 여러분은 그들의 말을 듣고 공감하거나, 반박하거나, 찬양하거나 아니면 비방해도 좋다. 하지만 감히 그들을 무시해서는 안 된다. 그들이 세상을 바꿔놓기 때문이다. 그들은 인류를 앞으로 밀고 나아간다. 그리고 어떤 사람들에게는 그들이 미치광이로 보일지 모르지만, 우리 눈에는 그들이 천재일 따름이다. 세상을 바꿀 수 있다고 생각할 만큼 미친 사람들만이 정말로 세상을 바꿔놓기 때문이다(Here's to the crazy ones. The misfits. The rebels. The troublemakers. The round pegs in the square holes. The ones who see things differently. They're not fond of rules. And they have no respect for the status quo. You can quote them, disagree with them, glorify or vilify them. About the only thing you can't do is ignore them. Because they change things. They push the human race forward. And while some may see them as the crazy ones, we see genius. Because the people who are crazy enough to think they can change the world, are the ones who do). — 롭 실태넨(Rob Siltanen)

정신이 말짱한 사람이었다면 벤자민 프랭클린은 비가 내리는 벌판에서 쇠붙이를 매단 연을 날리는 미친 실험은 하지 않았을 듯싶다. 러시아와 프랑스에서는 똑같은 실험을 하던 과학자들이 빗물에 젖은 실을 타고 내려온 벼락에 맞아 즉사했다.

200

한계는 꿈을 꾸지 않는 사람들의 영혼 속에만 존재한다(Limits exist only in the souls of those who do not dream). ― 필립 프티(Philippe Petit), 『창조력은 완전 범죄다(Creativity: The Perfect Crime)』

오사마 빈 라덴이 납치한 비행기로 폭파하여 없애버리기 전에 뉴욕 세계무역센터의 쌍둥이 빌딩 사이를 고공 줄타기로 건너 "불가능을 넘어선 달인(the master of the impossible)"의 칭호를 얻은 프티는 정말로 제정신이 아닌 사람이다. 어느덧 칠순의 나이에 이른 그는 공적인 기록으로 따지자면 어릴 때 다섯 학교에서 퇴학을 당한 경력을 자랑하는 불량한 범법자다. 그는 툭 하면 '불법 행위'를 저질러 공권력에 붙잡혀가는 곡예사다. 반면에 그는 법과 질서의 규칙을 드높이 벗어난 하늘의 자유로운 공간에서 왕성하게 활동하는 반항아다. 또한 그는 인간의 독창성을 구가하고 옹호하는 여러 권의 책을 집필한 프랑스의 사상가이기도 하다.

그의 인생관은 이렇다. "벼랑 끝에서 인생을 살아야 한다. 규칙에 속박되지 않고, 자신의 성공을 거부하고, 같은 짓을 반복하지 않으면서―인간은 반항을 실천해야 한다(Life should be lived on the edge. You have to exercise rebellion: to refuse to tape yourself to rules, to refuse your own success, to refuse to repeat yourself)."

그리고 『줄 타는 사나이(Man on Wire)』에서 그는 이렇게 말했다. "그것은 분명히 불가능한 일이다. 그러니까 시작해보자(It's impossible, that's for sure. So let's start working)."

201

너무 멀리 나가는 모험을 감행하는 자만이 얼마나 멀리 갈 수 있는 지를 확인할 기회를 얻는다(Only those who will risk going too far can possibly find out how far one can go). ─ T. S. 엘리엇(T. S. Eliot)

　　해리 크로스비(Harry Crosby)의 시집『비너스의 변신(Transit of Venus)』에 실린 엘리엇의 추천사에서 발췌한 인용문은 인생의 변방으로 멀리 나가보라고 탐험을 독려한다. 크로스비는 미국 굴지의 재벌 가문에서 태어났지만 제1차 세계대전 참전의 후유증으로 인생이 망가진 요란한 표본이었다. 세계대전 같은 범인류 차원의 재앙을 거치고 난 다음이라면 황폐한 좌절감에 빠진 비정상 집단의식이 격렬하고 특이한 혼돈의 정신 상태로 함몰하기 쉬운데, 크로스비가 바로 그런 유형이었다.

　　크로스비는 1920년대 파리 센강의 좌안(左岸)에 정착해 타향에서 뜨내기 문화 영토를 구축한 길 잃은 세대(The Lost Generation)의 의식을 잘 돌출시킨 이정표였다. 그는 상류 사회의 고리타분한 판박이 인생을 버리고 제멋대로 살다가, 사랑하는 여인과 침대에 나란히 누워 머리를 맞대고 단 한 발의 총알로 동반 자살하여 격렬하고 방탕한 삶을 서른한 살에 마감한 퇴폐적인 인물이었다.

　　엘리엇 역시 유럽 실존주의 전성기와 할리우드 반항 시대 그리고 전후파(L'aprés-guerre)가 도래하기 전에 등장한 길 잃은 세대에 속했지만, 크로스비처럼 너무 멀리 나가지 않고 중간에서 걸음을 멈추면서 이렇게 말했다. "따르는데 익숙해지기 전에 규칙을 어기는 짓은 현명한 처신이 아니다(It's not wise to violate rules until you know how to observe them)."

얌전히 앉아서 말을 잘 들으라는 교육을 받기 전까지는 모든 아이들은 진정한 반항아요 탐험가다(All children are born rebels and explorers until they're taught to sit still and obey). — 마틴 루빈(Martin Rubin)

자칭 "망나니 사상가에 괴이한 행복론자"인 루빈은 허무주의 성향이 강한 인습 타파주의자다. 태어날 때부터 인간은 반항하는 탐험가였다고 선언한 그는 "첫 번째 양이 무리에서 이탈한 바로 그날부터 자유는 시작되었다(Freedom began on the day the first sheep wandered away from the herd)"라고 주장한다.

첫 번째로 탈영한 양의 반항은 대오를 이탈하여 혼자 가겠다는 거역의 만용처럼 여겨지지만, 알고 보면 그의 모험은 탈출이 아니라 본성을 찾으려고 회귀하는 과정에 불과하다. 제자리로 돌아가기가 그리 어려운 까닭은 수많은 사람들이 가만히 앉아서 규칙을 따르는 동안 처음부터 타고난 반항과 탐험의 본능이 집단 제식 훈련에 길이 들어 자신의 위대함을 망각했기 때문이다.

프랑스의 줄타기 곡예사 필립 프티는 T. S. 엘리엇보다 인생의 변방에서 훨씬 멀리 나아가자며 독창성의 용기에 호소한다—"완전한 창조를 하기 위해서는, 규칙들을 익히는 것도 좋지만, 그 규칙들을 잊어버리고 저항해야 한다(To be able to create fully, it's maybe fine that you learn the rules, but you have to forget and rebel against those rules)." 규칙의 족쇄를 풀어야 청춘은 반항하고 탐험하는 아이의 자리로 돌아간다.

반항하는 어른은 흔히 영광스러운 구세주처럼 여겨지는 반면에, 아이가 반항하면 하찮은 골칫거리 취급을 받기가 십상이다(A rebel adult often seems like a glorious savior, whereas a rebel child often seems like a little devil). — 크리스 제이미(Criss Jami), 『불꽃 튀는 개성(Diotima, Battery, Electric Personality)』

    열 살배기 초등학교 3학년생 세 어린이와 환갑을 훌쩍 넘긴 노인들이 격세대 시각차 대결을 벌인 tvN의 〈나이거참〉에서는 처음 3회에 걸쳐 전원책 변호사와 맞서 이솔립이라는 여자아이가 맹활약을 벌였다. 오랜 방송 활동으로 논쟁이라면 일가견이 크게 출중한 논객 전원책은 '연예인(idol)'이 되겠다는 솔립의 '말대꾸'에 10 대 8 정도로 번번이 밀렸다.

    재미있으라고 일부러 과장해서 그랬겠지만 "공부를 열심히 해야 훌륭한 사람이 된다"고 짜증스럽게 고리타분한 고정 관념 원칙만 일방적으로 주입하려는 노인의 경직된 주문에 "연예인이 되기 위해서는 초중고만 다녀도 교육은 충분하니까 대학을 안 가겠다"는 식으로 지극히 구체적 반박을 조목조목 들이대는 아이의 생기발랄 논리가 오히려 설득력이 돋보여서였다.

    노년의 변호사가 "공부해서 남 주나"라며 누구나 다 아는 진부한 잔소리를 끝없이 반복할 때마다 솔립은 손을 들어 간헐적으로 겨우 발언권을 쟁취하고는 송곳 반론을 꼬치꼬치 제기했다. 손들기는 엄마가 가르쳤다고 한다. "엄마가 야단을 칠 때는 화가 나서 이성을 잃은 상태일 수가 있으니, 반박할 사항이 있으면 너도 손을 들고 할 말은 하라"고 언론 자유의 원칙을 허락한 어머니는 어린 딸이 적극적으로 탐험에 나서도록 반항 정신을 키워준 스승이다.

젊었을 때는 사람이 말썽거리들을 찾아다닌다. 늙었을 때는 말썽거리들이 사람을 찾아다닌다(In youth we run into difficulties. In old age difficulties run into us). — 조시 빌링스(Josh Billings)

마크 트웨인과 쌍벽을 이루었던 19세기의 미국 해학가 빌링스(본명은 Henry Wheeler Shaw)의 주거니 받거니 피스톤 방정식이다. 인생에서 세월이 흐르는 사이에 역전되는 상황은 골칫거리와 인간의 상대적 관계뿐이 아니다.

tvN의 〈나이거참〉에서는 '아이돌' 열풍이 못마땅한 전원책 변호사가 초등학생 이솔립에게 "왜 요즈음 아이들은 「학교종」이나 「얼룩송아지」 같은 건전한 동요를 부르지 않느냐"고 꾸짖는다. 솔립은 학교에서 이제는 그런 노래를 안 가르치고, 풍금 또한 자취를 감춘 지가 오래라고 알려준다. 세상이 얼마나 달라졌는지를 변호사가 처음 알아채는 순간이었다.

목소리나 노랫말 대신 춤으로 가수가 되는 시대의 아이들은 선생님이 풍금을 치고 아이들이 동요를 부르던 옛날의 풍습을 알지 못한다. 지금은 인터넷 세상이다. 풍금 세대와 인터넷 세대는 소통 수단과 사고방식은 고사하고 언어마저 다르다. 목적의식이 당돌하게 뚜렷한 '요즘것들'이 풍금 노인들에게는 매우 못마땅하겠지만, 초등학생들에게는 원시적인 공자왈 세대가 더 못마땅하다.

풍금으로 인터넷에 제동을 걸기는 불가능하다. 요즈음 아이들에게 선행교육을 시키는 인터넷을 뒤져보면 잘난 체만 하는 어른들의 지나친 간섭이 불법 행위임을 증명할 정보가 수두룩하다.

내 영혼의 깊은 곳에는 반항아가 잠복 중이다. 누군가 요즈음 유행의 추세가 어떻다고 얘기할 때마다 나는 반대 방향으로 간다. 나는 유행이라는 개념을 싫어한다. 나는 모방을 싫어하고, 나는 개성에 경의를 표한다(There's a rebel lying deep in my soul. Anytime anybody tells me the trend is such and such, I go the opposite direction. I hate the idea of trends. I hate imitation; I have a reverence for individuality). — 클린트 이스트우드(Clint Eastwood), 『광활한 서부(Wild Open Spaces)』

영화배우라는 불안한 자유업을 선택한 이스트우드의 정신 상태는 애초부터 당연히 반항적이었다. "반대 방향으로 간다"는 그의 좌우명은 간단하고 확실한 원칙을 제시한다. 유행과 모방을 배척하고 남들이 안 가는 길을 가면 새로운 세상이 나타난다. 반항아답게 이스트우드는 서부의 할리우드를 등지고 대서양 건너 동쪽으로 가서 이탈리아 변칙 서부극에서 어마어마한 성공을 거두었다.

"부모가 무슨 말을 하면 항상 반대 방향으로 간 청개구리"가 나쁜 자식이라고 우리는 일찌감치 초등학생 시절에 배웠지만, 이스트우드는 아니라고 반박한다. 자유로운 삶을 살기를 원하는 사람은 생각부터가 자유로워야 한다. 납작한 지구가 둥글다고 우겼다가 혼이 난 사람들은 속설을 뒤집어볼 줄 알았던 반항아들이었다. 무능력한 가난뱅이 처지에 자식만 주렁주렁 낳은 흥부와 생활력이 출중한 놀부 우화를 20세기 후반에 재해석하기 시작한 시각도 반항적이기는 마찬가지다.

가장 쉽고 간단한 창의성은 기존의 원칙과 가치관을 부정하는 반항에서 싹이 튼다. 반항아는 다수결 민주적 견해를 무작정 믿는 대신, 의심하고 검증하고는 확인하여 새로운 정답을 찾아낸다.

반항은 독창성의 길을 가는 첫걸음이다(Rebellion is the first step on the path to originality). — 스튜어트 스태포드(Stewart Stafford)

스태포드는 아일랜드의 옛 민속 설화를 창작의 가장 큰 자산으로 삼는 작가이건만, 그의 역사적 시각은 과거를 답습하는 대신 파괴함으로써 인습을 벗어난 새로운 미래를 건설하는 반항의 길을 따른다. 창조적인 사고방식을 키우려면 남들이 하는 옛날이야기를 그냥 받아들이지 말고 하나씩 모두 논리적으로 확인하며 전열을 재정비해야 한다고 믿는 탓이다.

옛날 옛적 놀부의 탐욕과 이기주의는 정말로 나쁜 죄악이었던가 아니면 우리가 존경하고 본받아야 할 성실한 생존술인가? 인생살이에 무책임하고 밥을 얻어먹으러 갔다가 주걱으로 얻어맞는 한심한 흥부가 혹시 더 나쁜 사람이지 않을까? 홍길동과 로빈 후드는 정말로 영웅인가 아니면 그냥 좀도둑인가? 거짓말은 싸잡아서 모두가 죄악인가 아니면 경우에 따라 건설적인 상상력의 발현으로 받아들여야 옳은가?

남들이 알지 못하는 세상을 찾아내어 그곳에서 멋지게 살고 싶다면 진리의 진실성을 의심하고 묻기를 멈추지 말아야 한다. 기존의 명제를 일단 부정하는 가설을 세우고 지구가 납작한지 아닌지를 증명하다가, 정말로 납작하다는 중론이 옳다면 객관적인 합의를 미련 없이 받아들이고, 증명된 공식은 나만의 새로운 방식으로 해석하여 응용하면 된다.

그러다가 시간이 흘러 풍금과 동요의 원칙이 시효를 넘기면 홀가분하게 잊어버리고 다시 인터넷 진리에 제동을 걸기 위해 손을 들고 질문을 시작해야 한다. "세상 사람들이 좋다고 하는 모든 사회적 현상이 언제나 영원히 좋은 것인가 아니면 단순히 일시적인 착각인가?"라고 우리는 물어야 한다.

가장 잘 안다고 생각해서 전혀 의심하거나 꼼꼼하게 검증하지 않는 이야기들―그것이 가장 오류가 심한 이론들이다(The most erroneous stories are those we think we know best―and therefore never scrutinize or question).

― 스티븐 제이 굴드(Stephen Jay Gould), 『진화의 비밀(Full House)』

　　사람들을 감동시켜 효도의 교훈으로 삼으라고 지어냈음직한 옛이야기 『심청전』의 주제는 과연 조목조목 진위를 따지지 않고 곧이곧대로 받아들여도 좋은 가르침일까? 늙어서 얼마 살지도 못할 아버지의 눈을 뜨게 하려고 어린 딸이 목숨을 바친다는 삼강오륜 가치관이 과연 옳은 사회 정의 정신인가? 그것은 법의 심판을 받아야 마땅한 아비의 인권 유린 갑질이 아닐까?

　　딸을 인당수에 제물로 바친 수수료를 쌀로 바꿔 공양미 300석을 갖다 바쳤는데도 심봉사는 눈을 뜨지 못했다. 그렇다면 어리석게 속아 넘어간 아버지는 명월산 개법당으로 찾아가 공양미를 도로 내놓고 청이를 살려내라고 따져야 옳았다. 억울하게 죽은 딸의 한을 풀어주려면 심봉사는 범불교총연합 같은 행정 기관에 진정서를 내고, 그래도 소용이 없으면 공정한 법의 심판을 받기 위해 사기죄로 화주승을 고소해야 한다. 하지만 심봉사는 권위에 맞서 아무런 저항을 하지 않았다.

　　청이가 전국 방방곡곡의 맹인들을 용궁으로 불러다 차려준 잔치판에서 눈을 뜬 심봉사는, 다른 시각 장애인들도 덩달아 모조리 시력을 회복하는 현장을 목격하고는, 분명히 심기가 썩 불편했을 텐데, 왜 항의를 하지 않았을까? "나는 출세한 딸 덕택에 천신만고 끝에 겨우 눈을 뜨게 되었지만, 절에 공양미조차 갖다 바치지 않은 저 사람들은 왜 다들 눈을 뜨게 했느냐?"면서 말이다.

　　심봉사처럼 제대로 눈을 뜨지 못한 우리가 수백 년 동안 믿으며 숭배해온 윤리적 진리의 실체다.

인간의 모든 지식은 해석의 형태를 취한다(All human knowledge takes the form of interpretation). —『발터 벤야민의 서한문집(The Correspondence of Walter Benjamin)』

옛이야기에서 사람들은 진실 대신 해석을 듣는다. 그래서 사실성을 별로 따지지 않는다. 편파적인 사회 정의를 의심하지 않고 억울함을 합리적으로 계산하지 않는 군중은 지배자가 구사하는 수사학의 노예가 된다. 아무리 다수결을 따르는 민주적인 타협일지언정 논리의 무분별한 양보는 패배를 인정하는 자괴감을 회피하고 줄이려는 굴복일 따름이지 정복이나 승리가 결코 아니다.

선구자는 만인이 동의하는 똑같은 현상을 살펴보면서 혼자만의 편광偏光에 맞춰 새로운 해석을 찾아낸다. 12세기에 서른아홉 살의 나이로 열일곱 살의 제자 엘로이즈(Héloïse)와 전설적인 비련에 빠졌던 프랑스 신학자 피에르 아벨라르(Pierre Abélard)는『찬성과 반론(Sic et Non)』에서 이렇게 말했다. "의심을 품으면 질문을 하게 되고, 질문을 하면 진리를 찾아낸다(By doubting we are led to question, by questioning we arrive at truth)."

버트란드 럿셀이 말했다. "오랫동안 당연하다고 믿어왔던 모든 것에 대하여 가끔 한 번씩 의문 부호를 붙여주는 것이 건전한 습성이다(In all affairs it's a healthy thing now and then to hang a question mark on the things you have long taken for granted)." 그리고 그리스 극작가 에우리피데스는 "늘 물어보고, 조금이나마 깨우치고, 아는 체하지를 말라(Question everything. Learn something. Answer nothing)"고 가르쳤다.

모든 질문에는 답에 없는 힘이 담겼다고 그는 나한테 아주 끈질기게 설명했다(He explained to me with great insistence that every question possessed a power that did not lie in the answer). — 엘리 비젤(Elie Wiesel), 『밤(Night)』

노벨 문학상 대신 평화상을 수상한 유대인 작가 비젤은 열다섯 살 때 아우슈비츠로 끌려가 밤마다 지옥을 체험했다. 아래 칸 침대에서 사경을 헤매는 아버지가 독일군 간수에게 매를 맞아 죽는 동안 숨을 죽이고 무기력하게 소리에만 귀를 기울이며 어린 그는 인간에 대한 혐오감을 넘어 신의 죽음을 통감한다. 그리고 낮이 되면 유대 예배당에서 불목하니 노릇을 했던 모세로부터 그는 해답보다 강력한 질문의 힘에 관한 탈무드 가르침을 받는다.

질문하지 않으면 해답은 나오지 않는다. 반면에 해답이 없어도 질문은 존재가 가능하고, 힘까지 발휘한다. 질문은 해답의 과녁을 향해 날아가는 논리의 화살이다. 질문은 시작이고 해답은 종착점이다. 질문이라는 시작이 없으면 과녁에서 대답이 떠오르지 않는다. 내가 직접 확인하지 않은 진리는 그래서 함부로 믿지 말고 질문을 던져야 한다.

대부분의 경우에 우리는 처음 질문을 던진 사람이 누구인지는 기억조차 못하고 해답을 찾아낸 인물만 영웅이요 위인이라고 기린다. 신천지를 찾아낸 사람은 개척자라고 역사에 이름을 남긴다. 하지만 신천지가 그곳에 있으리라고 먼저 상상한 선구자를 칭송하는 사람은 선구자에게서 영감을 얻은 개척자 말고는 아무도 없다.

대중적인 모든 것에 의문을 품고, 그렇지 않은 것에서 해답을 찾아야 한다(Question everything that is popular, and seek answers in what is not). — 수지 카셈(Suzy Kassem), 『일어나서 태양을 맞이하라(Rise Up and Salute the Sun)』

선구자는 꿈을 꾸는 사람이요 개척자는 그 꿈을 행동으로 실천하여 성취하는 사람이다. 어려서부터 꿈을 꾸며 모험에 나선 카셈은 온 세상을 뒤지고 다니며 동양과 서양의 문화를 연결하는 다리 노릇을 하여 '범세계적 시민(the citizen of the world)'이요 '선구적 사상가(evolutionary thinker)'로 알려진 이집트계 미국 여성이다. 서양인들은 이집트를 동방(Orient)이라고 분류한다.

체제에 순응하느냐 아니면 대중적 인식을 탈피하고 단독 비행을 하는 반항아가 되느냐, 그것은 한 인간이 평생을 살아갈 존재 방식을 결정하는 선택에서 가장 중요한 기본 사양이다. '적응'은 '순응'의 완곡한 동의어로서, 군중은 집단적 계산법에 따라 자연스럽게 세상의 통속적인 이치를 따른다. 순응자 대부분은 선구자처럼 꿈을 꾸지도 않고 개척자처럼 모험에 나서지도 않는다.

순응과 적응은 다수와의 화합을 의미하여, 순응주의자는 많은 타인을 사랑하는 까닭으로 그가 펼쳐놓는 관계의 폭에 정비례해서 다수의 지지를 받는다. 단독 반항아는 체제의 배척을 받지만, 자신으로부터 엄청나게 이기적인 사랑을 받는다. 순응의 양적인 호감과 반항의 질적인 만족감 가운데 어느 쪽이 진정한 행복인지를 판단하는 특권은 선택자의 몫이다. 어느 쪽이든 스스로 길을 선택하는 사람만이 자유를 찾는다. 선택 자체가 자유를 행사하는 길잡이 행위이기 때문이다.

그나마 젊었을 때는 겉으로 드러나지 않은 온갖 가능성들이 인격체를 구성하지만, 더 이상 아무런 가능성이 남지 않게 되면 인간은 하나의 판박이 유형으로 전락한다고 나는 생각했다(When you are young enough, I thought, all sorts of unrevealed possibilities make you a person, but afterwards when there are no more possibilities you become a type). — 존 P. 마퀀드 (John P. Marquand), 『윅포드 포인트(Wickford Point)』

청춘은 내가 책임지고 앞장서서 나의 삶을 개척하기 위한 마지막 준비 기간이다. 안락한 정착보다는 힘겨운 독립과 해방 그리고 자유를 선택할 마지막 기회이기도 하다. 내 인생을 남에게 빼앗기고 싶지 않은 사람에게는 타인들이 정해주는 운명이 형벌이요, 내가 선택하는 운명은 용기다. 타인들에게 나 대신 모든 선택을 하라고 맡겨버리고는 아무 생각을 하지 않으면 나는 존재하지 않는다. "나는 생각하니까 존재한다"는 데카르트의 명제에 미달하는 탓이다.

세파가 일렁이는 인생의 바다로 나가 힘차고 멋지게 파도타기를 하느냐 아니면 온몸을 적시면서까지 물로 들어가기가 싫다며 신발을 벗어 손에 들고는 백사장을 살랑살랑 거닐고 풍경을 둘러보면서 한가하게 시간을 보내느냐— 양자택일 선택을 해야 하는 시점에 이른 청춘은 어느 누가 나를 믿어주는 것보다 훨씬 더 적극적으로 나를 믿어야 한다.

인생은 여러 차례의 허물벗기를 거치는데, 대부분의 사람들에게는 청춘시절이 허물벗기의 방식을 마음대로 선택하는 권리를 의무로 삼아 마지막으로 행사하는 운명적인 기회다.

살을 찌르는 가시가 아무리 고통스럽다고 한들 젊음은 재앙을 흡수해서 삶의 무늬 속에 끼워 넣을 만큼의 강인함을 갖추고 있다(Youth has the resilience to absorb disaster and weave it into the pattern of its life, no matter how anguishing the thorn that penetrates its flesh). — 솔름 아슈(Sholem Asch)

폴란드 태생의 미국 유대인 소설가 아슈는 젊음이 어떤 고난이라도 극복하리라고 낙관한다. 아슈를 비롯하여 많은 유명인들이 "실패가 성공의 어머니"라며 고난의 나날을, 마치 예방 주사처럼 필수적이니까, 좋은 도약의 기회로 삼아야 한다고 격려한다. 물론 힘든 시기를 보내는 청춘들을 안심시키고 용기를 북돋아주려는 덕담이다. 젊었을 때는 아직 남은 인생이 창창하기 때문에 일찌감치 한 번쯤 실패를 겪더라도 두 번째 기회에 성공할 기회와 가능성이 그만큼 많다.

그렇다고 해서 누구나 실패와 재앙을 너무 쉽게 함부로 자신에게 허락해도 된다는 뜻은 아니다. 시작이 반이라 했으니 첫 실패는 인생 절반의 실패다. 더구나 첫 도전은 남들과 같은 조건에서 출발하지만 일단 한 번 실패하고 나면 재기의 어려움이 만만치 않다. 맨 밑바닥으로 떨어져, 경쟁자들이 저만큼 멀리 달아난 다음, 훨씬 나빠진 처지에서 처음부터 다시 시작해야 하기 때문이다.

사람은 누구나 실수를 하기 마련이지만, 제2의 기회를 너무 믿으면 안 된다. "한 번 실수는 병가지상사"라면서 실패한 다음 도망칠 구실부터 먼저 만들어놓고 최선을 다하지 않았다가는 성공을 거둘 확률이 그만큼 낮아진다. 모든 기회를 마지막이라고 생각하며 목숨을 걸어야 절반이나마 꿈이 실현된다.

청춘 시절이 인생에서 조금만 늦게 왔더라면 얼마나 좋았으랴(Youth would be an ideal state if it came a little later in life). — 허벗 헨리 애스퀴드(Herbert Henry Asquith)

영국 수상을 지낸 정치가의 한담객설이다. 청춘의 열정과 노년의 지혜가 절묘하게 결합하면 쫄깃쫄깃하게 잘 다져진 맛좋은 음식처럼 알찬 인생이 되련만, 인생은 우리가 바라는 대로 순서를 맞춰주지 않는다. 평생 모아놓은 재산으로 풍족하고 느긋하게 살아가는 지혜로운 노년으로부터 삶을 시작하여, 중장년 활기찬 사회생활의 전성기를 다 보낸 다음, 늦게 찾아온 청춘을 맞아 아름다운 사랑을 만끽하다가, 어린애가 되어 응애응애 울며 부모의 품에 안겨 지극히 건강한 몸으로 세상을 떠난다면 정말로 좋겠는데, 그런 거꾸로 인생은 누구에게도 허락되지 않는다.

인간은 생과 사의 순서는 바꾸지 못할지언정 성공과 실패의 순서 그리고 온갖 선택의 배열을 바꿀 권리는 타고났다. 인생은 아기에서 사춘기, 청년에서 중년, 그리고 장년과 노년에 이르기까지 몇 차례 해방의 탈바꿈을 거치며 또 다른 형태의 속박으로 넘어간다. 거기에 따라 우리의 삶은 시기마다 행동 방식이 달라진다.

반항과 저항과 혁명은 인생을 관통하는 동심원 주제다. 미운 일곱 살부터 집에서 말대꾸로 부모의 소망을 거역하다가, 행동반경이 훨씬 넓어진 학교에서는 불량 학생 소리를 들어가며 기성세대의 권위에 대들고. 무한대로 넓은 사회로 나가서는 적대적 투쟁의 형태를 취한 직장 생활로 돌입하여 세상과 운명에 맞서야 한다. 그 순서만큼은 아무도 거역하지 못한다.

스무 살에 반항아가 되지 못한 사람은 심성이 없고, 서른 살이 되어서도 기성 세대에 합류하지 못한 사람은 머리가 나쁘다(If you haven't turned rebel by twenty you've got no heart; if you haven't turned establishment by thirty you've got no brains). ─ 케빈 스페이시(Kevin Spacey)

8장
판박이 세상에서
혼자 가는 길

변화는 성장을 촉진하는 첫째 조건이다. 잠자리나 하루살이나 나비의 애벌레는 허물을 벗는 탈바꿈 과정을 거쳐 전혀 다른 형체로 변한다. 곤충의 우화에서는 유충이 껍질만 낡은 옷처럼 벗어버리고 훨씬 크게 자란 성체의 몸에 새 모습을 걸친 다음, 변신을 중단한다. 청춘 인간의 육신 또한 폭풍 성장을 하다가 일단 어른이 되면 발육이 멈추고 키가 더 이상 자라지 않는다. 그러나 영혼은 몸과 달라서 변태를 멈추지 않는다. 인간은 벌레가 아니어서다.

214

졸업식 날은 누가 어디로 가라고 알려주는 길이 끝나는 지점에서 찾아오는 섬뜩한 종말의 느낌을 준다(Commencement Day has a sobering finality in that it's the end of the prescribed path). — 스티브 블랭크(Steve Blank)

    학교 교육이 끝나는 졸업을 영어로 'commencement(시작)'라고 하는 까닭은 인생을 단체로 연습하는 준비 기간이 끝났으니 이제부터 세상을 살아가는 실전에 각자 알아서 혼자 임하라는 암시를 주기 위해서다. 사회로 나가는 첫걸음은 인생 전체의 승부를 결정짓는 가장 중요한 시점이다. 그것은 또한 열등 인간과 우등 인간의 기준이 기존의 지식을 답습하여 기억하는 능력을 나타내는 시험 점수에서 실전 능력으로 전환되는 시기이기도 하다.

    부모와 스승의 지도편달을 받아가며 남들이 가르쳐주는 길만 따라다니다가 이제부터는 내가 혼자 첫발을 내딛어야 하는 즈음이라면 우리는 "독립된 개체로서 살아가느냐 아니면 화합하는 구성원으로 살아가느냐" 미래의 삶에 대한 결단이 이미 서 있어야 한다. 웃기기 좋아하는 마술사 로벗 오벤(Robert Orben)은 인간 애벌레의 마지막 허물벗기 예식을 이렇게 해학적으로 비꼬았다.

    "졸업식 행사에서는 똑같은 모자와 가운을 걸친 수천 명의 학생들에게 축하 연사가 '개개인의 독특성'이야말로 성공의 열쇠라고 부르짖는다(A graduation ceremony is an event where the commencement speaker tells thousands of students dressed in identical caps and gowns that 'individuality' is the key to success)."

젊은이들은 아직 인생에 시달리지 않았고 삶의 불가피한 한계를 터득하지 못했기 때문에 그들의 생각은 의기양양하기 짝이 없고, 희망찬 기질로 인하여 자신을 위대한 개념들에만 견줌으로써―자연스럽게 고결한 사고방식에 익숙해진다. 그들은 실용적이기보다는 숭고한 행동을 항상 추구하고, 그들의 삶은 이치보다 도덕적 감성을 따른다. 그들이 저지르는 모든 잘못은 지나치게 열성적으로 또는 과도하게 무엇인가를 행하다가 빚어진다는 특성을 보인다. 그들은 만사에 도가 지나쳐, 너무 심하게 사랑하고, 너무 심하게 미워하며, 다른 모든 행동이 그러하다(The young have exalted notions, because they have not been humbled by life or learned its necessary limitations; moreover, their hopeful disposition makes them think themselves equal to great things—and that means having exalted notions. They would always rather do noble deeds than useful ones: Their lives are regulated more by moral feeling than by reasoning. All their mistakes are in the direction of doing things excessively and vehemently. They overdo everything; they love too much, hate too much, and the same with everything else). ― 아리스토텔레스(Aristotle), 『수사학(Rhetoric)』

아리스토텔레스의 시대로부터 그토록 많은 세월이 흘렀고 세상 또한 그토록 많이 달라졌건만, 인간의 본성은 그리 달라진 바가 없다. 젊음의 기상과 혈기는 아직 삶의 체험이 부족한 탓으로 시대 조류나 유행을 별로 타지 않기 때문이다.

젊음을 잃지 않으려고 사람들은 기를 쓰지만, 청춘이란 알고 보면 끔찍한 격랑과 같은 시절이어서, 그 시절의 미련들은 닳아빠지도록 입지도 않고 차마 내다버리지도 못하는 헌 옷들처럼 우리를 붙잡고 매달려 놓아주지를 않는다(Youth, after all, in spite of the efforts which everyone made to keep young, was a turbulent and terrible period, parts of which kept clinging to you like old clothes that you never wore out and did not want to throw away). — 존. P. 마퀀드(John P. Marquand), 『H. M. 풀햄 선생(H. M. Pulham, Esquire)』

"청춘은 아름다워라" — '젊은 시절'이라는 말을 들으면 사람들의 머리에 가장 먼저 떠오르는 진부한 구절들 가운데 하나다. 하지만 정말 그러한가? 먼 훗날에는 젊은 날이 아름다웠다고 여겨질지 모르지만, 실제로 살아가는 동안 만큼은 불안과 분노에 시달려야 하는 나날이 적지 않다. 청춘이 시련과 불확실성의 고달픈 과도기여서 그렇다. 청춘은 이렇기도 하고 저렇기도 하며, 이것도 아니고 저것도 아닌 이율배반의 격랑기다.

청춘은 분명히 꿈과 사랑과 낭만이 만발하는 영혼의 전성기다. 그렇다면 사랑은 얼마나 아름다울까? 수많은 갑돌이와 갑순이가 사랑에 빠져 잠을 못 이루며 설레는 마음에 황홀해지고, 또한 사랑의 슬픔 때문에 수많은 베르터가 세상이 무너지는 고뇌에 시달린다. 넘쳐나는 사랑 호르몬의 분출과 욕정을 다스리지 못해서 갖가지 죄를 짓기 시작하는 나이도 청춘이다. 참으로 아름답고 극적이어야 할 사랑이 끝없는 집착과 증오 그리고 눈물의 씨앗이 되어 여기저기서 가시로 돋아난다.

내려놓는 데 익숙해져야 한다. 괘념치 말아야 한다. 세상은 애초부터 그대가 마음대로 다스리는 곳이 아니었다(You must learn to let go. Release the stress. You were never in control anyway). ― 스티브 마라볼리(Steve Maraboli), 『인생, 진리, 자유로움(Life, the Truth, and Being Free)』

젊은 날의 삶이 복잡하고 엉망인 이유는 뜻대로 되지 않는 요인이 너무 많아서다. 청춘의 세상에서는 누구 하나 어릴 적에 부모가 그랬듯이 고분고분 내 말을 들어주지 않는다. 내가 나의 권리를 찾겠다고 반항하듯 당연히 남들은 그들의 기득권을 지키겠다며 나에게 저항한다. 온갖 난관들이 꼬여서 거대한 불가항력의 덩어리로 뭉쳐 나를 깔아뭉개려고 굴러온다. 그래서 내 뜻을 따르지 않는 세상은 정복해야 하는 적이거나 나를 가두는 감옥의 형태를 갖춘다.

수많은 청춘이 출세의 기회를 찾아 집과 고향과 학창을 떠나고, 오랜 인연들과 헤어져 낯선 경쟁자들을 만나 성공의 힘겨루기에 진입할 때부터 인생의 개념은 크게 달라진다. 젊음의 몽상적인 고뇌가 끝나면서 평생의 현실적인 형벌이 다가온다. 어른이 되고, 사회인이 되고, 직장 생활로 접어들면서 도시인은 기성세대 집단으로부터 정신적인 만성 소화 불량에 서서히 전염된다.

젊었을 때는 감정의 기복이 심하여 인생의 모든 면에서 모든 사람과 모든 상황에 깊이 얽히고, 절망에 쉽게 잠기고, 경솔하게 열중하여 하찮은 실수를 저지르고는 한다. 청춘은 작은 실패가 남기는 자괴감과 아픔에 심한 상처를 받기는 하지만, 크고 작은 위기들이 가라앉아 아물면서 얻는 성숙의 보상 또한 크다. 그것이 한심하면서도 위대한 젊음의 힘이다.

218

기껏 사다리 꼭대기까지 이른 다음에야 엉뚱한 집의 담을 올라왔다는 사실을 깨닫는다면 얼마나 기가 막힐 노릇인가(There is perhaps nothing worse than reaching the top of the ladder and discovering that you're on the wrong wall). — 조셉 캠벨(Joseph Campbell)

영웅들의 신화를 다룬 저서를 여러 권 출간하여 조지 루카스가 〈스타 워즈〉를 탄생시키도록 영감을 주었다고 알려진 문학 교수 캠벨의 절묘한 비유는 상아탑의 문을 마지막으로 등지고 나서기는 했지만, 취업이 되지 않아 갑자기 할 일이 없고 인생살이 허허벌판에서 갈 곳조차 없어진 무력한 존재의 참담한 심정을 잘 대변한다.

한시라도 빨리 대학 감옥을 벗어나 기성인이 되어 내 마음대로 세상을 휘두르며 살아보겠다고 흔들거리는 엉성한 사다리를 타고 울타리를 올랐건만, 바깥 풍경은 옛날에 건성으로 보고 상상하던 낙원이 아니다. 도둑질을 하려고 칠흑 같은 밤에 부잣집인 줄 알고 높은 담을 낑낑거리며 천신만고 올라갔는데, 담벼락 꼭대기에서 엉뚱하게 교도소 경비병의 기관총이 코앞에 불쑥 나타난 듯 아찔하고 황당한 상황이다.

온갖 족집게 정답을 받아 적는 교육을 마감하고 입사 시험 준비까지 열심히 했건만, 문 앞에서 잠복하던 낯선 사회가 나를 노려보고 이상한 선발의 잣대를 들이대면, 진취성이 미흡한 젊음은 당황하여 어찌할 바를 모른다. 표지판이 사라진 도로가 시작되는 지점에서 청춘은 길을 찾지 못한다. 가야 할 방향을 미리 정해놓지 않았다면 혹시 길이 한 치 앞에 있더라도 잘 보이지 않는다.

천천히 가더라도 괜찮다. 꿈과 목표가 바뀌어도 상관이 없지만, 뜻만큼은 굽히면 안 된다(You can go slow. Allow your dreams and goals to change, but live an intentional life). ― 쿠마일 난지아니(Kumail Nanjiani)

파키스탄 출신의 미국 희극인 난지아니가 어느 대학 졸업식에서 전한 축사다. "뜻이 있는 곳에 길이 있다"는 속담을 뒤집으면, 뜻이 없는 사람한테는 길이 없다는 말이 된다. 내가 어디로 가야 할지 방향조차 정하지 못했는데, 미래로 나아갈 진로가 보일 리 없다.

영원히 끝나지 않을 듯 지겹게 버티어온 학창 시절이 드디어 사라지고, 그동안 갈고 닦은 실력을 한껏 발휘하겠다며 새 세상에 이르렀는데, 아무도 나의 쓸모와 가치를 인정해주지 않는다. 공수표가 된 대학 성적표를 손에 들고 순식간에 작디작아진 자신의 존재감을 확인한 청춘은 이제부터 어찌해야 할지 모르겠어서 눈앞이 캄캄해진다.

어릴 적 강호동에게 아버지가 "공부는 아무나 하냐?"라면서 차라리 씨름에 정진하도록 권했다고 한다. 학급에서 강호동의 석차가 몇 등이었는지 모르겠지만, 아마도 초등학교는 물론 중고등학교 동급생들 가운데 학업 방면에서 그의 성공지수는 상위 1퍼센트에는 들지 못했을 듯싶다. 그러나 한눈을 팔지 않고 오직 학업에만 매달려 일로매진한 수많은 공부의 신들을 천하장사는 결국 그가 가장 잘하고 좋아하는 씨름으로 꺾었다. 인생에서는 무엇을 잘하느냐가 아니라 얼마나 잘하느냐가 승부를 결정짓는다.

우리는 누구나 어떤 재능을 가지고 태어난다. 그것은 우리의 내면에 숨어서, 느긋하면서도 열심히, 첫 기회의 귀여운 봉오리가 움트기를 기다린다(We each harbour a talent. It hibernates within us, snug yet eager, waiting for the first darling buds of opportunity to emerge). ― 케빈 안스브로(Kevin Ansbro)

강호동은 복잡한 미적분학을 못 풀겠지만 수학자 대학교수도 천하장사가 되기는 마찬가지로 어렵다. 천하장사에게는 씨름이 주어진 재능이요 수학자에게는 미적분학을 푸는 실력이 타고난 재산이다. 인생살이에서 씨름과 미적분학의 값은 어느 쪽이 더 비싼지 저마다 생각하기 나름이다.

강호동에게는 인생 최대의 진짜 재능이 다른 곳에 있었다. 그는 모래판에서 전성기를 보내고 사양길로 접어들어야 할 무렵에 방송인으로 엉뚱한 변신을 했다. 누구나 되고 싶어 하지만 정말로 되기 어려운 유명 연예인이 되어 그가 떵떵거리며 잘 살아가게 된 원동력은 방송계 사람들이 발굴한 그의 입담이었다. 그는 씨름으로 일단 이름을 알린 다음 입으로 세상을 점령했다.

사람들은 천하장사가 샛길로 빠져 여의도로 진입했다고 오해하기 쉽지만, 강호동의 우여곡절은 알고 보면 사필귀정이었다. 방송과 씨름에는 공통점이 있기 때문이다. 판단과 대처가 빠른 순발력이 그것이다. 방송인이나 연예인에게는 시간표와 장기 계획과 대본에 없는 상황에서 즉흥적으로 역경을 이겨내는 순발력이 생명이다.

동작이 빠른 사람은 머리도 빨리 돌아간다. 답안을 꼼꼼히 외우고 기억해내는 우등생들의 궤도 고정의 능력과 달리, 순간적으로 돌출하는 위기를 맞아 해결해내는 능력은 운동선수들이 타고났다고 믿어지는 동물적 감각이다.

하루하루를 초라하게 살아가야 하는 불가피한 현실의 한가운데서 사람들은 저마다 더 나은 삶으로 나아가기 위해 자신의 특별한 적성을 찾아내야 한다. 인생에서는 이보다 숭고한 목표가 따로 없다 (Each man has to seek out his own special aptitude for a higher life in the midst of the humble and inevitable reality of daily existence. Than this, there can be no nobler aim in life). ― 모리스 마테를링크(Maurice Maeterlinck), 『시시한 사람들의 보물(The Treasure of the Humble)』

서장훈은 강호동이나 마찬가지로 운동선수보다는 엉뚱한 샛길로 접어들어 방송인으로 더 크게 성공을 거둔 특이한 인물이라고 사람들은 치부할지 모르지만, 그 역시 특이하기는커녕 우여곡절 사필귀정의 사례다. 그들 두 사람이 방송인으로 크게 성공한 까닭은 운동선수의 순발력이라는 자질이 생방송에 필수적인 언변의 즉흥적 상상력으로 전환이 가능한 감각성 자산이기 때문이었다.

운동선수로서의 인기는 매체를 통한 노출에 힘입어 인지도를 높여 시청자에게 접근하기가 쉽기 때문에 방송가에서는 오락 연예 분야에서 많은 퇴역 선수들을 기용하지만, 강호동-서장훈 수준의 성공을 거두는 경우가 드물다. 일단 대중에게 가까이 접근한 다음에 그들이 계속해서 귀를 기울이도록 붙잡아 설득하는 성공의 열쇠가 남다른 화술과 독선적인 개성이기 때문이다.

연예 기획사에 집단으로 입적하여 학원에서처럼 규격화한 훈련을 받아 기술을 장착하는 어린 연예인들은 별다른 잠재적 적성이 부족하여 너도나도 똑같은 기법으로 엄청나게 심한 경쟁을 치러야 한다. 그들 대다수가 하나같이 대량 생산된 소비재처럼 개성이 없는 모조품의 차원에서 그치는 탓이다.

222

현명한 사람은 기회를 찾기보다 만들기에 더 정진한다(A wise man will make more opportunities than he finds). ―『프랜시스 베이컨의 산문집(Francis Bacon, The Essays)』

　　체격이 훤칠하고 얼굴까지 잘생긴 운동선수들은 보통 무뚝뚝하고 말이 없는 과묵함을 매력으로 내세운다. 그런데 농구선수 서장훈은 연세대학 시절 자신이 못생겼다는 열등감에 시달렸고, 그래서 다른 선수들보다 말을 잘하는 특이한 청년으로 여학생들의 눈길과 마음을 끌겠다고 작정하고는 화술을 향상시키려는 노력에 정진했다. 그에 대한 부작용으로 그의 후반 인생은 말솜씨로 인하여 체육관에서보다 밖에서 훨씬 화려하게 빛나는 반칙을 저질렀다.

　　운동선수는 체력이 남들에게 뒤지는 순간 갑자기 활동 수명이 끝나면서 현역으로부터 탈락한다. 최상의 체력이 필수라는 한계성으로 한창 나이에 활동을 접고 대부분의 퇴역 선수들은 가사 상태로 접어들거나, 그동안 터득한 특기를 자식들에게 대물림하느라고 훈련을 시키는 집착을 보이지만, 서장훈은 선수로 활약하는 동안 자기도 모르는 사이에 제2의 인생에서 진짜로 성공하기 위한 준비를 했고, 그 화술이 인정을 받아 선배 예능인 유재석의 부름을 받았다.

　　남들이 가지 않아 인적이 드문 우회로를 선택하여 나만의 재능을 엉뚱한 곳에서 발휘하면 변칙과 응용의 가치가 높아진다. 빠른 운동 신경과 좌충우돌 달변의 말재주는 천적처럼 양립하기 어려울 듯싶지만, 서장훈은 남다른 배합으로 우화하는 기회를 만들었다. 공을 던지며 거의 모든 시간을 보내느라고 개발할 틈이 없었을 따름이지 화술은 사실 그가 타고난 으뜸 재능이었다.

　　재능과 적성은 잠재력이어서, 발굴한 다음에 꾸준히 다듬고 키워야 하는 능력으로, 아예 갖추지 못한 사람을 실험 재료처럼 삼아 무에서 유를 창조하기가 어려운 자산이다.

기회를 만나지 못하면 재능은 아무 소용이 없다(Ability is nothing without opportunity). ― 나폴레옹 보나파르트(Napoleon Bonaparte)

1970년대 일본에서는 여성의 적극적인 사회 진출을 추구하고 '여성 상위 女性上位'를 구가하던 '맹렬 여성(猛烈女性)'이라는 표현이 유행했다. 같은 시기에 남성들은 20세기 중반까지 인생 최고의 낭만적인 꿈이었던 '종신 직장'의 허상에 환멸을 느끼기 시작하여, 인간 개체로서의 자유를 찾자는 '탈 샐러리맨(脫サ ラリーマン, だつサラ)' 열풍에 휘말렸다. 이들 유행어는 한국으로까지 재빨리 범람하여 이른바 주말 농장과 주말 화가들이 등장했으며, 훗날 귀농 현상의 뿌리가 되었다.

종살이나 마찬가지인 '월급쟁이' 신세를 탈출하려는 창업 열풍이 곧 뒤따랐는데, 개인 사업을 차려 '사장님'이 되기를 꿈꾸는 사람들은 직장에서 돈부터 부지런히 벌어 모아놓고는, 준비된 자금의 액수에 맞춰 그제야 무엇을 해야 할지를 설계하는 경우가 허다했다. 전쟁을 하려면 어떤 적을 물리쳐 정복할지 목표를 미리 정해놓고 무기와 군량과 물자를 맞춤형으로 차근차근 준비해야지, 전쟁 자금부터 마련해놓고 거기에 맞춰 적을 마구잡이로 골라 공격하면 순서가 맞지 않는다.

인생 전쟁에서는 대다수 사람들이 학교에서 성공을 위한 준비부터 해놓고 맞춤형 기회를 찾아 나선다. 하지만 현실은 맞춤형이 아니다. 그래서 공교육으로 성공하기를 포기한 수많은 청춘이 연예 기획사에서 땀 흘려 기계 체조처럼 춤을 배우며 새로운 준비를 하지만, 아무리 기다려도 역시 기회가 오지 않아 결국 "아름다운 꿈"을 버리고 대부분 회사원이 되거나 "하루하루를 초라하게 살아가야 하는 불가피한 현실"로 돌아간다.

224

꼭 실패하고 싶은 사람은 엎어져도 일어날 생각을 하지 않으면 된다
(The only time you fail is when you fall down and stay down). — 스티븐 리처스(Stephen Richards), 『성공에 실패하는 비결(Cosmic Ordering: You Can Be Successful)』

TV조선에서 마련한 무명 가수들의 대잔치 〈내일은 미스 트롯〉에서 1등을 하고 2019년에 최고의 인기와 호강을 누린 송가인(본명 조은심) 같은 '기적의 벼락출세' 유형을 두고 사람들은 으레 '신데렐라'라는 애매한 훈장을 달아준다. 여성 골프 선수 박세리에게도 그랬다. 하지만 박세리와 송가인을 신데렐라에 비유하는 표현은 해석하는 시각에 따라 모욕적인 명예 훼손에 해당된다.

여권 신장이 본격적으로 이루어지기 전까지만 해도, 자신이 타고난 아무런 재능이나 능력은 없을지언정 남자 하나 잘 만나 "시집을 잘 가서 손에 물 한 방울 안 묻히고 편히 사는 평생 직장"을 구해 팔자를 고친 한국 여성들은 신데렐라 소리를 들었다. 강남의 부동산 덕으로 신흥 부자 집단이 무더기로 탄생한 산업화 시대에는 한때 부잣집 딸들이 시집을 잘 가기 위해 미끼로 사용하는 지참금으로 열쇠 꾸러미(아파트먼트, 자동차, 병원 건물의 열쇠)를 준비하는 풍습까지 생겨났다.

지참금 한 푼 없이 마법 할머니가 제공해준 호박 마차를 타고 가서 왕자님을 만나 국모가 된 신데렐라는 엎어져도 일어날 줄 모를 정도로 독립심이나 자생력이 부족한 여성이라는 재해석도 이제는 낡은 우화가 되어버렸다. 그리고 신데렐라 기적을 은근히 바라는 사람들은 요행수가 찾아오기를 하염없이 기다린다. 하지만 송가인이 만난 기회는 기적이라는 이름의 요행수가 아니었다.

기회가 찾아오더라도 극소수 사람들만이 눈치를 채는 까닭은 그 것이 흔히 아주 더러운 작업복을 걸치고 고달픈 모습으로 돌아 다니기 때문인데, 평균치 인간은 그런 대상은 눈여겨보지 않는다 (The reason why so few men recognize opportunity when it comes is that it usually goes around wearing a very dirty pair of overalls and looking like hard work and the average man is not looking for it). ― 아이제이아 헤일(Isaiah Hale)

1926년 로타리 클럽 만찬에서 산타 페 철도 안전 감독관 헤일이 한 연설이다. 그럴 자격을 갖추지 못한 사람이 봉급을 많이 주고 편하고 존경받는 직장만 찾아다니는 행태를 꼬집은 일침이다. 인생에서 성공의 기회는 작업복을 걸치고 고생하는 끝에 찾아오지, 나라에서 주는 취업 수당을 받아 커피집에 앉아 놀며 공짜 요행수를 기다리는 '백수'를 모시러 찾아오지는 않는다.

신데렐라의 이름은 숯검정(cinder)을 뒤집어쓴 아가씨(-ella), 그러니까 '부엌데기'라는 뜻이다. 계모의 구박을 견디어내고 지복에 이르렀다는 신데렐라의 전설은 영광의 날을 기다리느라고 그늘에서 날품팔이 궂은일을 하며 힘겹게 살아가는 수많은 사람들에게 "고생 끝에 낙이 온다"는 고진감래 교훈을 독려하려는 주제를 담았다. 박세리와 송가인은 어느 날 갑자기 이름을 휘날리기 시작하기 전까지는 무명 시절을 보내며 엄청난 고생을 했고, 그런 의미에서라면 그들은 신데렐라다.

오늘도 그늘에서 벼락출세를 기다리는 "내일은 미스 트롯"들이 얼마나 많은가? 그 수많은 경쟁자를 이겨내고 오랜 고난의 나날 끝에 송가인이 얻어낸 성공은 행운이라기보다는 땀에 젖은 굴욕의 짜디짠 열매였다.

226

행운이 문을 두드리지 않으면, 문부터 만들어 달아라(If opportunity doesn't knock, build a door). ― 밀튼 벌(Milton Berle)

송가인을 찾아온 행운이 그야말로 갑자기 하늘에서 뚝 떨어진 횡재처럼 여겨질지 모르지만, 사실은 당연한 결과였다. 노래를 잘 부르는 가수들이 워낙 많다 보니 대중의 눈에 잘 띄지 않아 인지도가 낮았을 따름이지 그녀는 성공의 갖가지 인자를 모두 갖추고도 오랫동안 고된 무명의 시절을 보냈다.

그녀의 무속인 어머니는 무형 문화재 진도씻김굿 전수 교육 조교이며, 어머니에게서 소리와 '끼'를 물려받은 가인은 중학생의 몸으로 판소리를 시작하여 중앙대학교에서 국악을 전공했다. 전라남도 목포의 무형 문화재 명창으로부터 〈수궁가〉와 〈춘향가〉를 사사하여 한 많은 목소리를 갈고 닦은 그녀는 스물다섯 살에 우리 가요를 부르기 시작했고, 다시 7년 인고와 각고의 노력을 쏟으며 기다림을 계속했다.

성적 경쟁이 치열한 세상에서 송가인은 사법 고시를 준비하는 어느 모범 우등생 못지않은 노력을 기울였다. 공부가 어렵게 여겨지는 까닭은 워낙 빠르고 확실한 성공의 길이어서 너도나도 몰려들어 경쟁자가 천문학적 숫자에 이르기 때문이다. 부모들의 '공부 타령'에 지친 청춘은 평생 먹고 살아갈 길을 찾기란 공부만큼 쉬운 길이 없다는 진실을 사회로 나가면 곧 깨닫게 된다.

그런데 공부 역시 타고나는 재능이다. 천부적인 재능은 그야말로 하늘이 내려준 기본 능력이지 학원이나 기획사에서 개발하는 후천성 자산이 아니다. 대학 시절 운동선수라고 해서 아무나 말재주를 뒤늦게 익혀 은퇴 후에 서장훈 같은 인기 방송인이 되지는 못한다.

227

내 소설에서는 미운 오리 새끼들이 백조로 변신하지 않는다. 나는 미운 오리 새끼들을 자존감이 강한 오리 새끼로 키워놓는다(I don't have ugly ducklings turning into swans in my stories. I have ugly ducklings turning into confident ducklings). — 메이브 빈치(Maeve Binchy)

무명 시절에 송가인은 노래를 잘 부르지만 가수로 출세를 하기에는 키가 작고, 얼굴이 못생겼고, 뚱뚱하다고 주변 사람들로부터 늘 구박을 받았다고 언젠가 고백했다. 요즈음에는 성형 수술로 너도나도 판박이 미녀 행세를 하는 경우가 많다. 그렇다면 여성의 참다운 아름다움이란 무엇일까?

백성들이 피죽밖에 못 먹어 너도나도 비쩍 말랐던 빈곤의 시대에는 엉덩이가 커서 쑴풍쑴풍 아기를 잘 낳을 듯싶은 여자를 우리나라에서는 부잣집 맏며느릿감으로 꼽았다. 같은 시절에 피에르-오귀스트 르누아르 같은 유럽의 인상파 화가들은 풍만함을 넘어 투실투실한 여인들을 여성적 아름다움의 표본으로 삼았다. 그리고 우리나라에서 크게 성공한 여가수들 가운데 이금희, 현미, 방실이는 송가은처럼 체격이 풍족한 편이었고, 윤복희는 송가인처럼 키가 아담하게 작았다.

아일랜드 여성 작가 빈치는 오리와 백조의 우열을 가리지 말고 열등감과 자존감의 크기로 인간을 평가하라고 주문한다. 여성미의 개념은 시대에 따라 유행이 바뀌지만 인간 개체의 가치는 내면에서부터 번져 나온다. 뭐니 뭐니 해도 가수의 기본 자산은 소리지 얼굴이 아니다. 얼굴은 화장품으로 가공이 가능하지만 소리는 내공만이 다듬는다. 체육인은 경기를 남달리 잘할 때 가장 아름답고 가수는 노래를 잘할 때 가장 아름답다.

228

나는 기계공이 되려 했고 출장 요리사도 해보았지만, 학구적인 일 보다는 기능 계통에 대한 적성이 훨씬 떨어졌다(I tried being a mechanic and I tried catering, but I realized I had even less aptitude for semi-skilled labour than for academic work). ─ 토비 영(Toby Young)

　　"공부가 적성에 안 맞아 좀 질이 낮은 직종을 차선책으로 찾아봐야겠다"는 자조적인 사람들을 겨냥한 영국 언론인 영의 역설적인 뒤집기 해학이다. 자동차 정비공이나 요식업보다는 결국 학업을 그가 인생살이의 생존 진로로 선택한 이유는 공부만큼 쉬운 일이 없기 때문이었다는 좀 억지스러운 논리다.

　　성장하는 아이들 가운데 다수는 가수나 연예인, 교육자나 정치인이 되겠다고 열 살에 이미 자신이 가야 할 길을 일찌감치 정해놓고 준비 작업을 진행시킨다. 심지어 한탕 대박으로 성공하여 "짧고 굵게 살겠다"는 소신으로 일진회 활동에 돌입하는 조폭이나 사기꾼 지망생 아이들도 적지 않다. 사춘기 열다섯 살이면 어쨌든 그들은 이미 목표를 설정하여 평생 정진하겠다고 다짐하거나, 꿈의 내용을 자꾸 바꾸는 변덕 과정을 거치며 여러 갈래의 줄을 찾아 꽁무니에 선다.

　　그러나 어려서부터 내 꿈이 무엇인지를 알고 준비해야 한다는 공식은 말이야 쉽지만, 실제로 내 꿈이 무엇인지를 열 살에 깨닫는 아이들은 많지 않다. 내가 가꿔야 할 환상의 내용을 그들이 모르는 까닭은 어릴 적 꿈이 대부분 부모가 제시하는 주제를 따라가거나, 부모의 삶을 보고 자라면서 어른들의 귀감이 마음에 들어 그대로 내려받는 대물림 경향이 심한 탓이다.

실패는 막다른 골목이 아니라 우회로다(Failure is a detour, not a dead-end street). — 지그 지글러(Zig Ziglar)

꿈을 창조하기 힘든 사람은 어린 나이에 미래를 일찍 구상하는 대신, 현재의 문제를 실시간 타개하는 순발력으로 승부를 벌여 성공을 거두는 사례가 적지 않다. 그들은 창의력이나 상상력보다 체험과 시험의 과정을 거치며 확인과 점검을 통해 확실한 성공의 방향을 잡는다.

내가 지금 무엇을 하는지, 내가 왜 이러는지 모르겠지만, 어쨌든 코앞에 나타난 갖가지 위기부터 닥치는 대로 해결하려고 최선을 다한다면, 갈팡질팡 우회로에서 이것저것 시도하며 실패를 거듭하는 사이에 언젠가는 적성에 맞는 인생으로 돌진하는 직행 출구가 불쑥 나타나기도 한다. 그런 사람의 경우에는 막다른 골목에서 벌이는 여러 가지 도전이 본격적인 승부가 아니라 가능성을 타진하는 우회의 실험 단계로 해석해야 한다.

꿈의 실현에 실패한 많은 이들이 젊어서 거치는 자신의 방황과 혼란과 절망을 부실한 꿈을 좇느라고 몇 년씩이나 세월을 낭비하는 짓이라고 단정한다. 그들은 재빨리 정신을 차려 환상을 버리고 현실에 적응하는 길을 택한다. 적응과 순응을 거부하는 사람은 야망과 꿈을 버리지 않겠다며 일편단심을 고집하다가 단판 승부에서 영원한 패배의 쓴맛을 볼 가능성이 크다.

반면에 엎어졌다 일어나는 실패를 통해 잘못을 수정해가며 길을 다지고 나아가는 변절은 고도로 세련된 적응력이다. 적응에 능숙한 삶은 단순히 꿈을 부정하고 순응하는 경우가 아니어서, 아예 꿈이 없었기에 대뜸 현실과 정면 승부를 벌이는 유형의 다변적 도전일 가능성이 크다.

적성에 집념이 더하면 위대함이 태어난다(Aptitude plus obsession equals greatness). — 조시 베조니(Josh Bezoni)

돌발적인 위기에 능수능란하게 적응을 잘하는 인간형은 20년 전에 품은 꿈을 인생의 유일한 목표로 확정하고 평생 고지식하게 따르려고 고집을 부리지 않는다. 그는 현실의 온갖 잠재적 상황을 상상하여 그에 대한 사지선다형 해답을 미리 암기해놓고 일사불란하게 전진하지도 않는다. 그보다는 여기저기서 조우하는 우발적인 문제들에 본능적으로 대응하여 이겨내고 성공한다.

골목식당의 제왕 백종원은 여러 가지 사업을 벌였다가 몇 가지 시행착오 체험을 거친 다음 요식업계의 살아 있는 전설이 되었다. 하지만 그의 성공 비결은 오직 요리법만이 아니었다. 통닭집에서 처음 배달 체험을 할 때부터 그는 맛좋은 음식을 만드는 비법은 별로 관심이 없어서, 주방보다 고객의 심리 연구와 그에 대응하는 자제력을 몸에 익혔다고 했다. 그에게는 판매 전략과 식자재 경영의 관리가 적성에 맞는 분야였다.

대표적인 오뚝이 성공의 사례인 백종원은 요식업에서도 실패했다면 의류나 무슨 다른 분야에서 틀림없이 언젠가는 성공했겠고, 전쟁에 임하면 매우 탁월한 전투 지휘관으로 맹활약을 벌일 듯싶은 면모를 보여준다. 모두가 다 시시때때로 봉착하는 위기를 타개하는 순발의 능력 탓이다. 어떤 상황에나 잘 적응하고 어렵게나마 끝내 길을 찾아내는 그의 적성과 기능은 고난을 타개해 나가는 통치력 방식과 임기응변에서 발원한다. 집념만큼은 분명히 몸에 밴 듯싶은 백종원이지만 그는 적성을 타고났거나 발견했다기보다는 만들어냈다는 표현이 보다 잘 어울린다.

나는 내가 재학 중에 항행술 강의를 들었다는 사실을 졸업할 때
가 되어서야 대학으로부터 얘기를 듣고 깜짝 놀랐는데!─솔직히
얘기해서, 항행술이라면 단 한 번이나마 항구로 내려가는 발걸음
을 했더라면 나는 현장에서 훨씬 많은 지식을 얻었을 듯싶다(To my
astonishment I was informed on leaving college that I had studied navigation!─why,
if I had taken one turn down the harbor I should have known more about it). ─ 헨리
데이빗 도로우(Henry David Thoreau), 『월든(Walden)』

1852년에 출간된 『월든』은 거의 170년이나 묵은 책이어서 시대착오적이
고 독선적인 주장이 곳곳에 심해 보이지만, 삶에 관한 근본적인 진술은 아무리
세월이 흐르더라도 별로 크게 변하지를 않는다. 비효율적인 집단 교육의 필연
적인 폐해가 그런 불변의 법칙들 가운데 하나다. 졸업하려면 싫건 좋건 학점을
채우기 위해 고등학교나 대학에서 강제로 수강해야 하는 필수 과목들 가운데
사회로 나가 씨먹기는커녕 공부한 기억조차 없어 도로우가 허탈감을 느껴야
하는 경우가 그렇다. "우리 학교 다닐 땐 그런 거 안 배웠어"라고 자식들에게 많
은 어른들이 본의 아닌 거짓말을 하며 겪는 현실이다.

백종원은 2017년에 SBS 연예대상에서 사업가에게는 어울리지 않는 공로
상을 받았다. 그는 연세대학교에서 경영학이나 요식하고는 어울리지 않는 사
회복지학을 전공했다. 그리고 졸업 후에 그는 사회 복지 활동을 한 적이 거의
없는 눈치다. 대학에서 전공을 잘못 잡아 헛공부를 하는 다수의 청춘이 느껴야
하는 허탈감이 눈앞에 선하다.

21세기의 문맹자 집단은 글을 읽거나 쓸 줄 모르는 사람들이 아니라 배우고, 배운 것을 버리고, 다시 배울 줄 모르는 사람들이다(The illiterate of the 21st Century are not those who cannot read and write but those who cannot learn, unlearn and relearn). ― 앨빈 토플러(Alvin Toffler), 『권력 이동(Power Shift)』

대학 졸업 후에 적성을 찾지 못해 한참 헤매고 다녔다는 백종원은 고등학교를 나오면 누구나 "3~5년 동안 학업을 그만두고 대신 현장에서 사회 체험을 하며 자신의 취향과 재능을 확인한 다음에야 대학으로 진학하거나 취업 활동을 선택했으면 좋겠다"고 제안했다. 대단히 합리적인 발상이건만 그러나 현실에서는 대다수 청춘이 그런 한가한 숙려 기간을 거치지 못한다. 사회의 진면목을 모르면서 진학 여부와 진로를 결정해야 하는 결과로 우리는 절반 이상이 30대에 자신의 직업에 대하여 불만을 느끼고 후회하여, 직종을 바꾸거나 경쟁에서 낙오하거나 인생을 포기한다.

특이한 분야였다가 이제는 상식이 되어버린 미래학의 최고 권위로 꼽히던 토플러는 2005년 한국을 방문한 김에 《조선일보》 기자와의 대담에서 "한국 학생들은 미래에는 사라져 없어질 직업과 필요하지 않은 지식을 위해 날마다 공부에 매달려 하루에 15시간을 낭비한다"고 지적했다. 직설적으로 얘기하자면 우리 청소년들이 쓸데없는 공부를 너무 많이 한다는 비판이다.

학교에서 풀어야 하는 시험 문제의 정답 가운데 과연 몇 가지가 우리의 실생활에서 쓰이는가? 눈에 보이지 않고 만지거나 느끼지 못하는 탈수된 지식은 잠깐 기억했다가 시험이 지나면 잊어버리지만, 물기가 흥건하고 쉬운 삶의 원칙은 머리에 저장했다가 응용해서 두고두고 써먹는다.

233

변화는 미래가 우리의 삶으로 침투하는 과정이다(Change is the process by which the future invades our lives). ― 앨빈 토플러(Alvin Toffler), 『미래의 충격(Future Shock)』

불특정 다수를 위한 집단 학습을 거치며, 변화를 받아들이지 않고, 스승과 부모를 닮으려고 하거나 그대로 따라 하는 교육은 과거의 폐품이다. 미래를 추구하는 21세기 인간형은 남들이 다 아는 정보를 덩달아 공부하며 시간을 낭비하는 대신 아무도 모르는 세계를 탐험하러 미래로 달려간다. 과거에는 범세계적으로 지식층 육성이 교육의 지상 목표였지만 이제는 사회가 정말 필요로 하는 건강하고 평범한 중간층 집단의 양성과 공존 기술을 가르치는 훈련이 서양 공교육의 추세다.

과거지향적 지식을 수집하여 두뇌 속에 축적하는 옛날 교육을 고수하는 어른은 21세기의 문맹자(器械癡)가 되기 쉽고, 그래서 미래지향적 과학 기술을 따라 반대 방향으로 달려가는 젊은 세대의 자식과 점점 멀어진다. 토플러가 일찍이 진단했다―"미래는 언제나 너무 빨리 오며, 순서조차 지키지 않는다(The future always comes too fast and in the wrong order)."

그래서 미래로 흘러가는 물결을 타기 위해서는 "양적으로 확보가 가능한 모든 자료를 참조하되, 그러면서도 그런 자료를 불신하고 자신의 지성과 판단력을 동원해야 한다(You can use all the quantitative data you can get, but you still have to distrust it and use your own intelligence and judgment)"라며 무미건조한 개체를 만드는 추출 정보를 경계하라고 토플러는 처방한다.

생존의 제1 법칙은 분명하니, 어제의 성공은 가장 위험한 적이다(The first rule of survival is clear: Nothing is more dangerous than yesterday's success).
— 앨빈 토플러(Alvin Toffler), 『적응하는 기업(Adaptive Corporation)』

 뱃사람들의 북극성처럼 어제는 분명히 확실한 길잡이 노릇을 하던 성공의 공식은 GPS가 끌고 다니는 내일을 구제하지 못한다는 진단이다. 일찍 쉽게 성공하면 세상을 우습게 보기 쉽고, 남들을 얕잡아 보면 필패의 지름길로 접어든다. 하지만 끊임없이 변하는 미래를 헤쳐 나가려면 끊임없이 변하는 원칙에 적응하며 성공을 갱신하고 발전시켜야 한다. 토플러는 미래의 충격이 "너무나 짧은 시간에 개개인을 너무나 많은 변화에 노출시킴으로써 견디기 힘든 긴장과 방향 감각의 상실감으로 몰아넣는다(Future shock is the shattering stress and disorientation that we induce in individuals by subjecting them to too much change in too short a time)"고 예측했다.

 요즘 세대가 조금이라도 더 편해지기 위해서라며 컴퓨터나 휴대 전화뿐 아니라, 대기업에서 고객 상담용으로 장착한 녹음 대화를 나날이 발전시키는데, 과속 격변에 익숙하지 못한 구세대는 그런 편리한 장치를 감당하지 못해 세상에 적응하기가 점점 더 어려워지고, 편리하기는커녕 오히려 더 불편해진다. 그래서 "새로운 문명이 우리 삶에서 솟아오르면 사방에서 눈먼 사람들이 그것을 억누른다(A new civilization is emerging in our lives, and blind men everywhere are trying to suppress it)."

인간은 시작과 끝이 다를 바가 없어서, 변화를 수용하는 능력이 제한된 생체계다. 그의 수용 능력이 제압을 당하면, 미래의 충격이라는 부작용이 찾아온다(Man remains in the end what he started as in the beginning: a biosystem with a limited capacity for change. When this capacity is overwhelmed, the consequence is future shock). ― 앨빈 토플러(Alvin Toffler)

과거는 억눌러 없애야 하는 불신의 대상은 아닐지라도, 미래의 충격을 극복하려면 맞붙어 싸워서 꼭 이겨내야 할 잠재적 장애물이다. "미래를 막으려 하는 대신, 과도기의 고통을 완화하기 위해 인간적인 방향으로 우리의 운명이 흘러가도록 유도하는 노력이 우리의 도덕적 의무이다(Our moral responsibility is not to stop future, but to shape it to channel our destiny in humane directions and to ease the trauma of transition)"라고 토플러가 주장한 이유다.

신문명 극복의 한계를 감당하지 못하면 많은 이들이 편하고 익숙한 원시적 본성을 따라 숲속으로 들어가 '자연인'이 되고 싶어 한다. 그러나 인간은 원시의 자연으로 돌아가기가 불가능하다. 전기와 텔레비전과 휴대 전화가 없는 세상에서 인간은 이제 문명을 버리고 생존하기가 어려워졌다.

인간 본성을 찾아 자연으로 돌아가자는 낭만적인 외침은 전쟁터에서 후퇴하라는 명령과 다름이 없다. "나름대로의 전략을 세우지 못하면, 우리는 어떤 다른 사람의 전략에서 부속품 노릇밖에 하지 못한다(If you don't have a strategy, you're part of someone else's strategy)." 좀 더 노골적인 표현을 쓰자면, 시대를 따라가지 못했다가는 낙오자가 된다는 토플러의 훈수다.

천재성이란 눈에 보이지 않는 개념들에 적응하고, 무형의 사물들을 활성화하고, 형체가 없는 대상들을 그림으로 그려내는 소질이다 (Genius is the aptitude for invisible things, for stirring intangible things, for painting that have no features). ─ 조세프 주베르(Joseph Joubert), 『수상록(Pensées)』

한때 교사로 일하다가 시골에 숨어 은둔 생활을 즐기기도 하고, 나폴레옹 통치하에서 대학 교육 감독관을 역임한 도덕주의자 수필가 주베르는 200년 전에 이미 영적 활동이 인간의 삶에서 얼마나 중요한 기능인지에 관한 그의 신념을 엄청나게 많은 편지와 비망록에 기록으로 남겼다. 눈에 보이지 않는 천재성 교육을 주창한 그의 글은 생전에 한 줄도 출판하지 않았는데, 사후에 그의 친구인 귀족 문인 샤토브리앙(François-René, vicomte de Chateaubriand, 1768~1848)의 주선으로 뒤늦게 세상에 널리 알려졌다.

그렇다면 21세기 우리 아이들은 어떤 영적 교육의 환경에서 성장하며 미래를 준비하는가? 한국청소년정책연구원이 2018년에 실시한 실태 조사에 따르면 응답자의 45.6퍼센트는 하루의 과외 공부 시간이 3시간 이상이라고 답했다. 여가는 하루 2시간 미만이라는 청소년은 44.2퍼센트였고, 한 주일 동안 전혀 운동을 하지 않는다는 청소년도 23.5퍼센트였으며, 최근 1년 사이에 죽고 싶다는 생각을 해본 청소년이 33.8퍼센트란다.

그렇다면 평균치 대한민국 청소년은 정신이 맑아지도록 쉴 여유를 별로 갖지 못해서, 생각이나 상상을 좀처럼 하지 않는 인간형이다. 생각을 하지 않으면 인간은 두뇌가 없는 기계로 전락한다.

교과서로부터 얻는 지식은 경험으로부터 얻는 지혜를 절대로 따라가지 못한다(The knowledge we gain from textbooks can never measure to the wisdom we gain through experience). — 아니카 드 수자(Anika de Souza)

    교과서 속 지식은 화석 연료와 같은 소모품이다. 지식 그 자체는 무용지물이 결코 아닐지언정, 연료는 기계와 공장과 시설을 작동시키기만 할 뿐이다. 새로운 제품을 구상하고 설계하여 생산하는 참된 원동력은 인간의 두뇌가 격발시키는 상상력이다.

    교과서가 제공하는 소비재를 촉매로 사용하는 삶의 무진한 지혜가 날이 갈수록 절실해지는 까닭은 학교에서 얻는 지식보다 사회로 진출하여 자신만의 터전을 마련해나가는 실전 훈련이 훨씬 더 중요해지는 탓이다.

    수많은 청춘 남녀들이 사회로 진출하면서 "대학은 교육의 끝이 아니라 겨우 시작일뿐"이라는 현실을 깨닫게 된다. 결혼이 "고생 끝 행복 시작인 줄 알았는데 행복 끝 고생 시작이더라"는 경우가 적지 않듯, 상아탑 교과서로 배운 이론을 해석하고 응용하는 방식이 인생살이의 전술에서는 크게 달라지기 때문이다.

    공교육 과정을 끝내고 사회생활을 시작하는 청춘은 점수 따기 말고도 세상에는 배울 바가 엄청나게 많다는 현실에 봉착하면 갑작스러운 괴리에 당혹해한다. 세상에 태어나서 20년 동안은 공교육 울타리 밖으로 나가 생존하는 실용적인 공부를 거의 안 하는 탓이다. 생존 훈련에서는 추상적 이상보다 실용적 계산에 보다 적극적으로 응하는 편이 유리하다.

238

우리는 교과서의 울타리를 넘어, 아무도 가지 않는 광야의 여러 샛길과 깊은 골짜기를 찾아들어가, 답사하고 탐험하여, 우리 여정의 온갖 영광스러운 이야기를 세상에 전해야 한다(We must go beyond textbooks, go out into the bypaths and untrodden depths of the wilderness and travel and explore and tell the world the glories of our journey). ― 존 호프 프랭클린(John Hope Franklin)

　　농구를 배우겠다며 20년 동안 교실에 앉아 공을 어떻게 잡고 어떤 각도로 어느 정도 힘을 주어 언제쯤 던져야 하는지 책으로만 공부하고 실전에는 한 번도 임하지 않아서는 절대로 훌륭한 선수가 되지 못한다. 갓난아이 때부터 평생 걸어볼 기회를 박탈하고 주지 않으면 인간은 운동 신경이 퇴화하여 죽을 때까지 걷지 못한다. 나이가 서른이 되도록 걷기를 익히지 못한 자식에게 뒤늦게나마 안 되겠다 싶어서 부모가 효율적인 걷기의 이론을 아무리 해박하게 가르쳐 봤자, 실제로 걸어보지 않으면 보행 이동을 익히기가 불가능하다. 책을 수백 권 읽어 원칙과 비결을 아무리 많이 암기해도 걸음마는 몸으로 배우는 기능이어서 입과 귀와 두뇌로 터득하기가 어려운 탓이다.

　　인생살이 만사가 그러하다. 거의 모든 학습은 반복적으로 실행하여 습성으로 만드는 과정이다. 실제로 한 번도 실습하지 않고서는 소매치기조차 되지 못한다. 거짓말도 마찬가지다. 사람들을 속이는 기술은 책으로 배우기가 어렵다. 수많은 사람에게 피해를 주는 사기꾼으로 성공하려면 타고난 범죄적 순발력을 갈고닦기 위해 상습적인 거짓말을 행하여 즉흥적 실전 감각을 연마해야 한다.

현학적인 사람은 규칙들을 잘 지키느라고 잘못을 범했다는 사실을 자랑으로 삼는 반면, 상식적인 사람은 원칙을 모르기는 하지만 자신이 옳다는 사실에 만족한다(Pedantry prides herself on being wrong by rules; while common sense is contented to be right without them). ─ 찰스 케일럽 콜튼(Charles Caleb Colton), 『촌철(Lacon)』

실용주의와 논리 실증주의를 결합시킨 미국 철학자 모리스 라파엘 코헨 Morris Raphael Cohen은 "지혜란 교과서에서 얻는 것이 아니라, 인간의 경험을 삶의 도가니 속에서 녹여 재창조해낸 결과물이다(Wisdom is not to be obtained from textbooks, but must be coined out of human experience in the flame of life)"라고 비유했다.

19세기 영국 종교인 사상가 콜튼의 촌철살인 명언집에는 "생각할 줄 아는 사람들에게 몇 마디로 짧게 전하는 많은 내용(Many Things in a Few Words: Addressed to Those Who Think)"이라는 따끔한 부제를 달았다. 이론만 해박하지 현실을 이해하려 들지 않는 사람들, 다 아는 듯싶지만 세상을 제대로 모르는 사람들, 교과서적인 불통의 언어로 진실을 왜곡하며 소신과 독선의 차이를 식별하지 못하는 식자들의 고지식함을 고발하기 위해서였다. 정답만 알고 철학과 사상이 없는 사람들은 온갖 어려운 전문 지식을 다 아는 듯싶지만 속인들의 상식을 알아듣지 못하는 지적 장애자인 경우가 많다. 인체의 70퍼센트가 수분으로 구성되었듯 인생의 지혜는 70퍼센트가 사람들이 매일 마시는 물처럼 잡다한 상식과 "하찮은 생활 정보"로 구성된다.

가장 짜증 나는 꼴통은 책을 많이 읽어 박식해진 바보다(The most annoying of all blockheads is a well-read fool). — 베이야드 테일러(Bayard Taylor)

19세기 미국의 시인이며 외교관이었던 테일러가 남들의 지식을 인용하여 자신의 지혜로 둔갑시키려는 식자들을 겨냥한 촌철살인이다. 지식과 예술이 부유층과 귀족의 전유물이었던 시절, 15세기 문예부흥 시대 이탈리아의 이상 적인 인간형을 전인(全人, Universal Man, Uomo Universale)이라고 칭했다. 스위스 의 역사가 야콥 부르크하르트(Jacob Burckhardt)가 『이탈리아 르네상스의 문화 (Die Kultur der Renaissance in Italien, 1860)』에서 만들어낸 조어다.

"하려고만 한다면 무엇이나 다 할 수 있는" 르네상스 만능인의 대표적인 인물 레온 바티스타 알베르티(Leon Battista Alberti, 1404~1472)는 인본주의자 작 가에 화가요 건축가며 시인이고 성직자였을 뿐 아니라 언어학자요 철학자에 암호를 조립하고 해독하는 전문가였다. 이런 지적이고 예술적인 완벽함은 전 인 시대가 추구하는 총체적 인간성의 환각이었다.

기초 지식의 총량이 어마어마하게 증가한 지금은 온갖 분야의 권위자로 동시에 등극하기가 불가능하다. 전방위 모범 인간을 가꾸어낼 한가한 시간적 인 여유가 첨단 초고속 시대에는 허락되지 않는 탓이다. 그래서 인류는 넓게 많이 아는 기능을 이제는 인공 지능에게 맡겨 심부름을 시킨다. 정보 통신의 발달로 지식과 상식의 경계가 무너진 현금에는, 휴대 전화로 인터넷을 검색할 줄만 알면, 웬만한 지식은 구두나 모자처럼 자동적으로 간단히 개별적인 장착 이 가능해진 기본 사양의 일용품이다. 인간성을 측정할 때 구두나 모자는 별로 값진 밑천이 되지 못한다.

241

고지식함은 노망을 부리는 지식이다(Pedantry is the dotage of knowledge).

— 조지 홀브룩 잭슨(George Holbrook Jackson)

민족의 유동과 정복을 주도하는 무인 영웅들의 통치 시대는 지구 면적의 한계로 식민지가 고갈되면서 서서히 막을 내리고, 중세부터 지적인 지배층이 군림하기 시작하여 제정 러시아에서는 지식을 상위 계급의 고유 속성으로 인식하는 집단 인텔리겐치아(intellgentia)가 등장했다. 20세기는 '먹물' 문인 시대의 전성기였다.

19세기 영국 언론인 작가이며 책을 무척이나 사랑했던 당대의 손꼽히는 애서가(bibliophile) 잭슨은 젊은이들의 지성을 연마하는 길잡이로서 평생을 보내는 사람들이 잘 걸리는 직업병으로 교만함, 고지식함, 교조주의를 꼽았다.

지식층에서 나타나는 현학적인 박식함의 폐단을 지적하는 개념인 '고지식함'을 영어로 'pedantry'라 하는데, 이는 라틴어 'paedagogare(가르치다)'와 그리스어 'paedagogein(아이들을 가르치다)'에서 파생하여 중세 이탈리아어 'pedante(教師)'와 프랑스어 'pédant'을 거쳐 영어로 정착된 말이다. '교육자'나 '현학자(衒學者)'를 뜻하는 영어 'pedagogue'와 어원이 같다.

일방적으로 낡은 사상을 주입하고 지시하는 현학자들의 시대착오적 가치관을 영국의 낭만파 시인 새뮤얼 테일러 코울릿(Samuel Taylor Coleridge)는 일찌감치 이렇게 평가했다. "고지식함이란 함께 어울리는 사람들과, 시간과, 장소에 어울리지 않는 동떨어진 언어의 용법에서 비롯한다(Pedantry consists in the use of words unsuitable to the time, place, and company)."

인텔리겐치아의 몰락은 지배 계급의 부패와 무산자 계층의 수면병이나 마찬가지로 어떤 질병의 징후다(The deterioration of the intelligentsia is as much of a symptom of disease as the corruption of the ruling class or the sleeping sickness of the proletariat). — 아더 쾨슬러(Arthur Koestler), 『수도사와 인민 위원(The Yogi and the Commissar and Other Essays)』

헝가리에서 태어난 영국의 언론인으로 공산당에 가입했다가 소련의 숙청 사태에 환멸을 느껴 탈퇴한 정치소설가의 진단이다. 폭력이 지배하는 영웅시대와 낭만적 이론가들의 전성기 그리고 이제는 편향된 이념과 사상의 숭배자 지식층 또한 역사의 퇴물로 몰락하는 지경으로 접어들었다. 지식은 독선과 위선에 오염되면 지정학적인 전염병의 불치 징후를 나타낸다.

특정 계급의 흥망성쇠를 다분히 반영하는 비슷한 현상이지만, 종이로 된 신문이나 책을 읽는 소비자가 급감하고 인문학이 사양길로 접어든다고 걱정하는 사람들이 많다. 인류 문명을 주도하던 종이 문화가 정보를 처리하는 기계의 능률에 밀려나는 기록 방식 혁명이 가져온 부작용이다.

미래의 충격이라고 일컬어지던 변화는 이미 과거의 유물로 골동화했다. 너무나 빨리 확산되는 전폭적 혁신에 휩쓸려 우리가 정신을 차리지 못해 인식의 적응에 실패하면서, 파피루스 세대는 도약의 과도기를 맞아 미래를 대비하기는커녕 현재를 따라가기조차 숨이 가쁘다. 첨단의 흐름은 사회 계급의 구조까지 바꿔놓아 이제는 부와 자산과 권력이 소리와 형체를 드러내지 않으면서 적막한 소음으로 가득한 가상의 공간에 차곡차곡 쌓인다.

컴퓨터가 생각을 할 줄 아느냐 하는 질문은 잠수함이 헤엄을 칠 줄 아느냐고 따지는 짓만큼이나 부질없다(The question of whether a computer can think is no more interesting than the question of whether a submarine can swim). — 에츠허르 W. 다익스트라(Edsger W. Dijkstra)

 컴퓨터 과학의 제1 세대 선구자인 네덜란드의 다익스트라는 인공 지능의 사고 능력을 따지는 사람들의 진지한 헛수고를 익살스럽게 꾸짖는다. 인간과 기계는 독립체로서 따로따로 생각한다고 착각하기 쉽지만, 인간이 동작을 구상하면 기계는 분절 움직임을 계산하여 해석하고 작동시킬 따름이다. 복잡한 기계의 원리 원칙을 모를지언정 인간이 각종 제품의 조작을 쉽게 하는 까닭은 대다수의 인간 또한 많은 부문에서 사고력을 동원할 필요가 없이 기계처럼 단순하게 기능하기 때문이다. 모든 첨단 기계와 대다수의 인간은 둘 다 생각을 하지 않고 손발과 0-1 숫자만 놀린다.

 인공 지능 기계를 개발하고 산업화하는 개인과 소수 집단은 새로운 부유층 귀족으로 부상했다. 그들은 인공 지능의 노예가 되지 않고 기계를 여전히 군사로 부리며 지배 계급을 형성한다. 지식이 지배하는 20세기의 2차 문예 부흥 단계를 거쳐 지금은 폐쇄 공간에서 기계를 조작함으로써 극소수의 지능 권력이 인류를 휘어잡는 세상이 도래했다.

 석유, 석탄, 철강, 금광 같은 굴뚝 산업과 대규모 기업은 멸종하는 공룡과 유사한 황혼기를 맞아 세계 굴지의 갑부라는 원시적이고 사치스러운 명맥만 이어가고, 숫자 회로 문맹 대집단은 열등 계급으로 몰락하여 신흥 첨단 재벌들의 경제적 노예가 되어 인공 지능의 간접 지배를 받는다.

인공 지능보다는 인간의 어리석음을 나는 더 걱정한다(It's not artificial intelligence I'm worried about, it's human stupidity). — 닐 제이콥스타인(Neil Jacobstein)

    GPS(global positioning system, 온 세상 어디를 가거나 위치를 추적 당하는 장치) 기능을 자동차에 장착하면서 사람들은 스스로 혼자 길을 찾아가는 능력을 상실하고는 그것이 발전이라고 주장한다. 보는 시각에 따라 21세기 인간은 기계 문명의 지배자가 아니라 부속품으로 전락하여 손가락만 움직여가며 나를 돕는 복잡한 무생물의 작동을 도와주는 말단 기능으로 퇴화한다.

    원시 인류 문명은 바퀴를 비롯하여 요긴하고 편리한 도구들을 발명하면서 급속히 발달했다. 그러나 지금의 인조인간과 인공 지능은 우리가 편해지려고 사용하는 도구의 차원을 넘어 나태하고 무능해진 인간을 일터에서 몰아내는 적으로 둔갑했다. 인간은 필요 이상으로 편리한 환경을 조장해 놓고는 조금씩 게을러지다가 급기야는 식물로 도태되어 기계와의 주종 관계에서 위치가 뒤바뀐다. 다른 사람들의 종노릇을 하기도 서러운데, 인간이 기계의 노예로 전락해서는 안 될 일이다.

    편리함의 발전 덕택에 육신이 시달려야 할 시간이 대폭 줄어든 20세기에는 사람들이 만보기를 차고 하루에 1만 걸음을 걸어서 부족한 운동량을 채우고는 했는데, 요즈음에는 7,000보로 목표 운동량이 하향 조정되었다고 한다. 날이 갈수록 근육을 훨씬 덜 움직이는 시대로 후퇴 발전을 한다는 뜻이다. 편리한 도구들 덕택에 생체의 근육과 두뇌의 온갖 능력을 사용하지 않아 기능을 잃기만 하면서 새로운 능력은 배양하지 않으면 인간은 먹고 배설하며 숨만 쉬는 백치로 퇴화한다.

현실에 맞서 싸우는 유일한 무기는 상상력이다(Imagination is the only weapon in the war against reality). — 루이스 캐롤(Lewis Carroll)

9장

꿈을 꾸는 시간과
깨어나는 시간

광활한 우주의 삼라만상 속에서 한낱 티끌만 한 공간을 차지한 나는 빈약한 존재감을 어떻게 최대한 발휘하는가? 거의 모든 잠재적 힘은 상상력을 거쳐 발현한다. 분방한 상상이 빚어내는 세상을 가득 채운 만물은 형체와 크기가 따로 없어서, 무한대로 팽창할 여지를 지닌다.

상상력은 미지의 세계에 대한 호기심을 낳고, 호기심은 미지의 세상에 대한 꿈을 낳고, 꿈은 상상하던 호기심을 현실로 환치하고 싶어 하는 동기를 부여하고, 동기에 모험심이 가세하면 탐험을 감행할 구체적인 실천 수단과 방법을 찾아내려는 창의력으로 도약한다. 그렇게 폭발하는 티끌의 영혼은 광대무변한 우주의 모든 공간을 넉넉히 채운다.

애초부터 할 필요가 없는 일을 보다 능률적으로 해내는 재능만큼 비생산적인 활동은 없다(Nothing is less productive than to make more efficient what should not be done at all). ─ 피터 드러커(Peter Drucker)

 내 손과 발을 놀려 직접 처리해야 할 일이 힘들다며 노고를 떠넘기려고 지나치게 많은 도구를 만들어내는 희극적 인간 행태를 꼬집는 기업 경영 전문가의 진단이다. 누구 하나 거들떠보려고 하지 않는 수많은 이상한 물건을 만들어내는 음지의 여러 '발명왕'들은 인간의 창조적 본성에 몰입하는 기이한 사례에 속한다. 그런가 하면 심심해서 심야 텔레비전 광고를 보고 쓸데없는 물건을 충동 구매하여 여기저기 쌓아두고 별로 사용하지 않는 습성은 어쩌면 인간 본성에서 물욕 인자를 반영하는 한 가지 단편적 양상일 듯싶다. 이들 두 유형의 사람들은 양극으로 도가 좀 지나친 생산자와 소비자로 분류가 가능하다.

 "손님이 왕"이라는 시장의 편향적 속설과는 달리, 생산자와 소비자 가운데 누가 진정한 세상의 주인인지는 개체에 따라 판단해야 할 사항이지, 집단 분류 방식으로 속단하면 오류가 발생하기 쉽다. 손님을 섬겨야 한다는 공급자에게 생산성은 창조의 원동력이다. 창조성은 비록 시장에서 영향력을 확보하는 개척의 수난 시대 동안 소비자의 지배를 받지만, 어느 분기점을 지나면 생산성이 언제나 소비성을 지배한다. 군중 심리를 몰아대는 그 지배력을 우리는 '유행'이라 칭한다. 소수의 생산자는 그래서 유행에 실려 다니는 소비자 군중의 왕이 된다.

246

인간의 이성은 새로운 지식이 솟아나는 샘이지 그것을 담아두는 그릇이 아니다(Your mind is for having ideas, not holding them). — 데이빗 앨런(David Allen)

창조하는 유형인지 아니면 비창조 유형인지 인간 개체의 속성을 가장 쉽게 판단하는 기준은 기계와 지식을 소비재로 거듭거듭 닳도록 써서 없애버리느냐 아니면 생산하는 1회용 자원이나 수단으로 눈부시게 활용하느냐 여부다. 기계에게 일을 시키느냐 아니면 기계가 시키는 대로 하느냐에 따라 현대 인류는 두 집단으로 나뉜다. 그것은 기계와 인간이 다투는 주권의 문제다.

기계와 인간의 미묘한 주종 관계는 컴퓨터와 휴대 전화의 경우에 극명하게 드러난다. 장난감처럼 가지고 놀기만 하느냐 아니면 그것으로 무엇인가를 생산하느냐에 따라 소비자는 자칫 기계의 총체적인 지배를 받는 노예의 위치로까지 전락한다. 컴퓨터가 시간을 몽땅 소진시키는 놀이 기구냐 아니면 지식과 부를 창출하고 집적하는 생산 수단이냐—인간 운명의 분기점에서 상승과 하락의 방향을 결정하는 지표다.

컴퓨터로 새로운 개념을 창출하여 첨단 문명의 선두에 서겠는지 아니면 홀로그램 같은 모조품 현실에 빠져 환각 속에서 마약에 취한 듯 아까운 삶을 낭비하겠는지, 그것은 자유 의자가 선택하는 사항이다. 그렇다면 21세기에 어울리는 생존 방식은 무엇이며, 그런 기계적 생존에 필요한 지식과 능력의 자산은 무엇일까?

해답은 어렵지만 간단하다. 기계를 이기면 된다.

평범한 사람들은 시간을 어떻게 보낼지를 생각하고 위대한 사람들은 시간을 어떻게 쓸지를 생각한다(Ordinary people think merely of spending time, great people think of using it). — 아르투어 쇼펜하우어(Arthur Schopenhauer)

많은 사람들이 걱정하듯 미래는 기계가 인간을 대치하여 일자리가 없어지는 시대가 아니라, 직업의 종류가 달라질 따름이다. 50년 전에는 타자수가 남부럽지 않은 직업이었지만, 지금은 타자를 못 치면 컴퓨터를 사용하지 못하는 문맹자로 전락한다. 지식의 쇄신은 자연스러운 적응과 도태와 진화의 과정일 따름이다.

기계 혼자서는 수행이 불가능하여 인간이 기계에게 빼앗기지 않을 미래의 새로운 직업들은 상상력이 지배하는 분야에 속한다. 쇼펜하우어는 『의지와 표상으로서의 세계(The World as Will and Representation)』에서 "재능은 다른 사람이 아무도 맞히지 못하는 과녁을 맞힌다. 천재성은 아무도 보지 못하는 과녁을 본다(Talent hits a target no one else can hit. Genius hits a target no one else can see)"라고 했다. 위대한 사람은 아무도 보지 못하는 과녁을 상상력으로 쏴서 맞힌다.

인생살이에서 길잡이 기관차 노릇을 하는 상상력과 꿈은 자연 발생적인 현상 같지만, 사실은 확고한 의지의 표상이다. 멍하니 그냥 앉아 있는데 불현듯 떠오르는 상상은 몽상이라 하고, 목표와 과녁을 설정하는 상상은 정신노동의 산물인 영감이다. 개인적인 창조적 진화를 가동시키는 상상력은 과거를 보고 미래를 구상하여, 현재를 수정하고 과거를 재구성하는 동력이다.

상상력은 존재조차 하지 않았던 여러 세상으로 우리를 데려간다. 상상력이 없으면 우리는 아무 데도 가지 못한다(Imagination will often carry us to worlds that never were. But without it we go nowhere). ─ 칼 세이건(Carl Sagan), 『코스모스(Cosmos)』

기차를 "철마(鐵馬, iron horse)"라고 부르던 옛 시절의 시커멓고 우락부락하고 힘찬 기관차는, 인생살이에 비유하자면, 꿈을 꾸며 달리는 열차의 추진체다. 상상력이 불타올라 물을 끓이고 수증기로 바퀴를 굴리는 화통의 뒤에서 장작이나 석탄을 싣고 함께 달리는 짐칸은 상상력에 불을 질러 지피는 다양한 꿈들이 장렬하게 산화할 차례를 기다리는 병기창이다. 그리고 길게 줄줄이 따라가는 여러 화물칸에는 욕망과, 고뇌와, 환희와, 좌절 같은 인생지사가 짐짝처럼 잔뜩 들어찼다.

상상력에 연료를 공급하는 꿈은 인간이 의지를 구현하려는 정신적 활동이며, 모험심은 상상력과 용기가 결합한 현상이다. 확인이 안 된 가능성을 증명하려고 목숨을 거는 용기를 사람들은 개척자 정신이라고 한다. 도전과 모험은 상상력이 설계한 가능성을 확인하고 실증하는 과정이다.

꿈꾸기는 상상의 한 가지 형태여서, 어딘가 아득하고 머나먼 공간으로 가면 그곳에는 내가 지배하기를 기다리는 나만의 세상이 존재하리라고 구상하는 행위다. 내가 찾아내어 소유권을 주장하고 주인이 되어 다스릴 세계를 꿈꾸다가 존재하지 않는 세상을 찾아나서는 사람들은, 없는 세상을 헛되이 찾다가 몽상에서 깨어나면, 존재하지 않는 세상을 자신이 아예 직접 설계해서 만들어내는 새로운 탐험의 길에 다시 나선다.

격변의 시대에는 배우기를 계속하는 사람들이 미래를 물려받는다. 많은 지식을 이미 축적한 사람들은 더 이상 존재하지 않는 세상에서 살아가기에 적합한 준비만 마쳤을 따름이라는 사실을 뒤늦게 깨닫는다(In a time of drastic change, it is the learners who inherit the future. The learned find themselves equipped to live in a world which no longer exists). — 에릭 호퍼(Eric Hoffer),『인간 조건에 관한 고찰(Reflections on the Human Condition)』

나이제리아의 시인이며 로봇 공학자인 바믹보예 올루로티미(Bamigboye Olurotimi)는 "마음으로 보는 능력을 전혀 갖추지 못한 사람에게는 두 눈이 있어봤자 아무 소용이 없다(The eyes will be of no use if the mind of a man is totally blind)"라고 했다. 마음의 눈은 과거의 현상에서 처음에는 육안으로 보이지 않던 의미와 개념을 현재에 이르러 심안으로 뒤늦게 찾아내고, 그렇게 밝아진 시야에서 아직 존재하지 않는 미래의 모습을 조립한다.

"그냥 보지만 말고, 잘 보아라(Don't just look. See)"라는 영어 속담은 사물과 현상을 건성으로 보기(look)만 하지 말고, 거기에 숨은 뜻을 알아(see)내라는 주문이다. 자연 현상을 단순히 진행형 상황이 전부라고 생각하여 즉흥적으로 대처하는 미봉책 차원을 넘어, 왜 그런 사태가 일어나는지 원인을 규명해야 근본적인 해답이 나온다. 그래서 과학의 탐구는 존재하지 않는 과녁을 찾아내려고 엄청난 상상력을 소모한다. 인간과 인생에서 또한 더 이상 실재하지 않는 과거와 현재의 겉만 보는 데서 그치지 말고 미래의 격변을 상상하고 예측해야 다음 세대와의 공존이 가능해진다.

각성(覺醒)은 선견지명(先見之明)보다 명석하다(Hindsight is notably cleverer than foresight). — 체스터 W. 니밋츠(Chester W. Nimitz)

태평양 함대 사령관으로 제2차 세계대전에서 눈부신 업적을 남긴 니미츠 제독이 인생 전략에서 부각한 '각성(hindsight)'은 hind(나중에) 얻는 sight(깨달음)인 반면에 '선견지명(foresight)'은 fore(앞서서, 미리) 보고 얻는 깨달음이다. 미리보는 혜안은 상상력의 일종인 예지력으로, 판단할 근거가 없는 상태에서 결론을 추출한다는 불합리한 개념이다. 미래를 미리 파악하여 현명하게 대처한다는 사필귀정 인과법칙은 그래서 앞뒤를 뒤바꿔 결과로 원인을 유도한다는 난제다.

선견지명이란 사실상 이미 겪은 조건을 뒤늦게 이해하여 숨은 뜻을 깨닫고 그 지혜를 미래에 실행하는 경우가 대부분이다. 앞을 미리 내다본다고는 하지만 사실은 과거에 미리 축적해놓은 정보와 지식이 없으면 미래의 형상을 창출하기 어렵다. 문제가 무엇인지를 알지 못하면서 해답을 미리 찾아내기는 불가능하고, 그래서 문제 자체가 해답을 풀어내는 정보의 주체다.

각성은 과거에 무심코 보아 입력시킨 여러 정보들을 새롭게 결합하여 아직 존재하지 않는 형태로 개조하는 작업이어서, 이미 발생한 상황의 본질과 의미를 재조립한 깨우침이다. 예지력이란, 역사의 교훈처럼, 과거를 미래에 재활용하는 기술이다. 과거는 미래를 해결하고 풀어내는 열쇠이고, 미래는 과거를 수정하는 보수 공사다. 인간은 과거를 보완하거나 뒤엎어가며 미래를 가꾼다.

상상력은 현실을 과거와 미래로 장식하고 채색하는 작업이다. 그러니까 상상력은 과거와 현재와 미래를 연결하는 촉매제다.

251

지도자가 꼭 갖춰야 할 덕목들 가운데 하나는 위기 상황으로 발전하기 전에 문제를 인식하는 능력이다(One of the tests of leadership is to recognize a problem before it becomes an emergency). ― 아놀드 H. 글래스고우(Arnold H. Glasgow)

　　미국 전역의 수많은 회사가 고객들에게 공짜 선물로 나눠줄 기발한 만담 잡지를 60여 년 동안이나 출판하여 큰 성공을 거둔 기업인 글래스고우는 경영 비결에 관한 수많은 명언을 신문과 잡지에 기고하다가 아흔두 살이 되어서야 『근심걱정 박살내기(Gloombusters, 1995)』라는 책으로 묶어서 펴냈다. 무엇이건 망가진 다음에 고치기보다는 미리 손질해야 돈과 힘이 덜 든다는 그의 단순한 경영 원칙은 인생 성공의 공식에도 그대로 적용된다. 이것은 누구나 다 아는 진리이건만, 워낙 귀에 익어 면역이 되어서인지 사람들은 손바닥처럼 잘 아는 지혜를 좀처럼 실천할 줄 모른다.

　　짐을 다 꾸려서 공항으로 나가 탑승구 앞 항공사 직원을 마주한 다음에야 에스파냐로 갈지 네팔로 갈지 아니면 남극으로 갈지 즉석에서 휴가지를 결정하고 비행기표를 사려는 한심한 사람은 없다. 하지만 인생 여로에는 실제로 그런 황당한 나그네가 많기만 하다. 많은 이들이 대학에서 배움이 끝난다 생각하고는 상아탑 문간에 이르는 순간 갑자기 지적 성장에 더 이상 신경을 쓰지 않는다. 부모들마저 대학생 자식더러 공부를 잘하라는 잔소리를 하지 않는다. 그러다가 졸업이 가까워지면 수많은 청춘이 앞날을 걱정하며 허둥지둥 취업 준비를 하느라고 다시 시험공부를 재개한다. 그들은 생산하는 개체로서의 참된 인생 학습을 거의 10년이나 게을리 한 지각생 집단이다.

252

적절한 시기를 기다리기만 했다가는, 이미 너무 늦었다는 사실조차 모르고 지나간다(When you wait for the right time, you'll never know when it's already too late). — 유데이 욜다(Udai Yalda)

　　20세기와는 달리 학력과 졸업장은, 위생 교육 수료증이나 이발사 자격증과 마찬가지로, 기본 훈련을 마쳤다는 증명서일 따름이지, 누가 무슨 실력을 얼마나 잘 쌓았는지 탁월함을 보증하지는 않는다. 소를 팔아 서울로 유학을 보내 자식을 출세시킨다는 순진무구한 옛 공식의 교훈은 오래전에 시효가 끝났다. 이제는 누구나 다 받는 졸업장으로 개인적인 능력의 존재 가치를 증명하지 못한다. 워낙 조작이 심한 세상이어서 갖가지 상장 또한 믿어주려는 고용인이 별로 많지 않으니, 그런 '찡(증명서)'들 역시 화폐로 통용이 되지 않는다.

　　아무리 공부를 하기가 싫었을지라도 수많은 사람들이 죽어라고 다 학업에 전념한다니까 다수결 선택을 따르기는 했지만, 교육은 만병통치 무사통과 마술봉이 아니라는 사실을 사람들은 정보와 지식보다 인간의 심리적 역학이 얼마나 높은 현실의 장벽인지를 실감하는 순간부터 뒤늦게 깨닫는다.

　　청춘 시절은 대학 졸업장을 받아들고 사회로 진출하기 전에 임해야 하는 사실상 마지막 결단의 유예 기간이라고 사람들은 말한다. 상식적으로는 그렇다. 하지만 인생행로를 결정하는 '적절한 시기'는 대학보다 훨씬 빨리 이루어진다. 취직 대신 꿈을 추구하기 위한 준비를 부지런히 하는 사람들의 경우가 특히 그러하다.

한 번도 노래를 부르지 않고 모든 음악을 가슴 속에 간직한 채로
　죽어가는 사람들을 애도하라!

(Alas for those that never sing,

　But die with all their music in them!)

— 올리버 웬델 홈스(Oliver Wendell Holmes), 『소리를 내지 않는 사람들(The Voiceless)』

　　미국 시인 홈스는 생전에 요란한 명성을 누린 하찮은 글쟁이들보다 조용히 살다가 사라진 위대한 미완성 시인이 훨씬 훌륭하다며 진심으로 칭송하지만, 세상의 다른 온갖 모순된 논리나 마찬가지로 지극히 단순한 이런 영광의 방정식은 역 또한 성립한다.

　　맛좋은 음식을 얼른 먹지 않고 쳐다보기만 하면 점점 곯아서 상하고, 진수성찬인들 한 달이 가면 배설물처럼 썩어서 버려야 한다. 인재와 재능은 비록 어느 정도 미숙할지언정 꿈의 농도가 가장 싱싱할 때 생산력이 절정에 이른다. 완벽한 경지에 이를 때까지 기다리다가 뚝배기 한 개도 생산하지 못하는 늙어빠진 도공은 목소리를 한 번도 써먹지 못하고 무덤에 묻힌 명창의 백골처럼 아무런 가치가 없다.

　　광산과 운송업으로 크게 성공한 미국의 사업가 찰스 W. 로빈슨(Charles W. Robinson)은 "100퍼센트 확신이 설 때는 이미 늦었다(When you're 100 percent certain, you're too late)"라고 경고한다. "지금이라도 늦지 않다"며 힘을 내라고 부추기는 명언들이 많지만, 이 또한 모순이어서, 완벽한 지금은 이미 늦은 다음이니, 적절한 시기보다 빨리 행동에 나서야 낙오하지 않는다. 완벽함은 마지막 결과물이지 출발을 위한 도움닫기가 아니다.

정말로 무엇인가를 하고 싶어 하는 사람은 길을 찾아낸다. 그렇지 못한 사람은 핑계를 찾아낸다(If you really want to do something, you'll find a way. If you don't, you'll find an excuse). — 짐 론(Jim Rohn)

1학년 때 대학을 자퇴하고 시어스 백화점에서 인력 관리부장으로 일하다가 사업가로 일찌감치 대성한 론의 적극적인 인생살이 공식이다. "서툰 목수가 연장을 탓한다"고 했는데, 경쟁에서는 시간이 연장이다. 시기를 잘 타거나 공을 들이는 준비가 모두 시간의 문제다. 입으로 구실을 늘어놓기보다는 그 시간에 어서 손을 놀려 일을 해야 성공의 길을 그만큼 더 빨리 달려간다. 무작정 기다려봤자 뒤로 처질 따름이니, '늦기 전'에 겨우 때를 맞춰 출발하면 이미 시간이 부족하다.

같은 적극적인 맥락에서 미국의 제8대 대통령 마틴 밴 뷰런(Martin Van Buren)은 "할 일을 제대로 하는 편이 왜 안 했는지를 설명하기보다는 쉽다(It is easier to do a job right than to explain why you didn't)"라고 했다. "안 되리라고 걱정하여 시도를 안 하기보다는 될지 모르니까 해보겠다"며 자신의 인생에 대하여 책임을 질 줄 아는 사람의 신념이다.

마케도니아의 잠언가 류파 츠베타노바(Ljupka Cvetanova)는 『새로운 땅(The New Land)』에서 "기다리던 사람에게는 찌꺼기만 돌아온다(Leftovers come to those who wait)"라고 했다. '시기상조'라는 핑계 뒤에 숨어 행동하지 않고 눈치만 살피는 사람은 음식이 다 식어빠진 다음에야 숟가락을 집어 든다. 좋은 음식을 남들이 다 먹어버리고 찌꺼기만 남은 다음에 말이다. 호텔 뷔페 식당에서 쉽게 확인이 가능한 인생철학이다.

255

"내가 날 수 있을지 의심하는 순간, 나는 날아다니는 능력을 영원히 상실한다(The moment you doubt whether you can fly, you cease for ever to be able to do it)." — J. M. 배리(J. M. Barrie)

『피터 팬』에 나오는 말이라지만 출처가 확실하지 않은 가르침이다. 하늘을 날아다니겠다는 꿈은 다섯 살 난 아이들이 눈을 뜬 채로 꾼다. 콘덴싱 보일러 아이처럼 빨간 보자기를 목에 두르고 슈퍼맨 흉내를 내면서 그들의 꿈은 시작된다. 슈퍼맨 아이는 공기 역학(aerodynamics) 따위는 계산할 줄 모르고, 그래서 논리를 따지려 하지 않고, 그냥 날아보겠다며 책상이나 침대에서 무작정 뛰어내린다. 그렇게 1미터쯤 그들은 허공을 날아간다. 비록 나지막한 높이나마 그들은 분명히 비행에 성공한다. 그들이 뛰어내린 1미터는 상상력과 꿈이 이룩한 기적이다.

상식적인 사람들은 다칠지 모르니까 손해 보는 짓은 안 하겠다며 무리한 모험을 어리석다고 코웃음 친다. 그래서 그들은 1미터 비행의 기적을 일으킬 능력을 영원히 상실한다. 꿈의 상상력은 실천으로 옮기는 순간부터 즉시 참된 가치를 생산하기 시작한다. 그러니까 슈퍼맨 비행의 꿈은 나이를 먹어 똑똑해지기 전에 꾸어야 한다.

열 살이 되어 꿈에서 깨어날 나이에 이르면, 환상은 비현실적이고 어리석다며 부정하고 버리는 아이들이 많다. 그러나 꿈에서 깨어난 어떤 청춘들은 황당하고 어려운 환상일지언정 가능성으로 계산하여 하늘을 날아다니는 새로운 비결을 찾아 나서서 비행기를 발명한다.

256

정답을 알아두기보다는 해답을 찾아내는 능력이 훨씬 중요하다
(Ability to find the answers is more important than ability to know the answers).

— 아밋 칼란트리(Amit Kalantri)

남들이 가르쳐주는 해답은 타인들이 자신의 삶을 타개하기 위해 찾아낸 정답이니, 내가 날아다니는 비행의 꿈을 실현하는 방법만큼은 내가 찾아내는 힘을 키워야 한다. 중·고등학교 아이들은 선행 학습을 한다며 앞을 내다보기는 커녕 이미 남들이 살아온 흔적에서 해답을 찾으려고 뒤로 돌아가 남들보다 과 거만 미리 볼 따름이어서, 그들은 결국 꽁무니로 밀려나는 효과만 수집하여 집 적한다. 십중팔구 남들과 똑같은 교과서를 들여다봤지 다채롭기 짝이 없는 교 실 바깥 현실 세계의 구석구석에 한눈을 팔 기회를 얻지 못한 탓으로 수많은 아 이들이 해답을 찾아내는 혼자만의 창문을 갖추지 못한 결과다.

"평생 잠만 자는 사람한테는 꿈이 실현되어봤자 아무 소용이 없다(It doesn't matter that your dream came true if you spent your whole life sleeping)"—장난기가 심한 영화인 제리 저커(Jerry Zucker)가 모교 위스콘신 대학교 졸업식 축사에서 청춘들에게 놓아준 일침이다. 꿈을 이루려면 우선 잠에서 깨어나야 한다. 잠에 서 깨어나더라도 건강한 인생의 꿈은 좀처럼 깨지지 않는다.

사람들에게는 저마다 될 일과 안 될 일이 따로 있다. 공부가 어렵고 공부 로 승부를 내기가 힘에 부치면 다른 데서 해답을 찾아야 하는데, 올라가지 못할 나무를 자꾸 쳐다봤자 목덜미만 아파진다. 꿈은 아무리 오래 크게 키워봤자 그 냥 꿈이지 현실이 아니다. 잠에서 깨어나 꿈이 부질없다고 깨달았으면 그 꿈을 현실의 조건에 맞춰 부질 있게 수정해야 성공이 가능해진다.

"나이를 먹었기 때문에 사람들이 꿈을 포기한다는 건 맞는 얘기가 아니고, 사람들은 꿈을 포기하기 때문에 늙는답니다(It is not true that people stop pursuing dreams because they grow old, they grow old because they stop pursuing dreams)." ― 가브리엘 가르샤 마르케스(Gabriel García Márquez), 『우울한 창녀들에 얽힌 추억(Memories of My Melancholy Whores)』

세월이 덧없다는 한탄에 대하여 벤자민 프랭클린이 비슷한 명언을 남겼다. "사람들은 나이를 먹었기 때문에 놀이를 그만두는 것이 아니라, 놀이를 그만두기 때문에 늙는다(We do not stop playing because we grow old, we grow old because we stop playing)." 그렇다면 꿈을 포기하지 않고 놀기만 계속해야 영원히 젊음을 간직한다는 주장일까?

단순히 생존을 위한 투쟁으로 한평생을 일관하는 대신 재미있는 놀이로 삼아 인생을 살아가는 방법을 알아낸다면 행복해질 사람이 무척 많아지리라. 하고 싶은 일만 하고 하기 싫은 일을 안 하면서 살아간다면, 그런 인생은 투쟁의 고역이 아니라 종신 놀이다. 하기 싫은 짓을 하지 않으면 하고 싶은 짓만 하면서 사는 인생이 된다. 하기 싫은 일을 할 시간이 없어지기 때문이다. 지겨운 밥벌이 경쟁은 하지 않으면서 놀이처럼 인생을 살아가기가 정말로 불가능한 일은 아니다.

대부분의 투쟁 그리고 대부분의 놀이는 경쟁이 주제라는 점에서 본질이 같다. 그러니까 무슨 직업을 선택하든지 간에 그 일이 힘겨운 밥벌이 경쟁인지 아니면 동네 조기 축구처럼 즐겁게 경쟁하는 놀이인지 그것은 저마다 생각하기 나름이다. 진정으로 좋아서 하는 고역은 노동이 아니다.

빼어난 인물이란 흔해빠진 일을 남다르게 하는 사람이다(Excellence is to do a common thing in an uncommon way). — 부커 T. 워싱턴(Booker T. Washington)

19세기에 노예로 미국에서 태어난 흑인 워싱턴은 일찍이 독학을 해서 자신이 나아갈 길을 닦았고, 남북전쟁 이후 앨라배마 터스키기에 최초의 흑인 대학을 창립하여 종신 총장을 역임하면서 교육의 중요성을 부르짖는 정치 지도자로 두각을 나타내어 전설이 된 인물이다. 그는 분명히 아무도 못하는 일을 해낸 빼어난 인물이지만, 우리 주변에는 지극히 평범한 일을 비범하게 해내어 주목을 받는 사람들이 얼마든지 많다.

언젠가 SBS-TV 〈순간포착 세상에 이런 일이〉에서는 남들이 모두 그렇게 힘들어하는 농사일이 너무나 재미있어서 여섯 살 때부터 아버지를 따라다녀 '트랙터 신동'이 된 제주도의 진영이라는 아이를 소개했다. 6년 동안 농사를 즐기는 사이에 열두 살이 된 '초딩 농부'에게는 다기능 수확기, 지게차, 못자리 이앙기, 견인차 같은 각종 농기구들이 그냥 굉장히 커다란 장난감이었다.

정규 편성 고정 프로그램으로 2년이나 이어진 tvN 〈풀 뜯어먹는 소리〉의 주인공 '고딩 농부' 한태웅은 아홉 살 때부터 공부보다 농사가 더 재미있어서 중학 시절에 대농이 되겠다고 미래의 진로를 일찌감치 결정했다. 대한민국 국민 절반이 알아볼 만큼 그가 유명인이 된 이유는 인생관이 대단히 독특한 아이였기 때문이다. '초딩 농부' 진영이와 '고딩 농부' 태웅이는 흔해빠진 농사일을 그냥 어른들보다 훨씬 먼저 했기 때문에 '빼어난 인물'이라고 눈길을 끌었다.

시간이 망상이라면, 때맞추기는 예술이다(Time is an illusion, timing is an art). — 슈테판 에드문츠(Stefan Emunds)

아인슈타인의 상대성 시공간이나 뉴턴의 우주시계 이론에서처럼 "흐르는 시간의 개념은 환각"이라고 주장한 이탈리아 이론 물리학자 카를로 로벨리(Carlo Rovelli)의 뒤집기 명제에 영적인 공상 과학 소설을 쓰는 독일인이 토를 단 말장난이지만, 이 농담 속에는 가시 돋은 뼈가 박혀 있다. 시기에 맞춘다는 개념이 때로는 시간을 뒤집는 선행 학습의 형태를 취하기 때문이다.

어느새 훌쩍 자라 2019년에 열일곱 살이 된 '고딩 농부' 태웅이는 이제 어른 티가 나서 특이한 존재감의 영광은 머지않아 빛이 바랠 듯싶다. 시골 어디를 가나 어른 농부가 워낙 많고 흔해서다. 그의 존재가 빛난 이유는 처음 농사꾼이 되었을 때의 나이가 겨우 아홉 살이었기 때문이다.

사회로 진출하려면 다른 아이들은 아직 5년 이상을 더 기다려야 하고, 유학까지 다녀오는 경우 10년이 걸려야 제대로 본격적인 인생을 시작할 텐데, 어린 농부는 그동안 들판에서 놀며 자연 속의 인생을 한껏 즐겼다. 적절한 시기가 찾아오기를 기다리지 않고, 학업조차 일찍 팽개치다시피 하고, 핑계보다 실전에 선뜻 돌입하여 놀고먹는 삶을 몸소 체험하는 그의 나날은 그야말로 모범적인 선행 학습이었다.

하지만 태웅이는 미래로 앞서가기보다 "농자는 천하지대본"이라며 사농공상 서열에서 선비 다음으로 꼽던 과거의 흔해빠진 직업으로 되돌아간 농부다. 그렇기는 해도 그는 환갑을 넘기고서야 시골로 귀농하는 요즈음 '자연인'들보다는 50년이나 먼저 인생의 재미를 깨우치고 앞서간 선지자였다.

좋아하지 않는 일에서 성공하기란 아주 어렵다. 좋아하는 일을 해야 하고 하는 일을 사랑해야 한다(It is highly impossible for you to be successful at what you don't love. Do what you love and love what you do). ― 이스라엘모어 아이버(Israelmore Ayivor), 『크게 꿈을 꾸고 더 크게 세상을 보자(Dream Big! See Your Bigger Picture!)』

    늙어 죽을 때까지 좋아하는 놀이만 하면서 먹고사는 사람들 중에는 여덟 살 때부터 아버지를 따라다니며 즐기던 당구를 천직으로 삼아 세계적인 선수가 된 스웨덴의 토르비에른 블롬달이 있다. 캄보디아 여성 스롱 피아비는 한국인 남편을 따라 당구장을 드나들다 역시 재미가 들려 세계적인 선수가 되었다. 우리나라에서 한때 불량 학생들의 일탈 행위를 상징했던 당구가 이제는 떳떳한 직업으로 위상이 높아졌다. 자식이 하려는 놀이를 말리지만 말고 부모가 같이 해보라는 교훈이다.

    늙은 남자들이 시골 마을 정자나무 밑 평상에서 즐기던 장기는 할 일이 따로 없어 지나치게 한가한 탑골공원 노인들의 소일거리라고 사람들은 생각했었다. 일과 취미는 처음부터 아예 따로 구분해야 한다는 선입견 때문이다. 그런데 20대 처녀 송은미는 집에서 부모와 즐기던 장기에 홀려 국제적인 선수가 되어 중국과 일본을 드나들고 왕성한 개인 방송 활동을 벌이며 유명인이 되었다. 역시 늙은이 남성들의 놀이였던 바둑에서도 젊은 여성들의 활약은 날이 갈수록 약진한다.

    말하자면 이들은 모두 '놀고먹는' 사람들이다. 즐거운 일과 재미있는 직업은 세상에 없는 것이 아니라, 그런 인생을 선택하는 데 따른 위험 부담을 감수할 용기가 사람들에게 없을 따름이다.

261

"내 무식함은 당신들의 지식 못지않게 훌륭하다"며 민주주의 개념을 곡해하는 풍조에 힘입어, 지식층에 대한 그릇된 반감의 가닥은 미국 정치 및 문화 속으로 끈질기게 파고들었다(The strain of anti-intellectualism has been a constant thread winding its way through our political and cultural life, nurtured by the false notion that democracy means that "my ignorance is just as good as your knowledge"). ─ 아이작 아시모프(Isaac Asimov)

칼 세이건 만큼이나 다양한 분야의 과학에 통달하여 생화학, 천문학, 물리학, 화학, 생물학, 인조인간 공학 등 광범위한 전문 지식을 바탕으로 삼아 공상과학 소설의 대가로 활동한 보스턴 대학교수 아시모프가 《뉴스위크》에 발표한 글이다.

수많은 이들이 지긋지긋해하는 공부에 목숨 걸고 매달리는 대신 당구를 치거나 장기를 두며 마음껏 놀고 살아가라는 말은 공부가 힘겨운 사람들에게나 적용되는 훈수다. 공부가 쉽고 즐겁다면 그 또한 당구나 장기와 다를 바가 없는 놀이다. 그래서 지적 호기심이 열화같이 강하게 불타올라 과학과 수학이 재미있다며 유쾌한 오락으로 여기는 소수 학생한테는 아무리 고액 과외 사교육을 고달프게 많이 받은 다수의 아이들이라고 할지언정 좀처럼 경쟁에서 당해내지를 못한다.

모방에 성공하기보다는 독창성을 발휘하다 실패하는 편이 낫다. 어디에선가 실패한 적이 전혀 없는 그런 사람은 위대한 인물이 되지 못한다(It is better to fail in originality than to succeed in imitation. He who has never failed somewhere, that man can not be great). — 허만 멜빌(Herman Melville), 『산사나무와 이끼(Hawthorne and His Mosses)』

모방은 상상력이 부족하거나 아예 없는 사람들이 편법으로 차용하는 도구이지 경쟁에서 핵심 무기로 권장할 만큼 바람직한 재능이 아니다. 남들이 지금까지 성공한 방법이 무엇인지 눈치를 살피며 따라하는 흉내와 모방은, 좀 심하게 비유하자면, 누군가 애써 키워 천신만고 끝에 실현한 꿈을 표절하는 범죄 행위다.

명품과 짝퉁의 가격이 크게 차이가 나는 까닭은 꿈을 꾸는 사람과 그의 상상력을 표절하는 사람의 차이가 크기 때문이다. 베껴먹기는 아무리 크게 성공해봤자 흉내에서 끝난다. 위조범으로 역사에 이름을 남긴 위인이나 영웅은 없다. 인간의 흉내를 잘 낸다고 해서 유인원의 예술성을 인류는 진심으로 숭배하거나 존경하지는 않는다.

모방 능력은 승부를 최종적으로 결정짓지 못한다. 내가 누군가를 모방하여 성공하면 수많은 다른 사람들 역시 모방을 모방하고, 그래서 기하급수적으로 늘어난 '덩달이'들끼리 서로 갈기갈기 찢어 나눠 갖는 성공의 부스러기는 몫이 점점 작아진다. 실패는 성공이 보장되지 않아서 남들이 꺼리는 무엇인가를 시도했다가 발생하는 사고다. 남들이 안 하는 짓을 하다가 실패하고 새로운 각오를 다지는 사람은 1미터나마 날아서 남들보다 혼자 앞서간다.

그대의 가장 큰 즐거움과 세상이 가장 필요로 하는 기능이 만나는 곳에 그대의 천직이 있다(Your vocation in life is where your greatest joy meets the world's greatest need). ─ 프레데릭 뷔크너(Frederick Buechner)

세상이 절실하게 필요로 하는 재능이 하필이면 내가 좋아하는 밭갈이나 글쓰기라면 그것을 천직으로 삼아야 한다는 O. 헨리상 수상 작가의 제언이다. 인간의 상품 가치는 공급과 수요의 원칙에 따라 결정된다. 축구선수 이청용과 박지성은 서울대학교에서 법학이나 의학을 전공하지는 않았다. 그럴 필요가 없어서였다. 법학이나 의학이 공차기보다 항상 수요가 많은 값비싼 능력은 아니다.

의사는 한 번에 한 사람씩만 병을 고쳐주는 반면에 축구선수는 한꺼번에 수만 명, 텔레비전 우주 중계를 통해서는 한꺼번에 수억 명한테 기쁨을 나눠주기가 가능하다. 그러므로 세계 무대에서 활동하는 한국 축구선수나 야구선수의 몸값은 연봉 천억 원을 넘지만, 스승으로부터 배운 그대로 제자에게 정보를 전달만 하는 교육자의 상대적인 상품 가치는 그에 이르지 못한다. 지식인들로서는 화가 나고 약이 오를 노릇이겠지만, 현실이 그러하니 어쩔 도리가 없다.

지적 명석함과 신체적 특기는 둘 다 뇌신경이 공급하는 특수 자산이다. 지식은 두뇌가 오랜 세월 축적한 집합체인 반면에 운동선수의 동작은 두뇌의 명령을 순간적으로 해석하는 몸의 표현 기술이다. 작가와 화가가 글과 그림으로 표현하는 창작물을 운동선수는 몸으로 생산한다. 그러니까 운동선수와 과학자의 두뇌를 비교하여 서열을 정할 때는 처음부터 다른 기준을 적용해야 한다.

지성은 차가운 것이어서 단순히 지적이기만 한 차원의 생각은 영적인 관념처럼 사상을 활성화하지 못한다(The intellect is a cold thing and a merely intellectual idea will never stimulate thought in the same manner that a spiritual idea does). — 어니스트 홈스(Ernest Holmes)

　21세기 인간 두뇌의 기능을 크게 두 가지로 나눈다면, 상상하고 창조하는 연질(software)과 정보나 지식을 단순히 처리만 하는 경질(hardware)로 분류가 가능하다. 과거에는 지식이 지혜에 가까워서 인간적 연질 속성이었지만, 이제는 창조하는 생산성을 많이 상실하여 인공 지능이나 마찬가지로 기계적 경질 작용으로 변질되었다. 만인 공유의 정보로 차원이 낮아진 지성은 자료를 처리하는 기계로 전락하여 급기야는 정나미가 붙지 않는 차가운 매체로 격이 낮아지고 말았다.

　운전할 줄 아는 사람들 가운데 대부분은 자동차를 직접 분해하여 수리할 능력을 갖추지 못했다. 운전자들 가운데 휘발유가 동력을 발생시키는 과정의 원리를 아는 사람은 별로 없다. 그들은 기계의 도움을 받을 뿐이고, 지배하지는 못한다는 뜻이다. 그리고 21세기 인간은 인공 지능을 호주머니에 넣고 돌아다니다가 필요한 정보의 파편들 가운데 요긴한 부분만 즉석에서 기계에 내장된 인터넷으로부터 불러다 쓰고, 지식을 작동시키는 원리나 원칙은 알려고 하지 않는다. 그래서 지식은 자동차처럼 차가운 쇳덩이로 변했다.

　인조인간과 인공 지능에 육체노동과 두뇌 활동을 모두 맡겨버리면 인간은 운동 부족으로 근육이 사라져 몸이 두꺼비 크기로 줄어들고 두뇌가 콩알만큼 쪼그라드는 진화를 달성할 듯싶다.

나는 모든 사람의 판단에 귀를 기울이기는 하지만, 내가 기억하는 한 나 자신 말고는 어느 누구의 판단도 따른 적이 없다(I listen with attention to the judgement of all men; but so far as I can remember, I have followed none but my own). ─ 미셸 드 몽테이뉴(Michel de Montaigne)

어릴 적 삶의 학습은 본디 주변 사람들을 보고 배우며 진행된다. 살아가려면 타인들의 생존과 생활 방식으로부터 참조해야 할 오만가지 정보들 가운데서 본받아 따를 지침을 선택해야 하기 때문이다. 전자계산기가 발명되기 전, 텔레비전조차 보급되기 전이어서 정보를 접하는 통로인 대량 매체의 기능이 빈약했던 예전에는, 인생뿐 아니라 학문과 전문적인 기술 같은 다양한 분야에서 어른 말씀이 계명이었고, 유명한 어르신들이 남긴 한 마디의 명언을 마음속에 새겨두면 큰 재산이 되었다. 짤막한 한 토막의 값진 정보와 지식은 신분을 나타내는 계급장 노릇까지 했다.

20세기 중반에 초고속 대형 첨단 통신 체제가 틀을 갖추면서 어른들의 지적 권위는 집합 정보에 밀려나기 시작했다. 그러다가 통신 산업이 더욱 발달해서 온갖 꼬투리 지식이 생동감을 잃고 화석화하는 과정에 즈음하여, 숫자로 처리한 자료의 퇴적물이 뼈처럼 굳어버려 작동이 여의치 않은 지경에 이르자 댄 브라운은 『천사와 악마』의 속편 『잃어버린 상징(The Lost Symbol)』에서 "'구글'은 '탐구'의 동의어가 아니다('Google' is not a synonym for 'research')"라고 경고했다.

기계에 탑재된 정보와 지식은 차가운 경질 원자재이고, 거기에 뜨거운 연질 생명을 불어넣는 원동력은 개인이 판단하여 새로운 의미를 조립하는 탐색의 지능이다.

인간은 행렬을 따라다니기를 이상할 정도로 좋아한다. 깃발을 앞세우고 길거리를 내려갈 사람을 네 명만 동원한다면, 그리고 깃발에 그럴싸한 약속을 담은 구호를 적어놓기만 한다면, 온 마을이 들고일어나 지도자들이 마음대로 읊어대는 구령에 발을 맞춰 당장 행진을 개시한다(Humanity has a strange fondness for following processions. Get four men following a banner down the street, and, if that banner is inscribed with rhymes of pleasant optimism, in an hour, all the town will be afoot, ready to march to whatever tune the leaders care to play). — 존 도스 파소스(John Dos Passos), 『초라한 시위대(A Humble Protest)』

네 명이 모여 열렬히 구호를 외치면 광장의 군중 심리에 쉽게 휘말려 당장 줄줄이 4열 종대로 행진에 돌입하는 시위자들을 선동해서 소기의 목적을 삽시간에 달성하는 정치 모리배들을 풍자한 글이다. 혼자만의 소신이 담긴 목소리를 내기보다는 군중 속에 섞여 자신의 크기가 길거리 함성만큼 커진다고 착각하는 우매한 집단은 군체성 의식을 벗어나면 불안해서 어쩔 줄을 모른다.

올더스 헉슬리는 『다시 찾아본 멋진 신세계(Brave New World Revisited)』에서 "혼자 있다가 남의 눈에 띄면 표적이 된다"는 따돌림 약자의 불안감과 더불어 "남들은 다 아는데 나만 모르면 손해보고 쫓겨난다"는 두려움에 사로잡힌 군중 심리의 폐해를 이렇게 경고했다. "군중을 이루면 사람들은 사고하는 힘과 도덕적 선택의 능력을 상실한다(Assembled in a crowd, people lose their powers of reasoning and their capacity for moral choice)."

우리는 타인들처럼 되기 위하여 자신의 4분의 3을 내버린다(We forfeit three-quarters of ourselves in order to be like other people). — 아르투어 쇼펜하우어 (Arthur Schopenhauer)

1950년대 대한민국 방방곡곡 거의 모든 미용실에는 영화 〈로마의 휴일〉 오드리 헵번의 사진을 걸어놓았고, 이발관에서는 포마드 머리가 번들거리는 서양 남자의 사진을 흉내의 표본으로 제시했다. 요즘이라고 해서 별로 달라진 바가 없으니, 미용실에서는 여성들이 누구처럼 머리 모양을 다듬어달라 하고, 성형외과에서는 연예인 누구의 코와 인기배우 누구의 입을 만들어달라고 주문한다.

여러 사람의 장점과 성공 사례만 골라 뽑아 하나로 조립하면 백발백중 성공하리라는 망상과는 달리, 다수결에 의해 통계학적으로 추출한 이상형은 판에 박아 찍어낸 듯 개성이 사라진다. 누구나 다 아는 잡동사니 정보들은 쓸모와 영양가가 별로 없듯이 개성에서 4분의 3을 잃은 얼굴 또한 혼자만의 모든 향기를 상실한다. 다른 여러 사람의 예쁜 얼굴로 조립한 내 얼굴은 무개성 군중의 신분증이다.

쇼펜하우어처럼 염세적인 시각으로 보자면 교육은 순응하라고 군중을 단체로 훈련시키는 제도이고, 인구의 80퍼센트가 노예로 구성된 사회는 거대한 집단 농장이다. 그곳 아이들은 자연스러운 성장을 유보하고 학교와 학원 그리고 직장에서 획일화 공정을 거친다. 그것은 승자를 생산한다면서 80퍼센트의 판박이 노예를 양성하는 공정이다.

획일적으로 기계처럼 사고하면 진정한 인간이 아니다. 인간으로서의 개체성을 주장하려면 표본을 모범으로 삼아 닮으려 하지 말고 있는 그대로의 나 자신을 모범으로 가꿔야 한다.

"대부분의 사람들은 다른 사람의 탈을 썼지. 그들의 생각은 타인들의 견해요, 그들의 삶은 흉내일 따름이고, 그들의 열정은 베껴낸 감정에 지나지 않으니까(Most people are other people. Their thoughts are someone else's opinions, their lives a mimicry, their passions a quotation)." — 오스카 와일드(Oscar Wilde), 『깊고 깊은 곳에서(De Profundis)』

동성애 사건으로 옥살이를 하던 말년에 그의 '연인'이었던 영국 시인에게 보낸 편지에서 와일드는 자아와 개성을 잃어버린 대중을 향한 염증을 맹렬하게 토로한다. 와일드뿐 아니라 올더스 헉슬리와 조지 오웰 또한 인간이 집단적으로 개체성을 잃어간다고 암울한 미래상을 개탄했는데, 그들이 상상한 미래는 이미 우리의 현재와 과거로 자리를 잡았다.

기계로 찍어낸 듯 개성을 잃은 대규모 집단이 살아가는 인간 사회상을 고발한 싱클레어 루이스의 걸작 『배빗(Babbitt)』에서 진보 사회주의자 법조인 도운이 전체주의적인 가공의 도시 제니드(Zenith, '최고의 정점'이라는 뜻)를 "거대한 힘, 거대한 건물들, 거대한 기계들, 거대한 교통수단"의 결정체라고 칭송하자 조직구조학의 권위자 야비치 박사가 거침없이 반박한다.

"당신이 사랑하는 그 도시를 난 증오합니다. 그곳에서는 삶의 모든 아름다움을 규격화해서 없애버렸어요. 그곳은 그냥 거대한 기차 정거장이어서—모든 사람이 최고급 공동묘지로 가는 차표를 끊어놓고 기다립니다(I hate your city. It has standardized all the beauty out of life. It is one big railroad station—with all the people taking tickets for the best cemeteries)."

"난 연쇄점 호텔을 싫어한다오. 매끈하게 광을 내고, 하나같이 다 똑같아서—안에 들어가면 공장에 갇혀 사는 기분이 들어서요(I hate chain hotels. They're all the same—slick and polished, and when you're in 'em it's like living in a factory)." — 아더 헤일리(Arthur Hailey), 『호텔(Hotel)』

우리 사회에서는 개성과 인간 냄새가 거대한 경제 권력의 효율성에 늘 잡아먹힌다. '파킨슨 법칙'으로 유명한 영국의 역사학자 C. 노드코트 파킨슨(C. Northcote Parkinson)은 그런 세상을 이렇게 비꼬았다. "자동화한 사회의 주요 산물은 점점 깊어지며 만연하는 권태감이다(The chief product of an automated society is a widespread and deepening sense of boredom)."

헤일리 인용문은 뉴올리언스의 허름한 개인 호텔 세인트 그레고리를 혼자 자주 찾아오는 정체불명의 단골손님 앨벗 웰스가 늙은 그를 늘 인간적으로 정성껏 보살펴주는 직원에게 고마워하며 하는 말이다. 일류 직영 호텔들은 속속들이 획일화되어서 인간미와 정감이 사라진 기계나 마찬가지이고, 그래서 노인은 최첨단 낙원보다 인간적인 다양성이 살아 숨 쉬는 낡은 안식처를 꼬박꼬박 찾아온다.

노후한 그레고리 호텔은 명품 경쟁에서 밀려나 곧 경영난에 부딪히고, 수많은 최첨단 숙박업체를 줄줄이 거느린 오키피 재벌이 차근차근 인수 공작에 착수한다. 개인과 집단, 소상공인과 재벌 기업, 재래시장과 대형 매점의 대결—어디에서나 벌어지는 다윗과 골리앗의 싸움이다. 오랫동안 정이 든 지배인으로부터 그레고리의 사정을 알게 된 웰스 영감님은 그제야 정체를 드러낸다. 여러 채의 독립 호텔을 소유한 웰스는 유능한 경영인들을 사장으로 내세우고 뒤에서 부사장으로 일하는 뉴욕의 부호다. 결국 노인은 기진맥진한 그레고리 호텔을 살려내고 부사장으로 취임한다.

개성의 힘을 갖춘 사람이라면, 그것을 원동력으로 사용하여 단순히 생존자가 되는 데서 그치지 않고, 내면의 연금술을 동원하여 흉측하고 썩어빠진 무엇인가를 황금으로 바꿔놓기도 한다(If you have strength of character, you can use that as fuel to not only be a survivor but to transcend simply being a survivor, use an internal alchemy to turn something rotten and horrible into gold). — 지나 슈렉(Zeena Schreck)

올더스 헉슬리는 "인간은 그렇게 믿도록 길들여졌기 때문에 그대로 무엇이나 다 믿는다(One believes things because one has been conditioned to believe them)"라고 했다. 『멋진 신세계』에서는 인간이 절대 통치가 기획한 사고방식의 노예로 전락하여, 그들이 복용하는 행복감 알약조차 맛이 없는 환각 개념에 지나지 않는다. 생각과 느낌까지 남들이 대신 해주는 신세계에서 대량 생산 공정을 거쳐 태어난 인간은 신념 또한 국가 차원의 수요에 맞춰 찍어내는 기성품일 따름이다.

군중의 다수결에 판단을 맡겨버리던 고대 광장의 군체성 인종이나 마찬가지로 현대인은 타인들이 입력시켜놓은 차가운 정보를 기계에서 검색하여 생존의 나침반으로 삼는다. 통제된 학습의 노예가 된 군중은 엄청난 양의 정보를 제대로 소화할 능력이 부족하여 다수의 타인들이 추리고 정리해서 행동으로 표현하는 궤적을 무작정 따라간다. 독일에서 음악 활동을 하는 미국 여성이며 티벳 탄트라 불교의 영적 지도자인 슈렉은 인간의 두뇌가 인공 지능 기계의 조종을 받는 부속품으로 종속되지 않으려면 개성의 연금술사가 되어야 한다고 노래한다.

우리는 잘 정리한 문화적 모형들로 구성된 획일적인 문명 세계에서 살아갑니다. 실내 가구, 장식품들, 담요들, 축음기는 하나같이 제한된 수의 주어진 가능성 중에서 선택한 품목들이죠. 그런 사물들이 어떻게 그녀의 참된 모습을 독자에게 보여주겠어요(We live in a uniform civilization, within well-defined cultural models: furnishings, decorative elements, blankets, record player have all been chosen among a certain number of given possibilities. What can they reveal to you about what she is really like)? ― 이탈로 칼비노(Italo Calvino), 『어느 겨울밤 한 여행자가(If on a Winter's Night a Traveler)』

칼비노의 후기 현대파 소설(hyper novel)에서는 타인들이 선택한 소품으로 더덕더덕 겉치장을 한 인간의 실체가 무엇인지를 묻는다. 사방에 널린 똑같은 상표의 제품들로 가득 찬 공간에 거주하는 인간의 내적인 구성 요소 또한 복제품의 조합일 따름이다. 존재하지 않는 실체가 타인들이 선호하는 껍질만 뒤집어쓰고 살아가는 조립형 인간은 가상 현실로 표류한 망령(zombie)이다.

딱딱하게 기계화한 정보의 노예가 되지 않고 만인의 지식을 개성으로 성숙시키는 연금술을 행하려면 정신세계의 구성 인자들을 자신만의 공식에 맞춰 바꾸고 개조하여 유일무이한 독보적 특성으로 발전시켜야 한다고 칼비노는 주장한다. 나의 원초적인 습성과 인식의 유전 인자와 본능적 판단 방식 가운데 남다른 특이한 기질이 나타날 때는 그것을 객관적 기준에 입각하여 장점이냐 단점이냐 우열을 따져 변조하지 말고, 고유한 사유 자산으로 삼아야 한다. 인간미는 획일성의 반의어다.

라디오와 텔레비전의 언어는 표준화하여, 우리가 지금까지 사용해 온 어떤 영어보다도 훌륭해진 듯싶다. 우리가 먹는 빵을 만들 때 재료를 배합하고 구워내 포장하고 판매하는 과정에서 인간적인 약점이라는 우발성의 즐거움을 배제하여 하나같이 훌륭하고 하나같이 맛없는 제품을 생산해내듯이, 우리의 언어 또한 하나가 될 것이다(Radio and television speech becomes standardized, perhaps better English than we have ever used. Just as our bread, mixed and baked, packaged and sold without benefit of accident of human frailty, is uniformly good and uniformly tasteless, so will our speech become one speech). ─ 존 스타인벡(John Steinbeck), 『아메리카의 초상(Travels with Charley)』

　느닷없이 마약 사건으로 수난을 겪은 귀화인 하일(河一, Robert Holley)에게는 불완전한 언어가 큰 재산이었다. 덕분에 그는 따분한 국제 변호사 노릇을 집어치우고 신나는 연예인 활동을 왕성하게 벌였다. 대한민국 방송계에서는 누구나 우리말 표준어를 쓰려고 노력하는 반면에 구수한 경상도 사투리를 구사하는 외국인이었던 그의 독보적인 존재가 희소가치를 창출했기 때문이었다.
　모든 사람이 얌전히 규칙을 준수하며 고분고분 모범적으로 살아가는 실생활에서라면 매끈하고 빈틈없는 표준어가 정답이지만, 시청자는 자신처럼 한두 가지나마 인간적 약점과 결함을 드러내는 유명인에게서 동지애와 공감대를 느낀다. 그래서 맹구와 영구와 땡칠이 언어의 어수룩한 감칠맛을 사람들은 두고두고 곱씹으며, 후배 희극인들은 대대로 이창훈과 심형래의 말투와 몸짓을 우려먹는다.

시시하기 짝이 없는 것들의 다양함은 대단한 무엇의 획일성보다 훨씬 많은 기쁨을 준다(Variety in mere nothings gives more pleasure than uniformity of something). ― 장 파울(Jean Paul), 『교육의 신조(Levana; or The Doctrine of Education)』

18세기 독일의 낭만파 작가(본명 Johann Paul Friedrich Richter)는 인간의 불완전성이 빚어내는 작은 차이들의 가치를 완벽한 위대함보다 높이 평가했다. 파격을 예술에서 비장의 무기로 삼는 기법과 같은 이치에서다. 평양 광장에서 벌어지는 비인간적이고 질서정연한 열병식이나 집단 체조의 살벌한 완벽함 그리고 들판에 올망졸망 제멋대로 피어나는 들꽃의 황홀함을 비교해보면 단박에 확실해지는 사실이다.

루이 18세 시대에 활동을 한 스위스 태생의 프랑스 정치가 벵자맹 콩스탕(Benjamin Constant)은 "다양성이 생명이요 획일성은 죽음이다(Variety is life; uniformity is death)"라고 했다. 비록 좀 부족하고 규격에 어긋나기는 할지언정 타인들에게는 없지만 나 혼자만 보유한 단점을 자산으로 잘 가꾸기만 하면, 열등감을 자아내는 단점이 인간의 고유한 가치를 향상시킨다.

단테와 더불어 이탈리아 르네상스의 아버지로 추앙받는 시인 페트랄카는 "동일성은 구토증의 원인이요, 다양성이 치료 방법(Sameness is the mother of disgust, variety the cure)"이라고 했다. 의식이 돌연변이를 일으킨 사람들은 민중의 판박이 복제품 개체들을 혐오하고, 역으로 대중은 비범하고 성가신 반항아들을 배척한다.

274

다양성은 발전하고 역동하는 반면에, 단일성은 위험할 정도로 퇴화한다(Variety is progressive and dynamic, whereas unity is dangerously retrograde).

— 캐리 티라도 브라멘(Carrie Tirado Bramen), 『다양성의 활용(The Uses of Variety)』

　　한국전쟁 직후 초근목피 보릿고개의 절대 빈곤 시대에는 '요릿집'이나 '양식집'을 다녀오는 행사가 큰 자랑거리였고, 외식 행차에서는 음식의 맛보다 식당의 크기와 명성이 먼저였다. 지금의 명품 심리와 비슷한 현상이다. 그래서 사람들은 "무엇을 먹고 왔다"고 하는 대신 관광 명소처럼 한일관이나 국일관 같은 식당 이름을 대며 "어디를 다녀왔다"고 장소부터 밝혔다.

　　무엇이나 크고 번쩍거리는 건물과 시설에 자신의 미약한 존재를 배치하려는 허세의 원인은 초라한 현실 속에서 굶주린 열등감을 숨기고 싶은 애절함의 발로다. 정말로 돈이 많거나 마음이 풍요한 사람은 남들이 가진 물건을 부러워하거나 외제 자동차와 명품으로 자신을 치장해야 하는 경쟁심의 필요성을 느끼지 않고, 가진 돈의 액수 또한 밝히지 않는다. 그럴 필요가 없어서다.

　　생활이 풍족해질수록 사람들은 먹을거리에서 수북한 양보다 맛의 질을 따진다. 열심히 방방곡곡 맛집을 찾아다니는 사람들은 다양하고 고유한 특성을 즐기고 싶기 때문에 골목길에 줄줄이 길게 늘어서서 차례를 기다린다. 오늘날의 소비자가 끝없이 새로운 맛을 찾아 이동을 계속한다면 생산자는 그들보다 더 열심히 돌아다니며 새로운 먹을거리를 발굴해야 한다. 골목식당을 차려 창업에 성공하기를 꿈꾸는 수많은 사람들이 명심해야 할 사항이다.

306

청춘이 끝나면서 이기심은 사라지고, 다른 사람들을 위해 살기 시작하면서
성숙함은 자라난다(Youth ends when egotism does; maturity begins when one lives for others).
— 헤르만 헤세(Hermann Hesse), 『게르트루드(Gertrud)』

10장
성숙하는 영혼의 넓이

인간은 동물로서의 본능적 유대를 실험하며 집에서 유아기를 보낸다. 사춘기에는 인생 무대가 학창으로 확장되고, 육신이 무르익어 이성에 눈을 뜨며 타인의 감정을 탐색하는 사회성을 익힌다. 청춘이 참여하고 접하는 세상은 어른이 되어 사회로 진출하면서 날이 갈수록 팽창의 폭을 넓힌다. 영적인 시야가 넓어지고 심성이 깊어지는 지적 성숙은 이때부터 필수 과목이 아니라 선택 과목으로 도태된다. 사회성이 현금으로서의 실용적 가치가 적다는 보편적 편견의 부작용이다.

장난감은 아이들이 사용하는 어휘요 놀이는 그들의 언어다(Toys are children's words and play is their language). — 개리 L. 랜드리드(Garry L. Landreth), 『놀이로 소통하기(Play Therapy: The Art of the Relationship)』

　　백세 시대의 기나긴 삶을 거치는 동안 닥쳐올 온갖 역경을 이겨낼 저항력은 유아기에 우선 자의식을 키우면서 발아한다. 청춘 시절을 거쳐 중년에 경제적인 자립을 성취한 다음에는, 어려서부터 단계적으로 숙성시킨 독창성이 노년의 생존을 확립하는 추진력으로 작동할 사회성과 결합해야 이상적이다. 하지만 우리는 유아기에 이미 다졌어야 할 자의식 훈련의 중요성을 40년쯤 뒤늦게 중년을 넘기고서야 깨닫기 십상이다. 그나마 정상적으로 성숙한 사람들만의 경우다.

　　자긍심과 독창력의 학습은 장난감과 놀이에서 출발한다. 장난감이 갖는 의미를 이해하면 수긍이 가겠지만, 놀이는 어른들의 눈에 보이지 않는 사물의 의미를 아이들이 자유롭게 해석하는 상상의 세계다. 소꿉놀이를 하며 인형에게 젖을 먹이는 시늉을 하고 대화를 나누는 여자아이들은 인생의 예비 훈련에 돌입하고, 불자동차를 방바닥에 굴리면서 "부릉 부릉 애애앵~" 입으로 음향 효과를 장식하는 남자아이들은 생명이 없는 사물을 살려내면서 맨정신으로 꿈꾸기를 일상화한다.

　　고양잇과의 대형 야생 동물은 작고 어린 초식 동물 한 마리를 일부러 잡아서는 먹지 않고 자식들에게 산 채로 넘겨준다. 치타 새끼들은 영양 새끼를 장난감 삼아 놀이를 하면서 사냥 본능을 키운다. 새끼 인간에게는 인형과 플라스틱 불자동차가 인생살이를 배우는 훈련 도구들이다.

당신이 몇 살인지는 모르겠지만, 어린 꼬마가 장난감 전화기를 내밀면, 일단 받는 시늉을 해야 한다(No matter how old you are, if a little kid hands you a toy phone, you answer it). ― 데이브 샤펠(Dave Chappelle)

샤펠은 아이가 공연하는 연극에 합류하면서 상상의 언어로 어른들이 화답하기를 촉구한다. 집에서 놀이를 벌이는 아들딸이 전화가 걸려왔다고 주장하면 어른은 기꺼이 아이의 가상 현실 한 부분을 넘겨받아 창의력 학습에 가담하라는 처방이다. 연극은 상상력이 만들어내는 예술 작품이다. 상상은 현실이 아니지만, 아이들의 과대망상은 아직 건강한 독창성의 원천이다.

살아가면서 청춘들이 키우는 갖가지 꿈과 포부 또한 논리적 추측이나 현실적 예상보다 상상으로 빚는 황당한 소망이 대부분이다. 그러니 미래의 바깥 세상을 탐험하는 예행 연습을 거치는 아이에게 현실의 논리를 파괴할 권리를 허락하는 너그러움은 지극히 공평한 일이다. 이른바 독창성 훈련은 어른이 자신의 뜻을 자식에게 강요하기보다는 아이의 상상에 동의하는 양보의 바탕에서 훨씬 효과적으로 진행된다. 아이의 자존감은 부모가 자식을 믿어주는 순간마다 부쩍부쩍 자라난다.

어린 자식이 열심히 지어낸 빤한 거짓말에 부모가 속는 시늉을 해주면 아이는 성취감에 신이 나서 어른을 더 크게 속이려고 훨씬 정교한 작품의 창작에 도전한다. 아이가 작은 손가락을 내밀며 "빵!" 하고 소리칠 때 엄마나 아빠가 신음을 하며 쓰러져 죽는 체하는 대신 "그런 연극은 거짓말이니까 하지 말라"고 핀잔을 주면 아이는 기가 꺾여 희곡 집필을 포기한다.

"아주 어린 아이까지도 조작할 줄 아는 가장 간단한 장난감은 할머니와 할아버지다(The simplest toy, one which even the youngest child can operate, is called a grandparent)." — 샘 레븐슨(Sam Levenson), 『보통사람들이라도 다 아는 상식(You Don't Have to Be in Who's Who to Know What's What)』

    미국 희극인 레븐슨이 늙은 할버니(할아버지와 할머니)를 지칭한 어휘 '장난감'은 '놀이의 상대'라는 뜻이다. 아이가 놀면서 상상력을 활성화시키는 축소판 세상에서는 자신이 주인공이고, 할버니는 소도구다. 할버니에게도 손주는 노년의 즐거운 소일거리를 제공하는 재롱둥이 장난감이다.

    손자녀와 할버니 사이의 돈독한 관계는 우리 주변에서 눈에 익숙한 현상이다. 할버니와 손주의 격세 소통이 쉬운 이유를 레벤슨은 "공동의 적 덕택"이라고 했다. 할버니에게는 반항하며 속을 썩여온 자식이 오랫동안 적이었고, 손주에게는 아이들을 잘 키워 성공시켜야 한다는 부담에 쫓겨 간섭하는 부모가 적이다. 자식의 균형 잡힌 성장과 발전을 위한 통제는 부모의 주요 기능이요 필수적인 의무여서, 어른의 심리적인 부담이 자식에게 탄압으로 작용하는 갈등이 대물림한다.

    하지만 손주에 대한 부담과 죄책감이 할버니에게는 필수적이 아니어서, 3대가 이어지면 많은 경우에 새로운 연결고리가 생겨나 서로서로 도움을 주는 화해의 삼각관계가 구성된다. 어떤 면에서는 자식을 키운 보람을 할버니는 손자에게서 보상으로 받는다. 그래서 소설가 고어 비달(Gore Vidal)은 "절대로 자식을 낳지 말고 손주들만 낳아라"고 익살을 부렸다.

"충고는 요리와 같아서—남들에게 먹이기 전에 자신이 먼저 먹어
봐야 한다(Advice is like cooking—you should try it before you feed it to others)."
— 크로프트 M. 멘츠(Croft M. Mentz), 『어머니의 1,001가지 훈수(1,001 Things Your Mother
Told You)』

젊은 부모는 동물적 어미로서의 양육에는 지극정성이지만 자신에게조차
부족한 인생의 지혜는 자식에게 제대로 훈수하기가 어렵다. 다급하고 초조한
마음에 젊은 부모는 좋은 어미로서의 책임을 다하기 위해 열심히 육아 지침서
를 찾아 읽고 갖가지 강연을 통해 교육 지침을 간접적으로 습득하지만, 실제 체
험을 거치지 않은 모방 정보는 부모 노릇의 길을 잘못 안내할 위험성이 크다.

소포클레스는 『콜로누스의 오이디푸스(Oedipus at Colonus)』에서 "원하지
않는 호의를 고마워할 사람은 없다(Unwanted favours gain no gratitude)"라고 경
고했다. 수많은 명언을 남긴 17세기 프랑스 귀족 프랑수아 로시푸코(François
Duc de La Rochefoucauld)는 "자기 자신에게보다는 남들에게 지혜를 증명하기가
훨씬 쉽다"고 꼬집었다. 더 나아가 18세기 영국 귀족 신분의 시인 메어리 워틀
리 몬태규(Lady Mary Wortley Montagu)는 "가끔 나는 자신에게 아주 기막힌 충고
를 하지만, 그 충고를 받아들일 능력은 터득하지 못했다"며 식자층의 독선을 비
꼬았다.

아이들더러 잘되라고 귀가 닳도록 1,000번이 넘게 뇌는 어버이의 말씀이
자칫 그런 푸대접을 받기 쉽다. 물론 부모로서는 아들딸이 나보다 훌륭한 사람
이 되라고 간절한 마음에서 해주는 고언이건만, 어른 자신이 실천하지 않는 가
르침은 자식의 눈에 위선이라고 여겨질 수밖에 없다.

제 자식을 키우는 동안 온갖 실수를 저지른 다음 손자들이 태어날 때쯤이 되어서야 우리는 제대로 아이를 키울 자격을 갖춘다(You make all your mistakes with your own children so by the time your grandchildren arrive, you know how to get it right). — 리즈 펜튼(Liz Fenton), 『마흔 살이 되어서야(The Year We Turned Forty)』

리사 스타인키(Lisa Steinke)와 함께 연작 추리 소설을 집필해온 펜튼은 아이를 교육시키기 전에 부모가 아이를 공부해둬야 앞뒤가 맞는다는 논리적 궤변을 편다. 우리의 가족 문화는 예로부터 서당의 훈장이나 집안의 어르신이 주도했던 가정 교육을 주축으로 유교적 질서를 지켜왔는데, 펜튼의 공식은 그런 격세 교육의 개념을 대변하는 듯싶어서 어느 정도 해학적인 공감이 간다.

할버니만큼의 체험적 지혜가 부족하고 선생님들을 능가할 학식조차 갖추지 못한 젊은 부모는 가정에서 아이에게 지식을 배양하는 교육자로서의 결격 사유를 죄라고 인식하면 안 된다. 부모는 가정 교사가 아니다. 본디 가정 교사는 자식을 학교에 보내지 않고 서양의 귀족들이 집에서 사교육을 시키기 위해 고용한 개인 '교수'들이었다.

부모에게는 가정 교사 노릇 대신에 해야 할 일이 따로 있다. 사랑과 보살핌이다. 요리법 저술가 빅키 랜스키(Vicki Lansky)는 부모들더러 "언제라도 기꺼이 아이의 장난감이 되어야 한다"고 권한다. 할버니 같은 부모가 되라는 조언이다. 성장기의 어느 시점에서는 부모와 자식이 할버니와 손주처럼 동등한 장난감 관계를 새로 정립해야 쌍방의 동반 해방이 실현된다.

어떤 삶에서이건 인간의 유일한 의무는 자신에게 충실해야 한다는 마음가짐이다. 어떤 다른 대상이나 어느 타인에게 충실하기란 불가능하며, 그런 시늉은 가짜 구세주의 농간일 따름이다(Your only obligation in any lifetime is to be true to yourself. Being true to anyone else or anything else is not only impossible, but the mark of a fake messiah). — 리처드 바크(Richard Bach), 『구세주의 지침서(Messiah's Handbook: Reminders for the Advanced Soul)』

능력만큼만 최선을 다해서 충실하게 살면 그것으로 만족할 줄 아는 인생이 바람직하다. 타고났거나 주어진 능력의 한계를 능가해야 할 의무는 누구에게도 없다. 영재 교육과 조기 교육을 아무리 많이 시켜봤자 천재가 될 잠재력이 부족한 아이는 부모가 설정한 힘겨운 목표를 달성하지 못했다고 해서 그것이 "내 탓이요"라며 어린 마음에 죄의식을 느껴야 할 의무가 없다.

비록 탐탁하지 못한 방식으로나마 최선을 다해 능력껏 키워준 부모 또한 아이의 실패에 대한 죄의식을 떠맡아야 할 책임이 없다. 자식 걱정은 천륜이어서 가책을 느끼는 괴로움이야 어쩌지 못하겠지만, 최선을 다했다가 실패한 아들딸의 짐마저 최선을 다한 부모가 "내 탓이요"라며 대신 뒤집어쓰겠다는 인식은 비논리적이다.

"오직 의무감만으로 살아가는 사람은 노예나 다름없다"라던 교육 상담 심리학자 웨인 다이어(Wayne Dyer)의 진단은 성취하지 못할 목표를 세워 의무로 삼으면 무리한 약속의 빚에 쫓겨 고달픈 인생의 노예가 될지 모르니 경계하라는 도움말이다.

죽을 지경으로 인간을 진정 괴롭히는 요인은 한 가지 큰 문제가 아니라 남들을 실망시키기가 두려워 차마 거절하지 못하는 수많은 사소한 의무들이다(What kills us isn't one big thing, but thousands of tiny obligations we can't turn down for fear of disappointing others). — 알랭 드 보통(Alain de Botton)

스위스 태생의 영국 철학자 드 보통은 "남들이 나를 어떻게 생각할까" 눈치가 보여서 자신이 하고 싶은 일을 제대로 못하고 타인들과 눈높이만 맞추며 체면치레에 쫓기는 나날을 죽음과 같다고 계산한다. 로마 연극인 데키무스 라베리우스(Decimus Laberius) 또한 일찍이 "그대 자신을 책임에 종속시키는 것은 자유를 팔아먹는 짓이다(To place yourself under an obligation is to sell your liberty)"라면서 의무감이 인간의 머리 위에 올라앉으면 그것이 곧 노예의 삶이라고 진단했다.

인생의 여로에는 사업의 실패, 가족의 죽음, 배우자의 배반처럼 충격적인 불행과 난관이 간혹 닥치기는 하지만, 심각한 위기를 맞는 순간마다 생존을 위해 저항하려는 인간의 의지 또한 그만큼 강력해져서, 재도전과 심기일전 투쟁을 통해 끝내 성공을 쟁취하는 사례가 적지 않다. 평범한 사람들의 삶에서는 그러한 격랑의 위기보다 조금씩 쌓이는 불만의 앙금이 훨씬 더 치명적이다.

생존과는 직접적인 관계가 별로 없어 보이는 사소한 상황들은 흔히 적극적으로 대처하기가 민망하여 사람들이 어물쩍 넘어가려고 눈치만 살피며 머뭇거린다. 그러면 작은 미해결 불만들이 모여 우울증이라는 고질병에 이른다. 자질구레한 눈치 보기에 밀려 남들에게 빼앗긴 내 삶이 조금씩 시들어버리는 만성 잔병은 인생이 야금야금 욕구 불만으로 망가지는 정신적 파멸이다.

새장에 가둬둔 새는 나는 법을 절대로 배우지 못한다(A bird never learns to fly when it is locked in a cage). — 조바니 드 새들리어(Giovanni de Sadeleer)

    좀 과장된 비유다. 몇 년 정도 가둬둔다고 해서 새가 타고난 비행의 본능을 상실할 리는 없다. 하지만 비상하려는 노력을 수만 년 동안 게을리하면 새는 결국 날지 못하게 된다. 강력한 다리를 발달시켜 뺑소니로 살아남는 능력을 키운 타조와 달리기뻐꾸기(roadrunner)와 에뮤, 힘들게 도망치기보다는 제자리에 숨는 보호색을 선택한 뇌조, 사육을 당해 인간의 보호를 받아 별로 힘 안 들이고 먹고살다가 결국 사람에게 잡아먹히는 생존 방법을 선택한 닭이나 거위 따위의 조류는 타고난 비행 능력을 쓰지 않게끔 역으로 진화했다. 창자의 길이를 줄이고 뼈의 무게를 가볍게 하는 '살빼기' 고역을 계속해가며 허공을 날아봤자 힘만 들고 실속이 없다며 계산 빠른 몇몇 조류가 추구한 이런 역주행 진화를 우리는 '퇴화'라고 정의한다.

    자식의 영어 조기 교육을 위해 함께 미국을 다녀온 어느 한국 엄마가 털어놓은 경험담이다. 인솔 교사와 아이들이 놀이터로 나갔는데, 같이 따라간 엄마가 딸이 엎어지는 것을 보고 얼른 달려가 일으켜주려고 하니까 그러지 말라고 미국인 선생이 말리는 바람에 당황했다고 한다. 한국에서는 워낙 눈에 익은 풍경이어서 당연하고 자연스러워 보이는 행동이 미국에서는 금기 사항이기 때문이었다. 동양의 무한 모성애와 서양의 현실 감각이 극명하게 대립하는 극적인 순간이었다. 자식이 엎어질 때마다 냉큼 달려가 엄마가 평생 일으켜주면 혼자 일어서는 아이의 능력이 퇴화하여, 수만 년 후 인류는 로봇의 부축을 받지 않고는 직립 보행을 못하게 될지도 모른다.

자식에 대한 어머니의 사랑에 필적할 힘은 세상에 없다. 모성애는 법을 모르고, 무자비하며, 온갖 앙심을 품어두었다가, 앞을 가로막는 모든 장애물을 짓밟아 없애면서 양심의 가책은 전혀 느끼지 않는다(A mother's love for her child is like nothing else in the world. It knows no law, no pity, it dates all things and crushes down remorselessly all that stands in its path).
— 애거타 크리스티(Agatha Christie), 『마지막 강신술(The Last Séance)』

자신의 행동이 옳고 그른지조차 판단하기 어려울 정도로 이성을 잃는 모성 본능은 범죄의 동기로 발전하는 경우가 많다. 애거타 크리스티와 스티븐 킹이 그런 주제를 정면으로 다룬 대표적인 추리 소설 작가들이다.

한국 엄마가 태평양을 건너가 어린이 놀이터에서 미국 인솔 교사의 핀잔을 들었던 이유는, 도대체 어떤 행사였는지 모르겠지만, 학부모가 아예 따라가지 않았어야 하는 상황이기 때문이었다. 한국 엄마는 아이들의 나라에 침범하여 딸의 자존감을 오염시키는 행위를 저지른 셈이다. 어린이 놀이터라면 아이는 물론이요 인솔 교사조차 가지 않았어야 옳았을 듯싶다.

장난감과 과자를 제 발로 나가서 사올 만큼 자신감이 생긴 아이는 혼자 놀이터로 나가야 점점 더 큰 문제와 상황을 자기 힘으로 풀어내는 데 익숙해진다. 새장 속에 갇힌 유아기의 고립과 소외감을 아이가 극복하는 기회로 삼아야 할 놀이터에 엄마가 손을 잡고 같이 나가면, 자기 힘으로 일어날 줄 아는 아이에게서 홀로 일어설 기회를 박탈하는 결과를 가져온다.

인간의 독특성과 창조성의 원천은 어른 속에 잠재하는 아이의 속성이며, 아이의 능력과 재능을 펼쳐 보이는 최적의 터전은 놀이터다(It is the child in man that is the source of his uniqueness and creativeness, and the playground is the optimal milieu for the unfolding of his capacities and talents).
— 에릭 호퍼(Eric Hoffer), 『인간 조건에 관한 고찰(Reflections on the Human Condition)』

떠돌이 노동자 생활로 평생을 보낸 미국 사회 철학자 에릭 호퍼는 운동장과 놀이터가 창의력과 개성 그리고 온갖 재능을 연마하는 아이들의 '터전'이라고 정의했다. 그만한 이유가 있어서다. 인격 형성 과정에서 입증되는 놀이와 놀이터의 가치를 서양의 수많은 육아 및 아동 교육 전문가들이 강조하는 이유 또한 분명하다.

명칭부터가 '어린이' 놀이터인 까닭은 그곳이 아이들의 해방 공간이며, 어른들에게는 금단의 구역이라는 뜻이다. 그런데 우리나라 수많은 주택 단지의 놀이터에는 아이들과 거의 비슷한 숫자의 엄마들이 그림자처럼 출몰한다. 아이들은 아이들끼리 놀아야 하는데, 놀이터에서는 아이가 엄마와 노는 사례가 훨씬 많고, 정작 소통해야 할 아이들끼리의 교류는 별로 이루어지지 않는다.

십중팔구 따로 할 일이 없어 심심해서 자식과 같이 놀러 나왔거나 이웃 여인들과 마실 삼아 여기저기 작은 무리를 지어 진을 치고 앉은 엄마들의 주요 기능은 연약한 아이들을 합동으로 보호하고 감시하는 역할이다. 다치지 않도록 감싸고도는 부모하고만 놀아야 하는 아이들은 또래들과의 만남과 어울림을 학습할 험난하고 소중한 기회를 잃는다.

상상력은 우리 내면에 존재하는 아이, 그리고 창조력은 그 아이의
놀이터다(Imagination is our inner-child and creativity, its playground). ― 제이다
디월트(Jaeda Dewalt)

그림과 사진의 합성 예술(artography)이라는 독특한 분야에서 활동 중인
디월트는 상상력과 창조력이 어른의 마음속에 숨어 영원히 늙지 않고 뛰노는
아이의 놀이라고 풀이한다. 어른들로 하여금 가사 상태인 영혼의 잠재력을 발
휘하도록 내면의 아이가 시범을 보여주는 놀이터에서 상상력은 공간을 제공하
고, 독창성과 자의식은 그 공간에 그림을 그리는 붓과 물감 노릇을 한다.

어릴 적에는 누구나 상상 놀이를 해도 괜찮다고 부모와 세상이 너그럽게
묵인하고 용납한다. 그러다가 아이들이 취학하면서부터 갑자기 사회가 일치단
결하여 상상하는 자유를 규제하기 시작한다. 교과서에 담긴 내용과 합리적인
현실이 상상의 비논리를 결함으로 간주하기 때문이다.

이때부터 아이는 자발적인 동기의 자극을 받아 비현실을 창조하는 상상
력이 장애를 일으킨다. 환상은 시간 낭비라고 꾸중을 당할뿐더러 학교에서 시
험 성적에 반영이 안 되기 때문에 아이들이 상상 활동을 중단하고, 대부분 결국
포기하고 만다.

독창성이나 자존감은 부모의 도움을 물리치며 어린 영혼이 혼자 생각하
고, 혼자 말하고, 혼자 실천하는 사이에 성숙한다. 홀로 내버려둬야 가장 빨리
자라나는 자립심의 성장을 촉진하려면 부모가 자식에게 불가침 공간과 시간을
허락해야 한다. 품에 안고 놓아주지 않아야 최선이라는 잘못된 판단은 시한부
처방에 지나지 않는다.

아이의 꿈을 빼앗아 내다버릴 권리가 어른에게는 없다. 아이는 어른의 아
버지이기 때문이다.

꿈 하나가 처음 죽는 순간에 젊은이는
청춘을 잃고 어른이 된다.
(The youth is no longer a youth, but a man,
When the first of his dreams is dead.)

— 윌리엄 허벗 카루트(William Herbert Carruth), 『꿈의 흔적(Ghosts of Dreams)』

어른은 청춘에게 지금 무슨 꿈을 꾸고 있는지 묻기는커녕, 아예 꿈을 꾸지 못하게 말린다. 어차피 꿈은 현실이 아니어서, 헛된 꿈은 시간 낭비일 따름이라는 이유에서다. 판박이 인생만이 정답이라는 신념으로 머리가 굳어진 어른은 꿈을 잃어야 어른으로 성숙한다고 역설하며, 꿈을 꿔야 할 시간에 현실 감각을 찾아주기 위해 아이들을 일찌감치 여기저기 학원으로 보낸다.

환상 속의 세상이 잠재적으로 가능한 미래의 현실이리라고 상상하는 능력을 상실한 어른들은 아들딸에게 "어서 꿈 깨고 현실을 직시하라"고 열심히 설득한다. 틀에 맞추는 성장기 교육열의 도구로 전락한 아이들은 그래서 꿈을 나무로 키우기는커녕 몽상의 씨앗을 품어 싹을 피울 기회조차 얻지 못한다. 그러면서 어른들은 아이들이 '꿈나무'라고 거짓말을 한다.

"용감한 자가 미인을 얻는다"고 하듯이, 용감한 자만이 내가 좋아서 선택한 삶을 살아갈 권리를 얻는다. 선택은 자아가 독립을 찾아가는 긴 여로의 첫걸음이다. 인생살이를 아름답게 설계하는 환상적인 꿈은 미래의 존재를 발현하는 예고편이다. 꿈은 인생을 망치는 죄악이 절대로 아니며, 하고 싶은 일을 하나도 못해보고 죽는 인생은 결코 부모에게 고마워할 선물이 아니다.

내가 후회하는 일들 가운데 하나는 좀 더 일찍 나 자신을 믿어주지 않았다는 사실이다(One of the things I regret was not having more faith in myself early on). — 마일스 케네디(Myles Kennedy)

　　기타를 연주하는 미국 음악인 케네디는 젊었을 때 좀 더 자존감을 가졌더라면 자신이 지금보다 큰 인물로 성장하지 않았을까 아쉬워한다. 남들이 신뢰하고 믿어주는 사람은 남들에게 큰 도움이 되는 인재로 성공할지 모르지만, 나 자신을 믿는 사람은 나를 만족시키는 그런 삶을 산다. 우리는 자신을 위해 살려고 태어났지 오직 남들의 마음에 들기 위해서 태어나지는 않았다.

　　케네디 같은 "인기 가수가 되겠다"고 아들딸이 망상에 빠지면 우리 부모들 대부분은 "잘해보라"고 응원을 해주는 대신 "허송세월 보내지 말고 어서 정신 차려 공부나 하라"고 훈계한다. 예술은 정상적인 직업이 아니라서 먹고 살기 힘들다는 이유에서다. 20세기 중반을 훨씬 넘긴 다음까지도 우리 부모들은 자식이 "화가가 되겠다"고 하면 역시 "환쟁이는 굶어 죽는다"는 속설을 앞세워 극구 뜯어말리고는 했었다. "만화가가 되겠다"고 하는 아들딸들은 더 심한 박해를 받았다.

　　어른들이 기를 꺾어 놓으면 아이는 혼자서 자신감을 키우기가 쉽지 않다. 그래서 "끼를 부렸다가는 성공하기 힘들어 춥고 배고프다"는 어른들의 성숙한 판결에 굴복한 많은 젊은이가 자신감을 잃고 결국 예술을 포기하고는 지루한 '정상인'의 길로 인생행로의 궤도를 수정한다.

"증거가 뒷받침하지 못하는 견해를 뭐라고 하는지 알아요? 편견 이라고 그러죠(Do you know what we call opinion in the absence of evidence? We call it prejudice)." — 마이클 크라이튼(Michael Crichton), 『공포의 도가니(State of Fear)』

하버드 졸업생 의사 출신이며 『쥬라기 공원』의 원작자인 크라이튼은 지구 온난화를 경고하는 소설 『공포의 도가니』에서 "근거를 밝히지 못하는 견해"의 위험성을 지적한다. "환쟁이와 가수는 굶어죽는다"던 가설은 50년이나 70년 전 기성세대의 일반적인 견해였는데, 요즈음 어른들은 이런 주장을 타당성은 따져보지 않고 공식만 그대로 물려받아 부모 노릇의 지침으로 삼는다.

「캘빈과 홉스」를 창조한 미국 만화가 빌 워터슨의 현재 상품 가치는 위키 피디아 추산으로 1억 달러, 우리 돈으로 환산하면 1천억 원이 훌쩍 넘는다. 어 마어마한 규모의 개인 기업이다. 우리나라의 뽀로로도 마찬가지이며, 가수들 의 처지도 비슷하다. 유랑극단 시대와는 달리 이미자와 나훈아와 조용필은 끼 니 걱정을 별로 하지 않으며 살아가고, 젊어서 성공하는 요즈음 우리나라 음악 인들은 웬만한 회사원이나 공무원보다 돈을 엄청나게 많이 번다. 방탄소년단 은 대통령을 비롯하여 대한민국의 어느 독선적인 정치인보다도 더 눈부신 국 위 선양 활동을 국제무대에서 펼친다.

이런 공식적인 증거들에도 불구하고 어른들은 몇 세대 낡아 시효가 까마 득하게 지난 갖가지 편견을 아무렇지도 않게 답습한다. 낡은 인생 공식에 따라 살아가는 그들 중에는 반세기 전 기성세대가 연예인이 되지 말라고 왜 그렇게 자식들을 말렸는지 이유조차 모르는 사람이 적지 않다.

"편견이라는 더러운 말과 신념이라는 깨끗한 말에는 공통점이 하나 있는데—둘 다 분별력이 바닥을 드러내는 상황에서 비롯한다는 사실이지(Prejudice, a dirty word, and faith, a clean one, have something in common: they both begin where reason ends)." — 하퍼 리(Harper Lee), 『파수꾼(Go Set a Watchman)』

치맛바람 시대부터 요즈음에 이르기까지, 어린 아들딸을 신동 가수나 배우로 키우겠다며 방송국과 녹음실과 기획사로 끌고 다니는 극성 엄마들이 적지 않다. 과잉 교육열과 비슷한 맥락에서다. 그러나 자식이 배우나 가수가 되겠다고 하면 대다수 부모는 집에서 쫓아내겠다거나 호적을 파버리겠다고 야단을 치는데, 왜 말리는지 논리적인 이유를 제대로 밝히는 경우가 거의 없다.

반면에 아이들에게 장래 희망이 무엇인지를 물어보면 거의 모든 조사 결과에서 압도적인 1위가 연예인이다. 연예인이라는 직업에 대해 두 세대가 전혀 타협 불가능할 정도로 상반된 인식을 드러내는 가운데, 부모는 아이들의 소망을 이해하려는 노력은 고사하고, 과연 자신들의 생각이 옳은지 차분하게 따져 볼 필요성조차 느끼지 않는다. 물론 그것이 횡포라는 사실조차 모른다. 이성의 활동이 정지된 상태여서다. 진실을 외면하는 편견은 거짓말의 한 가지 형태다.

인용문은 스물여섯 살 처녀로 자란 『앵무새 죽이기』의 주인공 진 루이스한테 작은아버지가 들려주는 말이다. 『앵무새 죽이기』에도 비슷한 금언이 등장한다. 거짓 증언을 하는 백인의 막말에 판사가 이렇게 경고한다. "흔히 사람들은 보고 싶은 것만 일부러 찾아서 보고, 듣고 싶은 얘기만 골라서 귀를 기울입니다(People generally see what they look for, and hear what they listen for)."

사람들을 갈라놓는 장애물은 그들의 차이점이 아니다. 그런 차이점들을 인정하고, 받아들이고, 찬양할 줄 모르는 무능함이 문제다 (It is not our differences that divide us. It is our inability to recognize, accept, and celebrate those differences). ― 오드리 로드(Audre Lorde), 『우리가 뒤에 남기는 무덤(Our Dead Behind Us: Poems)』

    미국의 흑인 여성 시인이며 여권 운동가인 로드는 편견을 비타협적인 독선의 산물이라고 정의한다. 의견 차이는 어느 한쪽이나 양쪽 모두 이성의 기능이 제대로 작동하지 않는 시점에서 발생한다. 독선은 내가 어떤 상황이나 사물을 해석하는 일방적인 시각과 공식에 맞추려고 상대방의 모든 논리를 억지로 비틀어 놓는 오역과 왜곡을 자행하는 정신 질환이다.

    연예인이 되겠다는 자식의 꿈을 회초리까지 휘두르며 막무가내로 말리는 부모의 신념은 "화려한 몽상을 추구하다 실패하면 좌절이 그만큼 커서 아들딸이 폐인이라도 될까봐 늦기 전에 구원해야 한다"는 냉철하고 절박하고 실리적인 계산에서 비롯한다. "실현이 가능하다는 근거나 성공의 보장이 없는 도전은 말려야 옳다"는 견해가 기성세대를 지배하는 합리적 원칙이어서다.

    물론 연예인으로 성공하기는 어렵다. "신분 상승을 하는 가장 쉽고 안전하고 상식적인 길은 오매불망 공부"라고 사람들은 생각한다. 그러나 알고 보면 열심히 공부해서 사법 고시를 통과하고 판검사나 의사가 되기는 연예인으로 성공하기보다 훨씬 어렵다. 그래서 환경미화원 모집에 많은 대학 졸업자들이 응모한다는 "고학력 백수 34만 명의 시대"가 도래했다. 어느 분야에서나 대다수는 실패하거나 타협하고, 소수만이 인생의 승부에서 성공한다.

"크게 성공한 친구를 시기하지 않으며 존중할 줄 아는 인품을 지 닌 사람은 아주 드물도다(It is in the character of very few men to honor without envy a friend who has prospered)." ― 아이스킬로스(Aeschylus), 『아가멤논(Agamemnon)』

그리스 비극에서 발췌한 인용문은 "사돈이 땅을 사면 배가 아프다"는 우리 속담과 같은 맥락이다. 사람들은 자신의 결함과 패배를 부끄러워하는 대신 남을 헐뜯어 내 허물을 덮어버림으로써 마음의 위안을 받으려고 안간힘을 쓴다. 참으로 부질없는 짓이다. 배앓이를 해봤자 내 배만 아프다.

언젠가 대학교수 한 분이 EBS-1TV 교육방송에 출연하여 특강을 하다가, "이효리는 광고 한 편을 찍으면 내가 몇 년 동안 버는 것보다 훨씬 많은 돈을 받는다"고 불평했다. "딴따라는 굶어 죽는다"는 원칙에 어긋난다고 억울해하는 지식인의 푸념처럼 들리는 말이었다. 직업의 귀천을 안 따진다는 세상에서 대학교수가 왜 여가수의 성공에 허탈감을 느꼈을까?

그것은 대학교수의 고고한 지식보다 인기 가수의 통속적인 상품 가치가 훨씬 높아진 현실을 받아들일 마음이 내키지 않아서였으리라고 믿어진다. 우리는 스무 살밖에 안 되는 어린 나이에 거액의 텔레비전 광고료를 받아 챙기고 강남의 비싼 건물을 사들여 떵떵거리며 잘 사는 연예인들을 시기하면 안 된다. 그들은 아이소포스 우화의 베짱이처럼 놀기만 하다가 불로소득 횡재를 하지는 않았다. 그들은 부모의 반대와 핍박에 시달리고, 가출과 배고픔을 견디어내며, 추풍낙엽처럼 실패하여 사라지는 무수한 경쟁자들을 물리치고 끝내 성공의 쾌거를 이룬 당당한 승리자들이다.

대중문화와 연예계를 껍데기뿐이라고 사람들이 폄하하지만, 사실은 그렇지 않다. 대중문화는 우리 모두가 사용하는 언어이며, 온 세상이 만나는 접합점이다(Pop culture and entertainment can be dismissed as surface, but it's not. It's the language we all speak, and it's the connection point between people all over the world). ― 보조마 세인트 존(Bozoma Saint John)

　　세인트 존은 아프리카 가나에서 성장하여 열두 살에 미국으로 이주한 흑인 여성이다. 그녀는 대학에서 영어학을 전공하여 문학적 소양을 제대로 갖추었고, 아버지는 민족 음악학(ethnomusicology) 박사 학위를 보유한 목회자인데, 클라리넷 연주를 즐긴다고 한다. 이렇듯 다양한 인자들이 복잡하게 뒤엉켜 엮어진 삶을 살아가며 대중음악을 보급하는 기업 분야의 독보적인 존재로 화려한 경력을 쌓아온 그녀는 부와 명예를 함께 누리는 정말로 대단한 40대 초반의 인물이다.

　　흑인 음악의 다변적 구조와 생리를 잘 이해하는 세인트 존은 불협화음이 조화를 이루는 대중문화를 "보통 사람들의 만국어"라고 정의한다. 재즈와 영가, R&B와 힙합과 랩에 이르기까지, 흑인의 영혼이 막대한 영향을 끼친 대중음악 분야에서 노예의 후손들에게 압도되고 지배를 받는다는 충격에 빠진 백인 우월주의자들은 검은 문화에 대하여 인종 차별적 경시를 노골적으로 드러냈다. 그러나 시장 경제를 좌우하는 구매력을 행사하는 보통 사람들의 거대한 무리는 고상한 언어에 등을 돌리고 흑인들의 가락과 소리에 공감하며 엄청난 파괴력을 형성했고, 소수 정예 집단은 특권 의식의 늪으로 빠져 가라앉기 시작했다. 1950년대 중반에 나타난 범세계적인 현상이었다.

지적인 속물이란 「윌리엄 텔」 서곡을 들으며 〈론 레인저〉는 생각하지 않는 사람이다(An intellectual snob is someone who can listen to the William Tell Overture and not think of The Lone Ranger). — 댄 래더(Dan Rather)

텔레비전과 영화에서 고전 음악을 차용하는 관행은 흔한 일이다. 서부활극에서 기병대가 나타나면 십중팔구 스메타나 희가극 「팔려간 신부」의 경쾌한 전주곡이 배경에 깔리고, 줄타기 소녀의 애처로운 철부지 풋사랑을 그린 스웨덴 영화 〈엘비라 마디간〉에서는 모차르트의 피아노 협주곡이 간장을 녹이며 흐느끼고, 〈지옥의 묵시록(Apocalypse Now)〉에서는 바그너의 「발퀴레」가 전쟁터 살육을 안무하고, 스탠리 큐브릭의 〈2001년 우주여행(2001: A Space Odyssey)〉에서는 리하르트 슈트라우스의 「차라투스트라는 이렇게 말했다」가 전주곡으로 비장하게 올린다.

TV 주간 서부극 〈론 레인저〉의 도입부에서는 「윌리엄 텔」 서곡이 주제곡으로 깔렸다. 그래서 1949년부터 1957년까지 텔레비전에서는 9년 동안 복면의 의로운 사나이 클레이튼 무어가 백마를 타고 달려갈 때마다 신나는 로시니의 음악이 하루에 몇 번씩 울려퍼졌다. 일반인이 음악회에 가서 로시니를 감상할 기회는 평생 세 번을 채우기 어렵지만, 미국의 시청자들은 '바보상자(boob tube)' 덕택에 같은 작곡가의 음악을 수백 번이나 들어 귀에 익혔다. 〈CBS 추적 60분〉의 고정 진행자 댄 래더는 세 번 들어본 고전 음악을 아는 체하면 자랑이 되지만 텔레비전에 등장한 똑같은 음악을 입에 올리면 체면이 깎인다고 생각하는 인식을 '먹물'의 위선이라고 꼬집었다.

소수 정예라는 개념을 나는 믿지 않는다. 나는 관객이 나보다 어리석은 멍청이라는 말에 동의하지 않는다. 나는 곧 관객이다(I don't believe in elitism. I don't think the audience is this dumb person lower than me. I am the audience). ─ 퀜틴 타란티노(Quentin Tarantino)

    종합 예술로서 확고한 자리를 굳힌 영화가 열심히 고전 음악을 영입하지만 20세기의 '지적인 속물'이라고 댄 래더가 정의한 집단은 문학에 정성껏 심취하면서 영화를 깔보는 경향이 심했다. 타란티노 감독은 예술 분야의 서열을 설정해온 문화의 고루한 전통과 수백 년에 걸쳐 그런 고정 관념에 길이 든 비평계의 잠재의식을 못내 아쉬워했다. 정신적인 귀족이라는 예술인의 특권 의식과 이른바 정통 예술의 권위주의가 답습해온 잣대가 옳지 않다는 생각에서였다.

    영화인들 자신 또한 무성영화 초창기는 물론이요 1930년대 할리우드 황금기에도 활동사진을 희한한 구경거리 오락물이라고만 간주했지 예술이라는 자부심이 없었다. 오랜 세월에 걸쳐 두터운 퇴적층을 쌓아온 온갖 소설들을 원작으로 마구 동원하면서 영화가 자연스럽게 문학의 날림 하수인 취급을 받았던 선입견의 후유증이었다.

    영화가 원작 소설에 충실했느냐 아니면 훼손했느냐 운운하던 빈번한 논쟁은 소설과 영화가 별개의 분야요 독립체라는 전제를 부정하고 마치 영화가 문학이 낳은 새끼 정도로 착각하는 일방적 인식 때문에 벌어진 부작용이었다. 이제는 영화가 대학에서 전공하는 정식 학문으로 성장했고 한국 영화 한 편의 매출액이 1천억을 돌파하는 현실이건만, 영화를 고전 음악이나 문학과 동격이라고 인정하지 않으려는 케케묵은 시각은 여전하다.

나는 수준의 차이를 많이 느꼈지만, 방식에서는 그렇지 않았다. 켈리와 도넨의 〈사랑은 비를 타고〉를 보면서 나는 칼 드라이에르의 〈말씀〉을 볼 때와 똑같은 감동을 했다. 난 영화의 종류에 적용하는 어떤 줄 세우기도 우스꽝스럽고 혐오스럽다고 여전히 생각한다(I saw plenty of differences in degree, but not in kind. I felt the same admiration for Kelly and Donen's Singin' in the Rain as for Carl Dreyer's Ordet. I still find any hierarchy of kinds of movies both ridiculous and despicable). ― 프랑수아 트뤼포(François Truffaut), 『나의 영화 인생(The Films in My Life)』

"인생은 인간보다 상상력이 훨씬 풍부하다(Life has more imagination than we do)"라고 한 1960년대 프랑스의 누벨 바그 영화감독 트뤼포는 같은 종류끼리야 서열을 따질지언정 분야가 다른 두 작품의 가치를 같은 기준으로 비교하면 안 된다고 믿었다. 진 켈리와 스탠리 도넨 감독의 고전 음악극은 루터교 성직자 카이 뭉크(Kaj Munk) 원작의 희곡을 드라이에르 감독이 영상화한 스웨덴의 심각한 명작 영화와는 서로 비교하여 계급장을 달아줄 대상이 아니다. 셰익스피어와 호메로스와 새뮤얼 베케트를 평가하여 점수를 매기는 공통분모가 없는 것과 같은 이치에서다.

하물며 문학과는 분야가 완전히 다른 영화가 원작에 충실해야 할 의무는 없다. 문학 작품이 영감으로 작동하고 줄거리까지 그대로 따를지언정 영화는 표현과 전개의 방식이 소설과 완전히 다르다. 영화는 영화 나름대로 엄연히 독특한 기법으로 상상력과 창의력과 개성을 자유롭게 드러내야 하는 예술이지 문학을 복제하는 필사본이 아니다.

작가주의를 신봉해온 사람으로서 나는 처음에 편집이란 촬영 방식의 한낱 당연한 수순이라고 생각했다. 그러나 실제로는 그것이 또 다른 형태의 글쓰기라는 사실을 나는 깨닫게 되었다(As a loyal believer in the Auteur Theory I first felt editing was but the logical consequence of the way in which one shoots. But, what I learned is that it is actually another writing). — 베르나르도 베르톨루치(Bernardo Bertolucci)

관객과 감독의 계급 서열을 동격으로 배치한 타란티노처럼 누벨 바그(nouvelle vague, 새 물결) 영화인들은 문학과 영화의 서열을 무너트리고 독립성을 주창했다. '작가(auteur, 만들어내는 사람)'라는 문학적 영화 용어가 프랑스에서 등장하여 정착하면서 서양에서는 단순한 '구경(watching, 보기)'이라는 표현 대신 작품 속에 담긴 의미를 탐색하는 '읽기(reading)' 개념이 유통되었고, 영화가 적절한 사용료를 내고 문학을 합법적으로 표절한 부산물에 불과하다는 인식 또한 불식되었다.

신기한 구경거리였던 영화가 감상의 대상인 예술 작품으로 진화하고 특히 20세기 후반에는 감독이 각본을 직접 집필하는 사례가 급증하면서 작가주의는 보편적인 개념이 되었고, 고전으로 분류되는 명작 영화 또한 이제는 부지기수로 늘어났다.

문학과는 접근 방식부터가 다른 영화는, 비록 때로는 문학 작품으로부터 영감을 받기는 하지만, 새로운 작품을 생산하는 창조 행위여서, 음악이나 마찬가지로 독립된 분야다. 독창성을 질과 양이나 종류로 분류하고, 여러 분야를 종속 관계로 얽어 값을 매기는 차별은 백해무익한 편견이다.

비교 행위는 비교를 당하는 대상들의 실체를 고갈시킨다(Comparisons deplete the actuality of the things compared). — 윌리엄 S. 윌슨(William S. Wilson), 『카프카를 닮고 싶지 않은 이유(Why I Don't Write Like Franz Kafka)』

〈살인자(The Killers, 1946)〉 시사회에서 어니스트 헤밍웨이가 영화를 보다 말고 나가버렸다는 유명한 전설을 사람들은 고고한 문학이 싸구려 영화로 전락하여 원작이 훼손된 몰락의 대표적인 사례로 자주 인용한다. 원작과 파생품의 계급과 예술성을 비교한 해석이었다. 하지만 영화는 그 자체가 원작이요 예술품이다.

헤밍웨이의 '원작' 단편 소설은 10쪽에 불과하여, 영화의 도입부에서 13분 만에 끝난다. 윌리엄 콘래드와 찰스 맥그로우 두 살인자가 찾아오자, 작은 마을 하숙집에 숨어 살던 주인공이 운명으로부터 도망치려는 더 이상의 시도를 포기하고 저항 없는 죽음을 선택한다는 내용인데, 원작에 충실하기로 따지자면 어휘 하나 거의 바꾸지 않고 소설 그대로다.

관객에게 보여주고 돈을 받으려면 영화 한 편의 길이가 기본적으로 90분은 되어야 하고, 그래서 영화는 주인공 앤더슨이 왜 더 이상 도망가려고 하지 않는지를 92분에 걸쳐 설명한다. 앤더슨은 손을 다쳐 권투를 포기하고 범죄의 세계로 끌려 들어가는 인물로 설정된다. 곧 후회를 하고 갱생을 원하는 주인공은 조폭들과 함께 모자 공장에서 강탈한 25만 달러를 중간에서 가로채고 이름을 바꾸고는 도망치지만, 배반을 일삼는 요부의 덫을 벗어나지 못하고 죽음을 맞는다.

독창성이란 용의주도한 모방에 불과하다. 가장 독창적인 작가들도 서로 도둑질을 자행했다(Originality is nothing but judicious imitation. The most original writers borrowed one from another). — 프랑수아-마리 아루에 볼테르(François-Marie Arouet Voltaire)

13분짜리 원작 소설로부터 영감을 받아 만든 92분의 '모방' 영상물 〈살인자〉의 예술성에 대한 언론의 해석과 판단이 과연 얼마나 정확했던가? 어니스트 헤밍웨이가 시사회 도중에 나가버렸다는 이유가 정말로 불만의 표시였는지 아니면 어떤 다른 사연이 있었는지에 관한 기록은 확인할 길이 없고, 그가 정말로 자리를 박차고 나갔는지 여부조차 의구심이 들 지경이다.

『지혜의 일곱 기둥(Seven Pillars of Wisdom, T. E. Lawrence, 1926)』을 영상화한 〈아라비아의 로렌스〉처럼 영화가 '원작'보다 훌륭하다는 세평을 듣는 경우가 적지 않다. 아카데미상 4개 부문 후보에 올랐던 〈살인자〉 또한 2018년 베네치아 영화제 고전 부문에 초대작으로 선정되었을 만큼 영화 원작으로는 고전에 속한다.

〈살인자〉의 감독 로벗 지오드막은 프리츠 랑과 더불어 할리우드에서 활동한 흑색 영화의 거장으로 손꼽히는 독일 영화인이었고, 이 영화에서 첫 주연을 맡은 버트 랭카스터와 신인 여배우 에이바 가드너는 곧 대형 연기자로 성장했다. 뿐만 아니라 영상 극본을 집필한 존 휴스턴과 리처드 브룩스는 두 사람 다 훗날 명감독으로 당대를 풍미한 거물들이었다. 그런데 왜 헤밍웨이 시사회 전설이 생겨났을까?

299

대부분 시인들은 사상적인 영향력을 발휘하기보다는 사전을 뒤져가며 자신의 재주를 증명하는 데 더 많은 관심을 쏟으며 잘난 체하는 쓰레기들이다(Most poets are elitist dregs more concerned with proving their skill with a dictionary than communicating ideas with impact). — 헨리 롤린스(Henry Rollins)

『헤밍웨이 평전(Ernest Hemingway: A Life Story, 1969)』에서 카를로스 베이커(Carlos Baker)는 〈살인자〉가 "그의 작품을 원작으로 삼은 영화들 가운데 헤밍웨이가 진심으로 감탄한(genuinely admire) 첫 영화"였다고 밝혔다. 그러니까 영화를 평가 절하한 사람은 헤밍웨이가 아니라 전설을 지어낸 평론가였다는 얘기다. 이렇듯 진리는 보다 완전한 진리가 등장할 때까지만 유용하다.

이해관계가 상충하는 두 집단 사이에서는 편견과 독선으로 오염된 폄하가 쌍방향으로 이루어진다. 펑크 음악의 전설이 된 롤린스는 권위주의 문학을 정면에서 공격함으로써 현장 예술의 우월성을 강조한다. 그러나 대부분의 문화적 진영 논리는 억지스럽다. 정통 문학을 폄하하는 롤린스의 주장 역시 비주류 음악인으로서 그동안 괄시를 받아온 데 대한 원한에 사무친 탓인지 열등감으로 과열되어 지나치게 과격한 일방적 화법으로 일관한다. 시문학과 펑크 음악 가운데 어느 쪽이 쓰레기(dregs)를 더 많이 생산하는지는 진지하게 따져야 할 종량제의 대상이 아니다.

아무리 작을지언정 문화적 가치는 존중을 받아야 마땅하다. 어떤 종류인지 따져 개별적 가치에 점수를 매기거나 서열에 맞춰 차별하고 폄하하는 부당한 시각은 어느 집단 어느 분야에서이건 건전한 평가 방법이 아니다. 가치는 있느냐 없느냐가 중요하지, 종류나 크기나 무게는 가치의 바람직한 판단 기준이 아니다.

고전은 누구나 다 읽어두면 좋겠다고 생각하지만 실제로는 아무도 읽고 싶어 하지 않는 책이다(A classic is something that everybody wants to have read and nobody wants to read). — 마크 트웨인(Mark Twain)

"사라지는 문학"이라는 제목으로 1900년에 트웨인이 했던 강연 내용의 주제다. 고전 명작에 관한 지식은 자랑거리이기는 하지만, 차원이 높은 지적 활동은 학교에서 내주는 숙제나 마찬가지로 힘들고 어려운 의무로 여겨져 대다수가 기피한다. 힘든 일은 하지 않고 편히 즐기고만 싶은 심리는 인간의 본능이다. 월터 머피(Walter Anthony Murphy, Jr.)는 그런 고전 정통 예술의 부담과 현대 소비자의 즐거움을 절묘하게 접합시키는 데 성공한 연금술사였다.

머피가 디스코 풍으로 편곡한 「베토벤의 5번(A Fifth of Beethoven)」에 맞춰 20세기 청춘들이 신나게 춤을 추는 모습을 보고 베토벤이 전설 속의 헤밍웨이처럼 신성 모독이라고 화를 내며 돌아섰을까 아니면 평전 속의 헤밍웨이처럼 고마워했을지는 독선적 편견과 창조적 융합의 분기점, 편협한 배타성과 유연한 융통성의 분기점에서 기울기가 시작된다.

베토벤 디스코의 요란한 인기에 힘입어 머피는 조지 거슈인, 모리스 라벨의 작품뿐 아니라 니콜라이 림스키-코르사코프의 「왕벌의 비행(Flight of the Bumblebee)」을 「76년의 비행(Flight '76)」으로 그리고 요한 제바스티안 바흐의 「토카타와 푸가」를 「토카타와 펑크(Toccata and Funk)」로 디스코 재창조를 계속했다. 이런 작업을 사람들은 "넘어가기(crossover)"라고 한다.

현대식 사무실에서나 마찬가지로 저개발 국가의 촌락에서도 연결성
이 생산성을 발휘한다(Connectivity is productivity whether it's in a modern office
or an underdeveloped village). — 이크발 카디르(Iqbal Quadir)

전화가 없어서 한나절을 걸어 찾아가봤자 의사가 집에 없으면 치료를
받기가 불가능한 벽촌에서 성장하여, 미국으로 건너가 MIT 교수로 재직하
던 카디르는 1997년 그의 모국 방글라데시 오지의 가난한 사람들이 휴대 전
화로 세상과 소통하여 '자영업' 기회를 얻도록 도모하는 이동통신사 그라민폰
(Grameenphone, 시골 전화)을 설립했다. 접근성이 생산성이라는 절실한 소신에
따라서였다.

접속은 넘어가기의 디딤돌이어서, 우선 너도나도 서로 만나야 소통을 거
쳐 공감과 동화에 이른다. 동식물 진화에서는 단세포 개체가 자기 복제를 하며
외향성 발전을 시작했다. 가장 원시적인 형태의 팽창 과정은 세포막을 벗어나
는 넘나들기였다. 인간의 물리적 확장은, 생존을 위한 영토의 정복에서 발생하
는 부동산의 가치가 지적 자산에 밀리면서, 둔화 단계로 접어들었다.

인간 사회는 물론이요 정보의 가상 현실에서마저 진화의 후기 단계에서
는 자체 복제를 넘어 타체들과의 융합으로 집합 구성을 도모한다. 우주를 지배
할 권리를 장악하기 위해 인류는 광대무변 공간의 현상을 설명하려는 노력의
일환으로 천문학, 물리학, 화학, 생물학, 우주 공학을 비롯하여 미생물학, 광학,
생명 윤리학, 미래학, 수학, 통계학 같은 온갖 분야의 통합을 추구한다. 소우주
로서의 인간 개체 또한 여기저기 경계를 넘어 다니는 탐색이 생존의 필수적인
전제 조건이 되었다.

현시점에서 가장 슬픈 삶의 양상은 과학이 지식을 채집하는 속도에 비하여 사회가 지혜를 축적하는 속도가 너무 느리다는 사실이다(The saddest aspect of life right now is that science gathers knowledge faster than society gathers wisdom). — 아이작 아시모프(Isaac Asimov).

　　문명과 문화는 다윈의 진화론과 멘델의 유전 법칙에 따라 생로병사를 거치는 생명체다. 저개발 국가의 오지나 아프리카 부족 사회처럼 교육을 받기가 어려운 곳에서는 한 줄의 지식이나 한 톨의 정보가 보물처럼 값진 지혜로 여겨지겠지만, 전염성 교육열이 창궐하여 전반적인 문화 수준이 크게 진화한 곳에서는 만인이 공유하는 기초 지식은 곧 병들어 힘을 잃고 죽어 사라진다.

　　열등한 일반 지식이 적자생존 법칙에 따라 도태되고 우성 정보가 진화를 계속하기는 하지만, 아시모프는 나태한 인간 집단의 심리적 저항 때문에 현상 유지 편향의 차원을 하회하는 지혜의 발육 부전이 나타난다고 아쉬워한다. 생물학적 생체 진화보다야 분명히 빠를지언정 지적 진화는 풍요한 삶의 만성적인 방해를 받아 우수한 유전자의 적립이 더디게 진행된다. 물질적 풍요의 안이함에 젖으면 사람들은 도덕성과 영적 가치의 계발에 소홀해지기 쉽고, 그래서 사회적인 정서가 지식의 비약적인 성장을 따라가지 못하는 책임 회피 성향으로 이어지는 탓이다.

　　멘델 법칙에 따라 품종을 개량하면 지식 유전자의 조작이 가능하며, 사실 문화와 학문에서 이미 오래전부터 실제로 융합(fusion)이라는 이름으로 인공 교배가 널리 이루어졌다. 디스코 베토벤은 그렇게 음악 유전자의 조작을 거쳐 태어난 신품종이다.

차원 분열의 기하학은 단순히 수학의 한 분야가 아니어서, 만인이 같은 세상을 다른 눈으로 보게끔 도와준다(Fractal geometry is not just a chapter of mathematics, but one that helps Everyman to see the same world differently). ─ 브누아 망델브로(Benoit Mandelbrot), 『자연계의 무한반복(The Fractal Geometry of Nature)』

　　같은 대상을 사람마다 달리 보는 까닭은 어떤 개념이나 형상이 지닌 다양성을 종합하여 전체를 함께 파악하기가 번거로운 탓이다. 우리의 사고력은 제한된 시각으로 선별하는 편파적 호감도의 지배를 쉽게 받는다. 부분적으로는 모두가 다르지만 전체적으로는 모두가 똑같은 세상만사와 삼라만상이 결국은 하나이건만 우리는 모든 대상에서 극히 작은 한 부분밖에 볼 줄을 모른다.

　　모형은 다양한 개념들을 단순한 공식으로 통일시킨다. KBS와 tvN을 비롯한 여러 텔레비전의 간판(ID) 화면이나 옥탑방의 김용만과 시골 체험에 나선 이만기 같은 여러 방송인이 즐겨 입고 출연하는 티셔츠의 무늬가 망델브로 기하학의 모형을 따른 산물이라고 하면 도대체 무슨 소리냐고 의아해할 사람들이 많겠지만, 사실이 그러하다. 망델브로는 E=M3/4의 비율로 똑같은 형태가 반복되며 작아지거나 커지는 삼각형의 무한 굴절에서 불규칙의 놀라운 규칙성을 찾아낸 수학자다.

　　망델브로가 서술하는 공식은 고사하고 기하학 자체에 아무런 관심이 없는 수많은 사람들이 애써 확인조차 하지 않으며 삼각형과 무한 반복을 생활 미술로 받아들여 유행시키는 까닭은 닮은꼴의 배열 자체가 무늬요, 규칙적인 무한 도형의 무늬가 아름답기 때문이다.

천재성의 공통분모가 무엇인지 꼽으라면 나는 그것이 폭넓은 호기심 그리고 여러 다른 분야에서 소중한 유사성들을 추출해내는 능력이라고 제시하겠다(If genius has any common denominator, I would propose breadth of interest and the ability to construct fruitful analogies between fields).
— 스티븐 제이 굴드(Stephen Jay Gould), 『판다의 엄지(The Panda's Thumb)』

하버드 대학의 진화 생물학 교수 굴드는 광범위한 분야에 걸친 호기심 그리고 경계를 넘나들며 공통분모들을 유기적으로 연결하는 능력이 발전과 성장의 열쇠라고 믿는다. 망델브로는 우주를 지배하는 무한 복제의 모형을 기하학에서 찾아내어 닮은꼴 인자를 확인했는데, 자체 반복 유사성(self-similarity)을 예시하는 차원 분열(次元分裂) 도형을 보면 수학의 배열이 파장의 과학을 지배하는 음악처럼 느껴진다. 여러 분야의 경계가 상상력으로 인해 한꺼번에 무너지는 현상이다.

눈송이가 차갑고 하얀 수많은 바늘잎 결정을 키우며 분열하고 자라나는 전개 과정은, 나뭇잎의 수맥을 배분하는 그물 무늬처럼, 똑같은 우연성의 필연적 반복을 끝없이 펼치며 정교하고 아름다운 질서를 엮는다. 여름을 불사르고 낙엽이 사윈 겨울철 나무 한 그루의 무늬도 마찬가지다. 지리산 노고단의 고사목에서는 햇빛을 받기 위해 치열하게 분기하는 가지들의 신비한 구조가 하얗게 굳어버렸다. 대지의 높고 낮은 굽이를 따라 흐르며 햇빛을 반사하는 물의 광채와, 겹겹으로 피어오르는 구름과 산봉우리들의 군집, 그리고 인간의 혈관 또한 저마다 완벽한 만다라 소우주를 지어낸다.

모든 진리는 아주 평범하다. 정말로 놀라운 힘은 진리가 무엇이리라고 상상해내는 사람들의 능력이다(All truth is very ordinary. It is people's fantasies of what is true that is so extraordinary). — 브라이언 퍼킨스(Brian Perkins)

수학은 예술과 인연이 없고 과학은 문화의 천적이라는 오해가 까마득한 옛날부터 만연하지만, 사실은 그렇지 않다. 수학의 경계를 넘어선 망델브로 무늬의 꽃은 숫자와 모형의 넘나들기 에스페란토처럼 건축과 천문학과 시각 예술 그리고 '유행'의 동의어인 의상에서까지 채택하는 만국어가 되었다. 독창적인 상상력이, 융합의 시대를 맞아, 보이지 않는 공통분모를 찾아내어 울타리들을 무너트린 결과다.

문화와 예술에 끼친 망델브로 수학의 충격은 혁명적이었지만, 알고 보면 그 위력의 뿌리는 무늬와 도형이 아름다운 조화를 만든다는 간단한 원칙의 발견이었다. 영겁에 걸쳐 우주를 지배했건만 아무도 깨닫지 못했던 배열 원칙을 어느 수학자가 확인하여 세상을 설득하는 데 성공했다는 얘기다. 반복 규칙을 결합하고 조립하여 공식으로 집약시키는 능력은 제시된 사실들의 행간을 읽어내는 감각이다. 눈에 보이지는 않더라도 틀림없이 존재하리라고 마음이 믿는 공통점이나 유사성을 찾아내어 그것을 접속의 공통분모로 삼아 머리로 연결고리를 찾아내는 능력은 복잡하기 짝이 없는 군사 암호를 풀어내는 고도의 추리력과 같다.

문학과 영화, 베토벤과 디스코 그리고 심지어 수학과 의상의 유행을 이어주는 정보 유통은 전문 분야와 직종의 경계까지 허문다. 기존의 틀을 바꾸는 변화에서 가장 강력한 원동력은 경계를 넘어가는 상상력이다. 지혜의 나무는 상상력의 뿌리를 지식보다 훨씬 깊이 내린다.

인간은 그가 선택한 길에서 가장 먼 곳까지 다다를 능력과 더불어 의무를 타고났다. 오직 희망이라는 수단을 통해 우리는 희망 너머의 꿈을 달성할 가능성을 얻는다(Man is able, and has the duty, to reach the furthest point on the road he has chosen. Only by means of hope can we attain what is beyond hope). — 니코스 카잔차키스(Nikos Kazantzakis), 『영혼의 자서전(Report to Greco)』

11장
하늘의 별을 보고
땅의 나를 보고

인간은 하늘의 별을 따려는 꿈을 꾼다. 그 꿈의 실현은 우리에게 공짜로 주어진 권리일 듯싶지만, 사실은 평생을 걸고 수행해야 하는 즐겁고 고된 의무다. 우리에게는 인간으로서의 의무를 포기할 권리가 없다. 능력을 포기하는 죄악은 권태로운 삶을 살아야 하는 벌을 받는다.

"우리는 시궁창에 주저앉아서 별을 따려고 손을 뻗는다네(We sit in the mud, my friend, and reach for the stars)." — 이반 투르게네프(Ivan Turgenev), 『아버지와 아들(Fathers and Sons)』

허무주의자 주인공이 친구에게 왜소한 인간의 존재와 그에 걸맞지 않는 꿈의 크기를 토로하는 열변의 한 토막이다. 인류의 위대함이라는 꽃은 자신의 존재가 왜소하다는 현실을 극복하려는 욕구로부터 피어난다. 그래서 나다니엘 호손은 "아무것도 아닌 존재가 되려면 아무것도 하지 않으면 된다(To do nothing is the way to be nothing)"라고 꼬집었다.

시궁창에서 손을 뻗어 하늘의 별을 따기는 쉬운 일이 아니다. 그래서 호손은 시인 헨리 와즈워드 롱펠로에게 쓴 편지에서 참된 삶의 어려움을 이렇게 하소연했다. "아, 오랜 세월 동안 나는 삶을 살아온 줄 알았는데, 산다는 꿈을 꾸기만 했더군요(Oh, for the years I have not lived, but only dreamed of living)."

보리스 파스테르나크는 "인간은 살려고 태어났지 살려는 준비만 하려고 태어나지는 않았다(Man is born to live, not to prepare for life)"라고 했다. 『닥터 지바고』에서 혁명가의 어린 아들 니카는 "살아 있다는 건 얼마나 멋진 일인가? 하지만 인생은 왜 자꾸 괴롭기만 한 걸까?(How wonderful to be alive. But why does it always hurt?)"라는 현실을 열세 살에 깨우친다. '지바고'라는 이름은 러시아어로 'zhiv(생명, 삶)'의 변형이라고 한다.

하늘이 아무리 여러 번 무너져도 우리는 살아야 한다(We've got to live, no matter how many skies have fallen). — D. H. 로렌스(D. H. Lawrence), 『채털리 부인의 사랑(Lady Chatterley's Lover)』

　　인용문은 소설의 도입부에서 튀어나오는 선언이다. 로렌스는 흔히들 생각하듯이 성의 해방만을 추구하는 데서 그치지 않고 삶의 온갖 환희를 찬미한 전령사로, "인생을 받았으면 부지런히 소비해야지, 고이 간직하면 안 된다(Life is ours to be spent, not to be saved)"라는 명언을 남겼다. 우리에게 모처럼 주어진 삶을 보물처럼 아끼느라고 애지중지 비단 보따리에 싸서 골방에 숨겨두지 말고 틈이 날 때마다 요긴하게 토막토막 잘라서 즐기라는 뜻이다.

　　인생은 열심히 소비해야 가장 생산적이라는 공식에 따라 그는 "밤마다 후회만 잔뜩 하지 않기 위해서 인생을 충실하게 살고 싶다(I want to live my life so that my nights are not full of regrets)"라고 활활 아낌없이 불살라 없애는 삶에 대한 열망을 피력했다. 그리고 여성에게는 『채털리 부인』을 통해 "여자는 자신의 삶을 제대로 살지 않으면, 헛된 인생이었노라고 훗날 후회하게 된다(A woman has to live her life, or live to repent not having lived it)"라고 경고했다.

　　그런가 하면 알벗 슈바이처는 "인생의 비극은 살아 있는 동안 내면에서 죽어가는 것(The tragedy of life is what dies inside a man while he lives)"이라고 개탄했다. 제대로 살아보지 못한 인생은 정말로 억울하다.

참된 모험가는 계산을 하지 않고 아무 방향으로나 전진하여 미지의 운명을 만나 인사를 나눈다(The true adventurer goes forth aimless and uncalculating to meet and greet unknown fate). ― O. 헨리(O. Henry), 『녹색의 문(The Green Door)』

젊은 피아노 할부 판매원 루돌프 스타이너는 뉴욕의 브로드웨이를 따라 걸어가며 이런 상념에 젖는다. "참된 모험가들은 마음이 배고픈 사람들이다. 황금 양털, 성배, 여인의 사랑, 보물, 왕관과 명성―그들은 갈망하지만 어디 있는지 모르는 무엇인가를 무작정 찾아나선다." 잠시 후에 스타이너는 길바닥에서 발견한 광고 쪽지에 적힌 녹색의 문을 찾아 근처에 있는 공동 주택으로 들어가 1층에서 '운명의 여인'을 만난다.

하지만 나중에 알고 보니 5층 건물 안의 모든 문은 녹색이었고, 전단지는 브로드웨이의 어느 극장에서 공연 중인 『녹색의 문』이라는 연극을 광고하기 위해 뿌린 쪽지였음을 알게 된다. "기회가 기다리는 미지의 문"은 우발적인 운명이었다는 설정이다.

탐험가 데이빗 리빙스턴(David Livingstone)은 "앞으로만 간다면 나는 어디든지 가겠다(I will go anywhere, provided it be forward)"라고 말했다. 기회와 행운은 태어나자마자 인간이 확고부동하게 방향을 설정하고 추구하는 목표라기보다 여기저기 무턱대고 부지런히 찾아다니면 어딘가 숨어서 기다리다 나타나는 필연적이면서 우발적인 운명이다. 울타리 안에서 아무리 기다려봤자 아르고 원정대가 머나먼 길을 떠나기 전에는 이아손이 황금 양털을 손에 넣지 못한다.

실제로 이루어지기 전에는 모든 일이 불가능하지만, 일단 이루어 지고 나면 사필귀정이라고 한다(All things are impossible until they happen, and then they become inevitable). — 폴 엘드릿지(Paul Eldridge), 『현대인을 위한 금언집 (Maxims for Modern Man)』

"기회가 온다"는 표현은 그 자체가 어폐다. 식량 배급을 받듯이 나에게 할 당된 기회가 찾아오기를 수많은 다른 사람들과 나란히 줄을 서서 기다리기만 했다가는 남들보다 나은 삶을 살기 어렵다. 행복한 인생은 누구보다도 먼저 혼 자 찾아나서야 내 차지가 된다. 누가 무슨 일에 성공하고 나면 어쩐지 쉬워 보 여 '사필귀정'이라면서 "하면 된다"고 너도나도 덩달아 덤벼들건만, 진정한 인 생의 탐험가는 불가능하다며 아무도 시도하지 않는 모험에 달려든다. 기다리 지 않고 돌파하는 진취적인 정신으로 찾아나서야 필연성으로 인해 사필귀정이 우발적으로 맺어진다.

시인 랠프 월도 에머슨은 수상록으로 엮어 펴낸 일기에서 "인생 자체가 하나의 실험이다. 실험이란 많이 하면 할수록 좋다(All life is an experiment. The more experiments you make the better)"라고 했다. 추구는 단호한 결단력과 신념 이 촉진시키는 매체이고, 실험은 사필귀정을 추구하는 탐험이다. 도전이라는 조건이 없이는 성공의 열매가 맺히지 않는다.

심리 지도사 앤토니 로빈스(Anthony Robbins)는 "불가능한 여정이란 우리 가 전혀 떠나지 않는 길뿐(The only impossible journey is the one you never begin)" 이라고 했다. 물론 불가능의 평계는 수없이 많지만, 아예 시도하지 않으면 불가 능의 전제 조건이 확실하게 마련된다.

나로 말할 것 같으면, 머나먼 곳들에 대한 한없는 목마름에 시달린다. 나는 금단의 바다를 항해하여, 야만의 해안에 상륙하기를 갈망한다(As for me, I am tormented with an everlasting itch for things remote. I love to sail forbidden seas, and land on barbarous coasts). — 허만 멜빌(Herman Melville), 『모비 딕(Moby Dick)』

소설의 도입부에서 주인공 화자 이슈마엘이 다양한 사람들의 소망과 꿈을 점검하는 이 대목은 칼 세이건 교수에게 "우주의 신비에 대한 꿈을 꾸는 씨앗에 물을 뿌려줬다"고 한다. 눈에 보이지 않는 미지의 세계에 대한 갈망과 호기심은 모험과 탐험의 보상이 얼마나 큰지를 아는 개척자들의 상상력을 무한히 자극한다. 남들이 다 누리는 세상에 만족하지 않고 그 너머의 무엇인가를 열망하는 인류가 하늘의 별을 따려고 우주 공간을 날아다닌다.

유럽으로부터 최초로 문학성을 인정받은 미국의 작가 워싱턴 어빙(Washington Irving)은 크게 될 나무의 떡잎을 이렇게 정의했다. "위대한 정신은 목적을 설정하고, 나머지 사람들은 소원을 빌기만 한다. 소심한 마음은 난관을 만나면 기가 꺾여 순종하지만, 대범한 마음은 고난을 딛고 일어선다(Great minds have purpose, others have wishes. Little minds are tamed and subdued by misfortunes; but great minds rise above)."

『그리스도 최후의 유혹(The Last Temptation of Christ)』에서 니코스 카잔차키스는 "세상에서의 삶은—날개를 펼치는 것(Life on earth means: the sprouting of wings)"이라고 했다. 날개가 없으면, 만들어 달아서라도 펼치고 날아야 한다.

311

1. 나는 당신이 손에 쥔 활입니다. 주님이여. 썩지 않도록 당기소서.
2. 나를 너무 세게 당기지 마소서. 주님이여. 부러질지 모릅니다.
3. 나를 힘껏 당기소서. 주님이여. 부러진들 무슨 상관이겠나이까?

(1. I am a bow in your hands, Lord. Draw me lest I rot.

2. Do not overdraw me, Lord. I shall break.

3. Overdraw me, Lord, and who cares if I break.)

— 니코스 카잔차키스(Nikos Kazantzakis), 『영혼의 자서전(Report to Greco)』

가는 세월 아깝다며 촌음조차 낭비하지 않고 아끼기만 했다가는, 쓰지 않으면 녹슬어버리는 기계처럼 인생은 저절로 삭아 사라진다. 전혀 허튼 짓을 안하고 올곧게 얌전히 살아봤자 무미건조한 모범 인생은 벽에 붙어 빛이 바랜 표창장만 남긴다. 그렇다고 함부로 마구 다루었다가는 부러진 활처럼 망가지고 흐트러진 인생은 죽는 그날까지 비참하기 짝이 없다.

그러나 부러지기 겁난다고 안전지대에 숨어 도사리기만 해서는, 울타리를 넘어가지 않았던 탓으로, 살아보지 못한 미지의 삶에 대한 갈증과 회한이 무덤까지 따라온다. 영웅과 위인이라고 남들의 추앙을 받는 대범한 인물들은 대부분 금단의 선을 넘어 오디세우스의 활이 부러질 정도로 강렬한 삶을 살아간 사람들이다. 망가져도 좋다며 나 자신을 위한 살신성인을 실천할 각오가 없으면 위대한 경지로의 도약은 어렵다.

312

그대의 안식처로부터 벗어나라. 실현하지 못한 그대의 꿈들이 묻히는 편안한 지대는 성공을 가로막는 장애물이다(Step out of your comfort zone. Comfort zones, where your unrealized dreams are buried, are the enemies of achievement). — 로이 T. 베넷(Roy T. Bennett)

안전지대에서 현상 유지를 하며 버티는 삶을 무덤이라 함은 환상의 보금자리라고 수많은 사람들이 갈망하는 안식처를 부정적인 개념으로서의 도피처라고 보는 시각이다. 안전지대는 다치지 않으려고 숨는 방공호와 같다. 전시에는 폭격을 피해 잠깐씩 방공호로 들어가 숨어야 옳겠지만, 평생을 방공호 속에서 보내는 삶은 감옥살이와 같다.

대범한 인물과 소심한 마음을 분류하는 기준은 삶을 구상하는 근본적 시각이다. 허만 멜빌이 동경하던 야만의 해안을 찾아가려는 사람은 미덕이라고 만방에 알려진 용의주도함이 사실은 그가 도약하려는 큰 뜻의 발목을 잡고 주저하며 시간을 낭비하게 만드는 장애물이라고 인식한다.

당돌한 개척자는 그래서 수많은 사람들이 상식적으로 추천하는 치밀한 준비를 배격한다. 전쟁은 오랜 시간에 걸쳐 미리 전체적으로 설계하고 준비한 다음에야 개시하지만, 전투는 대부분 현장에서 돌발적인 상황에 개별적으로 적응하는 순발력이 승부를 가르기 때문이다.

무릇 큰일은 위험을 수반한다. 안전지대의 울타리를 벗어나지 않고 위대한 업적을 달성하겠다는 욕심은 복권을 딱 한 장만 사서 50억 원에 당첨되기를 바라는 심보와 같다. 아무도 구경하지 못한 세상으로 들어가는 희열을 맛보려면 기꺼이 입장료를 치러야 한다.

마음에서 먼저, 그러고는 현실에서, 모든 창조는 두 번에 걸쳐 이루어진다(Everything is created twice, first in the mind and then in reality). — 로빈 샤르마(Robin Sharma), 『외제차를 팔아치운 승려(The Monk Who Sold His Ferrari)』

청춘 시절의 정신적인 위기와 고뇌를 거쳐 스물다섯 살에 작가로 전향한 캐나다의 변호사 샤르마처럼 "꿈의 실현과 운명의 개척에 관한 우화"라는 부제가 달린 『승려』의 변호사 주인공은 균형을 잃어가는 삶을 뒤엎어버리는 혁명을 젊어서 일찌감치 감행한다. 그가 평균치 현대인의 인생을 탈출하는 대장정에서 목적지로 삼은 야만의 해안은 고대 문화였다. 그래서 강력하고 지혜롭고 실용적인 해답을 낡은 우화로부터 찾아내는 나그네의 여정은 소설이라기보다 인생 지침서처럼 읽힌다.

샤르마는 "똑같은 한 해를 일흔다섯 번 살고 나서 그것이 인생이라고 일컫지 말라(Don't live the same year 75 times and call it a life)"라고 질타한다. 그는 격동하는 삶을 찾으려면 "우리는 누구나 어떤 특별한 이유를 위해서 태어났으니, 과거의 포로 노릇은 그만하고, 미래를 설계하는 사람이 되라(We are all here for some special reason. Stop being a prisoner of your past. Become the architect of your future)"고 독려한다.

미래의 삶을 건설하는 전제 조건은 생각만 하지 말고 행동을 개시하는 도전이다. "가장 하찮은 행동이 가장 숭고한 의지보다 항상 낫다(The smallest of actions is always better than the noblest of intentions)"라는 이유에서다. 실천할 의지가 없는 꿈은 현실을 왜곡하는 망상일 따름이다.

모든 형태의 조심성 가운데 참된 행복에 가장 치명적 경계심은 아마도 사랑하기를 조심스러워하는 마음일 듯싶다(Of all forms of caution, caution in love is perhaps the most fatal to true happiness). ─ 버트란드 럿셀(Bertrand Russell), 『행복의 철학(The Conquest of Happiness)』

인생에서 쟁취해야 하는 세 가지 절대 목표는 사랑과 성공과 행복이겠는데, 모든 쟁취는 공격적인 행동을 거쳐 실현된다. 사랑을 떳떳하게 고백하고 돌진하는 "용기를 갖춘 자가 미녀를 차지한다"는 케케묵은 속설이 오늘날 사회생활에서 성공과 행복을 이끌어내는 공식으로도 손색없이 적용된다. 덤벼서 싸우지 않고는 인생에서 어떤 탐탁한 결실도 얻지 못한다.

로빈 샤르마는 『외제차를 팔아치운 승려』에서 "근심 걱정은 인간의 정신에서 진을 빼고, 언젠가는 결국 영혼에 상처를 남긴다(Worry drains the mind of its power and, sooner or later, it injures the soul)"라고 했다. 두려움과 조바심을 잊거나 물리치는 최선의 처방은 고난에 위축되지 않고 정면으로 달려들어 제압하는 용기다.

샤르마는 또한 "인생과 사업에서 거두는 참된 성공에 관한 현대 우화"라는 부제가 달린 『직책이 없는 지도자(The Leader Who Had No Title)』에서 "변화는 시작이 가장 힘들고, 중간이 가장 지저분하고, 마지막이 가장 좋다(Change is hardest at the beginning, messiest in the middle and best at the end)"라고 진단했다.

아무리 고생스럽더라도 힘들여 봄맞이 대청소를 해서 겨우내 집안에 쌓인 악취와 쓰레기를 몰아낸 다음에는 나날의 일상이 개운하기 짝이 없다. 인생의 이치도 그와 같이 단순하다.

315

우리에게 선물로 주어진 운명은 누구에게도 빼앗길 리 없으니,
두려워하지 말라.
(Do not be afraid; our fate
Cannot be taken from us; it is a gift.)
— 단테 알리기에리(Dante Alighieri), 『지옥편(Inferno)』

　　자신이 엮어가는 운명을 두려워하며 인간이 운명의 수레 꽁무니에 두 손
목이 묶여 질질 끌려다녀서는 안 될 일이다. 단테는 "천국으로 가는 길은 지옥
에서 시작된다(The path to paradise begins in hell)"라고 했다. 지옥에서의 고통이
천국으로 가기 위해 마땅히 내야 하는 통행세라면, 지옥은 천국으로 들어가는
문이겠고, 그러니 천국의 문은 두려워할 이유가 없다.

　　윌리엄 골딩의 『파리 대왕(Lord of the Flies)』에서 태평양에 비행기가 추락
하여 무인도에 갇힌 아이들이 두목을 선출하는 집회를 연다. 발언 기회를 얻은
성가대원 잭은 공포감에 사로잡힌 '꼬맹이들'을 걱정하며 "명심해야 할 건―꿈
이나 마찬가지로 두려움은 우릴 해치지 못한다는 사실(The thing is―fear can't
hurt you any more than a dream)"이라고 안심시킨다.

　　하지만 두려움은 인생을 망쳐놓는 주적이고, 이룩하지 못한 꿈 또한 수많
은 사람들이 평생 지고 가야 하는 십자가다. 그래도 인간은 환상의 섬을 찾아
바다로 나가야 한다고 앙드레 지드는 『사기꾼들(The Counterfeiters)』에서 이렇
게 주장한다. "육지가 보이지 않는 곳까지 나갈 용기가 없는 사람은 새로운 대
양을 찾아내지 못한다(Man cannot discover new oceans unless he has the courage to
lose sight of the shore)."

최선만 다해서는 부족하다. 최선으로부터의 발전을 끝없이 계속해야만 한다(It's not enough to just do your best. You must continue to improve your best). — 케네드 웨인 우드(Kenneth Wayne Wood)

다섯 살부터 피아노를 연주하고 열다섯 살부터 음악을 작곡한 우드는 신동 집단으로 분류되는 창조적 인간형이다. 스물세 살에 광고 회사를 설립한 이후 그는 수많은 영화 각본을 집필했고, 세 장의 음반을 출시했고, 『유전적 기억(Genetic Memory)』을 포함한 세 권의 공상 과학 추리 소설을 발표했고, 뮤지컬 〈어중간(Betwixt and Between)〉의 삽입곡 21편을 14일 만에 완성했다고 한다.

우드처럼 자신이 하는 다양한 일들을 전혀 어렵지 않다고 생각할 만큼 특출한 사람이라면 호탕한 최상급 큰소리를 칠 자격을 넉넉히 갖추었겠지만, 군중을 구성하는 대다수 사람들에게는 최선을 능가하는 삶이란 분명히 지나친 주문이요, 불가능에 접하는 힘겨운 고역이다. 나아가서 분수를 넘어서는 도전은 고통으로 삶을 몽땅 짓밟아버리는 형벌이 되기도 한다.

호메로스는 "인생에서는 가장 많은 부분을 소망이 차지한다(Life is largely a matter of expectation)"라고 했다. 가족과 주변 사람들 그리고 직장 동료들은 무엇인지를 나에게서 기대하고, 그들의 소망은 내가 해결해야 할 소임이요 책무가 된다. 더구나 자신에 대한 무한의 기대를 충족시키기는 쉬운 일이 아니다. 우리는 누군가의 기대를 저버리지 않으려는 노력에 인생의 가장 큰 부분을 할애하지만, 자유인에게는 남들의 모든 기대를 충족시켜야 할 의무가 없다.

"소중하다고 여기는 건 당연히 잘 지켜야 하고―혹시 운이 좋아 마음에 드는 삶의 길을 찾아낸다면, 그 삶을 당당하게 살아갈 용기를 내야 옳겠지(If you care about something you have to protect it―if you're lucky enough to find a way of life you love, you have to find the courage to live it)." ― 존 어빙(John Irving), 『오웬 미니를 위한 기도(A Prayer for Owen Meany)』

독일 작가 귄터 그라스의 소설 『양철북』의 주인공 오스카에게서 인물 구성을 차용했다고 어빙이 밝힌 오웬 미니는 어려서 발육이 중단되어 빽빽거리는 괴이한 목소리와 왜소한 체구 때문에 돌연변이 취급을 받는다. 하지만 그는 육신과 비대칭으로 지나치게 잘 발달한 두뇌로 인하여 단순한 별종이 아니라 군중과는 확실하게 차별화되는 특이한 아이다. 미래를 내다보는 예지력으로 그는 자신의 묘비에 새겨진 비문을 환상으로 보았고, 그래서 자신이 그리스도와 비슷한 신의 대리인이라고 믿고는, 하늘이 그에게 부여한 필생의 사명을 성취하려고 매진한다.

인생과 인간에 대한 믿음과 회의, 신앙과 독선의 양극이 만나는 정점에서 살아간 오웬 미니의 생애는 "살신성인의 생활화가 과연 진정으로 실용적인 삶의 이상인가"라는 원초적인 문제를 새삼스럽게 제기한다. 대중적인 인생 설계, 특히 이기적인 비종교인들의 냉철한 계산법에 크게 어긋나는 인생관이어서다. 많은 사람들이 느린 삶을 추구하는 요즈음, 극한에 이를 정도로 최선을 다하는 것만이 과연 현명한 삶의 지혜인지는 재고해야 할 명제다. 인생을 오직 사명일 뿐이라고만 여기며 두 주먹을 불끈 쥐고 꼭 치열하게 살아야만 하는지 의문을 갖게 하기 때문이다.

두려움에 끌려다니는 사람은 항상 계산하고, 계획하고, 준비하고, 제자리를 지키느라고 바쁘다. 그는 인생을 그렇게 몽땅 낭비한다 (A fear-oriented man is always calculating, planning, arranging, safeguarding. His whole life is lost in this way). — 오쇼 라즈니시(Osho Rajneesh), 『여성의 지침서(The Book of Woman)』

영적인 지도자로서 한때 지두 크리슈나무르티와 쌍벽을 이루었던 인도의 구루 라즈니시는, 1960년대에 그가 이끄는 공동체가 지나치게 개방적인 성생활을 구가하느라고 물의를 일으켜, '성의 도사(sex guru)'라는 오명에 쫓겨 조국을 떠나 신대륙으로 건너갔다. 그는 추종자들과 더불어 1981년 오리건 주에서 목장을 사들여 그들만의 이상향을 건설했지만, 라즈니시 공동체에서 인근 주민들을 집단 식중독에 빠트려 괴롭히는 등 사이비 종교의 갖가지 행태가 만연했고, 그들의 비행을 수사하던 지방 검사를 암살하려는 음모까지 발각되어 결국 4년 만에 미국에서도 추방되었다.

물질주의와 과잉 경쟁에 지쳐 정신적인 가치관을 추구하려고 20세기 후반부터 미국에서는 동양 사상, 특히 선불교(禪佛敎)에 대한 관심이 커졌는데, 이런 시대 조류에 편승하여 성공 비결을 상품화하는 심리 전도사들까지 부쩍 늘어나자 이른바 자아 성찰을 계몽하는 시장이 거대하게 형성되었다.

동양과 서양의 조급한 만남 속에서 명상 선구자로 활약하는 사상가와 심리 선동가의 경계가 애매모호해지는 현상도 나타났다. 이때 아류 철학자들이 제시하는 이상향 개념의 허상까지 출몰하는 영역에서 미묘한 줄타기를 벌인 인물이 라즈니시였다. 인용문에서처럼 그는 동양의 정적인 명상의 가치관보다는 서양 심리학의 적극적인 사고방식을 지향하는 공격성을 자주 드러냈다.

참으로 이상한 일이지만, 경험이 많고 똑똑한 사람들은 실패만 하는 반면에 무식하고 경험이 없는 사람들은 너무나 가당치도 않게 툭 하면 성공한다. 인생에서 우리에게 필요한 것은 무지와 자신감뿐이어서―그것만 있으면 성공은 식은 죽 먹기다(It is strange the way the ignorant and inexperienced so often and so undeservedly succeed when the informed and the experienced fail. All you need in this life is ignorance and confidence; then success is sure). ― 마크 트웨인(Mark Twain)

반어법의 명수가 한 말이니 뒤집어서 읽어야 진미가 우러나는 명언이다. 불가능한 일을 "불가능은 없다"며 "나는 할 수 있다"고 무작정 덤벼드는 만용은 경험을 통해 불가능이 무엇인지를 잘 아는 똑똑하고 용의주도한 사람들로서는 당해낼 길이 없다. 위험 부담이 큰 모험에서는 성공의 확률이 지식과 능력보다 도전하는 용기와 위기에 대처하는 감각이 좌우하는 탓이다.

C. 노드코트 파킨슨은 "가장 치명적 형태의 거역은 머뭇거림(Delay is the deadliest form of denial)"이라고 경고했다. 세월이 기다려주지 않아 시간은 속절없이 흘러가는데, 내가 머뭇거리는 동안 남들은 떼를 지어 계속 전진하면, 나는 제자리에서 뒷걸음질을 쳐 낙오한다.

우유부단한 현대인은 능력을 십분 발휘할 용기가 없고, 발휘하지 못하는 능력은 능력이 아니다. 아무리 출중한 기술을 익혀봤자 그것을 제대로 활용하려는 생산적인 의지가 없는 사람은 무능하다는 소리를 듣는다. 가시적인 실적이 나타나지 않으니 당연한 결과다.

320

자아를 실현하기보다는 모범적 자아의 개념을 찾느라고 많은 사람
들이 평생을 바친다. 자아의 실현과 개념의 구현 사이에는 큰 차이
가 있다. 대부분의 사람들은 오직 개념에 맞춰서만 살아간다(Many
people dedicate their lives to actualizing a concept of what they should be like, rather
than actualizing themselves. This difference between self-actualization and self-image
actualization is very important. Most people live only for their image). ―『인생의 예
술가 리샤오룽(Bruce Lee: Artist of Life)』

유명하기로 치면 20세기 세계 최고의 무술인이었던 영화배우 리샤오
룽(李小龍)은 미국인들에게 별천지 동양으로부터의 지혜를 전해주는 정신적
인 우상이었다. 절권도(截拳道) 자체보다는 정신력에 관한 신비주의적 경구
(aphorisms)의 설파에 열성이었던 터여서 여러 권의 저서를 남긴 그는 머뭇거려
야 할 분기점에 끊임없이 봉착하는 인간이 모름지기 취해야 할 마음가짐에 대
하여 "꾸준한 실천을 해야 한다"고 교장선생님처럼 고리타분한 훈계를 한다.
"무엇인가에 대하여 생각만 하느라고 너무 많은 시간을 보내면 절대로 그
일을 해내지 못한다. 적어도 한 발자국씩이나마 날마다 확실하게 목표를 향해
나아가야 한다(If you spend too much time thinking about a thing, you'll never get it
done. Make at least one definite move daily toward your goal)." 그러나 리샤오룽의
진부한 공식에서 역시 이현령비현령이 이율배반적 정답이다.

도움이 된다면 받아들이고, 쓸모가 없으면 버리되, 그대의 독특한 무엇인가를 보태야 한다(Absorb what is useful, discard what is useless and add what is specifically your own). — 리샤오룽(Bruce Lee), 『도를 찾는 지혜(Wisdom for the Way)』

　사고방식이 동양적이건 서양적이건 누구나 자신만의 주관은 뚜렷해야 한다는 주장이다. "생각이 사람을 만든다(As you think, so shall you become)"라는 인과의 법칙 때문이다. 서양인들이 즐겨 삶의 지침으로 인용하는 리샤오룽의 인기 어록은 이러하다.

　"현명한 해답으로부터 바보가 배우지 못하는 것을 현자는 어리석은 질문으로부터 배운다(A wise man can learn more from a foolish question than a fool can learn from a wise answer)."

　"알기만 해서는 부족하니, 활용해야 한다. 의지만으로는 부족하니, 행동해야 한다(Knowing is not enough, we must apply. Willing is not enough, we must do)."

　"편한 삶을 달라 하지 말고, 고달픈 삶을 견디어낼 힘을 달라고 하라(Do not pray for an easy life, pray for the strength to endure a difficult one)."

　"원칙을 따르되 속박을 당하지는 말라(Obey the principles without being bound by them)."

　"실수는 언제라도 용서가 가능하지만, 잘못을 인정하는 용기가 전제 조건이다(Mistakes are always forgivable, if one has the courage to admit them)."

저 멀리 달을 가리키는 손가락이 그렇다. 손가락만 열심히 쳐다보면 하늘의 온갖 찬란함은 눈에 들어오지 않는다(It's like a finger pointing away to the moon. Don't concentrate on the finger or you will miss all that heavenly glory). — 리샤오룽(Bruce Lee), 『놀라운 생각들, 나날을 살아가는 지혜(Striking Thoughts: Wisdom for Daily Living)』

인용문이 어쩐지 귀에 익은 듯싶은 느낌이 드는 까닭은 서양인들에게 생생한 지혜의 보물 창고처럼 여겨지는 동양의 온갖 금언과 격언을 리샤오룽이 변조하여 재활용한 작품들 가운데 한 조각이기 때문이다. 손가락에서 눈을 떼지 못해 휘영청 밝은 달을 볼 줄 모르는 사람들은 유아기, 학창, 청춘, 중장년, 노년으로 이어지는 인생의 다섯 단계를 거칠 줄 빤히 알기는 하지만, 코앞에 시선을 고정하고 살아가기에 급급하여 보름달이 높이 뜬 미래를 멀리 내다보려고 하지 않는다.

인생 5계를 이끌고 나아가는 대신 세상살이에 밀리기만 하는 아이와 부모는 학교와 학원을 맴돌며 성적에 목을 매달고, 대학에서는 취업을 준비하며 청춘을 다 보내고, 직장에서는 당장 먹고 사는 업무에 쫓겨 전성기를 소진한다. 그러고는 앙상한 노년의 겨울을 헐벗은 영혼으로 맞는다. 모두가 다 큰 계획을 준비할 안목이 없었던 탓이다.

평생 몸을 도사리는 생존자가 되느냐 아니면 위험하게 활개를 치는 자유인이 되느냐 하는 선택의 결정적인 시기는 대충 사춘기 무렵이다. 청춘 시절에도 집단과 융화하느냐 아니면 곡예사처럼 혼자 줄타기 모험을 벌이느냐 하는 선택의 여지가 아직은 남아 있다. 그러다가 나이 30부터 상승 집단과 하강 집단이 확연히 갈라진다.

"내가 아는 사람들 가운데 그는 엄청난 고난 속에서도 작은 행복 한 조각을 찾아낼 줄 아는 유일한 남자죠. 그는 어떻게 살아가야 할지를 더 이상 알지 못하고—그래서 그냥 살아 있다는 단순한 사실만으로도 기뻐한답니다(He is the only man I know who has known to extract a small happiness out of a great misfortune. He does not know any more what to do with his life—so he rejoices simply that he is still alive)." —에릭 마리아 레마르크(Erich Maria Remarque), 『3인의 전우(Three Comrades)』

제1차 세계대전 패전 직후 독일의 암울한 현실을 희비극적으로 그린 소설에서 생사를 함께 넘나들었던 전우에 대하여 허무주의자 주인공 로베르트가 병약한 상류층 여인 파트리체에게 하는 말이다. 한편 이웃에 사는 하쎄 부인에 대해서도 그는 비슷한 시각을 보인다.

"그녀는 삶에 대하여 불평을 하지 않았고 아무리 하찮을지언정 작은 행복을 감지덕지해야 한다는 사실을 잘 알았다. 행복이란 세상에서 가장 불확실하고 가장 비싼 대가를 치러야 하는 것이었다(She made no complaints against life and knew that one must make the best of it if one is to get even a little bit of what is called happiness. Happiness is the most uncertain thing in the world and has the highest price)."

저항이 불가능한 조건에서는 인간의 꿈과 야망이 극도로 작아져 부스러기 축복에 감사하게 된다. 바람직한 삶에 대한 모든 적극적인 관념은 극한 상황에 적용하기 어려운 배부른 소리다. 밑바닥 인생에서는 초인이 아닌 평범한 인간들의 끈질긴 생명력밖에 남지 않는다.

앞으로는 절대로 그보다 더 발전할 가능성이 없으리라는 사실을 마음속 깊이 느낄지언정, 현재로서는 최선을 다했음을 알면 그것으로 족하다(It's always good to know that you have been the best even though deep inside you know you will never be better than that). — 아나 클라우디아 안투네스 (Ana Claudia Antunes),『행복에 관한 모든 것(A-Z of Happiness)』

문학과 공연 예술 다방면에서 활동하는 브라질 여성 안투네스는 최선의 한계를 알고 그 한계까지 다다랐으면, 그것을 축복으로 여기고 만족하며 더 이상 욕심을 부리지 말라고 충고한다. 리샤오룽은 진취적 행동의 한계에 관한 서양의 극한 개념에 동양의 중용사상을 이렇게 병치시켰다.

"목표라고 해서 꼭 달성해야만 할 필요는 없고, 그냥 겨누기만 하는 과녁에 불과한 경우가 많다(A goal is not always meant to be reached, it often serves simply as something to aim at)." 인간의 한계를 넘어서는 지나친 도전을 거부할 권리가 우리에게 있음을 인정한 선언이다.

메흐멧 무라트 일단 또한 목표의 상한선을 인간이 자유 의지로 설정하는 권리를 존중해야 하다고 주장한다. "최고의 위치에 이르기 위해서는 꼭대기까지 기어 올라갈 필요가 없고, 그냥 상한선을 새로 정하기만 하면 간단하게 끝난다! 꼭대기를 그대의 상한선으로 받아들이지 말고, 그대가 좋아하는 높이를 상한선으로 삼아라!(To reach the top you don't have to climb up to the top; just define a height as the top, that's it, very simple! Don't let the summits determine your altitude; let the height you like be your summit!)"

"기껏 정상까지 올라가서 보면 모든 길이 내리막이라는 걸 알게 되죠! 그러니 똑똑한 우리가 왜 쓸데없는 짓을 하느라고 손 하나라도 까딱해야 한단 말인가요?(You climb to reach the summit, but once there, discover that all roads lead down! We are, after all, sensible folk, why should we want to do anything?)" — 스타니스와프 렘(Stanisław Lem), 『사이버리아드(The Cyberiad)』

폴란드의 웃기는 공상 과학 연작 소설에서는 우주 중세 인공두뇌나라의 ♂♀ 로봇들이 연애를 하는 짬짬이 틈을 내어 미물 인간들에게 기계 공학 기술로 행복을 생산하여 공급하려고 시도하지만, 허사로 끝난다. 외계의 지적인 첨단 기계 인간들조차 돕지 못하는 행복의 추구에 대하여 『우울함의 해부학(The Anatomy of Melancholy)』으로 유명한 영국 학자이며 옥스퍼드 대학교의 교구 목사를 지낸 로벗 버튼(Robert Burton)은 일찍이 이런 진단을 내렸다.

"욕심이 많은 인간들이, 연자매 방앗간의 개나 새장에 갇힌 새나 쳇바퀴를 돌리는 다람쥐처럼, 엄청난 힘을 들이고 끊임없이 초조해하면서, 여전히 기어오르고 또 기어오르지만, 절대로 정상에는 이르지 못한다(Like dogs in a wheel, birds in a cage, or squirrels in a chain, ambitious men still climb and climb, with great labor, and incessant anxiety, bur never reach the top)."

세상에는 오르고 또 올라도 아무나 함부로 못 오를 산이 있고, 열 번 찍어 안 넘어가는 나무도 있으며, 누가 아무리 지성을 쏟아도 하늘은 인간 때문에 감동하지 않는다. 달라지지 않을 미래에 대한 집념에 쫓기며 이상적인 자아를 잘못 추구하다가는 평생 자신을 학대하고 괴롭히기만 한다.

그대는 가장 멀리 있는 무엇을 갈구하기 때문에 별을 따려고 하늘로 손을 뻗는다. 자신의 깊은 내면으로 눈을 돌리면, 방향만 반대일 뿐 그대는 똑같은 무엇인가를 얻는다. 만일 양쪽을 모두 다녀온다면 그대는 우주를 품에 안은 셈이다(When you reach for the stars, you are reaching for the farthest thing out there. When you reach deep into yourself, it is the same thing, but in the opposite direction. If you reach in both directions, you will have spanned the universe). — 베라 나자리안(Vera Nazarian), 『영원한 영감의 일정표(The Perpetual Calendar of Inspiration)』

'불가사의 소설(wonder fiction)' 작가인 나자리안은 까마득하게 드높은 하늘로 올라가야만 인간이 추구하는 소망이 이루어진다고는 믿지 않는다. 밤하늘의 별들은 멀리서 올려다보면 영롱하게 반짝이는 보석 같지만, 수십 광년 동안 우주선을 타고 겨우 찾아가봤자 그곳은 필시 아무 쓸모가 없는 돌과 유황과 독가스뿐, 살벌하기 짝이 없는 황무지다. 그래서 나자리안은 "낯설고 머나먼 곳이 신기한 듯싶겠지만, 그곳 역시 누군가의 고향이요 앞마당"이라는 말도 했다.

파랑새 동화와 등잔 밑이 어둡다는 속담은 모두 늘 가까이 있다는 이유로 가장 소중한 사람과 사물을 소홀히 여기는 인간의 어리석음을 지적한다. 멀어야만 보물이 아니다. 멀거나 가까운 거리는 상대적인 개념에 지나지 않는다.

영국의 사회개혁가 제러미 벤담(Jeremy Bentham)이 한 말이다. "별을 딴다며 하늘로 손을 뻗기만 하다가 인간은 자칫하면 발치에 피어난 꽃의 존재를 잊고는 한다(Stretching his hand up to reach the stars, too often man forgets the flowers at his feet)."

솟아오르고 싶은가? 내려감으로써 시작하라. 구름을 뚫고 올라갈 만큼 높은 탑을 지으려 하는가? 우선 겸양의 기초부터 닦아라(Do you wish to rise? Begin by descending. You plan a tower that will pierce the clouds? Lay first the foundation of humility). — 히포의 성인 아우구스티누스(St. Augustine of Hippo)

인생에서는 성공하고 쟁취하며 승승장구 정상에 올라야만 대수가 아니다. 분수에 맞는 높이에 올라 만족할 줄 알면 인간은 충분히 행복해진다. 쉽게 오르지 못할 에베레스트나 겨울 설악 대청봉은 아닐지언정, 동네가 굽어보이는 나지막한 언덕에 올라 마음이 상쾌하고 즐거우면, 나에게는 그곳이 곧 정상이다. 나의 한계를 인정하는 자각은 자존심이 상할 일이 아니라 만족할 줄 아는 겸양의 미덕이다.

그리스 철학자 에피쿠로스는 "삶의 기쁨을 풍족하게 맛보려면 마음을 낮추라(Be moderate in order to taste the joys of life in abundance)"고 했으며, 멕시코 영화감독 기예르모 델 토로는 "불완전함 속에 겸양과 아름다움이 있다(There is beauty and humility in imperfection)"라고 했다. 사람들은 완전함보다 불완전함에서 인간미와 정감을 더 많이 느낀다.

여러 사람이 변조하여 대대로 우려먹은 "만사에 절제해야 하고, 특히 절제를 절제해야 한다(Moderation in all things, especially moderation)"라는 공식은 사랑에까지 적용되어, 줄리엣에게 홀린 로미오한테 수도사는 2막 6장에서 이렇게 타이른다. "그러니 적당히 사랑해야 오래 가느니라. 너무 빨리 서두를지라도 너무 느린 사랑이나 마찬가지로 더디게 온단다(Therefore love moderately; long love doth so;/Too swift arrives as tardy as too slow)."

로켓인지 뭔지 이건 또 어떤가. 우웅, 빠르긴 하겠지만…… 어딜 간
다고? 위로, 아주 높이, 달나라로 가거나, 어디 한심한 곳이겠지.
거긴 뭘 하러 갈까? 얼마나 높이 올라가야 속이 시원하다는 얘긴지
…… 도대체 왜들 그럴까?(Whata they got here now, a rocket or something.
Whoosh, fast… Where is it going? Up, how high, to the moon, some crazy place.
What do they want to go there? How high do they got to go … for what?) ─ 에드워
드 루이스 월란트(Edward Lewis Wallant), 『인간적인 세월(The Human Season)』

한밤중 불면에 시달리는 주인공의 머릿속을 오가는 잡념이다. 쉰아홉 살
에 아내를 잃고 정신적으로 기진맥진하여 자살 충동에 빠진 자포자기 현대인
에게는 인류가 오랜 세월에 걸쳐 추구해온 달나라 탐험 따위는 그냥 미친 짓에
지나지 않는다. 마음이 괴로운 자에게는 우주 정복보다 마주앉은 친구와 나누
는 한 잔의 술이 현실적으로 실속이 훨씬 큰 축복이다.

어떤 이들은 '정상인'이 보기에 왜 그러는지 도저히 이해가 가지 않는 엉뚱
한 짓을 하느라고 즐겨 시간을 낭비한다. 정신이 멀쩡한 사람들의 눈에는 멍청
하고 한심한 짓 같겠지만, 『기네스북』에 등재될 기록을 세우겠다며 양동이 200
개를 쌓아올리려고 기를 쓰는 사람을 왜 텔레비전에서 열심히 소개하는지 이
상하다고 생각하면 안 된다. 정작 희한한 짓을 하는 사람보다는 미친 짓을 한
다고 얼굴을 찌푸리며 누군가를 이상하게 생각하는 사람이 오히려 이상한 사
람일지 모른다.

쓸데없는 열정에서 기쁨을 느끼는 사람들은 행복하다. 인생을 낭비하며
즐길 줄 아는 지혜 또한 지극히 정상적인 용기다. 그런 사람들은 자살을 하지
않는다. 자살은 재미가 없기 때문이다.

"구경하느냐 아니면 참여하느냐, 그건 마음먹기 나름이야. 난 구경 꾼이 되겠어. 양쪽 다 되려고 하다가는 어느 한쪽도 제대로 성공하 지 못하거든(One can be either a spectator or a participant. I prefer being a spectator. Anyone who tries to do both does both imperfectly)." — 에릭 마리아 레마르크(Erich Maria Remarque), 『하늘은 아무도 특별히 사랑하지 않는다(Heaven Has No Favorites)』

자동차 경주에 목숨을 걸고 벼랑 끝 삶을 살아가는 클레어페이에게 친구 가 하는 말이다. 위험하고 강렬한 인생을 선택한 주인공은 결국 별로 신통치 않는 경기에 출전했다가 허무하게 죽는다. 간접 경험을 한다며 구경만 하는 독 자나 관객은 그런 사나이를 낭만적인 영웅이라고 생각한다.

세계 신기록을 세우겠다고 1,000cc 맥주 31개를 한꺼번에 어깨에 메고 40미터를 이동하거나, 예쁜 처녀를 수염에 매달아 들어올리거나, 세상에서 가 장 긴 국수가락을 뽑아내거나, 다리 사이에 공을 끼운 채로 물구나무를 서서 돌 아다니거나, 전기톱으로 맥주병 뚜껑을 따며 열광하는 사람들을 보고 혹자는 한심하다며 웃는다. 하지만 전속력으로 차를 몰다가 죽음을 맞는 레마르크 청 춘과 하찮은 짓을 하고 살아남아 열광하는 배불뚝이 중년 가운데 누가 더 현명 할까?

저마다의 인간이 수확하는 행복의 크기를 투자한 시간과 노력으로 나누 면 지혜를 수치로 계산한 정답이 나온다. 물구나무를 서느라고 들인 힘과 거기 에서 느끼는 즐거운 보람의 크기를 계산해 보면 쉽게 이해가 간다. 중년 물구 나무와 청춘의 헛된 죽음은 성취감의 값이 별로 다를 바가 없다.

내일 살고 싶은 인생을 얻기 위해서는 오늘 그대가 즐긴다고 생각하는 삶을 기꺼이 희생해야 한다(Be willing to sacrifice what you have today for the life that you want tomorrow). — 닐 스트라우스(Neil Strauss)

겨울에 먹어야 할 양식을 벌어서 미리 곳간에 쌓아놓을 생각은 하지 않고 없는 돈을 어디선가 얻어다 쓰기에만 바쁜 청춘더러 오늘의 허상을 버리고 미래의 실속을 챙기라며 타이르는 꾸지람이다. 젊음은 기성세대가 행복을 장만하느라고 과거에 들인 피땀은 보지 못하고, 성공한 어른들이 여봐란 듯 누리는 현재의 기쁨에만 눈독을 들이고 탐낸다. 그런 무분별함은 고생스럽게 버는 아픔과 즐겁게 쓰는 기쁨의 인과 관계를 파악하지 못하는 청춘이 감염되기 쉬운 돌림병이다.

학업 시간표로부터 이제 겨우 해방되어 왕성한 혈기의 지배를 받아가며 처음으로 삶을 제대로 즐기고 싶은 나이를 맞은 청춘들에게는 설계하고 절제하며 기다리는 인내를 권하는 진부하고 식상한 어르신 말씀이 귀에 잘 들어오지 않는다. 학교를 다니며 스승과 부모의 잔소리에 지치고 지겨워진 반항기에는 겪어보지 못한 노년의 쓴맛을 깨우치기가 무리일 수밖에 없다. 좌절과 실패와 후회의 학습에는 대단히 많은 시간과 훈련이 필요하다.

마음으로 공감하기 어려운 고리타분한 덕담은 쇠귀에 경 읽기다. 여태까지 스스로 생각하고 깨닫는 훈련을 허락하지 않던 자식들에게 갑자기 이제는 어른이 되었으니까 각성하라며 의무부터 지키라는 기성세대의 갑작스러운 주문은 권리를 추구하는 투쟁에 돌입하는 시기의 초조한 청춘을 설득하기 어렵다.

성공한 노년보다는 실패한 젊음이 낫다(It is better to be young in your failures than old in your successes). — 플래너리 오코너(Flannery O'Connor)

유전병으로 힘겨운 청춘 시절을 보낸 오코너가 왜 이런 소리를 했는지 납득이 가지는 하지만, 실패한 청춘이 무작정 행복할 리는 없다. 오죽하면 "아프니까 청춘"이라고 했을까. 성공한 젊음 또한 행복의 절대 조건은 아니다. 삶의 맛을 제대로 음미할 만큼 심성이 영글지 못했을 때 서둘러 성공하면 각고하는 보람의 의미를 알지 못해 즐거움이 마약의 몽롱한 기운에 일찍 시들기 쉽다. 성공의 행복을 다스리는 데도 이성의 지혜가 필요하기 때문이다.

그런가 하면 실패한 노년은 내리막길에서 미끄러지다 다시 기어오르기가 너무나 힘에 부쳐 비참하기 짝이 없다. 고달프고 불행하면 젊었건 늙었건 사람들은 자살을 하거나 그야말로 '죽지 못해서' 억지로 살아간다. 삶의 질은 나이하고 별로 상관이 없어서다.

늙은 삶보다야 젊은 삶이 찬란하게 발랄하고, 그러니 나이를 먹기 전에 가장 풋풋한 청춘 시절을 바닥까지 닥닥 긁어 여한 없이 즐기겠다는 계산은 인생을 편식하겠다는 무책임한 망상이다. 살아가는 다섯 단계를 거치면서 그때그때 모두 충실하도록 노력해야지 인생을 고깃덩이처럼 서너 토막은 잘라 내버리고 나머지만 골라 맛있게 먹는 선택의 자유는 우리에게 허락되지 않는다.

인생의 봄을 즐기며 꽃으로 피어나기만 하면 그만이라면서, 성숙의 가을에 열매를 맺어봤자 다른 동물들이 덤벼들어 모조리 따서 먹어치울 텐데 무슨 소용이냐고 코웃음을 치면 안 된다. 가을까지 살아 있기나 할지 알 길이 없다며 겨울 준비를 안 하는 짓은 자살을 설계하는 행위다.

우리에게 주어진 시간은 제한되어 있으니, 다른 사람의 삶을 사느라고 그 시간을 낭비해서는 안 된다. 다른 사람들의 사고방식이 빚어놓은 지침에 얽매여 끌려다니지는 말아야 한다. 우리 내면의 목소리가 타인들의 시끄러운 의견에 파묻히게 내버려두지 말라. 그리고 가장 중요한 점은, 내 마음과 통찰력을 따르는 용기다(Your time is limited, so don't waste it living someone else's life. Don't be trapped by dogma, which is living with the results of other people's thinking. Don't let the noise of others' opinions drown out your inner voice. And most important, have the courage to follow your heart and intuition). ― 스티브 잡스(Steve Jobs)

이제는 이름까지 표절을 당할 만큼 유명해진 방송인 배철수는 다수결의 결정을 거부하고 '나쁜 선택'을 해서 성공을 거둔 용기의 특출한 사례다. '기타쟁이'가 되기로 작정했을 때 그는 한국항공대학교에서 항공 전자 공학을 전공하는 학생이었다. 기타를 칠 때마다 너무나 즐거웠던 그는 어느 교수가 항공사에 취직하라며 추천서를 써주겠다고 했지만, 인생의 항로를 음악으로 돌렸다. 악기의 소리에 빠져 즐겁게 살 수만 있다면 굶어 죽어도 좋겠다는 반항적인 각오에서였다.

그는 병역을 마친 다음 미래가 불확실한 베짱이 음악을 천직으로 삼기 위해 때마침 방송국에 취직한 동생에게 가족 부양을 떠넘겼다. 당시의 사회 윤리 규범으로 따지자면 장남으로서는 차마 저질러서는 안 될 정도로 염치가 없고 비겁하기 짝이 없고 무책임한 불효 행위였다. 그러나 알고 보면 이것은 용감무쌍하게 꿈에 목숨을 거는 현명한 선택이었다.

결단은 자유를 찾으려는 용기에 뿌리를 내린 모험이다(Decision is a risk rooted in the courage of being free). — 폴 틸리히(Paul Tillich)

독일계 미국 신학자이며 실존주의자인 틸리히는 위험을 무릅쓰겠다고 나서는 선택의 용기가 자유로 직행하는 첫걸음이라고 밝혔다. 사람들은 선택을 사치스러운 권리로 여기지만, 사실은 막중한 의무다. 권리는 의무를 전제 조건으로 징수하기 때문이다. 자유를 권리로 선택하면 홀로서기의 의무를 세금으로 내야 한다. 음악인 배철수의 선택은 바로 그런 용기를 발휘한 모험이었다.

그가 평생 기타를 치며 살겠다고 작심했을 무렵의 대한민국은 대중문화의 암흑기였다. 건전한 새마을 운동에 어긋나는 저질 코미디, 불량 만화, 머리를 길게 기르는 퇴폐풍조가 모조리 단속 대상이어서 축출되었고, 병영 사회의 삭막한 시대가 펼쳐졌다. 대중 매체는 사회 비판의 기능이 거세되었고 영상물로는 이른바 '술집 작부(hostess)' 영화만 홀로 폐허의 전성기를 맞았다.

대중음악 또한 빙하기였다. 대마초 사건으로 서양 '팝송'이 초토화되고, 가수나 악단은 영어로 작명을 하면 활동이 불가능했고, 그나마 명맥을 유지하던 '뽕짝' 가요는 '불건전', '진부', '저속', '부정적'이라는 딱지가 붙어 수많은 노래가 방송가로부터 금지곡으로 구박을 받았다.

비약하는 경제 발전의 그늘에서 표현의 자유가 이렇듯 가사 상태로 함몰한 가운데 청년 저항의 전략 요충지인 대학가에서 지하 문화로 숨어든 통기타 음악에 인생을 걸겠다고 한 배철수의 각오는 아무리 실존주의 신학자라고 해도 '미친 짓'이라고 여겼을 듯싶을 만큼 분명히 위험하고 당돌한 일탈이었다. 하지만 그의 무모한 선택의 꽃은 여름 내내, 그리고 가을 늦게까지 만발했다.

자신의 삶에 대한 책임을 기꺼이 받아들이려는 마음은 자존감이 솟아나는 샘이다(The willingness to accept responsibility for one's own life is the source from which self-respect springs). ― 조운 디디온(Joan Didion), 『베들레헴을 향해 터벅거리며(Slouching Towards Bethlehem)』

배철수는 비록 멋쟁이 제복을 걸친 비행사가 되지는 않았을지언정 항공대 졸업생답게 '활주로' 악단을 타고 이륙하여 '송골매' 전성기를 거쳐, 칠순이 머지않은 나이에 지금은 30년째 〈음악 캠프〉를 치고 날마다 두 시간씩 한없이 행복하게 신이 나서 하늘을 날아다닌다. 활주로 시절에 그는 아마도 남들이 어렵다고 꺼리는 길로 나서면, 인적이 드문 어느 구석엔가 잠복해 숨어 있어서 사람들의 눈에 띄지 않고 기다리는 소중한 기회를 만나리라는 섭리를 짐작조차 못했을 듯싶다.

짐작컨데 그는, 발악하듯 어디다 대고 속 시원히 아우성을 쳐보고 싶은 욕구 불만의 청춘들을 대신하여 악기로 소리를 두들겨 부수는 직업이 자신에게 주어진 소명이라고 요란하게 의식하지는 않았겠고, 어떤 숭고한 철학적인 이념이나 사상을 신봉하고 생활화하는 인물도 아니었다. 배철수는 누군가를 미칠 듯 사랑하는 사람처럼 그냥 무작정 좋아서 베짱이를 했다.

만일 조종사가 되었더라면 지금쯤 그는 벌써 은퇴를 했어야 마땅한 나이다. 베짱이 형을 위해 대신 부모를 부양하겠다고 흔쾌히 동의했던 착한 개미 동생 또한 방송국 생활을 마감했다. 그런데 베짱이 형은 아직도 날마다 방송국에서 목소리를 하늘로 날려 보낸다. 그것이 단독 비행을 하는 용감한 사람에게 주어지는 축복의 선물이며, 이 또한 인생의 순리다.

우리가 감히 모험을 벌이지 못하는 까닭은 어려운 일이기 때문
이 아닙니다. 우리가 감히 도전하지 않기 때문에 어려워질 따름입
니다(It's not because things are difficult that we dare not venture. It's because we
dare not venture that they are difficult). ― 루키우스 안나이우스 세네카(Lucius Annaeus
Seneca), 『스토아 철학자의 가르침(Epistulae Morales ad Lucilium)』

시칠리아 태수 루킬리우스에게 보낸 편지에서 세네카는 자신에게 주어진
삶의 멱살을 잡고 길들이기를 두려워하면 안 된다고 꾸짖는다. 『바람과 함께
사라지다』에서 마거릿 밋첼은 "고난은 사람을 만들기도 하지만 망가트리기도
한다(Hardships make or break people)"고 했다. 똑같은 조건에서 망가지는 사람
과 강해지는 사람이 따로 있으며, 성공과 실패를 결정짓는 요인은 조건이나 상
황보다 인간 자신이라는 뜻이다. 물론 밋첼은 가난과 전쟁에 무너지기보다는
억척스럽게 더욱 분발하여 승리를 쟁취하는 스칼렛 오하라의 편이었다.

존 A. 셰드(John A. Shedd) 교수는 어록집 『촌철살인(Salt from My Attic)』에
서 "선박은 항구로 들어가면 안전하지만, 사람들은 그러려고 배를 만들지는 않
는다(A ship is safe in habour, but that's not what ships are built for)"라고 뒤통수를
친다. 인생의 제3 단계인 청춘은 도약과 도전의 계절이다. 꿈과 야망은 어차피
절반조차 이루어지기 어렵고, 아예 실패로 마무리를 할 확률이 더 크다. 그러니
이왕이면 최대한 큼직한 꿈을 키워야 한다.

인생이란 지우개가 없이 그림을 그리는 예술이다(Life is the art of drawing without an eraser). — 존 W. 가드너(John W. Gardner).

12장
운명을 설계하는
권리와 책임

인생은 평생 다듬고 엮으며 살아가는 기나긴 예술 행위이기는 하지만, 마음에 들지 않거나 후회가 된다고 해서 어느 한 부분을 나중에 지우고 마음대로 수정하는 작업은 허락되지 않는다. 선행 학습의 실험이 불가능한 현상이기 때문에 그렇다.

우리는 지난날들을 처음부터 새로 살아볼 기회를 구할 길이 없고, 과거의 궤적은 영원히 사라지지 않는다. 그렇건만 현재와 미래만큼은 과거하고는 달리 살아보려는 모험은 가능하다. 과거에 내린 나쁜 선택은 나중에 얼마든지 바로잡을 길이 항상 열려 있어서다. 그러나 삶의 궤도를 수정하는 특권은 강력한 자유 의지를 행사할 줄 아는 용감한 사람에게만 허락된다.

살던 인생이 마음에 들지 않아 나는 내 삶을 새로 만들었다(My life didn't please me, so I created my life). ― 코코 샤넬(Coco Chanel)

혁명을 일으켜 잃어버린 내 인생의 주권을 되찾겠다는 독립 선언의 표본이다. 샤넬은 혼자 해방을 찾는 데서 그치지 않고 1차 대전 직후 전 세계 여성이 코르셋을 벗어던지며 간편하고 경쾌한 옷차림으로 다시 태어나 길거리로 뛰쳐나오도록 도와주는 혁명을 주도했다.

인간이 세상에 태어나서 독립성을 찾으려는 주관이 처음 뚜렷하게 구성되는 나이가 세 살과 다섯 살 사이의 기간이라고 혹자는 말한다. 자연 발생적인 창의력이 가장 왕성한 나이로 알려진 이 시기에는 생존 본능이 워낙 치열하고 강해서 아이들은 옳고 그름을 떠나 자신을 지키려는 욕구에만 충실하여 때로는 죄의식조차 없어질 정도로 비인간적 잔인성을 드러내기도 한다. 그러나 유아기에는 너무 어려서 혁명을 실천할 능력과 수단 방법이 없다. 뿐만 아니라 초등 교육을 통해 사리를 판단하는 능력이 생기면서 창조적인 파괴의 용기가 차츰 삭아버린다.

두 번째 혁명의 고비를 맞는 사춘기 청소년은 경제적으로 독립하기가 어려워 역시 대부분 반항을 포기하고, 소수의 경우에만 가출 형태로 탈출을 감행한다. 이때 독립 혁명을 포기한 대다수 개체들은 사회적 논리와 합리성의 지배를 받아 차츰 자유 의지가 눌려 상상력의 분방함이 집단 길들이기에 위축되고, 규범의 틀에 갇혀 획일 제품으로 제련된다.

세 번째 혁명의 기회는 삶의 진로를 결정하고 취업할 때 찾아오고, 네 번째 시도는 중년에 이르러 삶의 궤도를 수정하려고 창업을 도모하는 모험에 임하면서 마지막으로 가장 왕성하게 이루어진다.

인간이 저지르는 가장 부질없는 짓은, 어떠어떠한 사정들이 특정한 방향으로 그의 미래가 흘러가도록 영향을 주지만 않았더라면, 그가 다른 선택을 하여 어떤 인생을 살았을지 모른다고 아쉬워하며 속을 끓이는 것이다(The most futile thing a man can do is to ponder the alternatives, to stew and fret over the life that might have been lived if circumstances had not pointed his future in a certain direction). — 윌리엄 스타이론(William Styron), 『냇 터너의 고백(The Confessions of Nat Turner)』

인간은 자신이 어떠한 삶을 살아야 할지를 결정할 무수한 기회가 태어나서부터 30년 동안이나 주어진다. 그 30년 사이에는 지금 살아가는 인생이 마음에 들지 않으면 언제라도 진로를 바꿀 권리가 허락되건만, 대부분 사람들은 자신에게 선택의 의무가 세금으로 부과되었다는 사실조차 모르고 살아간다. 그래서 50년에 이르는 나머지 세월 동안, 용기가 없어서 기회를 저버린 데 대한 밀린 세금을 과태료까지 보태서 납부해야 한다.

인생의 진로는 현재가 미래로 흘러가야 할 방향을 설정한다. 그것은 길을 떠날 때 미리 결정해야 할 사항이지 목적지에 다다른 다음 뒤늦게 잘잘못을 따질 실험의 참고 자료가 아니다. 키에르케고르는 "인생은 풀어야 할 숙제가 아니라 겪어야 할 현실이다(Life is not a problem to be solved, but a reality to be experienced)"라고 했다. 현실은 지우개조차 없이 그려야 하는 그림과 같은 현재의 상황이며, 현재는 미래에 결정해도 되는 목표가 아니다. 과거를 미래에 기획하는 인생은 순서가 어긋난다.

그대 자신이 터득한 지식의 울타리 속에 자식을 가두면 안 되는 까닭은 아이가 다른 시대에 태어났기 때문이다(Don't limit a child to your own learning, for he was born in another time). ― 라빈드라나트 타고르(Rabindranath Tagore)

세상에 태어난 지 닷새밖에 안 된 아이가 영국이나 에스파냐나 독일에서 축구 선수로 활약한다거나 조수미 같은 성악가로 성공하거나 프란츠 카프카 같은 작가가 되겠다는 인생 설계를 하기는 불가능하다. 그래서 세상을 알지 못하는 아이를 위해 처음에는 부모가 대신 일상적인 계획들을 세운다. 육아 단계에서는 그것이 당연하고 자연스러운 순리다.

아이의 미래가 어디로 흘러가야 하는지를 결정하는 영향력을 가장 크게 행사하는 요인은 부모다. 어떤 아이가 어른이 된 다음에 살아야 할 인생을 다른 어른이 미리 설계하는 일은 순리가 아니다. 벌써 인생을 한참 살아버린 부모가 그들이 죽은 다음 지금과는 많이 달라질 세상에서 훨씬 더 오래 살아야 할 자식의 종신 시간표를 짜놓으면 시대착오를 일으킨다.

많은 부모들이 실험 삼아 살아본 그들의 인생을 자식에게 대를 이어 답습하도록 강요하는 까닭은 그들이 이룩해놓은 업적이 오래오래 후세에 길이 빛나기를 바라는 마음에서이겠지만, 미래의 삶을 과거로부터 복제하는 모순된 순서는 퇴행이다.

아이는 부모가 이르지 못한 곳까지 도약할 잠재성을 지닌 존재다. 오랜 세월 누덕누덕 다듬고 기워놓은 낡아빠진 기성세대의 지식은 한때 빛나는 자랑거리였겠지만, 새로운 시대의 사고방식은 새로운 언어를 사용한다.

아이의 학습 기능은 선생보다 또래들의 특성을 닮는다(A child's learning is a function more of the characteristics of his classmates than those of the teacher).
— 제임스 S. 콜맨(James S. Coleman)

하향식이 아닌 수평적 소통에 아이들이 쉽게 응하는 까닭은 그것이 그들 자신의 언어이기 때문이다. 무엇이 올바른 삶인지를 지시하는 스승의 말은 비판하거나 거역할 자유가 넉넉하지 않은 반면에 같은 시대의 언어는 알아듣기가 훨씬 쉽고, 동세대의 대화에서는 거부권이 허락된다.

일방적인 명령과는 달리 쌍방향 교감에서는 자신의 의사 표현과 선택이 자유롭고, 평등한 대화에서는 내가 결론을 정한다는 자율권이 작동한다. 그래서 저마다의 세대는 그들의 인생을 서술하는 새로운 지도(地圖)를 점검해가며 그들에게 편하고 쉬운 길을 찾아간다.

자율권이 침해를 당한 아이는 선택권을 빼앗긴 운명이 유발하는 실패에 대한 책임을 지지 않으려고 한다. 정작 결정권을 행사한 어른들이 마무리를 지어주지 않는 판국에, 자신이 내리지 않은 결정 때문에 방향을 잃은 인생을 아들딸이 누구의 탓으로 돌리겠는가. 잘못된 선택으로 망가진 자식의 평생을 대신 떠맡아 복원시킬 각오를 하지 못할 바에는, 부모가 섣부르게 도와준다며 간섭하지 않는 편이 오히려 현명한 선택인 경우가 많다.

아이가 제 삶의 길을 찾아낼 때까지 준비하도록 도와주는 차원을 넘어, 죽을 때까지 어떤 직업에 몸을 바쳐 살라고 부모가 종신형을 선고하는 최후의 결정권을 휘두르는 일방통행은 부모와 자식 어느 편을 위해서도 별로 바람직한 일이 아니다.

아이들은 어른의 말씀에 좀처럼 귀를 기울이지 않지만, 어른 흉내를 내는 기회만큼은 절대로 놓치지 않는다(Children have never been very good at listening to their elders, but they have never failed to imitate them). ― 제임스 볼드윈(James Baldwin)

생존 학습을 위한 동물의 본능이 인간의 유전자에 기록된 탓이겠지만, 아이들은 좋은 일이건 나쁜 일이건 어미의 행동을 그대로 따라 하면서 성장한다. 직업의 경우조차 대물림을 굳이 강요하지 않아도 부모의 존경스러운 삶이 탐탁해 보이면 아이들은 그냥 닮고 싶어서 자발적으로 승계한다.

하지만 부모가 설계하는 선행 학습과 성장의 준비 작업은 자칫 진정한 삶의 주체인 아이의 정신적인 발육을 억압하거나 자립심을 무력화하는 부작용을 일으킬 위험성이 크다.

그런가 하면 "나처럼 살지 말라"고 말리는 부모 또한 많다. "배운 것도 없고 가진 것도 없어서 밑바닥 인생을 살았다"며 한이 맺혀 아들딸을 출세시키려고 교육열을 불태우는 부모들이 여기에 속한다. 그러나 자존감이 강한 청춘은 삶의 행로를 결정할 때 성공했거나 실패한 부모의 삶을 기준으로 삼지 않고, 기성세대를 좋거나 나쁜 교본으로 삼아 미래에 적용하지를 않는다.

나 자신의 소신과 타고난 능력과 정서적인 성향에 맞는 삶을 찾으려는 청춘은 이렇게 다짐한다. "나는 나처럼, 나답게, 나의 시대에 맞춰 살겠다." 내가 가야 할 길은 내가 찾아서 가겠다는 아이들은 반항하고 가출을 해서라도 뜻을 행동으로 옮긴다. 못된 아이는 어떻게 키워도 대부분 그냥 나쁜 길로 가고 될성부른 아이는 온갖 역경을 혼자 이겨내며 올바른 길을 찾아간다.

"젊은이는 꿈을 영원히 포기하지 않고, 늙은이는 이루어진 적이 없는 꿈을 회상한답니다. 중년층만이 자신의 한계를 인식하고— 그렇기 때문에 우리는 그들에게 인내심을 보여야 하죠(The young have aspirations that never come to pass, the old have reminiscences of what never happened. It's only the middle-aged who are really conscious of their limitations— that is why one should be patient with them)." — 사키, H. H. 먼로(Saki, H. H. Munro), 『레지날드(Reginald)』

산업화가 이루어지기 이전 우리나라에서는 "밤새 안녕하셨나요"나 "진지 잡수셨습니까"가 가장 흔한 일상적인 아침 인사였다. 전란에 시달리며 험한 꼴을 당하지 않고 무사히 하룻밤을 넘겼는지, 혹시 끼니를 거르지는 않았는지 이웃의 '안부安否'가 궁금한 염려에서였다.

그렇게 험난한 나날을 살았던 세대는 아들딸이 어서 안정된 자리를 잡았으면 하고 바라는 조급한 마음에 사람들은 "너는 커서 무엇이 되고 싶냐?"고 인생 설계를 하루라도 빨리 마련하라고 재촉한다.

세계에서 가장 살기 좋은 나라들 가운데 하나인 덴마크에서는 어른이 아동들에게 장래 희망이 무엇인지를 절대로 묻지 않는다고 한다. 변덕이 죽 끓듯 하는 사춘기 아이들은 어린 나이에 판단력이 부족하여 어느 길로 가야 할지 막막할 터인데, 그들에게 진로를 물어봤자 그럴싸한 해답이 나오지 않겠기 때문이다. 잠을 잘 준비가 안 된 아이에게 자꾸 꿈을 꾸라고 주문하면, 아이는 한밤중이 되어도 초조해서 잠이 오지 않는다.

결혼하기 전에 나는 육아에 대하여 여섯 가지 원칙을 세웠었지
만, 아이가 여섯이 생긴 지금은 어떤 이론도 믿지 않는다(Before I got
married I had six theories about raising children; now I have six children and no
theories). — 로체스터 경(Lord Rochester)

이론과 실제는 걸핏하면 상충하기 마련이어서, 육아 방법론에는 확실한
정답이 없어 보인다. "오냐, 오냐" 해가면서 아이의 소망을 모조리 다 들어주고
방임했다가는 버르장머리가 없어지겠어서 때로는 선의의 참견이 필요하지만,
어느 집단에서나 나이와 계급의 고하를 막론하고 훗날 벌어질 일에 대한 책임
마저 떠맡지 못할 상황에서는 간섭을 하지 않아야 갈등이 줄어든다.

영화 〈타이타닉〉으로 유명해진 영국 여배우 케이트 윈슬렛의 일침 충고
다. "아들딸 훈육은 정말로 바보 같은 짓이어서, 야단을 맞은 반항적인 아이는
돌아서자마자 결국 하고 싶은 대로 하고, 덤으로 부모를 미워하게 된다. 내가
낳은 자식들이 나를 미워하는 꼴만큼은 사양하고 싶다."

웬만한 잔병은 병원에 가지 않고 그냥 내버려두면 몸이 알아서 저절로 치
유하듯이 아이는 시시콜콜 남들이 걱정하지 않아도 웬만한 문제들을 자신의
뜻에 따라 혼자 처리하며 성장한다. 기본을 제대로 갖추고 본분을 지킬 줄 아
는 청춘은 자신의 판단이 야기하는 부작용을 자연스러운 성장통이라고 여겨
기꺼이 감수한다. 그리고 최선을 다했는데 자식이 잘못되면 부모는 마음으로
야 괴로워할지언정 죄의식을 느낄 의무가 없다. 인생은 결국 주인이 책임을 져
야 하기 때문이다.

대대로 물려받아온 여러 시대의 지혜를 추구하되, 아이의 눈으로 세상을 보라(Seek the wisdom of the ages, but look at the world through the eyes of a child). ― 론 와일드(Ron Wild)

    과거의 명언이 50년 묵으면 곯아서 망언이 되기도 하고, 토막 지혜들 또한 저마다의 길거나 짧은 시효를 넘기면 가치가 소멸한다. 과거의 묵은 때가 덮이지 않아 편견과 왜곡의 농간을 당하지 않는 아이의 눈에는 세상의 본질이 있는 그대로 보인다. 내가 주도하는 감각으로 반응하고 이해하며 문제를 단순하게 보는 시각은 해답의 핵심을 쉽게 찾아낸다.

    판단 기준과 행동 양식은 나이에 따라 필요조건에 맞춰 단계적으로 달라진다. 그래서 아이는 아이답게, 청춘은 청춘답게, 어른은 어른답게, 노인은 노인답게 살아야 한다. 아이더러 어른처럼 "이기적인 원칙만 따르며 살라" 하지 말아야 하고, 무분별한 피가 끓어오르는 청춘이 노인처럼 무기력하고 지혜롭게 처신하기를 기대하면 실망할 가능성만 커진다. 그리고 청춘처럼 살려고 안간힘을 쓰는 노인을 보면 젊은이들은 눈살을 찌푸린다.

    1946~1998년 사이에 50개 국어로 번역되어 5천만 부가 넘게 팔린 『육아전서(Baby and Child Care)』의 저자인 미국 소아과 의사 벤자민 스팍(Benjamin Spock)은 "자동차에 비유하자면 운전은 부모가 해줘야 하지만 동력은 아이가 제공한다(In automobile terms, the child supplies the power but the parents have to do the steering)"라고 했다. 아이의 동력이 꺼지면 부모가 아무리 운전대를 열심히 돌려봤자 인생의 자동차는 꼼짝도 하지 않는다. 아이에게 어른의 삶을 강요하지 말아야 하는 이유다.

아이가 노는 모습을 보면 그림을 그리는 화가를 너무나 닮아서, 놀이를 하는 동안 아이는 말 한마디 입 밖에 내지 않으면서도 수많은 이야기를 한다. 우리는 그가 어려운 문제들을 어떻게 해결하는지를 확인할 수가 있다. 무엇을 잘못하는지도 보게 된다. 아주 어린 아이들의 경우에는 특히 엄청난 창의력을 발휘해서, 그들이 자유롭게 노는 동안 내면에 존재하는 모든 힘이 표면으로 떠오른다(You see a child play, and it is so close seeing an artist paint, for in play a child says things without uttering a word. You can see how he solves his problems. You can also see what's wrong. Young children, especially, have enormous creativity, and whatever's in them rises to the surface in free play). — 에릭 에릭손(Erik Erikson)

혹시 떨어져 다칠까봐 직접 실험해보기는 어렵겠지만, 갓 태어난 신생아의 손을 철봉에 얹어주면 한 손으로 붙잡고 매달려 한참씩 버틴다고 한다. 생후 1년이 안 되어 체중이 3킬로그램 미만인 아기는 자신의 체중보다 두 배나 무거운 6킬로그램의 악력을 발휘한다.

이토록 놀라운 육체적인 힘을 타고난 아이는 자신에게 닥친 원시적인 문제들을 몸 대신 머리를 써서 도구로 해결하기 시작하면서부터 '초능력'을 상실하는 단계로 접어든다. 다시는 신생아의 완벽한 동물적 경지로 돌아가지 못하는 인간은 일부러 설계한 갖가지 운동을 해서 잃어버린 힘을 인공적으로 복원한다.

위기에 반응하는 육신의 순발력은 두뇌의 순발력으로부터 지배를 받는다. 그리고 아기 인간은 부모의 보호를 받는 사이에 생존을 위한 독자적인 판단력을 행사할 필요성을 신속하게 상실한다.

새로운 무엇을 창조하는 힘은 내적인 욕구에 따라 작동하는 놀이의 본능이지 지능이 아니다. 창조적인 마음은 좋아하는 대상들을 골라서 놀이를 벌인다(The creation of something new is not accomplished by the intellect but by the play instinct acting from inner necessity. The creative mind plays with the objects it loves). — 카를 구스타프 융(Carl Gustav Jung), 『심리 유형(Psychological Types)』

인간은 지적인 동물이어서라기보다 유희의 욕구 때문에 창조력을 발휘한다는 정신 분석가의 진단이다. 사람들이 시간 가는 줄 모르고 놀이에 몰입하거나 전자오락과 도박에 쉽게 중독되는 까닭은 그런 활동이 인생살이에서 가장 중요한 승부의 기술을 재미있게 학습하고 연마하려는 본능을 충족시키기 때문이다.

경쟁은 약육강식의 자연계에서 동물이 살아남으려는 본능의 으뜸 신호다. 유인원 시절부터 대대로 이어진 반복 체험을 거쳐 축적된 유전 인자의 정보가 갈망하는 모든 놀이의 주제는 경쟁이다. 씨름과 승마와 궁술 따위의 전 세계 각종 민속놀이를 위시하여 대량 학살이 살벌하게 벌어지는 전자오락 전쟁은 하나같이 내기에 이기고 살아남는 생존 연습의 모형이다.

인류 진화의 역사를 축소형 암석층처럼 첩첩으로 입력시킨 동물 유전자가 우월성을 증명하려고 가장 절실하게 호출하는 제1번 원동력은 생존을 위한 투쟁의 격발 장치다. 자식의 학업 경쟁에 핏발을 세우며 열을 올리는 부모들이라면 취학 이전에 경쟁력을 키우는 선행 학습이라고 할 놀이를 말리고 반대할 명분이 없다. 놀이가 아이들에게는 인생에서 가장 중요한 공부이기 때문이다.

사람들이 자꾸만 나에게 묻는다. "당신은 그런 희한한 광고의 영
감을 어디에서 얻나요?" 그러면 나는 언제나 아주 아리송한 대답
을 해서, 샤워를 하는 동안 번갯불처럼 순간적으로 머리에 떠올랐
다거나 하느님이 나타나서 알려주었노라고 둘러댄다. 사실은 두
뇌가 놀러 나간 사이에 벌어지는 일이다. 창조란 그런 것이어서 —
지성이 즐겁게 노는 시간이다(People always ask me, "How do you come up
with those wild advertising ideas?" And I always say something very mystical, like I
had a flash in the shower or God appeared. The fact is that my brain goes out to play.
That's what creativity is — intelligence having fun). ― 조이 라이먼(Joey Reiman), 『성공
지침서(Success: The Original Hand Book)』

　　라이먼은 두뇌더러 나가 놀라고 고삐를 풀어주면 창조의 기적이 일어난
다고 주장한다. 이것은 광고 분야에만 국한된 현상은 아니고, 그림과 소리와 글
로 무엇인가를 생산하면서 희열을 누리는 예술인들이 늘 실감하는 진실이다.
　　기발한 착상은 골방에 앉아 남들이 어떻게 비슷한 문제를 해결했는지 정
보를 찾아내 모방하려고 인터넷을 피곤하게 뒤지다가 요행히 힘겹게 건져내는
횡재가 아니다. 그보다는 피곤해서 무거워진 머리를 데리고 밖으로 나가 산책
이나 여행을 하며 혼자 "아무것도 안 하고 쉬는" 시간을 즐길 때, 규칙과 공식에
얽매이지 않고 해방된 가장 홀가분한 상태에서, 온갖 찬란한 환상과 어휘와 구
상이 하늘과 땅으로부터 분수처럼 폭발한다.
　　상상력과 창의력으로 밥벌이를 하는 자유인들이 일을 즐기면서 놀고먹는
사람으로 보이는 까닭은 벽돌을 쌓거나 도로를 건설하는 육체노동과는 달리
작업 실적이 눈에 잘 보이지 않기 때문이다.

놀이는 공부를 하다가 쉬는 시간이 아니다. 놀이는 끝없이 즐겁고 매력적이고 실용적이며 본격적인 학습이다. 그것은 아이의 마음으로 들어가는 문이다(Play is not a break from learning. It is endless, delightful, deep, engaging, practical learning. It's the doorway into the child's heart). ― 빈스 가우몬(Vince Gowmon), 『아이들의 창의적인 정신에 불을 지펴라(Let the Fire Burn: Nurturing the Creative Spirit of Children)』

"과학에서 새로운 발견을 알리는 가장 신나는 외침은 '유레카!'가 아니라 '재미있구나!'다(The most exciting phrase to hear in science, the one that heralds new discoveries, is not 'Eureka!' but 'That's funny!')." 창조가 재미에서 비롯한다는 아이작 아시모프의 공식이다.

가우몬은 "놀이는 부모가 상상조차 못할 정도로 아이를 잘 키워주기 때문에, 놀이에 맡겨두면 자식의 정신적 발달에 대하여 별로 걱정 따위는 하지 않아도 된다"고 주장했다. "놀이는 아이가 먹고 자라는 토양이어서, 때가 되면 알아서 아이들이 자연스럽게 꽃으로 피어나게 한다"는 이유에서다. 놀이를 통해 아이는 "무엇에도 집착하지 않으며 즐거운 마음으로 창조하고, 목적지가 없더라도 탐험에 나서고, 복잡하게 따지지 않으며 즐기는 삶의 길을 찾아낸다."

그렇기 때문에 부모는 아이더러 "그만 놀아라" 말리는 대신 "더 놀아라" 해야 하며, 이왕이면 부모가 같이 놀아주라고 가우몬은 권한다. 아들딸과의 놀이는 일이 아니고 즐거움이다. "일에 방해가 된다"며 아이와 놀지 않는 어른은 아이더러 "공부에 방해가 되니까 놀지 말라"고 잘못 가르친다.

내가 가장 어려워하는 몇 가지 물리학 문제를 길거리에서 노는 아이들이 풀 줄 아는 까닭은 오래전에 내가 상실한 여러 감각적 인지 방식을 그들이 갖추고 있기 때문이다(There are children playing in the streets who could solve some of my top problems in physics, because they have modes of sensory perception that I lost long ago). ― J. 로벗 오펜하이머(J. Robert Oppenheimer)

전쟁의 정치가 소기하는 바와 진리를 탐구하는 순수한 학문의 목적 사이에서 힘겨운 수난을 겪었던 '원자 폭탄의 아버지' 오펜하이머는 아직 체계적으로 분석하고 해석하는 능력을 습득하지 못한 아이들이 머지않아 똑똑해지면서 상실하게 될 예리한 감각의 인지 모형을 언급한다.

이론으로 증명하기 어려운 난해한 현상을 아이들은 단순한 통찰력으로 쉽게 이해한다. 지적 발달이 진행되면서 아이들은 이런 천부적인 재능을 잃게 되고, 그들의 황당한 상상력에 담긴 무한 잠재력은 어른들로부터 간섭과 면박과 통제를 받고 오염되어 일찌감치 시들어버린다.

장 피아제는 "'새로운 온갖 것들이 어떻게 생겨나는가?'라는 질문에 대한 해답은 놀이"라고 말했다. 모든 발견과 발명이 놀이에서 태어난다는 뜻이다. "놀이는 예상치 못한 상황들에 대비하는 훈련"이라고 주장한 사람은 진화 생물학자 마크 베코프(Marc Bekoff)다. 길거리에서 노는 아이들은 육체적으로 그리고 정신적으로 완전 무장 상태로 생존의 싸움터에 임하는 생명체다. 터무니없는 소리 같겠지만, 그러니까 길에 내놓으면 행여 아이들이 다칠까봐 부모들은 걱정하지 않아도 된다.

즉흥 연주, 작곡, 글쓰기, 미술, 희곡, 발명, 모든 창조 행위는 놀이의 다양한 형태이며, 인간 성장 주기의 출발점인 놀이는 위대한 원시적 생존 기능들 가운데 하나다. 기교 자체가 놀이에서 비롯한다. 창조적인 작업은 놀이다. 놀이에서 인간은 사람, 동물, 사물, 개념, 영상, 그리고 우리 자신과 상호 관계를 맺는 참신한 온갖 기술을 발휘한다(Improvisation, composition, writing, painting, theater, invention, all creative acts are forms of play, the starting place of creativity in the human growth cycle, and one of the great primal life functions. Technique itself springs from play. Creative work is play. In play we manifest fresh, interactive ways of relating with people, animals, things, ideas, images, ourselves). ― 스티븐 나크마노빗치 (Stephen Nachmanovitch), 『삶과 예술의 즉흥 연주는 자유로운 놀이에서 시작된다(Free Play: Improvisation in Life and Art)』

온갖 놀이에는 성취감을 고양하는 승부가 걸려 있기 때문에 아이들은 즐겁게 노는 동안 몸과 마음이 단련되는 한편으로 여러 사람과 어울리며 심리적으로 어떻게 소통해야 하는지, 그리고 집단 속에서 어떻게 경쟁해야 하는지를 자연스럽게 배운다.

《타임》이 2009년의 주요 인물 100인 가운데 한 사람으로 선정한 사회학자 니콜라스 크리스타키스(Nicholas A. Christakis)는 나크마노비치의 주장에 이렇게 살을 붙인다. "아이들이 놀지 못하게 하면, 세상을 이해할 권리를 거부하는 셈이다." 놀이터는 싸움터이며 학비가 들지 않는 배움터다.

모든 아이에게는 떡으로 빚을 흙과, 메뚜기와, 물방개와, 올챙이와, 개구리와, 민물거북과, 딱총나무 열매와, 산딸기와, 도토리와, 알밤과, 기어 올라갈 나무와, 철벅거리며 건너다닐 개울과, 수련꽃과, 땅다람쥐와, 박쥐와, 벌과, 나비와, 쓰다듬어줄 온갖 동물과, 풀밭과, 솔방울과, 굴려버릴 바위와, 모래밭과, 뱀과, 땃들쭉 장과와, 말벌이 필요하며, 이런 것들을 박탈당한 아이들은 교육의 가장 중요한 부분을 빼앗긴 셈이다(Every child should have mud pies, grasshoppers, water bugs, tadpoles, frogs, mud turtles, elderberries, wild strawberries, acorns, chestnuts, trees to climb, brooks to wade, water lilies, woodchucks, bats, bees, butterflies, various animals to pet, hayfields, pine-cones, rocks to roll, sand, snakes, huckleberries and hornets; and any child who has been deprived of these has been deprived of the best part of education). ― 루터 버뱅크(Luther Burbank), 『사람나무 길들이기(The Training of the Human Plant)』

식물 개량 연구에 정진했던 미국 원예가 버뱅크는 약간 구시대적인 인물이기는 하지만, 인공 교육 시설에서보다 자연의 교육장에서 인간이 훨씬 더 많은 지혜를 배운다는 그의 가르침은 어린 시절 시골 고향에 대한 그리움을 아끼는 사람들에게 피부가 오글거릴 정도로 공감을 불러일으킨다.

옷이 더러워진다고 흙장난을 하지 말라며 아이들을 야단치는 과보호 부모는 방부제로 완벽하게 살균 처리를 한 듯싶은 현대식 실내 교육의 살벌함에 면역이 되었고, 그래서 더러워진 옷은 빨면 그만이지만 사람나무의 성장에 풀한 포기의 가르침이 얼마나 소중한지를 계산할 줄 모른다.

놀이는 아이의 행복과 어른의 명석함으로 통하는 왕도다(Play is the royal road to childhood happiness and adult brilliance). — 조셉 칠톤 피어스(Joseph Chilton Pearce)

피어스나 마찬가지로 조기 교육에 관한 십여 권의 저서를 펴낸 제임스 마임스(James L. Mymes, Jr.)는 "우리의 미래가 필요로 하는 자유분방하고, 솔선수범하고, 실천에 앞장서는 그런 유형의 인간을 놀이가 키워낸다(Play builds the kind of free-and-easy, try-it-out, do-it-yourself character that our future needs)"고 했다. 어린 시절 놀이의 경험이 미래를 위한 투자라는 시각이다.

살아 있는 교육이라고 하면 생활과 직결되는 실용적인 가르침이나 체험을 곁들인 현장 교육이 아닐까 싶은데, 그렇다면 놀이야말로 아이들에게는 가장 훌륭한 산 교육이다. 놀이를 통해 아이들은 미래의 인생살이에서 피가 되고 살이 되고 뼈가 되는 생존술과 더불어 처세술을 익힌다.

인생은 다양한 전략과 전술을 구사하며 평생 이어가는 하나의 기나긴 전쟁이다. 아이는 놀이를 하는 동안 다양한 형태로 축소판 전쟁을 벌인다. 그래서 놀이는 시간 낭비가 아니라 몸과 머리를 가장 능동적으로 부지런히 가동해야 하는 입체적인 활동이다.

어릴 때 놀면서 배우는 승부와 경쟁의 이치는 어느 연령층의 삶에서도 활용이 가능하다. 어린 시절의 경험은 평생 동안 직장 생활과 시장 경제의 구조 속에서 끝없이 거듭거듭 되풀이될 상황들의 예행연습이다. 놀이를 못하게 막으면 아이가 미래를 준비하지 못하게 방해하는 셈이다.

놀이는 공감과 협동의 감각을 예리하게 세련하여 …… 사회적인 고립을 해소하는 해독제 역할을 한다(Play sharpens our talent for empathy and collaboration … it's the antidote to social isolation). — S. 에벌리(S. Eberle)

처세술은 세상살이를 헤쳐나가는 여정에서 만나야 할 수많은 사람들에 반응하는 기술이다. 개별적인 상황에 맞춰 정확하게 대처하는 방식을 선택하는 순발력은 최고 수준의 신속한 판단에 따라 적응하는 반작용이다. 영감과 순발력은 이론보다 실제 체험에 주로 의존해야 하는 본능이다.

공감과 협동의 놀이는 어울림의 재능이나 사교성이 부족하여 외톨이가 되기 쉬운 성향의 사람들에게 고립을 해소하는 사후 해독제보다 훨씬 중요한 사전 예방의 효과를 낸다. 학교나 직장 같은 사회의 하부 구조에서 따돌림을 당하고 배척을 받는 사람들의 대인 기피증은 인간에 대처할 능력이 부족하다는 열등감에서 기인하는 경우가 많다. 우리는 저마다 확고한 개성과 독립성을 갖춰야 마땅하지만, 타인과의 정서적 유대와 화합을 수립하는 조건 역시 성공적 사회생활의 필수 요소다.

여럿이 함께 어울려 즐기는 놀이에서 아이들은 우열의 편 가르기보다는 평등한 협동의 관계에 익숙해진다. 그러다가 학교와 학원을 다니며 취학 아동들은 우등과 열등의 전쟁에 돌입하여 경쟁하고 배척하는 기술을 배운다.

경쟁적 인간관계에서 공격과 방어를 적절히 유연하게 구사하려면 시와 때를 가리는 감각이 필요하다. 다른 사람들과 경쟁하고, 소통하고, 싸우고, 화해하고, 타협하고, 공존하는 기술은 다른 사람들을 직접 만나고 서로 반응하는 방식으로만 학습이 가능하다.

아이들은 놀아도 된다는 권리를 부르짖어야 하는 황당한 날이 오리라고는 꿈속에서조차 나는 상상해본 적이 없다(Never in my wildest dreams could I have imagined we would have to defend children's right to play).

— 낸시 칼슨-페이지(Nancy Carlsson-Paige)

영화배우 맷 데이몬의 어머니이며 초등 교육 분야에서 왕성한 활동을 벌여 '선생님들의 선생님'이라는 칭호를 얻은 칼슨-페이지 박사는 당연한 일이 왜 당연하지 않게 되었는지를 묻는다.

교실에서 초등학교 아이들은 한 명의 선생으로부터 지식을 일방적으로 내려받아가며 점수로 우열을 가리는 경쟁을 벌인다. 그러다가 50분의 공부를 끝내면 10분씩 운동장으로 나가 여러 아이들이 함께 어울려 놀며 인생에 대하여 교실에서보다 훨씬 다양한 공부를 한다. 옛날에는 그랬다.

생존과 경쟁의 전술을 공부하는 가장 효과적인 산 교육의 길잡이는 틀에 맞춰 논리적으로 설계하고 생산한 모형이나 지침서보다는 다각적인 여건에 처해 그들의 심리가 시시각각 어떻게 작용할지 알 길이 없는 여러 다른 인간과의 만남이다. 인간에 얽힌 문제는 인간과 인간이 머리를 맞대고 풀어야 하는데, 놀이는 대인 관계의 순발력을 키우는 거의 모든 단서를 제공한다.

운동장에서는 실시간으로 벌어지는 경쟁과 화합의 모든 요소가 자연스럽게 함께 배합된 환경이 이루어지고, 긍정적이거나 부정적인 체험에서 얻은 실용적인 온갖 정보는 유기적으로 혼합되어 미래를 준비하는 효소를 마련한다. 그런데 아이들의 운동장 시간은 날이 갈수록 줄어들고, 교실에서는 야간 학원 공부에 지친 몸들이 선생님의 자장가에 나른해져 낮잠을 잔다.

독창성을 키우기는 어려울지 모르지만, 그 싹을 자르기는 쉽다. 규칙을 제한함으로써 부모들은 아이에게 스스로 생각할 용기를 심어주었다(Creativity may be hard to nurture, but it's easy to thwart. By limiting rules, parents encouraged their children to think for themselves). — 애덤 그랜트(Adam Grant)

조직 심리학의 권위자 그랜트 교수가 《뉴욕 타임스》에 게재한 글이다. 지나치게 엄격한 구조의 틀에 박혔거나 규칙 위주로 작동하는 환경은 창조적인 사고에 불을 지피지 못한다는 견해다. 학교에서 가장 창의적인 상위 5퍼센트 아이들과 별로 독창성이 없는 아이들의 가정 환경을 비교한 보고서를 인용하면서 그랜트는 평범한 아이들의 부모가 가정에서 평균 여섯 가지 주요 규칙을 지키도록 주문하는 반면에 창의적 아이들에게는 부모가 하나 미만의 '가훈'을 가르친다고 밝혔다.

아직 판박이 교육의 제약을 받지 않는 미취학 단계에서 저절로 드러나는 적성은 아이가 가장 행복해질 삶의 방향을 밝혀주는 표지판이다. 즐기고 놀면서 어린 시절을 보내는 동안 아들딸이 잠재적 재능을 발현하고 적성을 저절로 드러내기를 기다려주는 대신 "너는 자라서 어떤 사람이 되라"고 부모가 직업까지 일찌감치 지정해주는 순간에 아이는 인생의 소유권을 잃는다.

영화배우 로렌 바콜은 "계획에 맞춰 사는 인생은 죽어버린 삶(A planned life is a dead life)"이라고 했다. 부모가 설계하고 골라서 강제로 떠맡기는 삶은, 특히 부모가 실패한 꿈을 대신 성공시키라고 강요하는 경우, 과장이 좀 심한 비유를 하자면, 영혼과 자유 의지를 상실한 몽유병자처럼 껍데기만 남은 채로 치러야 하는 기나긴 형벌이다.

모든 아이는 예술가다. 어른이 된 다음까지 아이가 어떻게 화가로 남아 있겠느냐, 그것이 문제다(Every child is an artist. The problem is how to remain an artist when he grows up). — 파블로 피카소(Pablo Picasso)

귀엽고 발랄한 아들딸의 일거수일투족을 구석구석 뒤져 어딘가 특출한 면이 털끝만큼이나마 보이면 많은 부모들이 "내 아이는 틀림없이 천재"라고 속단하여 당장 조기 교육을 시킨다. 영재를 만드는 맹렬한 작업에 부모가 돌입하는 그 순간부터 아이의 천재성은 시들기 시작한다. 단체 교육을 시작하면서 아이는 유일무이한 존재이기를 포기하고 집단의 구성원으로 전락하는 탓이다.

피카소는 "창조성의 주적은 상식이다(The chief enemy of creativity is bon sense)"라고 했다. 누구나 다 아는 "흔해 빠진 상식(common sense)"을 프랑스어로는 '좋은 감각(bon sense)'이라고 한다. 창조적인 천재성은 좋거나 나쁘다는 개념, 옳거나 그르다는 상식적인 기준을 초월한 경지다.

피카소는 "전문가답게 규칙들을 익히고, 예술가답게 그 규칙들을 거역하라(Learn the rules like a pro, so you can break them like an artist)"고 했다. 그래서 "어떤 화가들은 태양을 노란 점으로 그려놓지만, 다른 화가들은 예술성과 지성의 도움을 받아 노란 점을 태양으로 탈바꿈시킨다(There are painters who transform the sun to a yellow spot, but there are others who with the help of their art and their intelligence, transform a yellow spot into sun)."

우리들이 가르치는 방법으로 아이가 배울 수 없다면, 아마도 아이들이 배우는 방법에 맞춰 우리가 가르쳐야 옳지 않을까 싶다(If a child can't learn the way we teach, maybe we should teach the way they learn). ― 이그나치오 '나초' 에스트라다(Ignacio 'Nacho' Estrada)

경험론과 사회 계약론으로 유명한 영국 계몽주의 사상가 존 로크(John Locke)는 "선생은 가르치기보다 명령을 하는 편이 쉽다(It is easier for a tutor to command than teach)"라고 했다. 17세기에는 그런 하향식 일러주기가 교육의 전형적인 원칙이었다. 그러나 "웃음과 사랑으로 아이들을 가르치겠다"고 수많은 학교를 찾아다니며 순회공연을 한 텍사스의 복화술사 에스트라다는 하향식 대신 상향식 맞춤형 교육 방식을 적극적으로 지지했다.

창조적 인간은 하향식으로 양성하기가 어렵다. 놀이를 즐기면서 혼자 생각하고 결정하는 순발력을 익힐 산 교육의 기회를 모두 낭비해버리고 나서, 누구나 다 균일하게 받는 집단 교육에 맡겨 자식에게 독창성을 배우도록 하겠다는 학부모의 무리한 욕심은 자연의 섭리에 역행하는 착오다. 학교와 학원은 남들이 만들어놓은 교재를 가지고 붕어빵을 찍어내듯 상식을 배양하는 일종의 대량 생산 형태의 공장이다. 영재가 아니었고 천재는 더더욱 아니었을 선생들이 교실에서 영재와 천재를 줄줄이 양산할 가능성은 지극히 희박하다.

좋은 상식이란 평범한 사람들에게는 재산이지만, 피카소처럼 무엇인가를 창조하는 천재나 예술가에게는 공공 소유물인 판박이 지식은 속성이 아니요, 특성은 더더구나 아니다.

357

불신은 실패와는 비교가 안 될 만큼 많은 꿈을 짓밟는다(Doubt kills more dreams than failure ever will). ― 수지 카셈(Suzy Kassem)

실패를 흔히 절반의 성공이라고 계산하는 까닭은 실패한 이유를 알아내면 방향을 바꿔 성공으로 가는 가능성이 잘 보이기 때문이다. 성공을 위한 연습이요 훈련이나 마찬가지인 실패는 사람에 따라 고무적인 자극의 효과를 낸다. 반면에 불신은 전염병과 같아서, 부모가 불신하는 아이들은 자신을 덩달아 안 믿게 되어 독창성을 포기한다. 아무리 노력해봤자 자꾸 야단만 맞을 바에야 차라리 성공하려는 노력을 중단하는 편이 현명해서다. 뿐만 아니라 불신을 당한 아이의 마음속에서는 애써 성공하여 부모에게 성취감을 안겨주고 싶지 않다는 반항적 복수심까지 머리를 들기 쉽다.

시도했다가 실패할 기회는 주지 않고 자식이 얼른 성공하지 못한다며 불신하는 부모의 꾸짖음은 일종의 횡포다. 세상 경험이 일천한 아들딸은 여러모로 부족하고 미덥지 못해야 오히려 당연한 일인데, 어수선하고 황당한 자식의 꿈과 희망을 어떤 이유에서이건 가소롭거나 비현실적이라는 이유로 자신감을 꺾어버리며 무작정 포기하라고 강요한다면, 그것은 어린 영혼을 굶겨 죽이는 격이다. 어떤 삶을 살아가겠는지 결정할 자유와 더불어 그 삶을 감당하는 책임 또한 부모는 자식에게 일찌감치 넘겨줘야 편하다. 어른이 시키는 대로 했다가 실패하면 아이는 망가진 인생에 대하여 아무런 책임감을 느끼지 않는다.

사람들이 물을 주어 화초를 키운다지만, 인간은 물뿌리개로 도와줄 뿐이고 식물은 저 혼자 제 마음대로 죽거나 자란다. 천재 또한 스스로 자라는 동안 스승은 물을 뿌려주기만 한다. 똑똑하다고 어른이 믿어주면 아이는 총명함을 증명하려고 점점 더 열심히 노력하여 천재를 닮아간다.

358

실수를 저지르는 자유를 포함하지 않는 자유란 아무런 가치가 없다
(Freedom is not worth having if it does not include the freedom to make mistakes).

— 마하트마 간디(Mahatma Gandhi)

부모가 자식에 대하여 지켜야 할 도리는 무엇일까? 한 살배기 아기가 철봉에 혼자 매달려 버티리라 믿어주고, 다섯 살에는 아이가 엎어지면 혼자 일어나기를 참고 기다리며, 일곱 살에는 과자를 골라주는 대신 자식이 자유 의지를 발휘하여 군것질거리를 선택하도록 구멍가게 훈련을 시키고, 열 살에 이른 아들딸에게는 공부 시간과 방법을 자율적으로 설정하게 독려하고, 열다섯 살부터는 인생의 시간표를 짜주는 대신 청춘이 생활 설계를 직접 하도록 기성세대가 허락해야 훗날 집안의 세대교체가 원활하게 이루어진다.

때가 되면 어련히 다 알아서 제 발로 길을 찾아 미래를 향해 나아갈 다섯 살 난 아이더러 현재를 보류하고 거꾸로 장래 희망부터 먼저 설계하라고 강요하면 그것은 아들딸이 모르기 때문에 저지르는 실수의 자유를 용납하지 않는 결과를 가져온다. 그것은 아직 미완성 상태에서 하루하루의 삶을 가꾸어나가는 자식에게, 인생의 지침서를 한 권 몽땅 다 암기하고 나서, 평생 벌어들일 재산에 대한 유산 상속 서류를 작성해놓은 다음에야 어린이 놀이터로 나가도 된다고 강박하는 셈이다.

아이들더러 까마득한 미래에 벌어질 상황에 미리 대비하라고 다그치는 부모의 주문은 세상물정에 찌들지 않은 세대가 미지의 영역에 대하여 모를 수 있는 권리를 박탈하고, 묻지 말아야 할 책임까지 추궁하는 학대 행위다.

자식이 말을 듣지 않는다고 걱정하기에 앞서서, 아이가 나를 지켜본다는 사실부터 신경을 써야 한다(Worry not that your child listens to you; worry most that they watch you). — 로널드 하이펫츠(Ronald Heifetz), 『세상과 조직을 바꾸는 전술(The Practice of Adaptive Leadership: Tools and Tactics for Changing Your Organization and the World)』

바람직한 부모의 본분이란 무엇일까? 마음에 드는 아이가 되라고 자식들한테 요구하기 전에, 마음에 드는 어버이라며 자식이 본받고 싶어 하는 부모가 먼저 되어 있어야 순서가 맞는다. 성공하거나 실패한 자식의 모습은 곧 내 모습을 비추는 거울이어서, 모범을 제시하지 못한 나는 실패한 자식을 나무랄 자격을 잃는다. 나부터 탐탁해지고 나면 자식은 그냥 내버려두어도 알아서 바람직한 인간형을 추구한다. 훌륭한 어른의 본보기 말고는 보고 배울 바가 눈앞에 없기 때문이다.

프랑수아 로슈푸코는 "본보기란 전염성이 워낙 강해서, 우리가 훌륭하거나 나쁜 무슨 언행을 보여주면 따라 하는 사람들이 줄지어 나타난다"고 했으며, 도박사 출신의 병리학자 브루스 밴 혼(Bruce Van Horn)은 "아무리 많은 설교를 해봤자 아이들은 귀를 기울이지 않고, 그들의 눈앞에서 우리가 살아가는 방식만 눈여겨 지켜본다"고 경고했다.

그래서 모르몬교 지도자 브리검 영(Brigham Young)은 "우리 아이들이 하지 말았으면 하는 짓은 우리 자신부터 절대로 저지르지 않아야 한다(We should never permit ourselves to do anything that we are not willing to see our children do)"고 일깨워주는가 하면, 19세기 미국 종교인 드와이트 L. 무디(Dwight L. Moody)는 "멋진 명언보다 훌륭한 본보기가 먼저"라고 교훈의 서열을 정했다.

성장하는 아이가 올바른 길로 가기를 원한다면, 가끔 한 번씩은 그대 자신이 그 길을 가봐야 한다(To bring up a child in the way he should go, travel that way yourself once in a while). ― 조시 빌링스(Josh Billings)

　　자식이 올바르고 행복한 삶을 살아가도록 이끌어주는 부모의 역할은 아이한테 선택권의 폭을 유연하게 넓혀주라는 뜻이지 손목을 잡아끌고 한 가지 길만을 고집스럽게 강요하라는 말이 아니다. 어른이 아이에게 생각하고 판단할 시간과 여유를 주지 않고, 한눈을 팔지 않도록 말리기만 하는 타성은 아이에 대한 어른의 의무를 권리라고만 착각하는 사고방식에서 비롯한다. 아이의 소신이 얼마나 타당한지 점검조차 하지 않으면서 어른이 아이를 도와주기는 결코 쉬운 일이 아니다.

　　부모의 도리는 혼자서 자유를 쟁취할 능력이 없는 아이로 하여금 자립심을 갖추도록 응원하고 도와줘야지, 홀로서기를 제압하려는 의지력의 경쟁심은 바람직하지 못하다. 구멍가게 훈련을 통해 아이가 어떤 과자를 좋아하는지 어른이 알아내기가 쉽듯이, 아이가 가려는 길로 부모가 몸소 찾아가서 자식의 상상 속까지 들어가 보면, 그제야 어른은 아이처럼 꿈을 꾸는 본능을 복원한다.

　　한 가족 안에서는 기성세대가 성장기 자식에게 물리적인 공간과 더불어 정신적인 자유 공간을 존중해주는 여유를 베풀면 소통이 원활해진다. 발언권을 보장받은 아이의 입이 저절로 열리기 때문이다. 상대방의 자존감을 지켜주는 마음가짐은 남의 인생을 빼앗지 말고 내 인생을 강제로 떠맡기지도 않겠다는 양보와 타협에서 기초가 마련된다. 요즈음 사람들은 이것을 '눈높이 맞추기'라고 한다.

다른 사람의 생각이 잘못이라고 몰아붙이려는 고집은 부족한 자신감의 소치다. 나에게 부족함이 없으면 우월감을 증명하려고 아무한테도 내 소신을 강요하지 않는다(Lack of confidence is what makes you want to change somebody else's mind. When you're OK, you don't need to convince anyone else in order to empower yourself). ― 제이다 핑킷 스미드(Jada Pinkett Smith)

존재감이 부족하다는 이유로 자신을 사랑하기 힘들어하는 사람들은 나의 참된 가치를 알지 못하는 탓으로 손해를 보며 살아간다. 일반적인 성향으로 따지자면 자신을 미워하는 사람은 내친 김에 모든 타인을 미워하기 쉽고, 자신을 사랑하면 자신감이 충만하여 만인을 사랑하면서 믿어주는 여유가 생기지만, 나를 믿지 못할 때는 못 미더운 온 세상을 경계하고 배척하는 지경에 이른다.

올바른 길을 선택할 능력이 내 아이에게 없으리라고 불신하는 어른은 혹시 나 자신을 불신하는 마음이 위험할 만큼 심각한 수준이 아닌지 점검하는 예방 조치가 필요하다. 자식을 믿지 못하는 어른의 마음은 자신을 믿지 않는 불신의 변형일 가능성이 크고, 자존감이 부족한 사람은 자립심을 솔선수범하기가 어려운 탓이다.

나만의 시간과 세상을 가져보지 못한 까닭에 내 인생이 실종되었다고 느끼면서 자식이 대신 소망을 이루어주기를 바라는 욕심은 아이의 시간과 인생을 빼앗는 행위로 변질되기 쉽다. 자식의 효도는 선물과 마찬가지여서, 아들딸이 그냥 주고 싶어 하면 삶을 풍성하게 키우는 빛과 소금이지만, 부모가 달라고 하여 억지로 받아내면 빛과 세금이 된다.

한 곳에만 머물러 살아가야 할 존재들이었다면 인간에게는 한 쌍의 발 대신 뿌리가 달렸어야 옳다(If we were meant to stay in one place, we'd have roots instead of feet). — 레이첼 월킨(Rachel Wolchin)

아이를 낳아 키워본 사람이라면 태어난 지 얼마 안 되는 어린 아들딸이 작디작은 다섯 손가락으로 내 검지를 처음 움켜잡던 순간의 감격을 좀처럼 잊지 못한다. 미켈란젤로의 천지창조 천장화에서 하느님과 인간이 손가락으로 생명을 주고받는 영적 교감을 연상시키는 이 체험은 남녀를 불문하고 부모로서 평생 느끼는 가장 소중한 희열 가운데 하나다.

두 살 난 아이가 걸음마를 하느라고 내 손을 놓고 혼자 일어서는 순간에 부모는 다시 감격한다. 아이가 손을 잡을 때와 놓아줄 때 부모는 모두 기뻐한다. 본능적 인간 심리는 이렇듯 만남과 헤어짐의 시기에 어떻게 적절히 반응하고 대처해야 하는지 온갖 신호를 유전자에 기록해 놓았다. 하지만 아기의 손과 발이 취하는 결단에 대한 부모의 축복은 거기까지다.

인간이 뿌리를 내리고 한 곳에 정착하는 대신 손과 발을 진화시킨 까닭은 낯선 곳을 탐험하려는 이동 수단이 필요해서였다. 엉금엉금 기어서 또는 뒤뚱뒤뚱 걸어서 어디론가 자꾸만 달아나려는 부산한 다섯 살 골칫거리 아이는 혼자만의 나라를 찾아가는 탐험가다.

온갖 호기심을 충족시키려고 실험을 감행하는 아이가 자꾸 말썽을 피워 번거롭다고 식물처럼 뿌리를 달아 심어놓으려는 과민한 속박은 인류의 진화를 막으려고 후손들의 발등에 못을 박아놓는 처사다.

처음에 우리는 부모의 아이였다가, 아이들의 부모가 되고, 부모의 부모 노릇을 하다가 자식들이 돌봐주는 아이가 된다(First we are children to our parents, then parents to our children, then parents to our parents, then children to our children). ― 밀튼 그린블랫(Milton Greenblatt)

천수를 다하는 인간의 정상적 생애는 역할을 바꿔가며 부모와 자식이 3대로 엮이는 형태를 취한다. 인생을 세 토막으로 나눠보면 첫 30년은 부모의 도움을 받아가며 내가 성인으로 자립하는 기간이요, 두 번째 30년은 가정을 꾸리고 부부의 생존과 자식 키우기를 책임지는 험난한 세월이며, 환갑을 넘기고 내가 무력해지면 자식이 마지막 30년 동안 보살펴줘야 하는 차례가 닥친다. 옛날에는 그것이 당연한 인류의 쳇바퀴라고 모두들 생각했었다.

그렇게 육아와 부양의 임무를 수행하는 입장이 전환되는 분기점에서 그때그때 주어진 역할을 부모와 자식이 어떻게 수행하느냐에 따라 가족이 공유하는 삶의 질이 엄청나게 달라진다. 의존과 보호의 책임을 교대로 떠맡는 과도기를 맞으면 동행과 견제의 심리적 균형을 유지하기가 곡예에 가까울 만큼 어려워진다. 받기에만 익숙해진 마음이 주려는 베풀기에 서툴러 손익 계산서를 자꾸만 잘못 작성하기 때문이다.

30년을 세 차례 거치는 사이에 인생의 환절기마다 부모와 자식은 양측의 주체성이 충돌하면서 세대차라는 고통스러운 위기를 맞는다. 갈등과 화합의 완충이 잘 이루어져 위기를 벗어나면 두 세대는 역경을 함께 타개해 나가는 평생 전우가 되고, 이해관계가 엇갈리면 철천지원수가 된다.

364

달라붙는 집착은 온갖 망상을 촉발시키는 근원이어서, 실체를 보려는 사람은 거리를 둘 줄 알아야 한다(Attachment is a fabricator of illusions and whoever wants reality ought to be detached). — 시몬 베유(Simone Weil), 『중력과 은총(Gravity and Grace)』

'집념(attachment)'은 매달리는 정서요 그와 반의어인 '초연함(detachment)'은 떨어지고 벗어나는 마음이다. 무엇엔가 진정으로 가까워지기 위해서는 먼저 어느 정도는 포기할 줄 아는 여유가 도움이 된다. 초탈하여 멀어지는 생각의 거리만큼 인간은 마음의 평정을 얻어, 달라붙으려는 집착의 비논리적 억지와 위험으로부터 안전해지고, 만족감의 양과 질은 벗어난 거리만큼 향상된다.

거리 두기는 체념이나 단념 그리고 포기와 비슷한 유형의 무관심이라고 오해를 받기 쉽지만, 본질적으로는 화합과 행복으로 가는 지름길이다. 나무만 보지 않고 숲을 제대로 보려면 풍경이 작아지도록 최대한 멀찌감치 뒤로 물러나야 하듯이, 기대치를 최소화하여 소망으로부터 마음이 멀어지면 정신적인 보상을 극대화하는 효과를 얻는다. 바라는 바가 적을수록 얻는 기쁨이 커진다는 이치 때문이다.

독립된 두 개체는 서로 도움을 줄 여력을 갖추지만, 서로 의존하려고 들러붙으면 결국 폐해를 주고받다가 양쪽이 공멸한다. 부모와 자식의 관계가 그러하다. 매달리고 업혀서 같이 가는 두 사람은 적이 되기 쉬운 반면에 떨어져서 따로 같은 길로 나아가면 동지가 된다. 결별보다는 결속을 위해 절반의 이별을 준비해야 할 시점에서는 자식과 부모가 동시에 독립하여 같은 출발점에 선다. 그렇게 두 세대는 같이 가면서 따로 가야 한다.

자유가 없는 삶은 영혼이 없는 육신과 같다(Life without liberty is like a body without spirit). — 칼릴 지브란(Kahlil Gibran), 『영혼이 가는 길에서(The Vision: Reflections on the Way of the Soul)』

'국산 영화' 전성기에 가족 간의 다양한 역학을 희극적으로 풀어낸 정겨운 신상옥 서민 풍자극 〈로맨스 빠빠〉에서 용돈이 궁해진 열아홉 살 고등학생 막내아들 신성일이 안방에서 구호를 외친다. "나에게 돈과 시간과 자유를 달라." 그러자 건넌방에서 둘째 딸 도금봉이 덩달아 메아리친다. "나에게도 돈과 시간과 자유를 달라." 대청마루에서 그 소리를 듣고 쉰두 살 '노망든 늙은이(로맨스 빠빠)' 김승호 역시 소리친다. "내게도 돈과 시간과 자유를 달라."

이런 꼴을 지켜보던 아내 주증녀가 한심하다는 듯 남편에게 묻는다. "쟤들은 당신더러 달라는데 당신은 누구더러 달라는 거예요?" 보험 회사 계장 4만 5,000환의 알량한 월급으로 온 가족을 혼자 부양해야 하는 고달픈 아비가 "쟤들한데"라고 반박하더니, 민망해서인지 '수단 없는 아버지(무능한 가장)'가 다시 자식들에게 외친다. "그런 건 내게도 없다."

얼마 후 김승호는 회사에서 감원을 당하지만, 차마 가족에게 고백을 못하고 날마다 출근을 하는 체 거짓말을 하고는 탑골공원에서 초라한 시간을 보낸 다음 '퇴근'한다. 그러다가 결국 비밀을 알아낸 온 가족이 일치단결하여 저마다 삯바느질, 영어 가정교사, 진돗개 키우기, 뜨개질로 힘을 모아 위기를 극복하여 가정을 지켜낸다. 인간관계 계산법이 훨씬 단순하고 원시적이었으며 가족의 위계질서가 지금과는 크게 달랐던 인생칠십고래희 시절의 우화다.

혼자서 꾸는 꿈은 한낱 꿈이지만, 함께 꾸는 꿈은 현실이 된다(A dream you dream alone is only a dream. A dream you dream together is a reality). — 요코 오노(小野洋子), 『자몽의 변신(Grapefruit: A Book of Instructions and Drawings)』

    부모의 검지를 잡지 않은 채로 아기가 혼자 위험하게 시작하는 직립 보행의 첫걸음은 무엇인가를 추구하고 쟁취하겠다며 인간 본능이 자주독립을 선언하고 머나먼 길로 나서는 상징적인 시늉이다. 이때 고사리 손가락을 놓아주며 어린 자식에게 걸음마 연습을 허락하는 부모의 용감한 결단력은 자식을 해방시키는 헤어짐의 첫 예식을 자신이 의식조차 못하는 사이에 성공적으로 감행하는 힘으로 작용한다.

    아이의 자립심이 형성되는 초기 단계에서 필수 조건인 거리 두기의 제1과를 거의 모든 부모가 이렇듯 엉겁결에 무난히 통과하지만, 삶의 여러 고갯길에서 자식과 부모가 절반쯤 멀어지기를 거듭하는 이별의 시련은 날이 갈수록 즐겁고 가벼운 마음으로 받아들이기가 점점 더 힘겨워진다.

    가족의 모든 구성원은 독립할 의무와 권리를 함께 지닌다. 인생의 여로에서 세 번째 30년으로 접어드는 늙은 부모와 두 번째 30년을 살아가는 젊은 자식 사이에서는 양쪽 모두 버팀목이 없어도 따로 생존할 조건을 갖추고 나서야 여력의 도움을 주고받는 동지가 되어 서로 자유를 인정해주고 보장받는 이상적인 관계가 형성된다. 스무 살 아이나 마찬가지로 칠순 노인도 책임을 질 줄 알아야 자신의 삶에 대한 권리를 쟁취한다. 동행은 앞뒤로 줄을 서지 않고 나란히 나아간다.

읽는 일기

초판 1쇄 2021년 1월 10일
지음 안정효 | **편집** 북지육림 | **본문디자인** 운용 | **제작** 제이오
펴낸곳 지노 | **펴낸이** 도진호, 조소진 | **출판신고** 제2019-000277호
주소 서울특별시 마포구 월드컵북로 400, 5층 19호
전화 070-4156-7770 | **팩스** 031-629-6577 | **이메일** jinopress@gmail.com

ⓒ 안정효, 2021
ISBN 979-11-90282-16-1 (03810)